Women from different world is mine!
Characters
徹（トール）
シンシア
アルフレッド
カレン
ローラ
シーリス
クレスタ
ステラ
カイル
ハルマ

Women from different world is mine!

Story by Shuji Kasamaru & Illustration by Dean
Beginning Novels Series Presented by Kill Time Communication

◆◆◆Contents◆◆◆

プロローグ

――地下深く、とある迷宮の薄暗い部屋の中、男の声が響き渡る。

「ふぉおおおお!!　キタキタキタキタキタぁあああああ!!　この締め付け、この弾力、まさに新感覚!!」

すぱぱぱぱん、と激しく腰を動かすその男は元地球人。そしてこの迷宮支配者である。地球人の頃の彼の名を新井《あらい》徹《とおる》といった。

「ふはははは!!　小刻みにぷるぷるしおってからに、この淫売め、感じているのか、感じ入っておるのか？　下等な牝の分際でぇ、ほらほら、ほらほらほらぁ!!　ええのんか、ええのんか、小刻みに震えおってここがええんのかぁ！」

そう叫び、中腰のままさらに抽送の速度を上げる。男の腰がそれに打ち付けられる度に、狭い部屋の中にぱんぱんと肌と肌がぶつかり合う音が小気味良く響く。

「フンフンフンフン!!　くっくっくっ、この好き者め。きゅうきゅうとしやがって、なんだかんだ言いながらよく締め付けやがる……。褒美にたっぷり出してやるぞ、そーれ、それそれ、そ――おふぅッ」

決め台詞の途中で徹の腰がガクンと砕けた。ビクンビクンと彼の全身が痙攣《けいれん》し、その精を吐き出して快感の余韻に浸る。すべての精液を放出しきると、その股間部分にあてがっていた球体状の生物、あえてこの世界風にいえば、スライムと呼ばれる生物の中から逸物をすぽんと抜いて、ぽいっと放り投げる。

「ふぅ……」

ぽよんぽよんと、弾みながら部屋から出ていくメタルスライムを徹は見送る。そして彼はおもむろに部屋の机に設置されているノートを開き、書き込みを始めるのであった。

「………あー、メタル属性のスライムは新感覚だったわー、予想に反して中身全然硬くない。むしろ柔らか、今まで気づかなかったのはもったいなかったなぁ……。後三ヵ月はこれで戦えるね。ちょっとだけ挿入時に冷たいのが玉に瑕《きず》……、と」

使いやすさ・締め付け・耐久度など、サラサラと項目を記入していく。そして、一通りの情報を記入した後、ペラペラとページをめくると、そこには徹が記した情報が、事細かに記されていた。

例えば、毒属性のスライムの安全なオナホールとしての使用法や、地下キノコから作るトリップ剤（自分用）、そして触手モンスターに優しく乳首責めやアナル責めをしてもらうための調教方法など、偏ったものばかりであった。

今までの情報を見返し彼は満足そうに頷くと、ふー、と大きな溜息を一つ吐く。いわゆるやりきった男の顔であった。

――そして、

「だから、何をやってるんだ俺はぁああああああああああああああああああ!!」


地球が存在する世界において、世間に不必要な童貞《魔法使い》新井徹は三十歳にして見事異世界へ到達するという目的を果たした。しかしそれは羨むべき勇者召喚でもチート神様転生でもなく、朽ちて閉じた古代の迷宮の支配者として地中深くに放り出されてしまったのだ。

今自分が居る場所が、果たしてどのくらいの深さなのかもわからない。この五年間、出口を探して掘り進めているものの、一向に地上へと出る気配はなかった。何故か空気はあるので息はできる。飲料水は地下水脈を掘り当てた。この環境で生きていく上で必要なものは前任者の遺物がありなんとかなっている。食べ物といえば専《もっぱ》ら迷宮に生えるキノコであった。

「どうしてこうなった」

そう呟いて徹はマスターロッドを一振りし、遠視投影魔法《ディスプレイ》を使う。その画面の中には、美しく広がる異世界の風景が広がっていた。その画面に映る冒険者達の姿を羨ましく思いながら、彼は歯ぎしりをする。遠視投影越しに、彼らから聞こえてしまう明らかに転生を果たしたとしか思えない会話が徹の心にザクザクと突き刺さる。

――片や地中深くでスライムで寂しく性欲処理を行う新井徹《どうてい》。

――片や同じく転生を果たし、きゃっきゃうふふと、異世界美少女達とちちくり合う彼の仲間達《どうてい》。

「不公平だぁ」

血の涙を流しながら、徹は呟いた。

女の子から転生者へ向けられる羨望の眼差し、腕を組んでいる時に肘に当たっている明らかな胸の膨らみ、そして約束されたラッキースケベ。あ、とか、やん、とか、やだもう、とか明らかに満更ではない女の子の表情。

「あああ……うあああああああああ!! その乳と太ももは俺に配られてもおかしくなかったのに、なんで俺だけこんなんなってるんだぁああああああああ!! そそそ、その胸ちょっといいからつつかせんかーい!!　股間に俺の顔挟まんかーい!!」

　このダンジョンの備品であるマスターロッドにより、遠視投影の魔法を知り、そして使用した時、徹は酷く現実に打ちのめされた。

　それもそのはず、そこには確かに徹の夢があった。彼の思い描いた希望があったのだ。しかしその世界は、今彼が居る場所からは、決して届かない隔絶された世界であった。何故自分だけ元の肉体のまま、この世界に呼び寄せられたのか、何故他の者達は転生者として人生を楽しくやり直しをしているのかもわからない。チート生活に比べて地下送りとはあんまりな環境に彼はがっくりと肩を落としたものだ。

　だがしかし、ひとしきり現実に打ちのめされた徹であったが、その絶望は今や日々の糧である。

　――このままでは済ませない。済ませてやれるはずがないのだ。

　奴らは最早同胞などではなく、徹にとって明確な敵である。地中深くで蠢《うごめ》き、蓄積され、吐き出され続けたこの怨念が、地上に噴出するまで後もう少し。この地下生活で培われたそのおぞましくも下劣な五年間は、徹がマスターロッドの能力すべてを把握し、引き出し、そして広大なダンジョンに守られ肉棒で物事を考える無敵のエロ魔王と成り果てるのに十分な時間であったのだ。

　――マスターロッド。

　大層な名前をしているが、いわゆる魔法の十徳シャベルである。どんな構造をしているのかはまったくの不明だが、用途に応じて長い柄の先がスコップ・ピッケル・楔・ドリル・ハンマー・鍬《くわ》・タンパー・エンピ・トンボ・手押し車と多岐に変化する工具みたいな杖である。というか建設工具そのものであった。もっともその形は使い手の性格や知識に強く影響されるらしく、特に決まった形はない。この世界では概念武器として遥か昔に絶大な権勢を誇ったということが前任者の手記に書かれている。

　そんなマスターロッドの特性として、開拓した空間を自由に支配できるという効果があった。つまりはマスターロッドで掘り進めた空間は使用者の思うままになるということである。空間はメートル単位の立方で一ブロックとされ、様々な効果のある地形を生み出すことができる。

　例えば、『発熱』。

掘り当てた地下水脈から水を引き、この地形を経由させることでお湯にし、居住区に温水を引いたりもできる。

例えば、『変遷』。

支配下の地形に存在している微生物や、地中の虫などをモンスター化させる。生まれたモンスターは姿形だけでなく、人格や嗜好といった精神的なものも変化させることができる。ちなみに先ほどのオナホール用のスライムもこの効果で生み出されたものである。

例えば、『促進』。

支配下にある地形に居る生物や植物を巨大化させることができる。その地形に接している限り、効果のある範囲以上の大きさに成長させることも可能。

しかし、マスターロッドの使い手である徹は史上稀に見る鬱屈《うっくつ》した動機と青臭い童貞信念にてダンジョンを建造していたので、通過しただけで尿意を催す『お漏らし』ブロックや、思わず乳首やクリトリスが立って衣服に擦れる『隆起』ブロック、さらに身につけている下着がワンサイズ自動的に小さくなる『伸縮』ブロックなど、くだらないギミックが至る所に備え付けられていた。

その上、他人に邪魔をされたくないという童貞の趣向がふんだんに反映され、開拓した領域には侵入権の設定が可能である。徹が許可しない限りは、マスターロッドで開拓した領域にはあらゆる物質は入れないという、反則概念武装であった。

それはこのマスターロッドがダンジョンごと封印された一番の理由である。

――干渉できないものであるならばその領域ごと封印するべし。

実際徹が最初に目覚めた居住区画は現迷宮では最深部であるが、その場所よりも地下には、以前マスターロッドが使われて造られた領域が広がっていた。当時の封印者に念入りに土を被せられ、魔法によりさらに地中に落ち込まされて、マスターロッドは地中深くに封印されることとなったのだ。このような封印手法がとられたのは、支配領域を広げるためには、その持ち主が自らその領域を拡張しなければならないといった制約があったからである。

だがしかし、新井徹には時間があった。そしてやるべき目的があった。彼を支え続けた煩悩は五年間という期間をもって、彼に広大で強力な支配領域と無駄に強靭な足腰を与えてしまった。

そして今、新井徹の煩悩ならぬ煩念が成就する。地上への道を塞ぐ最後の大岩をマスターロッドで叩き割った時、彼の体をこの世界の太陽が初めて照らし出す。

「ふは、ふはははは、待っていろ!! すべてのおにゃの娘は俺のものなのだ!!」

洞窟から盛大に噴出し、立ち上る漆黒の瘴気をバックに、彼はこの世界に宣戦布告をする。

亀頭から溢れる歓喜の我慢汁が陽光に反射して、キラリと光る。そう、新井徹は童貞かつ変態かつ、裸族であった。

第一章　カイル君とシンシアさん

　第一級のエンシェントダンジョン出現。徹がマスターロッドにより、地上へと繋げた瞬間、今まで燻《くすぶ》り、溜まっていたダンジョン内の瘴気が黒煙となって天高く立ち上った。その話題は瞬く間に世の中を席捲し、冒険者達を近くの拠点へと誘う。

　ダンジョンは地上と接続された折に『瘴気煙』と呼ばれる黒い煙を噴出させ、視界の確保もままならない。そして、『瘴気煙』の期間が長ければ長いほど広く、広大なダンジョンであることを証明し、その中には希少鉱物や魔物が期待できるのである。いつの世も、人々を動かすのは欲である。つまる所、大抵の欲を叶えることができる銭金のために人は動く。この世界もご多分に漏れず、その法則に当てはまる。

　徹はまず餌を撒くことにした。せっかく自分の有利なフィールドがあるのだから、まずはお客様を引き込まなくては話にならない。地下一階から四階の階層は横に広く分岐を多くし、最奥に変遷ブロックを設置して大岩を置く。大岩は常に変化し続け、その身をレアな鉱石へと変えていくだろう。あえて強いモンスターは配置しない。いくつか設置した大岩がなくなる頃にはこのダンジョンは『おいしい』という噂が広がるだろう。

　本番は地下五階以降である。

　通常のダンジョン探索の常識ならば、深くなればなるほどより『おいしく』なるのがセオリーである。もちろんそのセオリーの通りに徹はおいしいお宝を設置する。ただしこの地下五階への侵入は選ばれた者しかできない。なぜならば徹がマスターロッドの能力を使い、侵入条件を設定してあるのだ。

　まず地下五階への階段は『一定の鉱石を採掘した者』しか通れないという仕組みになっている。より欲深い者をより深みに引きずり込むといえばもっともらしく聞こえるかもしれないが、徹の本音はかなりエロいことをするから前金として儲けさせてあげれば多少の罪悪感は薄れるという、身も蓋もない都合であった。

　地下五階の構造は基本的に一本道である。直線通路に規則的な横道。横道は通路から奥まで見えるようにレイアウトされている。

　そこには予《あらかじ》め変遷により生み出しておいたレアな鉱石が設置してあるのだ。それは歪なまでにわざとらしいお宝展示室。誰が見ても罠があるとわかる構造。だが冒険者達は止まらないだろう。富はもう目の前にあるのだ。

そして横道にもきっちりとマスターロッドにより、入場制限がされていた。例えば、横道の一つは四つのブロックに分かれており、

【第一ブロック】
・入場制限（女性のみ）
・入場制限（一人）
・退場制限（鉱石と一緒でなければ退場できない）
【第二ブロック】：乳首／クリ勃起《ぼっき》床
・入場制限（スカート着用のみ）
【第三ブロック】：お漏らし床
・入場制限（下着着用不可）
【第四ブロック】：触手スイッチ
・入場制限（触手愛撫【三本】三十分間）
・退場制限（触手愛撫【五本】三十分間）

と、なっている。つまりこの道は、女の子が一人でスカート着用をしたまま、乳首とクリをピンピンにさせながら、尿意に耐えた上で、仕方なく下着を脱いでスカートをたくし上げながら触手に股間を往復合わせて六十分間弄《もてあそ》ばれ続けるという、まさに童貞が考える妄想そのものであった。しかも一度入ればこの工程を完遂しない限りは決して外へは出られないのだ。

もし、失敗した場合は、徹の登場である。ダンジョンに潜るリスクとして、獲物は捕らえられ、彼が飽きるまで犯し尽くされる運命が待っている。

「うん、我ながらこの構成はイタイな、だがそれがいい」

何故このような形にしたかというと、もちろんそれは遠視投影による録画と再生を楽しむためである。

「それに、もしカップルで来たりしたら入場制限の壁越しに上映会なんてのも楽しそうだしね。……いっそ第一ブロック越しに無理やり目の前で犯すのもいいかな、うへへへ……」

妄想が高ぶり、オナホール用のスライムに徹が手を伸ばそうとした瞬間、おもむろに遠視投影の魔法が起動する。

地下五階到達冒険者第一号である。一人はまだ幼さの残る青年。軽装備ではあるが、大きな盾と騎士剣を所持していた。もう一人は女である。修道服に長い金髪、ちょっとだけ大人の雰囲気があるお姉さん系であった。清楚な修道服に隠しきれないラインが実に股間にくる美人お姉様である。

そこまで確認した所で徹は遠視投影をズームさせる。おっぱい良し、お尻良し、さらにふりふりと揺れる腰のくびれがとても悩ましい。

「二人パーティーで騎士とプリーストか……、うん、王道カップル爆発しろ」

そう呟き、徹はマスターロッドを起動させた。ついでにチンポの角度も四十五度ぐらい上昇する。

欲望開放時間である。

どことなく幼さが残る騎士装備の男と、清楚なプリーストの馴れ初めは実に一般的であった。村に突如生まれた天才少年。その光り輝くテンプレ人生を彼女は一番近くで見て育ってきた。彼の両親が不幸にも盗賊に殺されて、彼女の家に引き取られてから、幼馴染みとして、時には姉のように接してきた彼女達の関係は今まさに蜜月の時を迎えようとしている。カイル十七歳、シンシア二十一歳。

彼らの人生はこのまま順調に行けば、このダンジョンでひとヤマ当てたことを契機として結婚というゴールを迎える。もしくはこのダンジョン探索中に二人の仲が進展するイベントが起き、幼馴染み以上恋人未満という曖昧な関係が崩れ、晴れて新しい関係になることだろう。

しかし、このダンジョンに入ってしまったのが運の尽きである。

「あー、修道服って露出少ないのになんでこんなにえろいのかなー？　このケツたまらんなー、おっぱい柔らかそうだしー、この腰つきがなんともいえん、指でつんつんしたい、腰からお尻にかけて頬で撫で回したいぃぃ……」

遠視投影の魔法で、徹は舐め回すように彼女の体を見ながら呟いた。そして、どんな声をしてるのかなーと、徹は遠視投影のボリュームを上げると。

『大丈夫？　しー姉ぇ、疲れてない？』

『うん、平気、ふふっ』

『な、なにがおかしいのさ』

『ううん、あのカイルに守られているなんて、ちょっと不思議』

『お……ぼ、僕だって強くなったんだ、む、昔とは違うんだからな』

『うん、びっくりした。さっきはありがとう。カイルももう大人なのね……、ちょっぴりドキッとしちゃった』

『……お、おう』

『……ね、だからもっと近くによっていい？』

シンシアの指がカイルの指に搦《から》められ、そして彼の腕ごと胸へ抱くように腕を組む。形の良い胸がカイルの肘に当たりぷにょんと柔らかく変形する。彼女は赤面しつつも憧憬の眼差しを彼に向けた。

『わ、しー姉ぇその、あ、当たってるんだけど』

シンシアの行動にカイルは慌てるが、

『うふふ、嫌なの？』

と、きゅっと彼女は腕に力を入れる。

『い、嫌じゃないけどさ』

そう照れつつも赤面する彼を、嬉しそうに彼女は見つめ返す。

「ごっぱぁあああああああああああああああああああああああ!!　なんじゃこのリア充わぁあああああああああああああああああああああああ!!」

そのやり取りを見て、徹は遠視投影の前で盛大に吐血した。

「な、なんだ。なんなんだ、この破壊力は……!!　テンプレ展開ってレベルじゃねーぞこれ!!　人がスライムのオナホ用途について論文書けるぐらい研究しているのを他所に、外の世界ではなんてことが起きていたんだ……」

口を拭い息を整え、徹は尚も呟く。

「おおぅ……、口惜しいのう、口惜しいのう……、俺も……俺も何かが違っていればあんな人生を!!　光溢れる、王道人生を歩めたのかぁぁあああああああああああああ!!」

まさに自分が求めていた人生を改めて目の前で展開されることで、徹の精神はいたく傷つき、そしてその心をズタズタにされた。

「ふは、ふははははは」

だが、しかしズタボロになった徹の精神構造が化学変化を起こし、自我防御のために正当性を作り出し、新たな心理の鉄塔が建築され、電波理論を撒き散らす。

「逆に考えるんだ。そのおっぱいを!!　そのお尻を!!　その幼馴染み系お姉様を!!　むしろ、そこまで育ててくれてアリガトウと!!」

彼の心のチンポがいきり勃ち、物理的なチンポもいきり勃つ。

「ふははは、カイル君とそのお姉さんよ、君達の愛情を劣情と欲情をもって試してやろう!!　報酬は貴様らの輝かしい未来、チップは主におっぱいとお尻と、――後いろんな何かだ!!」

徹が叫ぶ中、遠視投影にはシンシアが横道を覗き込む様子が映し出されていた。そこは覚醒の横道と徹が名付けたギミックがある場所である。

入口の前で彼らは少し迷っていた。それは横道の奥に目当てのものを上回るほどの鉱石を見つけたからである。

それは光り輝く抗魔水晶であった。

抗魔水晶はその名の通り魔力に強い耐性を持つ鉱石である。その特性を生かし、マジックアイテムの制御や、対魔防具としての需要が高い。しかし市場に出回っている鉱石の純度は五十パーセントがいい所で、それが七十パーセントともなれば家が一件土地付きで買えるほどの価値があった。

「ここ、何か見えない壁がある」

「あら、でも私通れるわよ」

パントマイムのようにペタペタと見えない壁を触るカイルを横目に、シンシアは手をひらひらさせながら往復させた。

「地下五階からは入場制限があるみたいね。カイルが入れなくて私が入れるって所を見ると、女の子しか入れないのかも」

そして二人は奥に設置されている抗魔水晶を見る。

「罠かな」

「罠ね」

二人は同時に呟いた。入場制限されたエリアに高価な報酬。誰がどう見ても怪しさ満点の罠であった。しかし、二人はこの場を去ろうともせず考察を進める。そう、お宝は目の前にあるのだ。当然罠があるならばなんとかしようという思考になる。

「でも、このダンジョンって基本モンスターが居ないよね、今までだって外から入り込んだ奴しか見たことないし」

とカイルがシンシアに話しかける。

「上の階でもいろんな謎解きがあったわね、それでも失敗したら外に放り出されるレベル」

そして、彼女がカイルに同意を求めるように頷く。

「試してみよう」

「試してみましょう」

その瞬間彼らは、決して戻れない一歩を踏み出してしまったのだ。

シンシアの全身が、第一ブロックへと侵入する。

（ふぃぃいいいいいいいいっしゅ!!）

その直ぐ下の横道の管理層で、徹は歓喜の声を心の中であげるのであった。

■■■

シンシアが第一ブロックに侵入すると、遠視投影が発動し、彼女の前にクエスト情報が表示された。

【覚醒の横道】：ブロック踏破クエストスタート

【クリア条件】

・抗魔水晶と共に第一ブロックを脱出。

【制限】

・入場制限（女性のみ）

・入場制限（一人）

・退場制限（鉱石と一緒でなければ退場できない）

・時間制限（なし）

【報酬】抗魔水晶（純度百パーセント）

【ブロック数】五つ

・報酬を確保したまま、第一ブロックを脱出することでクリアとなります。

・ギブアップの場合、挑戦者にはペナルティが課せられます。

「しー姉ぇ‼」

クリアまで脱出不可。その条件を見た瞬間、カイルがシンシアに向かって叫ぶ。剣や魔法で障壁を突破しようとしたが、当然ながらマスターロッドの概念結界はびくともしなかった。

「……大丈夫、無理だったらギブアップするから、ね？」

彼に微笑みながらも、覚悟を決めた様子で彼女は奥へ向く。

【覚醒の横道　第二ブロック侵入クエストが始まります、挑戦者が指定の椅子に三十分着席することで侵入が可能になります】

シンシアの眼前に第二ブロックへの侵入条件が示されたと同時にガコンと床が開き、この場に不似合いな無骨な椅子が地下から現れた。椅子には手枷と足枷がついており、碌《ろく》な目的のために造られたのではないことが容易《ようい》に窺える。唯一の救いといえば、背もたれが大きく、椅子の方向が奥を向いているのでカイルにその姿を見られないことであった。

【第二ブロック侵入クエスト】ノーマル床・入場制限（ギミック椅子　三十分）

不気味に目の前に浮く遠視投影を気にしながら、シンシアはロッドで椅子をつついたり、周囲を入念にしらべた後、意を決して椅子へと座る。

「……何も……起きない？」

身を強ばらせながらも椅子に座ったまま周囲を警戒する彼女の目の前にヴオンと、遠視投影の魔法が移動する。

【指定の椅子は素肌と接触していないと動作しません】

その内容にシンシアは息を呑む。どうやら本当にこの椅子は碌でもないものらしい。この分だとギブアップ時のペナルティというのもあまり彼女にとっては良いものではなさそうだと溜息をついた。椅子の背もたれから首を出すようにして後方を振り返る。そこには心配そうにこちらを見るカイルが居た。──大丈夫よ。笑顔でシンシアは彼に向けて手を振った。

(──この背もたれが大きくて良かったわ)

シンシアは聖職者である前に、一人の女である。聖職者であるが故、肉体関係はもちろんない。しかし、この年齢にもなればそれなりに性に対する知識もそれに対する欲も人並みにある。心が欲していなくても体がどうにもならなくなることなんて普通だ。カイルを思って自分でこっそり慰める夜も少なくない。だがしかし、そんな自分をまだ彼に見せる勇気はない。だから彼女は、カイルと結婚することを夢見ていた。聖職者でも配偶者との肉体関係は許されている。今回のダンジョン攻略はそのための資金稼ぎであった。

シンシアは足首まで覆っている黒い修道服の裾を持ち上げる。ひんやりとした外気が内ももを撫でる。ぞくりとした感覚。普段は外気と接しない臀部《でんぶ》に感じる冷ややかな風を味わいながら、シンシアは仕方なさそうに修道服を腰の高さまでたくし上げ、勇気をふり絞り椅子へと腰を下ろした。

【着席部に熱源を感知。第二ブロック侵入クエストは接触面が離れると時間がリセットされます。セーフティーを利用しますか?】

「……セーフティー?」

【セーフティーを利用しますか?】

「……いらないわ」

【第二ブロック侵入クエスト・カウントスタート】

【29:59】

【29:58】

【29:57】

カウントスタートの合図と共に、シンシアの目の前に映された遠視投影の時間表示がカウントダウンを始める。そしてかしゃん、と椅子のギミックが作動した。椅子とお尻との接触面がガクンと二十センチメートルほど下がり、彼女はお尻だけ椅子の窪みにはまり込む姿勢になった。

「ひゃん」

反射的に両手を突っ張り、シンシアは立ち上がる。

【接触面が離れました。カウントがリセットされます。再度着席するとカウンターが作動いたします。セーフティーを利用すると、強制的にクエストを継続することが可能です】

遠視投影の文字を見ながら、彼女は椅子に付いている手枷と足枷を恨めしく眺める。

「手枷と足枷《セーフティー》ね……、ほんと悪趣味だわ……」

【30：00】

止まったままのカウンターを見る。こうしていても現状が変わるわけでもなく、シンシアはもう一度椅子に座るのであった。

【第二ブロック侵入クエスト・カウントスタート】

【29：59】

【29：58】

【29：57】

二回目もシンシアは手枷と足枷《セーフティー》は使わなかった。未だ何をされるかわからない状況で身動きが取れなくなる状況を避けるためである。

【29：55】

【視覚制限が発動します、ギミック部分、具体的にはデフォルトの着席位置から下降した位置の状況を視認することができません】

遠視投影から流れ出るメッセージにつられ、シンシアが下を見ると腰回りに黒い霧がまとわりついていた。彼女の太ももとお尻は黒い霧で覆われた椅子の窪みにすっぽりとはまり込む形になっており、そこから膝や上体がにゅっと出ている格好である。

（う……、恥ずかしい……、でもカイルのためだもの、私が頑張らなくちゃ）

（こ、これはたまらんなぁ……）

シンシアが恥ずかしさに耐えている頃、徹の目の前には、彼女の形の良いお尻と太ももと股間があった。手元の遠視投影を見れば、顔を赤らめてギミック椅子に座っている様子が鮮明に表示されている。徹が居る位置はギミック椅子の中である。横道管理層からギミック椅子へと回り込み、今まさにシンシアの下半身と対面した所であった。そして、徹はぱんぱん、と柏手を打つと、目の前のつややかな彼女の太ももへと手を伸ばす。

さわりさわり、とシンシアの太ももが擦られる。

「ひ……ッ」

シンシアは自らの太ももを無骨な何かが撫で回しているのを感じ取り、思わず嫌悪の声をあげてしまう。カイルの手とはまったく異なる太く硬い指が、さわり、さわり、と内ももをしつこく撫で回し、時折ショーツに沿って指を這《は》わせる。自分の下半身を誰かが触っている。そんな嫌悪感と、他人に太ももを撫でられるという初めての感覚。

「……んっ、ん、……やぁ」

まるで品定めをするようないやらしく、ねちっこい触り方。股間に潜む何かに内ももを撫でられる度にぞくり、ぞくり、と背筋《せすじ》に電気のような刺激が走ってしまう。

「……やだ、やぁ、……あんっ」

それは、彼女にとって初めての感覚であった。そうこうしている内に、徹の手は彼女の太ももをやわやわと揉み始めてしまう。表面的な刺激から、体の芯に溜まるようなむず痒い感覚が次第にシンシアの下腹部に蓄積していく。

「んっ……あっ」

(うわぁ、うわぁ、かわいい!! この子かわいい!!)

無防備な下半身を撫で回し、羞恥に耐える女の子を好き放題にできるという状況に、徹の煩悩はどんどんエスカレートしていった。

たわわに育ち丸みのあるシンシアのお尻を包むショーツに手を置き、指を引っ掛ける。そして、クイッ、クイッ、とショーツを上へ上へと食い込ませる。

「ふぁ、…やぁッ、あんっ、んっ、ん……っ」

(そーれ、そーれ、くい、くい、くい、くい、とな)

「んっ、ん……っ、んっ、ん……っ」

(くい、くい、くい、くいーっとぉ)

遠視投影の中で小指を咥えながら、必死に声を押し殺すシンシア。それに構わず、徹は猿のような性急さで彼女のショーツを摘み上げる。

「ふ、ん……っ、んっ、ふ……っ」

太ももを撫で回され、ショーツを股間に食い込まされ、そして継続的刺激を与えられつつも彼女はカウントを確認する。

【16：59】

もうすぐ半分だ。この程度の辱めで一つ試練が終わるなら
と、シンシアは必死で声を潜める。だが、彼女の下半身にショーツが食い込みきることで、徹の目の前に花弁の形がはっきりと象られてしまっている事実を、彼女は知らない。ショーツの上下に合わせてゆさゆさと徹を誘惑するシ

ンシアの性器。徹の溜まりに溜まりまくった性欲が、それを見逃すはずがないのである。

「ふぁ」

びくん、とシンシアの体が大きく跳ねた。突如彼女の下半身から伝わってくる甘美な快感を、体を抱きかかえるようにして必死に堪える。甘噛《あまが》みしていた小指が口元から離れ、つーっと、糸を垂らす。

「……あっ……あっ……あっ……あっ、だ……め……だめ……え……あっ……ふぁ♥」

ギミック椅子の中では、シンシアのクリトリスを人差し指と親指で丹念に撫でたり捏ね回している徹が居た。彼がきゅっと彼女の突起を摘んだり、押しつぶしたりする度に、遠視投影に映る彼女の表情が困惑と歓喜でくるくると変わる様子に、徹は至極興奮を覚えてしまった。人に性的に何かを強いる行為はなんて気持ちがいいんだろうと。

そんなシンシアの表情を見ながら、さらに徹は丹念にクリトリスを揉み揉みする。次第に彼女のショーツの中でくっちゃくっちゃと、花弁が音を立て始めてしまう。しかし、それには目もくれず、徹はクリトリスを揉み込み、埋没させ、リズミカルに摘んで捻《ひね》り、そして指先で強く弾き続ける。

「……あっ‼　……あっ‼　……あん‼　……やん‼　やだ……、やだぁ、来ちゃう、ああん‼」

(うへへ、かわいいなぁ。あのカイル君には弄《いじ》ってもらってなかったのかねぇ。なんにせよ、女の子の体って、こんなに柔らかくて、温かくて)

顔を近付け、徹の舌がシンシアの太ももをぬろん、と舐め上げた。

「ひゃん‼」

(すごく、興奮する)

その瞬間、シンシアの股間が徹の目の前から消える。彼女は未だ体験したことのない、男の舌の感覚に思わず、両の手を突っ張り、席を立ってしまったのだ。

【接触面が離れました、カウントがリセットされます。再度着席するとカウンターが作動いたします。セーフティーを利用すると、強制的にクエストを継続することが可能です】

「あ……」

【30：00】

メッセージと共に目の前に映し出された、リセットされたカウンターを見て、シンシアは呆然《ぼうぜん》とする。

「また……、座らなきゃ……」

三回目の着席、再び徹の目の前に現れたシンシアの下半身。彼がつん、と再び指でクリトリスをつつくと、彼女は自ら少しだけ脚を開いた。再びくにゃくにゃと股間を掻き回す徹の指を受け入れていることに自覚がないまま股を開いてしまう。

——この事実に今はまだ彼女は気づけない。

くちゅっくちゅ。くちゅくちゅくちゅくちゅっと、辺りに響く淫靡《いんび》な音。

「……うぁ……んっ、……あぁん」

徹は愛液でぐちゃぐちゃになったシンシアのショーツを横に掻き分け、くちゃり、くちゃりと、いやらしく舐め上げる。それだけではない。五年間の掘削作業で太く硬く変化した彼の指が、彼女の花弁の入口をゆっくりと丹念に掻き回す。ぱっくりと開いた割れ目の縦筋に沿って指を小刻みに震わせながら往復させると、その度に花弁はぐちゅり、ぐちゅりと歓喜の汁をしとどに垂らすのであった。

「ひぅ……っ……!!」

シンシアの柔らかい股間の粘膜と徹の節ばった指のなんと相性のいいことか。ぐにゃんぐにゃんと彼女の股間は押せば押すほど形を歪め、掻き回せば掻き回すほど、柔らかく受け入れてしまう。その証として、彼女の股間からは未だかつてないほどの愛液がどろどろと溢れていた。徹はベトベトになったその指で、硬く尖ったクリトリスに愛液をまぶしてやる。

刺激に飢えているシンシアの肉芽は愛液を塗られると、ひくひくと勃起して嬉しそうにそそり立ち、てらてらと光を反射した。その度にぴくん、ぴくん、と体が震えて力が入るのがわかる。だが、彼女に拒絶はない。この後に彼が何をしてくるか、もうわかっているからである。期待とまではいかない消極的で受動的な無抵抗。その行動が彼女の未来に良いことなのか悪いことなのかはわからないが、ただ今はこうして黙って股を開くしかないのだ。

「——ふぁぁっ、あっ、あっ、だ……めっ……それ……、だめ……ッ……ああああ!!」

そして徹は滑りの良くなったシンシアのクリトリスを指で弾き出す。先ほどから何度も行われているいやらしくて刺激的な行為。ぴちぴちと、卑猥な音が彼女の耳元に到達する。股間についているエッチな部分がすごい、これすごいよと喜びを伝えてくる。

（気持ちいい……自分でするよりずっと気持ちいい……）

繰り返される愛撫の中、シンシアの思考は桃色に染まっていた。クリトリスへの責めを何回も徹に繰り返され、未経験の刺激に溺れていく。

ちなみに徹がクリトリスばかり責めているのは、別にクリフェチが理由ではない。シンシアは手間暇かけて自分のダンジョンへ引き込んだ獲物第一号であると同時に、徹の人生で初めての女の子であった。中途半端に味わうという後悔だけは絶対したくなかったのだ。しゃぶり尽くすなら体も心もしゃぶり尽くす。それが彼の童貞《きょうじ》の矜持である。

【05：03】

――くちゃり、ぴちゅ、ぴちゃ、くちゅくちゅ、くちゃくちゃ

だらしなく囀る股間の鳴き声を背景に、シンシアは快感に耐えていた。

（カイル、待ってて、シンシアお姉ちゃんが、頑張るから、カイルのために、頑張るから……）

とろんとした表情で遠視投影に映る彼女を見ながら徹は、（この子、まだ余裕があるなー……）

と、思った。

このままクリトリスを責め続ければシンシアがイクのはわかる。だがしかし、それは徹の負けである気がした。彼女の本気の快感を掘り当て、心を虜にしなければ意味がない。そんな使命感にも似た、はた迷惑な電波思考が彼の頭を支配する。

【03：53】

とりあえず徹に残された時間も僅《わず》かである。せっかくだからクリ責めの仕上げをしてあげようと、シンシアの愛液でてらてらと輝く突起へ、その舌を伸ばし――。

ぬろん、と柔らかい何かが彼女のクリトリスを弄び始めた時、彼女はまた反射的に椅子から立ち上がりそうになるのを必死で耐えた。体を強ばらせ、両の手で体を抱きすくめながらも、なんとか椅子から立ってしまうことを耐えようとする。

（何、なに……これ。柔らかくて温かい何かが、私の……私の、あそこをぬろんって、ちろちろって……はぁ♥ ちゅぱって、ちゅぱぁって……）

ヌラヌラとクリを這い回り、ぞくぞくと背筋を駆け上がる快感。文字通り来ちゃう快感をシンシアは懸命に押し殺していた。ぬらり、ぬらり、ぬろん、ぬろん、と押し当てるように刺激され、時にはちろちろ脇をくすぐられて。シンシアはずぐん、ずぐんと津波のように襲い来る感覚に必死で耐える。しかし彼女の体はその柔らかい感覚を少しで

も取り込もうと彼女の意に反してしまう。絶え間ない責め苦を受けているクリトリスは、もうどうしようもなく硬くそそり立っていた。

【００：５９】

【００：５８】

「――んっ、……あっ……あん!!　はぁ…はぁ…あ、と少しぃ……ん、あぁんっ」

（ふぅ……大丈夫、これくらいなら……なんてことない……、私は……カイルのために、耐え切ってみせる!!）

【００：４９】

その時である。

ちゅくちゅく、とシンシアの股間から漏れていたその淫らな音が突如方向性を変えた。

――ちゅぽちゅぽ、ちゅるる、ぢゅるるるるるる

それは徹が口を窄めてシンシアのクリトリスを口に含み、啜る音である。

――ぢゅる、ぢゅるる、――ちゅぽん、ちゅ、ちゅぽん

それは徹が啜ってこりこりとなったクリトリスを口から勢い良く弾き出した音である。

生温かい吐息がシンシアの股間に噴きかけられる。熱の籠もった、淫靡な溜息。まるでおいしかったよ、と言わんばかりのぬるくていやらしい吐息。

「……あ……ああ、……あ、あああ……」

――てろてろ、ちゅっぽちゅっぽ、ぢゅるるる

間髪入れず続いたその音は徹が舌先で硬く尖ったクリトリスをぷるぷると震わせる音である。

（あああ、……わたし、……わたしっ!!　――なんてことなの!!）

シンシアの体が徹の愛撫に合わせてびくんびくんと波打つ。だがしかし、彼女の心を震わせているのはもっと別の事実であった。

――れろん、れろん、と口の中で硬く強ばった自分のクリトリスを転がされる音と快感。

――はむはむと勃起したクリトリスを唇で押しつぶされる音と快感。

――舌先でちろちろとクリトリスをつつかれたり、弾かれたりする音と快感。

――窄めた口先に含まれ、勢いよくクリトリスを啜られる音と快感。

――舌で搦め捕られて、前歯と舌でクリトリスを甘噛みされる音と快感。

それは、感覚と音による行為の想起である。自分が今ど

んなことをされているのか耳と股間で意識させられる度に、シンシアの花弁はぷしゃっと愛液を撒き散らし、震えさせられる。

――くちゅくちゅ、ぬろん

――その花弁にまとわりついた愛液を、徹の舌で掬われて丁寧にクリトリスに愛液まぶされながら、また弄ばれる。

今まで黒い霧に覆われて、どこか他人ごとの気分で快楽に身を任せていたシンシアにとって、徹がわざとらしく立てた愛撫の音は、彼女の脳裏に明確な股間の情景を映し出させるトリガーとなった。

（わたし、カイルでもない、知らない誰かに、あそこを、いいように弄ばれて――）

――ぴちゃぴちゃぴちゃぴちゃぴちゃぴちゃぴちゃぴちゃぴちゃぴちゃぴちゃぴちゃ

（こんなにあそこを硬くして……喜んでるなんて――!!）

――ぴちゃぴちゃぴちゃぴちゃぴちゃぴちゃぴちゃぴちゃぴちゃぴちゃぴちゃぴちゃ

どうしようもなくつんつんに勃起したシンシアのクリトリスが、徹の舌に連続して弾かれ、打ち震える。

「ふぁあああああああ、でも気持ちいの、だめ、だめだめ――いやあああああああああああああああああ♥!!」

思い人でもない、どこの馬の骨かもわからない誰かに、脚を広げ股をいいように舌で弄ばれるという光景を頭の中で浮かべてしまった時、シンシアはいつも一人で行っている自慰では決して辿り着けない快感の次元まで連れていかれた。

「あああぁん、だめえええええ!!」

びくんびくん、とシンシアの体が痙攣し、その度に花弁から生温かい愛液がびゅっびゅと噴き出し、徹の顔にかかる。彼は遠視投影で震える彼女の顔を見ながら歓喜に震えた。

（おおおおお、すげぇ、うわぁ、あのすましたお姉さんが、涎垂らしてびくびくしてる!!）

「やだぁああ、これ、止まらないぃ……ひぁあ!!　……あうんっ!!」

びゅーびゅーと、潮を吹き続けるシンシアの花弁。ガクガクと愛液を噴出する度にきゅっと硬くなっている。尚もツンと勃っているクリトリスを徹は優しくまた舌で舐ってあげるのであった。

【００：００】

ちゅぱちゅぱと、周囲に響く徹の後始末の愛撫の音。クリトリスを勃起させたまま、名残惜しそうにシンシアが席を立つのは、その行為が始まってから五分後のことである。

■■■

先ほど第二ブロックで盛大に徹の舌で散々にイかされた後、ぐったりしている間に再びねちっこくクリトリスを舌で嬲《なぶ》られたシンシア。そのため、彼女の体には再び劣情の種火が灯ってしまっていた。

(……人が動けないのをいいことに、あんな……、あんなことをするなんて)

シンシアが絶頂を迎えると共に、彼女の性器はその残り火を処理しようとひくつき、痙攣と力みに合わせて愛液を小まめにぴゅっぴゅと放出していた。その度に花弁にはねっとりと愛液がまとわりつき、そして股間周りに水たまりを作っていくという案配である。

「はぁ……っ、はぁ……、っん……っ、ふぁぁ……」

彼女はその快楽の余韻に浸り、とろんとその精神を外に手放してしまっていた。だから腰元でごそごそと誰かが動き、彼女の腰の下から手を回されて下半身を固定されるまで、意識はまったくの無防備であったのだ。

その頃、ギミック椅子の下で徹は自分の前にあるシンシアのあられもない股間を凝視し、感動していた。

(俺の愛撫でこんなにベトベトになるまで感じてくれるなんて)

これはアフターサービスしてあげねば、と徹はひくひく震えるシンシアの下半身を抱え込む。そして絶頂の余韻に震える彼女のクリトリスをちょんちょんと舌先でつついたのだ。

「……っ、……ふぁっ!!」

彼女が声をあげると同時に、ぷしゅっと花弁から愛液が迸《ほとばし》る。そして徹はそれを確認すると、シンシアの濡れそぼった花弁に優しくしゃぶりつく。

——ちゅる、ぬろ、ごくん、……ずず、ごくん

(やだ……、なにこれ……、吸われて、やぁん……)

徹はクリトリスを手で柔らかくゆっくりと皮の上から扱きながら、花弁に溢れる蜜を吸い取り飲み込んでいく。それは奉仕的な後始末クンニである。チラリと遠視投影を見れば、そこには羞恥を感じつつも指を咥え、クリトリスを揉まれる度に体を震わせる彼女の顔があった。

(——うむ、エロかわいい。眼福なり)

五分後、あらかた舐め取った後で、すっかりしょぼくれ

た突起をまた口に含んで遊んでいたりしたのだが、席を立たれてしまう。シンシアが立ち上がる気配を察すると、徹は下半身を固定していた手を離し、代わりに舌で彼女のひだひだを名残惜しそうにくちゅくちゅと掻き回してあげるのであった。

それは、——物足りないならまだまだいじめてあげるよ、という徹からのメッセージである。

クリへの刺激から、花弁を悩ましく掻き回される快感の移行に、シンシアは二秒ほどその腰を止めてしまう。その間、ちゅくちゅくと動き回る徹の舌から送られる快感に、もうちょっとアソコを掻き回される感覚を味わいたいという気持ちが生まれてしまう。しかし彼女はその迷いをふりきるように立ち上がった。

席を立つ時に彼女のショーツがずるりとその足から抜け落ちる。彼女の愛液にまみれ、ずっしりと重くなったそれを徹は嬉しそうに懐にしまう。

（ふおおお、戦利品、ゲットだぜ!!　いやあ、この子かわいいなぁ!!　くんかくんか!!）

彼女は席から立ち上がり、腰までたくし上げたスカートをすとんと落とし身なりを確認する。恐る恐る背もたれの向こうを見ると、カイルが心配そうな顔をしてこちらを見ていた。

（——どういうこと？）

最後の方はあられもなく乱れ声をあげたはずなのだが、シンシアの目から見てカイルの様子はいつもと変わりないようであった。心の中で訝《いぶか》しむ彼女の目の前に小型の遠視投影が現れる。

【声はカットしておいたよ、これからの試練も安心して乱れてね☆】

その軽いノリにシンシアは思わず遠視投影を殴りそうになってしまうが、すんでの所でそれを止めた。彼女は考えたのだ。——この調子で試練とやらが続くなら命の心配はない。カイルにもはしたない自分がバレることはない。ならば自分さえこの一時を耐えれば、目的の抗魔水晶が手に入るのではないか。処女を散らされるのは流石《さすが》に嫌だが、試練の内容がこの第二ブロック侵入クエストと同じ形式ならば、完全に無理だと思った際には最悪リタイアできるし、何より試練のクリア条件は事前に提示されるのである。

——ならば、とりあえず次の試練も受けてみてはどうか、と。

「くっくっ、そんな考えしてる顔に見えるねぇ、——シンシアちゃん」

入口で待ちぼうけしているカイルに『大丈夫余裕よ』と、軽くガッツポーズするシンシアを遠視投影越しに見ながら、徹は次のブロックへと移動するのであった。

「最後までその元気が続くかなー？」


【第二ブロック侵入ミッションクリア。おめでとうございます、第二ブロックへの侵入を許可します。ブロック障壁の前までお進みください。ブロック障壁前まで進むと、第三ブロック侵入ミッションの説明が出現します】


（……やだ、なんかまだちょっと変な感じだわ）

股間にまとわりつく柔らかい修道服の感覚に、シンシアは少し歩きづらそうに第三ブロックの境界へと歩を進めた。先の侵入クエストでショーツをギミック椅子に置いてきてしまったので、今彼女の下半身を足首まですっぽりと収めているタイトスカート形式の修道服の中身は生まれたままの姿である。

【覚醒の横道　第三ブロックの侵入クエストが始まります。挑戦者の性器から垂らされる愛液が一定以上溜まると、障壁が解除されます】

目の前に現れる遠視投影の文字に対して、予想はしていたがあまりにもブレないここの支配者の方向性に、大きく溜息をつかされる。

（――でも、今度は弄られるとかなさそうだし、むしろ前の試練よりも楽かもしれない）

シンシアがそう思案していると、床がガコンと開き、ギミックが浮上する。そこには腰の高さぐらいまである階段があった。ただし、普通の階段と異なる箇所がいくつかある。階段の最上部は二股に分かれており、ご丁寧に足あとのマークが描かれていた。中心部は空洞になっており、そこにはガラス製の漏斗が設置されている。

さらにその下方にはガラス製の小瓶があり、小瓶の中ほどに赤いラインが引かれている。つまりはお立ち台プラス和式トイレのような装置であった。

（――前言撤回、もう何も言えないわ……）

これではまるでさらし者である。幸いにして観覧者はこの悪趣味なダンジョンマスターしかいないのが救いであろうか。オナニー台ともいうべき悪趣味なその見てくれにシンシアは心の中で毒づくのであった。

【愛液の採集は指定の場所で行われますのでご注意ください。制限時間などはございません。ゆっくりとお楽しみください。それではスタートします】

採集装置の上に追記の説明が現れる。後ろに衝立が現れ、今回もシンシアの痴態が、カイルから見えるリスクは消えた。

「カイル!!　ちょっと謎解きに時間掛かりそうだから、結界魔法《キャンプ》張って待ってて、お願い!!」

シンシアが衝立から顔を覗かせ、入口のカイルへと叫んだ。どうやら喘ぎ声以外は普通に聞こえるようだ。彼は頷き、荷物をその場に置いて拠点作りを始める。未だ不安そうなカイルから、『頑張って、しー姉ぇ』と声が掛けられ、彼女は笑顔で返した。

そして、シンシアは振り返る。目の前にある採集装置。この迷宮の支配者は、きっと自分が脚を開き、しゃがみ込みながら卑しくも自ら性器を弄り、そして絶頂を迎える姿を楽しむつもりなのであろう。

彼女は想像する。自ら修道服をたくし上げ、自慰に耽《ふけ》り、丸出しにしたお尻をふりふりと震わせながら絶頂し、愛液を垂らす己の姿を。それはなんとも受け入れ難い光景であったが、

――しかし、それだけのことであった。

カイルには知られることはない。前回の試練のように誰かに好き放題弄ばれるわけでもない。ならばいつもの秘め事と変わらないではないかと、シンシアは考えた。それぐらいで夢が叶うなら、彼との結婚生活の資金が手に入るなら、まだギブアップなどしなくてもいいのではないかと。

そう決意を固めたシンシアを他所に、

「第一カメラ角度よーし、二カメは顔をあっぷで、ここ大事よー？　三カメはアソコと顔を同時に映して、四カメは後ろから全体を、お尻を舐めあげるように。五カメと六カメは正面かな、おっぱいを中心に、後方に引く感じで――」

徹は管理層で趣味に勤しんでいた。

「さあ、録画《REC》すたぁあああああとぅ!!」

遠視投影に映るシンシアが階段を登り、マークに合わせて脚を開く。そしてするするとスカートをたくし上げそのまましゃがみ込むと、自然に彼女の脚がM字に開き、白くまるいお尻と、先ほど散々徹に弄ばれた花弁が現れる。直に外気に触れ、きゅ、とひくつく様子が正確に録画されたのを確認すると満足気に頷いた。

【挑戦者を確認しました。姿勢サポート機能開始します】

和式トイレに座り込んだようなシンシアの各部を透明な魔法のギミックが支える。ふわりと、彼女の体から窮屈な負荷が消え、まるでベッドで寝ている時のように力を

入れなくても姿勢が保たれていた。

（……まったく、変な方向に至れり尽くせりなのね）

そう心の中で呟くと、自分が卑猥な格好をしていることを再認識してしまう。修道服は捲り上げられ、下半身は下着もつけず、丸出し状態。白い素肌がぷるぷると外気に晒されている。トイレの時だってこんな格好はしない。

「……んっ」

そんな、はしたない格好を自覚しながら、シンシアは自分の胸をゆさゆさと揉み始めるのであった。さっきのブロックでは決して弄ってもらえなかった胸。そう、彼女の胸は痺れるようなむず痒い感覚がずっと溜まっていたのだ。指を這わせれば、修道服越しでもはっきりとわかる凝り固まった乳首。手の平でさすり、手で揉み込みそして、服越しに摘んで、焦れったい感覚を昇華させる。

「ふぁ、……んっ、すごい、……痺……れる、はぁっ……、あうん♥」

ツンツンに尖った乳首をどこかしら幼さが残るカイルに吸ってもらう。それがいつもシンシアが思い浮かべる自慰のシチュエーションであった。ちゅっちゅちゅちゅっちゅとおしゃぶりされながら、こりこりと思い人に弄ってもらうのだ。

「うふふ、……あんっ、もう、そんな強く吸っちゃだめ、……ゆっくり転がして、ね♥」

片方の手で胸を下から寄せて上げ、服に押し当てられた乳首を人差し指でコリコリと弄びながら、腰をくねらせる。

（うわぁ、シンシアちゃんは、結構性に対して貪欲なのかもなぁ）

そんな彼女の様子を見ながら徹は思った。

シンシアはこの歳までずっと聖職者である。顔立ちは整っていたので言い寄る男は居たものの、その度に彼女はカイルをだしに交際や結婚の申し出を断っていた。しかし体と心は別物である。心はカイルで満足していても、体はそうはいかない。快感への渇望を密かに蓄積しながらも待っていたのだ。彼が一人前になるのを。年下であり、まだ駆け出しのカイルでは結婚しても生活がおぼつかない。かといってシンシアが養うというのもカイルのプライドを傷つけてしまう。そんな心を落ち着かせるために、ずっと自分で体を慰め続けていたのだ。

「カイルっ、カイルっ、好きっ、カイルになら何されてもいいの、はぁ…はぁ…♥　シンシアお姉ちゃんはカイルのことが好きだから、乳首をこんなにはしたなくしちゃうの——あぁん!!」

M字開脚のまま、シンシアは服越しに両方の勃起した乳首を指でさすっていく。時折ぷにゅんと指を沈ませ、くにくにと乳首を転がす度に花弁がいやらしい潤いに満たされていく。

「んふ……あっ、やんっ、気持ちいっ、カイルぅ……お姉ちゃんのはしたないところもっとお仕置きしてぇ……♥」

そして左手で胸を揉みながら、彼女の右手が股間へと伸びて、クリトリスをいつもの調子でつん、とつっついた。

「──ひん♥」

それは予想外の激しい快感であった。いつもならつんつんと指先で弄び、その短くも芯に響く快感に酔いしれるのだが、指に返ってきた感触は、にゅるんである。当然のことながら、指に伝わってくる快感も、いつもの自慰行為を遥かに上回る衝撃であった。恐る恐る股間を覗き見れば、そこは蜜に溢れ、くちゅくちゅにほぐれた花弁が弄って、弄ってとひくついている。

「やだ、わたし……なんで？」

（そりゃ、アレだけ弄ってあげたからなぁ……）

しみじみと管理層で、シンシアの痴態を徹は思い出した。

そして考える、彼女は一途で素直で、エッチで素敵なお姉さんだと。ただしここから電波思考。こんなかわいくて食べ頃のお姉さんは誰かがしっかりと食べてやらねばと、清く正しく捻《ね》じ曲がった笑いをあげる。その笑い声を背景に、遠視投影の中で彼女の指が再び動き出す。

「ふぁっ……ああっ……やぁ……っ、んっ、……あんっ……あっ、あっ──これ、気持ちい、止まらない……はぁはぁ……止ま……らないっ──これすごい♥　止まらない♥きもちいのきもちいの、これ、きもちいの♥」

花弁の入口を掻き回しながら、指で愛液を掬い取り、勃起したクリトリスを指で弾いたり、摘んだりと、奇しくもシンシアは無意識の内に徹にギミック椅子でされた責めと同じ行為を繰り返す。

「カイルぅ……、カイルぅ……あんっ、……お姉ちゃんの、シンシアお姉ちゃんのいやらしいこっちも吸ってほしいのっ、ふぁ……あっ、ちゅるちゅる音を立てて吸ってほしいの♥」

ちゅくちゅくちゅく、ちゅくちゅくちゅく、とリズミカルに淫猥な音が周囲に響く。彼女はクリトリスから指を離し、二本の指で挟むように割れ目をきゅっと圧迫し、性器全体を揺するように前後に指を動かすと、花弁からいやらしく溢れた愛液がぼたぼたと垂れていく。

「んあぁあぁ……、カイルぅ、──えっちなお姉ちゃんをゆるしてぇ……っ、おっぱいだけじゃなくて、お姉ちゃんのアソコもちゅうちゅう吸って♥　お姉ちゃんのことなんか気にしなくていいから、いっぱい吸ってぇ――あぁん♥」

先ほどの試練と負けず劣らず硬く勃起したクリを、シンシアの愛液に濡れた中指が、引っ掻くように弾き出す。中指がクリトリスを激しく弄ぶ度に、彼女の肉芽はより、快感を得ようと硬くなるのであった。

「あぁあ……あっ……あっ、あそこかゆい、かゆいの。――カイルぅ、お姉ちゃんのあそこ痒いのぉ……あっあっ、気持ちい♥　こんなの、こんなのぉ……わたしぃ……♥」

ピチピチピチ、とさらに濡れ濡れのクリを弾く音が周囲に大きく響いた時、それはシンシアの目の前に現れた。

【第三ブロック侵入ミッションクリア。おめでとうございます、第三ブロックへの侵入を許可します。ブロック障壁の前までお進みください】

「――え？」

【第三ブロック侵入ミッションクリア。おめでとうございます、第三ブロックへの侵入を許可します。ブロック障壁の前までお進みください】

「……え、だって、わたし……、まだ……」

【第三ブロック侵入ミッションクリア。おめでとうございます、第三ブロックへの侵入を許可します。ブロック障壁の前までお進みください】

シンシアは呆然と下方を見る。小瓶は既に赤いラインなどゆうに越え、今や溢れんばかりになみなみと彼女が垂らした愛液を湛えていた。その状況にシンシアは思わず我に返る。

――足元に広がるまるでお漏らしをしたかのような水たまり。

――姿勢制御魔法により掛かり、まるで娼婦のように股間を広げている現状。

――そしてだらしなく口元から垂れる唾液の糸。

いったい、誰がどうしてこの状況を作ってしまったのか。

「うーん、シンシアちゃん、溜まってたんだねぇ、好みの弄り方もわかったし、俺も頑張っちゃおうかな？」

シンシアの痴態を管理層から遠視投影で見ていた徹はニヤニヤと呟いた。

（わたし……、わたし……）

シンシアは考える。自分はいったい何をしていたのか。カイルを思いながら自慰に耽るのはいつものことだ。しかし、自分は今確かに、ついさっき何度も何度も辱められた方法で、自分を慰めていなかったか。

――そう、まるで誰かに教え込まれたかのように。

カイルを思いながら、誰ともわからない何かに教え込まれた方法で、気持ちいいと。

――すごく、気持ちいいと、感じていなかったか。

ぞ、ぞ、ぞ、とシンシアの背筋を立ち上るのは背徳感か、それとも他の何かか。

その瞬間、カチンと彼女の中のスイッチが切り替わってしまう。今胸の内を支配しているのは、あられもない羞恥心でも、いいように踊らされているという屈辱でも、ましてやカイルに対する後悔の念でもなかった。

さっきのブロックで味わえた次元の快感まで、後少しでいけたのにという、快感への後悔と渇望である。

（あの時はそう、あの指は私のクリトリスを優しく捏ね回したの）

そうすると下腹部に焦れったいような痺れがじくじくと溜まるのだ。

（それで途中で強く弾いたり、きゅっと摘むと、いっぱいお汁が出るの）

そうすると花弁は愛液をしとどに溢れさせ、それをクリに塗ると今度はさっきよりも強い刺激を与えても、大丈夫になるのだ。

（それをどんどん繰り返すと、弄っただけ、ふわふわして、腰がびくんびくん震えちゃって）

くちゃくちゃくちゃ、ちゅくちゅくちゅく
シンシアの右手が貪欲に股間を貪り始める。コリコリとしたクリトリスを激しく擦ったり、花弁の入口を掻き回したりと、徹が行った行為を繰り返し繰り返し忠実になぞっていく。

「……ふぅ……ふっ……んっ……ん……ん♥　……ッんぐぅ♥」

彼女はおもむろに胸を弄っていた左手を股間へと持っていく。はらりと修道服がズレ落ちるが、シンシアは修道服の裾を口で咥えると、再び股間を捏ね回し始めた。

（入口をくちゅくちゅ掻き回して、もう一つの手で、こりこりするの、ぴんぴんするの）

「……んふっ……んっ……うぅんっ、……んっ……んっ、……んっ……んーっ……んっ♥　……んっ♥」

シンシアの口から漏れていたかわいらしい喘ぎ声が女の本気声に変わっていく。理性から本能へ、人から獣のような行為へと堕ちていく。

「うわぁ……、これ、たまんねぇわ」

徹の目の前の遠視投影の中で、シンシアのクリトリスは右手の中指と人差し指で弾くように弄ばれ、そして割れ目は左手によりやわやわと掻き混ぜられて形を変えていく。修道服という聖職の衣に身を包みながらも、白い肌を晒し、股を広げて裾を咥えながら尻の穴までぐちゃぐちゃに濡らして、両手で性器を陶然とした表情で弄ぶシンシアは、徹の劣情を掻き立てるには十分な姿であった。

その光景に当てられて、反射的に思わず肉棒を扱きそうになる徹だが、なんとかすんでの所で、踏みとどまる。漸《ようや》くここまで来たのだ。まだ彼女は自ら快楽を求め始めただけである。彼に溺れたわけではない。

「………い……ちゃ、いっちゃうぅ……♥　今度こそ、今度こそわたし……わたし……、すごいの……、すごいのがきちゃう——、いっ……うっぅぅぅうう♥」

そしてシンシアは両の中指を使い、きゅ、とクリトリスの皮を剥き、その陰核を露出させた。教わった通りにそのまま人差し指をその剥き出しの肉芽へと、伸ばし、こり、こり、こり、と優しく撫で上げると、彼女の体の奥に潜む快感の坩堝から電気的な何かが体中に染み渡る。

「ふあ、ふあああああああん、い、いくぅ、いくうううううう♥」

普段出さないような猫撫で声がシンシアの口から漏らされる。今の彼女の股間は、触れば触るだけ快感をもたらす魔法の小箱である。今この時、彼女の女は目覚めた。本気でイくということに。

「い、いいっ♥　き、きもちい♥　きもちいっ♥　んっ、あっ、んっ♥」

その間、尚も両の指は、敏感な肉芽をさわさわと撫でて、そしてカチカチにぴんと勃起したことが十分に指から伝わると、シンシアは、きゅ、と剥き出しのクリトリスを指で押しつぶした。

「ああん!!　気持ちい!!　——いっちゃう!!　——いっちゃう!!　ふあああああああん♥!!」

叫ぶと同時に、ぶしゃっ、ぶしゃっと、彼女は何回も盛大な潮を花弁から吹き出させた。

【第三ブロック侵入ミッションクリア。おめでとうございます、第三ブロックへの侵入を許可します。ブロック障壁の前までお進みください】

徹が仕込んだ遠視投影のメッセージだけが、静かにその場に映り続けていた。

「うし、次も気合入れてシンシアちゃんを虜にしなきゃな」

そして彼は遠視投影に映る気持ち良くまどろむシンシアを後目に、次の管理層へと移動するのであった。

（――もう、なにやってるのよ、私は……）

クエスト条件クリア後も、快感を求めることを我慢できず、激しく自慰を行ったことをシンシアは深く後悔していた。

（カイルは私を信じて待っていてくれているのに……）

だが、あのまま自慰を中断することは最早できなかったのだ。徹の愛撫により、自分の快感の次元を引き上げられてしまったことを彼女は漸く自覚する。もう昔の自分に戻れないであろうという、そんな予感じみた何かが彼女の表情を曇らせる。

（お股、気持ち悪い……）

先ほどの絶頂の後、シンシアはしばらくM字開脚で下半身を丸出しにしたまま呆けていたため、愛液が乾いて陰毛に絡みつき、カピカピになってしまっていた。歩く度にチクチクと陰毛がクリに絡み、むず痒さを再び彼女の体に蓄積させていく。そして、シンシアは第四ブロックの前に立つ。ジジ、と遠視投影が映し出される気配がすると、今度はどんな内容になるのかを固唾を呑んで見守った。

【第四ブロックの侵入クエストはありません。挑戦者はブロック内に侵入し、体を清めてください。その後、第五ブロックへの侵入クエストが開始されます】

「どういうこと？」

その内容に思わずシンシアは声を出した。

「こういうことだよ、シンシアちゃん‼」

徹の叫びと共に、第四ブロックの床が割れて浴槽が現れる。中は温水で満たされ、そして贅沢にも香草が浮かんでいた。かなり広い。ゆうに大人四人は入れそうな案配である。立ち上る湯けむりの中、彼は風呂に浸かりながらちょいちょいとシンシアにおいでおいでをする。

「いやぁ、ちょっとシンシアちゃんと話したくってさ、初めましてだけど知らない仲じゃないし、どう？　一緒にお風呂に入りながらトークタイムといかないかい？」

そんな湯船に浸かる不気味な男の軽いノリを見て、シンシアはこの男がダンジョンの支配者であることを確信した。

【声はカットしておいたよ、これからの試練も安心して乱れてね☆】

あの空気を欠片も読まない遠視投影のメッセージを思い出し、ふつふつと怒りが込み上げると同時に、シンシアの脳裏にギミック椅子での激しくもねちっこい愛撫が思い出された。

――知らない仲じゃないし。という先ほどの徹の言葉がそのことを指していると自覚した時、彼女は恥じらいで顔を真っ赤にさせながら、徹に向けて叫んだ。

「あ、貴方……、私を、私とカイルをいったいどうするつもりなの⁉」

「ん？　別にどうも。ギブアップしても命までは取るつもりはないし、シンシアちゃんの処女だって、望まれなきゃいただかないよ？」

徹の答えた内容はシンシアにとって実に意外な返答であった。命までは取られなくとも、少なくとも魔物や触手の慰み者になることなどを彼女は予想していたのだ。

「――え、そ、そうなの？」

「信じてもらわなくてもいいけどねー、俺のダンジョンはギブ&テイクだよ。シンシアちゃんが試練に耐えれば、報酬を得る。それだけの話。ギブアップの場合は、どうするかはまだ考えてないけど、まあ悪いようにはしないよ。俺にそんな性癖ないし、何よりシンシアちゃんみたいなエロかわいい子を殺しちゃうなんて趣味じゃない」

エロかわいい、というフレーズにシンシアはぴくんと反応するが、理性の方がまだ勝る。徹のその言葉を鵜呑みするほど、この横道の変態ギミックは彼女にとって甘いものではなかった。当然の如く口から出されるのは疑念の言葉である。

「――そんなの、信じろっていうの？」

しかし、当の彼はその疑念を肯定する。

「だから信じなくていいってば。でもさ、ギミック椅子でシンシアちゃんがイッちゃった時も、その次でぶしゅーって潮吹いて呆然としていた時も、俺、無理やり襲わなかったでしょ？　絶好のチャンスなのに」

「――それは、そうだけど……」

「ま、フェアな勝負かっていうとそうじゃないのは認めるよ。でもここ俺の支配領域だし、四階までで君達もある程度稼いでいるだろうし、お互い様だよねー？」

そこまで会話した所で、二人の間に沈黙が訪れた。

そして一つ溜息をついて、沈黙を破ったのは徹である。

「……てことで服脱いでお風呂入らない？　気持ち悪いでしょ？　ほら、一応クエスト条件だし」

【第四ブロックの侵入クエストはありません。挑戦者はブロック内に侵入し、体を清めてください。その後、第五ブロックへの侵入クエストが開始されます】

再びシンシアの目の前にぴこんと、遠視投影が表示される。それを見て彼女は諦めたように頷いた。

「……わかったわ」

するすると布が擦れる音の後、湯けむり越しにちゃぽんという音が浴槽に広がった。ゆっくりとその身をシンシアは湯につける。長い金髪がお湯に広がり、ゆらゆらと揺れた。その様子を湯船の反対方向で見つつ、徹は首を傾げる。

「……隣来ないの？」

「――行くわけないじゃない」

「うーん、話はまだあるんだけどなぁ、仕方ない」

そう言うと徹は立ち上がりシンシアのもとへじゃぶじゃぶと浴槽の中を歩いていく。

「――やだ。ちょっと、こっち来ないで、また私に何かする気でしょ」

「もう、さっきも言ったでしょ？　クエストの最中ならもちろんするけど、シンシアちゃんが要望しない限りは、話しかしないから」

そう言って、浴槽の角に逃げた彼女の横にざぶん、と徹は腰を落とした。そしてジロジロとその裸体を舐め回すように見る。

「ゔーい、いい湯だねぇ、それにやっぱシンシアちゃんエロかわいいなぁ。カイル君もこんなにエロい体を放置しておくなんて罪だねぇ？」

シンシアは胸や股間をまじまじと見つめる彼の視線を両手で防ぎながら、徹を改めて見た。

「……」

「ん？　どうしたの」

「……いえ、案外普通の外見で、想像していたのとは違ってたから驚いただけ」

「そうかね、どう？　俺いい体してるっしょ。なんせ五年間かけてこのダンジョンを一人で掘ったからな、ほらこの指見てみ、ゴツゴツして太いだろ」

そう言って徹はシンシアの目の前に指を出す。うねうねとうねるその彼の太い五本指に、彼女はギミック椅子で自分の下半身を撫で回した無骨な感覚を思い出す。あんな太い指で、股間を弄られたという事実が下腹をきゅと締まらせた。

「――これでオマ○コ弄られると気持ち良かっただろ？」

「そんなこと……ないわ」

そんなことないわけがなかった。シンシアがギミック椅子でこの無骨な指にイかされ続けたのは事実である。そして今も、どういうわけかうねる徹の指から目を離せない。

「いやぁ、あの時のシンシアちゃんかわいかったなぁ‼　自分の指を甘噛みしながら気持ち良すぎてスンスン泣いちゃって、ほら、俺の後始末クンニ気持ち良かった？　いっぱい舌で掻き混ぜてあげたのに、さっさと席立っちゃうんだもん、ちょっとショックだったぜー」

それも否である。シンシアにとってあの舌の愛撫は確かに気持ち良かったのだ。そのままで居たら、もう元には戻れない気がするほどに。ちゃぷん、と徹が立ち上がる。シンシアの目の前に血管が浮き出るほど硬く勃起し、そそり立つ男根がぶるんと現れる。

「これ見てくれよ、カイル君のと違ってでっかくて太いだろ？　シンシアちゃんのオナニー見てから勃ちっぱなしだ」

シンシアの目の前で揺れる逞《たくま》しくそそり勃つ肉棒、そしてその後ろにある鍛え抜かれた腹筋と、引き締まった徹の体。そして節くれだち、ゴッゴッと硬く太く変化した指。それらは魔法で身体強化を行っているカイルには決して望めないナチュラルな雄度であった。彼女の女の部分が無意識に唾をゴクリと飲み込ませる。

「それが……なんだっていうのよ、もしかして口説いているの？　だったらお生憎だけど、私が好きなのはカイル。それは変わらないわ」

そう言ってシンシアはぷいと横を向く。

ちゃぷん、と徹が再び湯に浸かる音がした。

「結構結構、でもそういうことじゃない。俺はシンシアちゃんの好意が欲しいわけじゃないんだ。別にカイル君を好きでもいいよ」

変わらないトーンで返答する徹。シンシアはその調子に少し、不気味なものを感じた。外見こそまともだが、この男は何かがおかしい。

そんな違和感を彼女は徹から感じ取る。

「――じゃあ、何が言いたいのよ」

「うん、ぶっちゃけるとさ。シンシアちゃん、俺の肉便器にならない？」

それは身も蓋もない発言であった。

「あ、貴方何を言ってるの⁉」

「別におかしいことは言ってないけどなー、シンシアちゃんこそ、カイル君程度のチンポとセックステクニックでこれから満足できると思っているの？」

シンシアは改めて理解する。この男の頭の中は性欲しかないと。だがしかし、その男、徹から続けて吐き出された言葉は――残酷なまでに、彼女の現状を抉《えぐ》るものであった。

「大体報酬を手に入れた後、シンシアちゃんとカイル君はどうするの？　お金を手に入れて結婚？　あのカイル君のチンポはエロかわいいシンシアちゃんをどれだけ満足させてくれるの？」

「そんな、私とカイルの思いに、性欲なんか関係な――」

「カイル君はそうかもね。でもシンシアちゃんは違うでしょ？」

間髪入れずに、返された徹の言葉に、シンシアはとっさに言い返すことができなかった。

「エッチな技はなんとかなるかもしれない、だけど体は別だよぉ？　俺の指であんだけ掻き回された感覚は、絶対味わえないよ？　シンシアちゃんの心は満足できても、体は満足できるの？」

「……できる……わよ」

「無理だよ」

「なんで、……なんでそんなこと、貴方にわかるのよ……」

シンシアの震えた声に、徹はニコニコと笑いながら、その太い指を彼女の胸に向ける。

「――こんな話をしてるだけで、シンシアちゃんの乳首、すごい勃起してるよ？　俺の指で摘まれたり、お口でしゃぶられたりすること、想像しちゃった？」

「……っ……これは、貴方が用意した試練の所為で……っ」

体を庇うように抱きかかえながら徹を睨んだ。

「うーん、シンシアちゃん頑固だなぁ？　俺の肉便器になればいつでもエッチしてあげるっていうのに。ま、いっか、次の試練頑張ってね？　俺の気持ち良さを本気でわからせてあげる」

「な、何をする気よ」

「大丈夫、処女も奪わないし、痛くもしない。ただいっぱい気持ち良くなってもらうだけだよ。でも試練を全部耐えきっちゃったら、しょうがないね。諦めようかなぁ……」

そう言って、徹はシンシアに改めて向き直った。

「……ふーむ」

「な、何よ、まだあるの？」

「いやさ、なんか今の言葉責めでシンシアちゃん、めちゃめちゃ興奮しちゃったみたいだし、慰めてあげようかなって。このままだと次の試練も影響でそうだし、何回かイッておいた方がいいんじゃないかなって」

「――結局、いろいろ建前を並べた所で、また私の体を弄ぶのね、この嘘つき‼」

徹のその言葉に、彼女は思わず湯船から出ようとするが、しかし当の彼はまったく追う気配を見せない。

「言ったでしょ、ここじゃ君の要望がない限りは手を出さないって」

そう言って彼は彼女に向けて、湯冷めしちゃうよと手を伸ばす。

「え、ええ……」

その徹の反応に、拍子抜けしたような表情を浮かべ、シンシアは彼の手を掴んでちゃぷんと湯の中へと戻った。

「で、どうする？　今まで以上のことはやらないからさ、ここは犬に噛まれたと思って、イかされてみない？」

そう言って徹はシンシアの指の間に自分の指をこすこすと擦り付けた。それはまるで恋人同士のコミュニケーション。彼女の指の隙間を行き来する無骨な指が、どうしても卑猥な行為を彼女の脳裏に思い起こさせてしまう。ただ指を擦り合わせているだけなのに、犯されている気がするのは何故だろうと。それがあまり嫌でなく、むしろ焦れったく思えてしまうのは何故だろうと。

長い葛藤の後、シンシアはうつむき呟いた。

「……よ」

「ん？」

「……好きにすればいいって言ったのよ。よく考えたらどうせ後でも今でも、どのみち体を弄ばれてイかされることに変わりはないじゃない、もうここまで来たら変わりないわ……」

それは諦めにも近い声。

「了承だよね、それ？」

そして尚も確認する徹に対して、シンシアはきっと睨みつけ、

「――でも約束は守って、これまで以上のことはしないって。それとここで誓うわ。私はカイルとの未来を諦めない。絶対次のクエストも突破してみせる。そのためなら貴方のその歪んだ欲望だって利用してやるわ!!」

先ほどの気弱なテンションとは打って変わって、シンシアの目に強い意志の火が灯る。

そんな彼女の啖呵に対して彼は満面の笑みを浮かべた。

（いい、いいなぁ。そしてお馬鹿だなぁ、シンシアちゃん!!　今までその心の誓いを何回立てたのか、そしてそのすべてが崩れ去っていることをシンシアちゃんは理解しているのかな？　くっくっくっ、絶対にモノにしてあげるからね～）

そして徹の両手の親指と人差し指が、シンシアの勃起した乳首へ向けて伸びていく。一瞬胸を庇う彼女だったが、

「ん？　嫌ならやめるけど？」

と彼が呟くと渋々とその手を退かす。彼女は気づかない。彼女の心は彼を受け入れていなくとも、体は彼を受け入れかけていることに。

「……んっ♥」

きゅっと徹に両乳首を摘まれ肩をすくめるシンシア。そ

して彼は乳首をやわやわと捏ね回す。指が乳首をコリコリと刺激する度に、彼女の口から否が応でも吐息が漏れてしまう。

「んはぁ、ふぁ、やぁ……ん……♥」

そして彼は時折摘んだ乳首を引っ張る。

「やだぁ、恥ずかしい……」

シンシアの形の良い胸がきゅうっと前方へと引っ張られるが、徹は軽く乳首を摘んでいるだけなので、ある一定の位置で彼女の胸はぷるん、と徹の指の拘束から離れて元の位置に戻る。その時どうしたって徹の指とシンシアの乳首が擦れてしまい、

「――ふぁあんっ」

シンシアはその刺激に思わず声を漏らした。

そしてまた再び徹の指が彼女の乳首に伸びる。

「んあ……、やぁん、あっ、だめ……お願い、指でこねちゃ……だ……め、恥ずかしいの……きもちいの、はぁん♥」

徹はあえて胸を揉みしだかずシンシアの乳首だけを弄ぶ。

「それじゃ引っ張るのは？」

ぷるん、ぷるん、と乳首を摘まれ、引っ張られ、また繰り返し摘まれる。

「……やぁんっ…、やだぁ、やるなら……もっと、ふぁんっ、優しく……」

「優しく捏ねるの、それとも扱くの？」

シンシアの懇願に、徹は右の乳首をやわやわと愛撫する。同時に左の乳首に対しては、勃起している側面を親指と人差し指で扱いてあげた。

「あっ……だめぇ、……だめぇ、ちくび痒くなっちゃうぅ……んぅっ……あっ……んっ……ん♥」

「だめなの？　それじゃこうして引っ掻いてあげたり」

徹は人差し指で、くいっくいっとシンシアの乳首を爪で弾いてあげた。悲しいほどコリコリに育て上げられた彼女の乳首は彼の指に弾かれる度に上下にぷるぷると震わされる形になる。

「んあっ、ふぁああんっ。……あぁん、それ……も、だ……めぇ…、んっ♥　……んっ♥」

「うーん、これでだめなら、後は――」

そう言って徹はシンシアの胸を大きく揉み込む。今まで乳首に重点的に集約されていた快感が胸全体へと分散し、彼女のおっぱいすべてが一つの性感帯としてフルに機能する。

「ふぁ、あんっ、あぁぁんっ、……やんっ、……あんっ、……あんっ」

「気持ちいい？　シンシアちゃん？」

「気持ち良く……んっ……なんてない……、——あんっ♥」

気丈に強がるシンシアに対して、徹はリズミカルに彼女の胸を揉みながら、その先端へゆっくりと顔を近付ける。

「あ、だめ。……それは、カイルのなの、それは……っ」

——ちゅぱっ
「んっ」

硬く勃起した彼女の乳首を彼はまず優しく咥え、

——ちゅるちゅる
「……っ……ふっ……んあっ」

次の唇を窄め、ゆっくりと吸い上げ、

——はむ、れろれろれろ
「——あっ、やっ、あっ、やんっ」

さらに口を広げ、口内で硬く反発する乳首を舌でいたぶり続ける。

——ちゅぱっ、ちゅぽんっ
「ふあっ、……ふあああっ」

そして、乳首を吸っては唇で弾きを繰り返し、

——ちろちろちろちろちろ
「やあああああ、だめえええぇぇ……、だ……めぇぇぇえっ」


彼女の大好物である舌先愛撫をしてあげるのであった。

乳首舐めという決して自分では試すことができない種類の快感と卑猥さに、彼女の心は大きく動揺する。

「それじゃもう片方のおっぱいもね」

耳元で囁《ささや》かれた徹の言葉を聞き、為すがままにもう片方のおっぱいも弄ばれて、シンシアは絶頂を迎えるまで完全にその意識と体を徹に預けることになる。ぷじゅ、と徹の口から唾液が彼女の乳首に垂らされる。さらに期待される強い刺激に、シンシアは思わず身を震わせるのであった。

結局この後、彼女はおしっこのポーズで徹に抱え上げられ、右の脇の下からおっぱいに吸い付かれながら、後ろから回された彼の両手によりクリとオマ○コを刺激され、二回。そしてさらに反対側のおっぱいに吸い付かれて二回の絶頂を迎えた。

その後、顔面騎乗で腰を振らされて一回。自分一人では知ることができなかった乳首への舌による刺激はシンシアの快感に対する羞恥のリミッターを簡単に取り外した。自ら脚を開き、男の顔の上で腰を振るという行動で、また一つ彼女の性に対する壁を取り払う。

そして、お風呂の中で徹に執拗にクリを扱かれて一回。

さらに湯船の縁に座らされて、下半身を抱え込まれて乳

首とクリを同時責めされて一回。挙句の果てには、再びおっぱいに吸い付かれながらのオナニーで、彼女は放尿して果てた。

計八回の絶頂である。

ぐったりと動かないシンシアを見ながら、

「いやー、第五ブロックに向けてシンシアちゃんの弱点を探すために軽い気持ちで始めたのに、エライことになっちゃったなぁ。でも効果はバッチシだ。よーし頑張るぞー」

と徹はウキウキで管理層へと帰っていくのであった。

このブロックで、シンシアは絶頂の度に、徹の後始末クンニで残り火を掻き立てられる。絶頂後もその口を花弁から離さず、震えるクリを口に含まれたり、愛液を出し続ける花弁を優しく舌で掻き回されると、彼女はどうしようもなくその体を火照らせてしまうことに気づかされた。

絶頂後にしなだれ、だらしない姿勢のまま、時にはクリだけをずっと舌で転がされ、時には指でひだひだをやわやわと弄ばれる。そんな卑猥な自分の格好にシンシアは強い羞恥と快感を感じてしまうのであった。結果的に今回、まだ経験が浅い乳首舐めやクリ舐めを多用されたことにより、何度も絶頂へ至れる道を徹にいくつか開発されてしまう。

しかも最後などは一時間近くおっぱいと乳首を舌で嬲られ、自分から進んでクリを擦りあげるという痴態であった。

徹と自分の、計四本の手で剥き出しのクリを弄び、あられもなく放尿という、実に卑猥で貪欲な絶頂である。

「後、少し、……後少しなんだからぁ……」

それでも快楽のまどろみの中で、彼女は健気にも自分に言い聞かせるのである。自分はまだ処女である、まだカイルに抱かれる資格があるというその最後の砦が、最早砂上の楼閣とも気づかずに。

■■■

第五ブロックの入口にて、シンシアは立ち止まる。

そこに徹の姿を確認したからである。

「……なんで貴方が居るのかしら？」

既にその理由を予測できているのか、さして驚きを感じさせない様子で彼へ問いかけた。

「いやぁ、そんなの決まってるじゃん、シンシアちゃんもわかってるくせに」

そう言って徹がパチンと指を鳴らすと、シンシアの目の前に遠視投影が表示される。

【第五ブロック侵入クエストが始まります、挑戦者が指定

の箇所を両手にて三十分ホールドすることで侵入が可能になります。尚、この試練でもセーフティーの利用が可能です】

音声での説明が完了すると同時に、がこんと彼女の前に二本の柱が現れた。柱は彼女の肩幅より少し広い程度の間隔が置かれていて、さらに胸の高さより少し下に棒状の取っ手が付いていている。

(つまり、両手が封じられた状態で、今度は弄ばれるってわけね……)

シンシアはそう心の中で毒づくが、その試練の内容に逆にどこか安心をしていた。

「……ねぇ、いくつか質問いい?」

そう言って徹へと向き直り、どこか強気の表情で問いかける。

「さっきのブロックで貴方が言った、処女は奪わない、って約束は信じていいのかしら?」

「もちろん、シンシアちゃんが望まない限りはね」

あり得ない、そう心の中でシンシアは再度誓う。体の外側は随分と徹に開発されてしまったが、内側まで侵略をされなければ、自分の心は折れない。それは彼女にとって最後の砦である。逆にもしあの指や性器で内側からお腹の中を擦られてしまったら、との仮定が一瞬シンシアの脳裏をよぎるが、頭を振ってその可能性を考えることをシンシアはやめた。

「もう一つ、セーフティーって最初のと同じ手枷のこと?」

「そゆこと、シンシアちゃんが感じまくっちゃって、条件の取っ手から手が離れないように、今回は手の平を取っ手に吸着する形だけどね」

(つまり、三十分だけ耐えれば――)

自分とカイルの目的を達成できるではないかと、彼女は気づく。今までの試練からして、ギブアップ条件は彼女自身が諦めるか、快楽に溺れて自ら徹に屈服した時だけである。

そしてシンシアは意を決して柱の取っ手を掴んだ。

「やるわ、セーフティーはありにして」

【第五ブロック侵入クエスト・スタート　セーフティー発動、カウントを開始します】

【29:59】

【29:58】

【29:57】

両の手で取っ手を掴んだシンシアの後ろ姿を見て、徹はその口を広げ声を出さずに笑う。今、この女は完全に罠にハマったのだと。彼女は目先の報酬と、逸る心を抑えきれずに、事実のみに執着し、真実を見誤った。その愚かしくも愛すべき素直さは、彼の逸物をより硬く充血させていく。

「シンシアちゃんがそのことに気づくのはもうちょっと後かな。……とりあえずこの三十分は楽しませてもらうよ？　シンシアちゃん？」

　そして徹はシンシアへとゆっくりと近付いていく。

　まず、彼女の後ろに立つと腋に手をやって、そしてボディラインを確かめるように腰までのラインをゆっくりと撫で始めた。ぴっちりとしたロングタイトの修道服に沿って、何回もお腹や腰回りをすりすりと撫でられ、シンシアはその度にぴくん、と体を揺らす。

「んっ……はっ」

　甘く吐き出される彼女の吐息。こと徹に体を愛撫されることに関して、彼女は諦めにも似た心情を甘受していた。

「おお？」

　そして徹はその行為の最中に一つの発見をする。シンシアの胸の先、黒い修道服で多少わかり難くなっているが、そこには硬くなり、ささやかに布を押し上げ、存在を主張している突起があった。

「シンシアちゃん、乳首がもう勃ってるんだね」

　そう呟いて、その突起を人差し指でさわさわと撫でてやると同時に、徹はシンシアの右胸の下へと手を滑り込ませ、ぽんぽんとおっぱいを弾ませてやるのであった。

「だって、こんな、や……♥　ふぁ……、やんっ、……やぁん♥」

　ぽよんぽよんと、手の平でおっぱいを弾まされる度に、服と乳首が擦れて彼女へ快感を伝えてしまう。

「なるほど、シンシアちゃんはこういうのも嫌いじゃないと」

　ならば、と今度は両手でそれぞれの胸の付け根辺りを掴み、ゆさゆっさと揺すってやる。

「んっ……んっ……んっ……んっ♥」

　シンシアの体は愛撫から来る快感と、後ろから卑猥に胸を揺らされるという陶酔を貪欲に性欲へと転化し、受け入れていた。胸が揺すられ、服と乳首が擦れて甘美な快感が生まれ、乳首のしこりが大きくなっていく。

「ん……っんはぁっ♥」

　そして突如声高くあげられた彼女の声の原因は、徹がシンシアの耳孔へじゅくり、とその舌を差し入れたことだ。

　くちゃ、ちゅぱ、はむ、れろとシンシアの耳の中で反響する気味の悪い音と、柔らかに掻き混ぜられる心地良さに、また彼女の体が開発されてしまう。

「ふぁっ、――ふぁあんっ、やぁん、やぁんっ」

予想外の感覚に彼女は切ない声をあげることしかできない。そして耳を愛撫しながらも、徹は服の上から乳首をカリコリと、指で弾き続ける。

「……あっ、あっ、あっ、あっ、そ……れ、だめぇ……、……ん、はぁん♥」

口では嫌がるものの、シンシアのその表情はとろんとして快感を楽しんでいた。

「――ねぇ、シンシアちゃん、キスしよっか」

胸の愛撫を止めず、徹は彼女の耳元で囁く。

「――ふぁっ、すっ、あんっ、好きにっ、すれ、あぁんっ、……ばいいじゃ……、……ない」

「ホント？　それじゃあーんして、舌も出してくれると嬉しいな」

「……残念だけど、あんっ、はぁ……、キスはもうカイルにあげちゃったんだから……あぁんっ、もう乳首こりこりしないでぇ……あん♥」

「うーん、シンシアちゃん、それはもったいない、ちゅーってさ――」

そう言いながら徹は彼女の前へと回り込み、両方の乳首を親指と中指で摘み込む。

「――弄られながらすると、もっと気持ちいいと思うんだ」

れろん、とシンシアの口内に徹の舌が侵入する。そして同時に服の上からカチカチに育った乳首をきゅっきゅと扱き始めたのであった。

「ふぁ、……あむぅ、ちゅ、んふ……ぷはっ。や、だめ……んっんふ…ちゅ、ちゅぱ」

彼女の両手はセーフティーにより自由にならない。よって乳首への刺激も、口内への徹の舌と唾液の侵略も、彼女には拒むことも防ぐこともできない。

「――ちゅ、んっ……ふっ……むぅっ、はむ、ふあぁ」

ちゅむ、ちゅぶ、とシンシアの唇が徹に吸われ、そして口内を舐め取られ、舌を搦め捕られる度に、乳首の刺激と重なり合って脳が麻痺させられていく。

「ほら、舌突き出して……、そしたらシンシアちゃんのかたーく尖った、えっちなおっぱいの先っちょに、シンシアちゃんが大好きな指でぴんぴんしてあげるよ？」

「ふぁい……♥」

その徹の囁きに、シンシアは一瞬戸惑うがゆっくりと口を開き、その舌を徹に向けて差し出した。彼は満足そうに彼女の舌先をはむっと咥え吸ってあげる。そしてちろちろ、ぴちぴちと、お互いで舌先を弾き合う。陶然とする彼女に徹はよくできましたと、両胸の乳首を強く、指で弾いてあげるのであった。

「ひゃぁん、すきぃっ、これ、すきなのっ、——あんっ……あんっ……あはぁっ♥」

【15：28】

【15：27】

【15：26】

「ぁあんっ……あんっ……あんあんあぁん♥　ふあぁぁあ、気持ちぃ、カイルぅ、おねぇちゃん、こんなに気持ち良くなっちゃってるけど、頑張るからぁっ、ふぁ、あ、そこ、そこすっちゃ、だめぇ、かゆくなっちゃう、あそこ、こりこりしてもらわなくちゃおさまんなくなっちゃうのぅ……やぁん♥」

時は経つ。カウンターがその半分を過ぎる頃、シンシアの体は快楽を完全に受け入れていた。両手を固定され、腰を引き出され、ロングタイトの修道服を胸の上まで巻き上げられる。ずっと服の上からであった乳首への刺激を、今度は直に堪能する。後ろからおっぱいをぐにぐにと揉まれ、下からは牛のようにちゅぱちゅぱと乳首を吸われ、そして、横からはぷるぷる揺れて元気に育った乳首を、指で玩具のように弄ばれるのであった。下半身を丸出しにしてまるで犬のような格好で続けられる羞恥的な愛撫を、彼女は心のどこかで楽しんでしまっていた。

そんなシンシアの片足を抱え、徹はまるでペットや赤ちゃんに話しかけるように体位を変えた。

「は～い、それじゃシンシアちゃん、あんよを上げましょうね。かゆくなったあそこをこしゅこしゅしてあげましゅよ～？」

——くちくちくちくちくち、ちゅくちゅくちゅく
指を動かされる度にシンシアの股間がいやらしく鳴いてしまう。

「——ふあああっ、こんなかっこいやぁ、あああんっ、ああああんっ♥」

「ほらほらほらほら!!　イきたいだろ？　いっぱい焦らされたから、クリトリスいっぱい擦ってやるぞ？　ほら、こんなにこりっこりに硬くしてっ!!　シンシアちゃんは淫乱だ!!」

徹はそう叫ぶと、シンシアのクリトリスに指を当て、彼女が一番好きであろう方法で激しく弾く。ぴちぴちぴちゅぴちゅという音が次第に大きくなり、そして、

「あああああああ、いやあああ、いぐ、いくいくぅ、わた

しぃいいい、すごいの、きちゃ……ひゃああああん‼　だめぇ、だめぇぇえぇ♥‼」

両手を前で固定され、胸から下は丸出し状態。片足は地面にそしてもう片足は徹に横に抱えられたわんわんな放尿ポーズで、シンシアの股間はぶしゃ、と盛大な音を立てて絶頂を迎える。

「ふぁああん‼　まだぁ……もうゆるしてぇ、あっあっ、だめぇだめぇ♥」

――ぶしゃっ
徹の指は止まらない、ちゅくちゅく、ぴちぴち、という愛撫音はじゃぷじゃぷ、じゅくじゅくという音に変わっていた。

「い……く、また、いくぅ……ぁあん‼」

そして、徹がその指を離した後も、彼女の絶頂は続いてしまう。ぷしゃ、ぷしゃ、と細かい絶頂がシンシアの体を襲う度に股間から太ももにかけて温かい汁が流れ落ちるのであった。

【05：11】

【05：10】

【05：09】

絶頂の余韻にまどろむ彼女の視界に、残り時間のカウンターが映る。

「後、後少し、……ほんとうに、後少し……」

カウントを意識できる自分の理性に、どうやら自分の心はまだカイルを思っていられるらしい、とシンシアは再認識する。口元からだらしなく垂れる涎も、あそこから気持ち悪いほどびゅーびゅー噴き出しているはしたない行為も、後五分。後五分ですべてが終わると。

そんなふうに考えている間にも下腹部から甘美につき上げてくる快感。それにシンシアは負けまいと抵抗する。しかし徹が絶頂後の彼女の花弁をくちゅくちゅと優しく掻き回していることに対して、シンシアの体は喜びこそすれ、もう拒むことなどできはしなかった。

そんな中、徹は彼女の敏感な所を的確に舌で掻き混ぜ、そしてクリへの刺激と愛撫の音で残り火を実に的確に煽っていく。

そこで彼女は赤ちゃんのように自分のクリやあそこにしゃぶりついている徹を見て、思ってしまう。この男は本当の意味で自分に酷いことはしなかったのではないかと。性的な行為は褒められたものではないが、そのベクトルはシンシアの快感という一点に向けられていた。

「ふぁ、……あぁん。もう、こりこりしちゃだめぇ」

それは、こりこりしてほしいという願望の裏返し。ご希望通り、徹がシンシアのクリをこりこりしてあげると、彼女はそれを受け入れるように自ら徹の口へ股間を押し付けた。

【03：00】

【02：59】

【02：58】

そう、形は歪だが、シンシアは徹に対して一定の理解を持ってしまったのだ。

――それは、この上ない失策である。

【02：40】

【02：39】

【02：38】

――シンシアは知らない、このゲームは、既に詰んでいることを。

「ねぇ、シンシアちゃん」

「……な……によ、ふぁあぁ」

くちゅくちゅ、とシンシアの後ろに回り、その突き出された下腹部を指で優しく弄びながら彼は呟く。

「俺ね、お風呂でシンシアちゃんが失神してる時さ、実は一つだけいたずらしちゃったんだ」

「んっ……それが……あんっ…どうしたのよ？」

「俺ね、ずっとシンシアちゃんはクリが好きって思ってたんだ。だってギミック椅子じゃあれだけパンツをぐしょぐしょに濡らしたし。次のオナニー台でもクリばっか弄ってた」

そう言って徹は彼女のクリをこりこりと指で弄ぶ。

「んあっ……なんで今更っ、そんなことっ……あぁぁ恥ずかしい……また硬くなっちゃうぅ……♥」

「でもね、シンシアちゃんはカイル君を忘れてくれなかった、今もそう」

「だって、私はぁ……カイルのためにぃ……ふぁあああ、気持ちいぃ♥」

「だからね。俺、お風呂の時、シンシアちゃんの弱点を探すためにいろいろ弄ったんだ。シンシアちゃんが気絶してる時にね」

「――あっ、んっ、あっ、あんっ、あんっ……なに、きこえ、な、あんっ♥」

「そしたらシンシアちゃん、意識がないのに、すごかったんだ。乳首はすごく硬くなっちゃって舌を押し返すぐらいだし、あそこはぐちゃぐちゃになって二回目のお漏らしをしちゃうし、クリなんか自分から皮から出てきちゃって」

【01：00】

【00：59】

【00：58】

そして、徹はシンシアのあそこから愛液を掬い、その場所に丹念にまぶす。さらに両の親指でぐいっと広げて直接唾液を流し込んで、べちょべちょにしてから閉じてあげる。

彼女の菊門は、その潤滑油をひくひくしながら受け入れ、そして咀嚼《そしゃく》するようにひくついていた。

「……え、やだ……なに……これ、……ふぁぁあぁ♥」

「思ったんだ、シンシアちゃんはまだ自分の本当に気持ちいい所を知らないんじゃないかって。せっかくだから教えてあげるね？」

にちゃにちゃと、徹の舌がシンシアの菊門を舐め、そしてその入口をちゅぷちゅぷと掘り進める。それは、彼女にとってまったくの未知の感覚であった。しかし彼女は自覚してしまう。むず痒くも苦しい、その感覚の奥からくる、重く、甘美な快感の予感を。自分の今までの我慢など吹き飛んでしまうような、これを受け入れてしまったら決して戻れない、羞恥と被虐という自分の性欲の根源を。

「ああっ……だめ、これ……だめ……、お願い、……んっおっ、やめて……、こんな感覚、わたし、がまんできない……、こんなのおしえられちゃったら、わたし、わたしぃ……」

徹はちゅるん、と舌でひくつくシンシアの菊門を舐め、そして人差し指を立て、唾液と愛液をまぶす。

「それじゃシンシアちゃん、シンシアちゃんが大好きなお尻の穴を弄ってあげる。大丈夫、寝ている内にほぐしておいてあげたから、きっと気持ちいいよ？」

――カイル君のことなんて忘れちゃうぐらいにね？

ちゅぐ、と徹の人差し指がシンシアのお尻の穴に当てられ、そしてずぶずぶと菊門に呑み込まれていく。

「――かぁ、――ふ、あ、――ひ、だ、……めぇ……お♥……だ……め……♥」

腰を突き出し、つま先立ちになりながら、尻肉を強ばらせて懸命に彼女は徹の指の侵入を阻む。しかし。こり、こりこりこり、と彼のもう片方の指により、クリがやんわりと刺激され、

「――いやあぁあっ。やだ、やだやだぁ、はいっちゃう、はいっちゃうぅううう、こりこりだめぇ、だめなのぅ♥」

ぬっくぬっくと尻の穴が緩んでいく中、彼女の懇願を彼は素直に受け入れて、

「それじゃ抜こうか」

ずずず、と徹がゆっくりと中ほどまで入った人差し指を引き抜いた。

その時、それは来てしまった。

シンシアの脳裏に、自分が尻の穴から徹の指を生やしているという被虐的な情景と、きつく苦しい異物であるはずの指が引き抜かれる時にもたらされる肛門の解放感が。そして何より、自分の意志と反して、徹の指をくわえ込もうとする自分のお尻の穴。

「――あ、……あ、……あ♥　……ほ……おほ……ほぅ♥」

じゅぷん、とさらに徹の指が突っ込まれる。先ほどより奥まで突き込まれた感覚と、中でこちょこちょと指を動かされる感覚に、彼女は肛門に異物を挿入されるという嫌悪感が吹き飛ぶほどのこの上ない羞恥と被虐を見出した。

「シンシアちゃん、かわいい、ほら見てみていい顔してる」

徹の囁きに意識を戻されたシンシア。

目の前に遠視投影により、自分の顔が映される。

「あ……あ……、わ、たし、わた、し」

ずずず、じゅぽん、ずずず、じゅっぷん
遠視投影に映るシンシアの顔は、お尻から指が引き抜かれる度にその解放感に涎を垂らしていた。そしてさらに指を突き入れられるのを期待する歓喜の表情が映る。ふと横を見れば、彼女を横から捉えた遠視投影の中で、突き入れる指に合わせて、今もカクカク腰を突き出す彼女の姿が映っている。さらに頭を下げて自分の股間を見れば、そこには愛液がだらだらと垂れ、地面と繋がるほどにしとどに溢れていて、

「わたし……わたし……、ふあああああああっ」

「それじゃシンシアちゃん、クリをしゃぶってあげながら、お尻でいっぱいイかしてあげるからね？」

「ふあっ、ああんっ、きもちいっ、きもちいのっ、しんしあイくのっ、いっぱいイくのっ、……おしりと、クリでいっぱいいくのぉっ!!　これがまんできない、すごいのすごいの、お……あはぁ、くる、きちゃう、すごいのきちゃう。――んあああ♥　んはあああああっ、いぐぅ、いっちゃぅぅぅ♥!!」

【00：00】

【第五ブロック侵入ミッションクリア。おめでとうございます。第五ブロックへの侵入を許可します。報酬を獲得してください】

そして第五ブロックの中でシンシアは目を覚ます。シン

シアの目の前には報酬である抗魔水晶が台座に置かれていた。

「わたし……」

その状況に、お尻の穴をほじられ、はしたなく乱れた先ほどの行為は夢だったかとシンシアは一瞬考えたが、ぐっしょりと濡れている修道服を見ると、あの痴態は現実にあったことだと再確認をさせられる。その途端にお尻の穴の奥がきゅ、とひくついてぷるる、と彼女の体を震わせるのであった。体の奥に何かを埋め込まれてしまったように、尻穴がずぐん、ずぐんと脈を打っている。

「シンシアちゃん、報酬取らないの？」

その声に振り向くと、そこには先ほど散々シンシアを嬲った当人である徹が居た。

「な、そんな、貴方に言われるまでもないわ……」

そして、シンシアは抗魔水晶を取り、カバンに入れる。

そして、徹に振り返り、

「生憎だったわね。もう会うこともないでしょうけど、ここまで来てなしなんて言わないわよね？」

「もちろん、その水晶はシンシアちゃんのものだよ、ちゃんと一緒に脱出してね？」

――脱出してね。

その徹の言葉になにか違和感を覚えながら、彼女はふん、と踵《きびす》を返して出口へと向かう。――その時である。

彼女の目の前にヴンと遠視投影の画面が表示された。

【第五ブロック脱出クエストが始まります。挑戦者が指定の箇所を両手にて三十分ホールドすることで脱出が可能になります。この試練でもセーフティーの利用が可能です】

シンシアはそのメッセージを理解し、ガクンと膝をつく。

「あれぇ？　シンシアちゃん、さっきので最後だと思ってたの？　やだなぁ、一番最初に説明してあったじゃん、報酬を持って第一ブロックを脱出することが条件だって、帰るまでがクエストなんだよ？」

がしゃん、とシンシアの目の前に柱が二本現れた。先ほどと同じ手が離れないセーフティー機能付きの二本の取っ手が目に入り、先ほどの行為と快感が嫌でも彼女の脳裏に蘇ってしまう。

「そんな、わたし、もう、これいじょう」

――耐えられない。

そうへたり込むシンシアを徹は抱き上げ、彼女に取っ手を握らせた。そしてとても純粋な笑顔で。

「大丈夫!!　シンシアちゃんえっちだし!!　ほらほら、またこんなに乳首立ってるし、ここを超えたら、またオナニーしようね？　そしたら最後のギミック椅子でいっぱいいじめてあげる!!」

嬉々として股間に手を差し入れ、じゅっぷじゅっぷとシンシアの股間を弄び始める徹。

「ふぁんっ、カイルぅう、だめぇ、おねえちゃん、もうまけちゃうかも……ふあああ、でも、きもちい……♥　きもちよくて、はずかしいのもすきぃ……ふぁあん、もっとぉ、ぐりぐりしてぇ……こすってイかせてぇ……♥」

ここでぽきんと彼女の心は折れた。体は完全に屈服し、後はカイルという薄皮一枚の障壁だけである。

徹は悪辣な笑みを浮かべて、シンシアの体を弄びながら、どうやって仕上げをしようかと思案する。

彼が選んだ仕上げは、やはり彼女が自ら体を開くように仕向けることであった。その手始めとして、彼女の体に念入りに快感を仕込むことに専念する。折り返しの退場クエストで、徹は弱点であるケツ穴のみを執拗に舌で舐り続けた。

イきたい、イかせてと懇願するシンシアであったが、手を拘束されているのでどうにもならない。そして散々下半身をぐちょぐちょにされた上で、報酬が入ったカバンを持たされ、

「ほら、カイルが待ってるぞ」

と次のブロックへ送りだされてしまう。

それ故に、次のオナニー台でのシンシアの痴態は、それは卑猥なものだった。

先ほどイけなかった分を取り返そうと、彼女は一心不乱に股間を擦る。行きと違うことはその場に徹がいることである。オナニー台で前後をいじらしく慰める彼女に対して、彼はおっぱいを弄んだり、キスで涎を流し込んだりと、その痴態を大いに楽しんだ。そして、最後のギミック椅子で、シンシアはお尻の穴で、徹の節くれだった指の味を思う存分に堪能する。徹の頭を慈しむように抱え込み、あそこに押し付け、お尻の穴を指が出入りする感覚に酔いしれたのであった。

「くふぅぅぅ……あぁぁぁ♥　きもちい、おしり、きもちぃの……♥　さいご、さいごにするから、おねがい……もういっかいにゅぽってしてぇ……♥」

そして、一際大きく体を仰け反らし、絶頂を堪能した彼女は、改めて身なりを整えて徹と対面した。

「お疲れ様、シンシアちゃん、後は抗魔水晶を持ってカイル君の所に帰るだけだね」

まるで爽やかなスポーツでもしたかのような別れの言葉。

そんな徹にシンシアは、

「ええ、そうね、もう会うこともないわ、さよなら」

踵を返すが、

「どうしたの、シンシアちゃん、カイル君の所に行かないの？」

徹の言葉に、シンシアは反応しない。

「まだ、気持ち良くなりたいなら、続きをしてあげるけど」

その言葉に、シンシアはぴくん、と体を震わせてしまう。あれだけ決意した意思があっさりと覆り、未練がましく体が反応してしまう。

「シンシア」

徹の声色が変わった。

「こっち見て」

振り返るシンシア。

「最後だ、シンシア。俺の肉便器になるなら、今しかないぞ？」

彼女は、抗魔水晶が入ったカバンを抱いてそれでも首を横に振る。

「いや、だって、私には、カイルが、……でも」

「でも？」

「後一回だけ、してほしいの、わたしのおしりをほじってほしいの」

「肉便器になりたくないけど、イかせてほしいんだ。シンシアちゃんわがままだねぇ」

やれやれと徹はシンシアへと近付いて。

「捲って」

「え？」

「——服、自分で捲って」

「……は、はい。はい!!」

カバンを抱えながら、再び下半身を徹の前で露出するシンシア。

彼は無遠慮に股間に手を這わせ、弄る。ふああ、と彼女から吐息が漏れ、彼が手を動かす度にくちょくちょと、彼女の股間から簡単に音が漏れた。

「まったく、こりっこりにしちゃってさ、シンシアちゃん、もうわかってるんじゃないの？」

ふー、と徹は溜息をつくと、ギミック椅子へと歩き、そして着席部分で指を立てる。

——ほら、自分で入れな？

と、徹は彼女に目配せをした。

一瞬の躊躇い。だがしかし、彼女は自ら椅子を跨ぎ、徹の指を愛おしそうに指で撫でながら、ちゅぶり、と自ら尻穴へと招き入れるのであった。

「ふあ、ゴツゴツして、きもちいいぃ♥」

まるで蛙のように下品に脚を広げ、くいっくいっと腰をバネを使って小器用に動かす。首筋に巻き付けられた腕の中の彼女の表情はとても幸せそうだ。そんなシンシアを徹はゆっくりと持ち上げ、そして仰向けに寝かした。そして、挿入した指を小刻みに尻穴の入口でくにゅくにゅと前後させた。

「ふあああああっ、それ、気持ちいいっ、しんしあ、お尻があつくなるぅう……うふ、ぅぅううう♥」

「ねぇ!! シンシアちゃん!! 俺の肉便器になればさ、毎日してあげるからさ、いい加減なろうよ!! 肉便器、気持ちいいよ? 楽しいよ?」

「肉便器やらぁ、でも気持ちいのすきぃ♥」

そして徹はその指をぴたっと止める。そしてシンシアの口元へ、己の逸物をぴとりとつける。

「選んで。肉便器にならないならここで終わり、肉便器になるなら、俺のチンコをしゃぶって?」

「でも……でも……わたしぃ、わからないよぉ。おひりきもちいのぉ、かいるもすきなのぉ」

「よし、それじゃカイル君にはしっかりと鉱石をあげよう、それで彼も生活に困ることはない。これが俺にできる最後の譲歩だよ?」

「かいる……は、こまらな……い」

その徹の言葉にシンシアの最後の心の天秤がガクンと傾く。

「ああ、カイル君はお金を手にするよ。そしたらシンシアちゃんが面倒を見る必要はないんだ」

ぬっく、ぬっくと徹は指を動かし始める。

「ふあ、ふぁん♥」

「そしたらさ、シンシアちゃん!! キスだけでずっとほっとかれるカイル君なんかよりさ!! 俺といっぱい気持ち良くなるって方が、きっと楽しいよ!!」

「ふぁああ、すきぃ……、気持ちいのすきぃ……♥ もうこれないとがまんできない、ずぽずぽされないとがまんできないの♥」

「だったら、ほら、肉便器の儀式だ!! シンシアちゃんも恥ずかしいの好きでしょ? シンシアちゃんは俺のチンポ咥えながら、お尻でいっちゃう変態女なんだから!!」

徹の指の動きがさらに速くなる、くっちゅくっちゅ、ぬっちゅぬっちゅと彼女のお尻がまるで悲鳴をあげるように潤っていき、

そして、

「――このちんこ、入れてみたくない？　指より硬くて、熱くて、太いよ？」

それがトドであった。

先ほどからシンシアの唇にぺとぺとついていたこの逞しい肉棒が、菊門を淫らに出入りする光景を彼女は想像してしまった。

「ほら、おっきいから、しっかり濡らさないとね？」

そして、とうとう彼女はカイルを見る時よりも愛おしげな表情で、口を開け、丹念に徹のチンコをしゃぶり始めてしまう。

ちゅぱ、ちゅぱ、と肉便器契約成就の音が、周囲に響いていく。

（これは、なんというエロかわいさ……!!）

徹は股間からくるぎこちない彼女の唇の感覚よりも、目の前に広がる卑猥な姿に強く欲情した。仰向けの状況で蛙のように脚を広げ、自らの菊門に出入りする指を受け入れるシンシア。

そして上半身ではその快感に耐えるように両手で自分を抱きしめ、びくびくと震える体を押さえつつも、口元に差し出された徹の亀頭をまどろむような表情で、ちゅぽちゅぽとおいしそうに唇を這わせている。

「ん……ふぁ、んちゅ、……ぷは、れろん、……ちゅぱ♥」

それは修道女ならではの奉仕の精神を反映したねちっこいフェラであった。

（もう、もう我慢できん……!!）

徹は逸物をシンシアの唇から離すと、彼女の正面へ回り込み両足を抱え上げる。

その際、ぬぽん、とシンシアの肛門から徹の指が引き抜かれた。

「あぁぁん……っ、ふぁぁ……、ぬいちゃいやぁん……♥」

陶然とその動きを見守るシンシアの意識は、未だまどろみの中である。

「さあ、俺のエロかわいいシンシアちゃん、肉便器らしくおねだりしてごらん？」

ちゅっくちゅっく、と徹はシンシアの花弁の入口に逸物をあてがい、腰をゆっさゆっさ動かす。徹の亀頭が彼女のあそこの入口をぐぬぐぬと掻き混ぜ、そしてその中に入ろうと、徐々にその境界を侵食していく。

「――ふぁんっ、――あぁんっ、――いやぁんっ、――だめ、だめなのぉ」

「何がだめなんだよ。ほら、ほらほら、早くちんぽ欲しいって言えっ。シンシアちゃん、早く言わないとずぅっとこのままだぞう？」

　徹が腰を円状に回す、シンシアの花弁は既にぱっくりと開き、徹の亀頭を半分ほど咥え込んでいる。だが徹は決してそれ以上突き入れようとしない。その代わりにシンシアのお尻に手を回し、こちょこちょと再び菊門を弄んでから指を止めた。

「ふあああああっ、気持ちいい、きもちいよぉ……ああうっ、ああんっ、やだぁ、意地悪しないでぇ、シンシアのおしりいじめてぇ!!」

「じゃあ、シンシアちゃん、ちゃんとおねだりしなきゃ。ほら、チンポ頂戴って言って？　カイル君にあげるはずだった処女オマ〇コをチンポでめちゃくちゃにしてって、ほら、ほら、――ほらほらほらほら!!　シンシアちゃんは俺の肉便器でしょ!?」

　くにゅくにゅくにゅ、と徹の執拗な指により肛門が揉みほぐされ、そしてお預けをされてが繰り返される。

「んあああああっ、ふぁあああああっ、……はぁはぁ♥　――んはああああっ……あうう、もう、もう我慢できないぃぃいいっ♥」

――くにくにくに。くにくにくに
徹は機械的にシンシアの菊門を弄び続ける。その度にシンシアの眼の奥がどんどんと暗く、深く沈み込んでいく。理性の底が抜け始め、どこまでも溶けて落ちていく。そして蕩《とろ》けた彼女の精神に形を与えるべく、徹は耳元で囁いた。

「――徹様だ。そう呼べ」

　今この瞬間から彼女の心は染め返される。理性や常識、規律や矜持を養分として、羞恥と被虐、肉欲と淫蕩の価値観がシンシアの体の奥から咲き乱れるのだ。

「んあああああああっ、徹様ぁっ、――くださいっ、シンシアのアソコに、徹様のチンポを恵んでくださいっ、シンシアの、お尻も、あそこも、すべて徹様のものです!!

――んあああっ♥!!」

　その瞬間、ずん、と徹は彼女へ腰を突き入れた。今まで散々嬲られた膣口は、いとも容易《たやす》くその処女膜を散らし逸物を子宮の奥まで受け入れてしまう。

「う……ふ……あ……、カイル、カイルぅ……、おねえちゃん、もう……だめ、もうだめぇ」

　そして最奥に肉棒を突き入れた徹はそのまま逸物を動かさず、シンシアの乳首を優しく口に含み、そしてその両手はクリトリスや肛門をやわやわと、刺激する。

「ふぁ、カ……イルぅ……、だめぇ、おねえちゃん、おねえちゃん」

にちゅ
それは硬い何かがズレる音。

にちゃにちゃ、ぎゅうぎゅう
異物を締め付けるだけであった不慣れな膣肉が、にちゃぁ、と膣奥から滲《にじ》み出る潤滑油により、内で捻る音である。

「もう、おねえちゃん、がまんできない。もう、おねえちゃん便器でいいの、――ううん――便器がいいの♥」

ずりゅ、ずりゅりゅ、と徹が腰を引き、そして、シンシアの息がふぅううと、吐き出された。

――徹とシンシア、二人の視線が合う。

その彼女の視線は快楽の虜へと堕ちることを承認した視線であり、これから来るその快感の波に期待を馳せる、純朴で貪欲なる意思の現れだった。

「――徹様の、肉便器がいいのぉ!!」

――ずん、と再び徹が逸物をシンシアの奥まで打ち付けると、ぶしゃん、とまるで泉のように蜜壷から愛液が溢れた。

「ふぁぁぁぁん、気持ちい、気持ちいです徹さまぁ……、んはあああああんっ!!」

「ああ、シンシアちゃん、俺もきもちいよっ!! シンシアちゃんの中すごく温かくてぎゅうぎゅうして、うん、シンシアちゃんは最高の肉便器だ!!」

その膣の感覚は徹にとってまさに女体の集大成であった。ぎゅうぎゅうと竿を吸い込む淫らな動き。根元をギチギチと咥えて離さない貪欲な入口。そしてぷにぷにと、奥で徹の亀頭を迎える子宮のお口。

――ああ、世間から必要とされない俺だったけど!! 今この瞬間、こんなさっきまで他の男のために頑張っていた、かわいい女の子が!! そのかわいい女の子のマ○コが、俺のチンコをほしいほしいとひくついている!!

――たとえ、それが、どんなに碌でもないものでも。

「おおおおお!! 俺はっ、俺はっこの優越感と快感を味わいたかったんだぁああああああ!!」

徹の腰が加速する。

ぬっちゃぬっちゃ、ぬっちゃぬっちゃ、と周囲に淫らな音が響き、こだまする。

「ああんっ……ふぁあんっ、きっ、気持ちい……っ!! ……こんなのっ、こんなの教えられちゃったら、もうわたし、戻れないようぅ、――ああん……っ♥」

「戻れなくていいんだよ!! ほら、ほらほら、もっと擦ってやる!! ほら、上がいいのか？ 奥がいいのか？」

「んあああああっ、だめぇっ、ああああん、そこ、こすっちゃだめぇ♥!!」

「だめじゃないい!! 擦ってほしいんだろ? ほら、ねだってみろ!!」

「——ああんっ、——はううっ、あんっ、やんっ、そこがいいです、ぐりぐりしてぇこすこすしてぇ、——ふぁあんっ、きちゃう、おおきいのきちゃうぅぅううう!!」

「おおお、——俺も我慢できんっ、出すぞ!! シンシアの中に、濃いの出してやるぞ!!」

——ぱんぱんぱん、と肌と肌が打ち付けられる度、ぴちゃぴちゃとお互いの結合部から飛沫《しぶき》が上がった。

「あああああん、だめ、もうだめ、きちゃう、すごいのがきちゃう、おくからきちゃうの、しんしあ、いっぱいおもらししちゃうのっ♥ だしちゃうのっ♥ ひゃああああ!!」

「おらおらおら、出しちまえっ、俺も出すぞぉおおおおおおおおおおお!!」

徹はシンシアの腰を抱え込み、固定し、力の限り前後する。数年間の掘削作業で鍛え抜かれたピストン運動は、シンシアの柔肉をあっという間に強引にほぐし、作り替えていく。

「あああああああああ、いくぅうううううううう♥しんしあ、いくううううう♥!!」

——びしゃっ、——びしゃっ

徹の足元に生温かい汁が降りかかるが、徹はまだ腰の動きを止めない。

「うあああああ、締まる、シンシアのマ○コ、気持ちいぞおおおおおおお!!」

「ふあああああっ、やだぁ、——いってる、——わたしもいってるのぉ、——うごかないでぇ、やあ、またくる、きちゃう、ひいあああああああああん♥!!」

「うぉおおお、びくんびくんしてるぞ!! シンシア!! 搾り取られる!!」

「んああああっ、あああんっ、やあっ、だめぇっ、またすっごいのきちゃうぅぅうううっ♥!!」

「俺も、俺もイクぞおおおおお!!」

そして、徹の腰がビクンと痙攣し、シンシアの膣内で暴れ回る。

「ふぁあ、おなか、あつぃ、すごぃいぃ、——もうだめぇ……もう、びくびくかきまわしちゃいやなのぉっ、わたしのおなか、とろとろなのにぃ、またとけちゃぅうう、——ふあ、——あああああああああああああああん♥!!」

どびゅるるるる、とシンシアの中に徹の熱い白濁がぶちまけられた。

「ふぁあん、あああんっ、やだぁ、わたしのおなかぜんぶきもちよくなっちゃう、徹様のチンポできもちよく作り替えられちゃう――んはあああああん……♥」

徹にしがみつき、射精の快感にびくびくと体を痙攣させるシンシアの表情に満足しながら、徹は初めてのセックスの感覚に酔いしれるのであった。

（き、きもちよかった……、最高だぁ……!!）

「――んっ……、あっ……、んっ……、ふぁ……も、もうどうにでもしてくだぁい……きもちい、びくんびくんしてるおちんぽ、すきぃ……♥」

そして、そんなかわいらしく余韻に浸る彼女の表情に、再度徹の股間が膨張する。

「――ふぁん、――徹さま……?」

そう見上げる彼女の目に映る、ろくでもないことを思いついたような徹の表情。だがしかし、今の彼女に不安はなく、それはそれは楽しいことが待っているような陶然とした期待の眼差しを徹に向けるのであった。

■■■

のっし、のっし、とシンシアを駅弁ファックで抱え込みながら、徹が目指すのは第一ブロック。そう、結界魔法を張ったカイルのキャンプ場所である――。

結界魔法《キャンプ》は四角錐状の魔除けの魔法である。この世界で最も古く、そして広く知れ渡った魔法であった。その効果は単純にして強力である。

発動者を中心に展開される、一定時間侵入禁止効果がついた二メートル四方の不可視の正四角錐。

通称不思議テントと呼ばれる魔法である。『ここから入れない』という概念を顕現するという、魔法としては国宝級な効果なのだが、ある量産されているアイテムを使用することで限定的であるが簡単な発動が可能なため、一時的な拠点や迷宮の休憩所として冒険者に重宝されていた。

『結界魔法《キャンプ》の実』という身も蓋もないネーミングが付けられたそのアイテムは、世界各地でにょきにょきと群生する結界魔法の木から大量に取れる種子であり、その昔何代も前のマスターロッドの使い手が支配領域の中から生み出した、御業の成れの果てである。

そんな不思議テントの中でいつの間にか眠ってしまっているカイル。最早衝立などお構いなしに乱れるシンシアの様子に今まで気づかなかったことは、果たして幸せなことか、それとも不幸せなことか。

だがしかし、残酷に、そして無情にも足音は近付いてくる。彼の中の一番大事な何かが壊れてしまう時が来てしまったのだ。

「──ル、──カイル」

まどろみの中、結界魔法の外から優しくかけられる聞き慣れたシンシアの声により、カイルは目覚めた。いつの間にか寝入ってしまっていたことに気づき、ばっと起き上がり結界魔法を解除する。

「ご、ごめんっ、しー姉ぇ、ちょっと気を抜いちゃ……」

──抜いちゃって、というカイルの言葉は続かなかった。第一ブロックの境界の向こう、シンシアの横に立つ全裸の男、徹の姿を見つけたからである。

「──誰だお前？　しー姉から離れろ!!」

そう叫び、カイルは剣を抜き、その切っ先を徹に対してちゃきりと向ける。

「おいおい、ずいぶんだねぇ、カイル君？　せっかくクエストクリアのお祝いに姿を現してあげたってのに」

──クエストクリア。その単語にカイルはピクリと反応する。そしてシンシアを見ると彼女の両手に抗魔水晶の塊があるのを確認した。

「……しー姉ぇ、ごめん。俺、何も役に立ってない」

「──ううん、気にしないでカイル、カイルが居たから私も頑張れたんだもの。──それと、こちらのお方は徹様よ、お姿はちょっとアレだけど、とっても素敵な方なのよ」

いつもと変わらぬ、愛しくもかわいらしいシンシアの笑顔。だがおかしい、とカイルの脳裏に何かがよぎる。しかし、それを形にできるほどまだ彼は経験を積んでおらず、そして、それを裏付けるだけの知識もなかった。

──だから彼は一段一段登っていくしかないのだ、その破滅への十三階段を。

「──徹様？　ええとこの迷宮の精霊様みたいな人？　そんなことより、しー姉ぇ、クエストは終わったんだよね？なら早く帰ろう？」

徹に露骨に怪しげな視線を向けながら、カイルがシンシアに問いかけた。そこで彼は気づく、違和感の一端を。視線を下げ、徹様と呼ばれた男の右手がシンシアの下半身に伸ばされている事実に、カイルは漸く気づいたのであった。

「……ん、ふぁ、徹さまぁ……だめぇ……」

彼女の服の上から尻を撫で回す徹の右手、いや撫で回すと表現するのは生ぬるい。シンシアの尻肉は徹の右手に弄ばれていた。揉まれ、さすられ、尻の割れ目をなぞるように指を這わせられ、その度に形の良い腰つきがぴくんと跳ねる。

「ん……、あ……♥　あっ……カイル、みちゃだめ♥　……みちゃだめなのっ……うふふ、あん♥」

　そんな彼女の様子と、まるで自分の玩具を見せびらかすような徹の表情に、カイルの中の何かが切れる。

「何やってるんだお前……っ!!　しー姉ぇから離れろぉおおおおおっ!!」

　カイルの剣撃。しかし、マスターロッドで造られた支配領域の概念障壁は、彼の攻撃が物理法則である以上、絶対に破れることはない。ガイン、と見えない壁がカイルの剣をこともなしに弾く。それを冷めた表情で徹は見守っていたが、ぐいとシンシアを引き寄せ、そしてその脇から両手を挿し込み、後ろから揉み揉みと彼女の胸を弄り始める。

「――んあっ、ふぁ、あん、あぁん……、カイルぅ、カイルぅ……」

「ん？　カイル君、どうしたの？　シンシアちゃんの見たことないエッチな声と顔を見て、興奮しちゃったのかなー？」

　くっくっくっ、と。徹はカイルへと笑いかける。理解の遅い哀れな少年を、憐れむように。

「貴様ぁ!!　しー姉ぇに、しー姉ぇに何をしたぁああああああああ!!」

　激昂するカイル。何度も剣を振るうが、概念障壁はびくともしない。

「何をしたって？　ふーん、知りたいの？　知っちゃっていいんだ、カイル君」

　揉み揉みと弄る手を止めず、徹は彼女の耳にはむ、としゃぶりつく。

「ひゃぁ……、ふぁ……、――あぁん……♥」

　その瞬間にきゅ、とシンシアの体の中心を痺れが走り、思わず内股を捻って腰を捩《よじ》る。上半身は既に徹に預けられており、胸は時折服越しに乳首を扱く指を受け入れ、その快感を増幅させる耳腔への愛撫を為すがままに楽しむその動きは、まさに妖艶な女の身じろぎであった。今までは決して見て取れなかった、修道女シンシアではなく、女としてのシンシアのいやらしい挙動。その耳元で徹は囁く。カイルの怒りと、シンシアの陶酔を繋げる悪魔の囁きを。

「ほら、カイル君が言っているよ？　シンシアちゃんが俺に何をされたかって。教えてほしいってさ」

　ぺろぺろとシンシアの耳たぶを弾きながら、徹は囁いた。

「カイル……、カイルぅ、あぁん、見ちゃだめぇ、お姉ちゃんのえっちなとこみちゃだめぇっ……」

その言葉とは裏腹に彼女はロングタイトのスカートを自ら捲り上げる。彼女の眼の奥に昏く淀んだ羞恥を求める歓喜の光が、鈍く輝いている。私、犯されちゃったの。そんな事実が一発でわかってしまうその景色がカイルの目の前に現れた。

「しー……姉ぇ？」

湯上がりの薄着や、ちょっとしたハプニングでしか見ることがなかったシンシアの白く張りのある太ももがあらわになる。そして、願望はあったが、今まで見ることも触れることもできなかったその熟れた内ももの奥がカイルの目に晒される。

「ああ……、カイルが、見てる……おねぇちゃんのいやらしいあそこ、じっと見てるのぉ、——んっ、あっ、んん♥」

それはカイルの思考を停止させるには十分な光景であった。いつも事あるごとに視界にちらつく、シンシアの形の良い腰のラインが今、眼前に明らかになっている。その柔らかそうなお腹と張りのある尻肉、そしてむちむちした太ももに触れることを何度自分は夢見たか。何度犯すことを夢見たか。

目の前にある彼女のあらわな下半身。その尻は誰とも知らぬ男に胸を揉まれる度にぴくぴくと波打ち、焦がれた内ももは彼女の意思で自発的にその幅を広げていく。その奥、カイルが今まで想像もできなかった秘所は、ぱっくりとその口をだらしなく開き、愛液という名の涎を太ももへ垂らしていた。そして白濁とした何かも。その股間の、その割れ目の中から、どろりと垂れて。

ぴゅ、ぴゅと、彼女が力む度に花弁から愛液が迸る。その様子を見て、呆然と立ちすくむカイルを他所に、徹の無骨な指がシンシアの下半身を弄ぶべく伸びていく。

こりっ、こりこりこりっ

シンシアの花弁で存在を主張する肉芽が徹に弄ばれる。

こりゅ、かり、かりこりかり

そんな擬音が、カイルの中で響いた気がした。

——そう、そんな気がしたのだ。だってカイルは知らない。姉のように慈愛にみち、そして時には恋人のように甘い言葉をかけてくれた愛しきあの人の股間に、あんないやらしい突起が付いていることなんて知らないのだ。

ふぁああんと、今まで聞き慣れた声が聞いたこともない甘いテンションで、いやらしい感じで、歓喜の声をあげている。そんな声は最早カイルの耳には入らない。

彼を正気に戻したのは彼女の喘ぎ声でも、こりこりというクリトリスから聞こえてきそうな乾いた音でもなく、実際に徹の指と濡れたシンシアの股間が織り成す、ぬっちゃぬっちゃ、ぬっちゃぬっちゃ、と響くだらしなく卑猥な水音である。

すべてが手遅れ。愛しの姉は自分の手の平からこぼれてしまったという絶望感。

「あ、ああ……しー……姉ぇ、しー姉ぇ……、だめだよ、そんなのだめだよ……」

――ぬっちゃぬっちゃ、にっちゃにっちゃ、ぐっちゅぐっちゅ、くっちゃくっちゃ

「ああんっ、きもちいっ、きもちぃよぉっ、カイルぅ……おねえちゃんもうね、徹さまのゆびで、すぐきもちよくなっちゃうのぉ……♥」

――ぬっぽぬっぽ、ぬっぷぬっぷ、ずっぽずっぽ、ずっちゅずっちゅ

徹の指が犯すのは花弁だけではない。中指を突き立て、シンシアの蜜壷をいやらしく上下に出入りさせる。

「んぁっ、徹さまぁっ、ふぁああっ、きもちいですっ、ああんっ、徹さまのぉっ、えっちなゆびでぇっ……しんしあのおなか、とろとろにほぐしてくださぁい……ふぁああん!!」

「――やだよ、しー姉ぇ……そんなのしー姉じゃないよ……、そんなしー姉……お、俺しらないよ……っ」

カイルの心のシンシア像が、ピキピキとひび割れ、壊れていく。呼称が僕ではなく、『俺』となったのは、いかなる心境からか。そんなカイルは徹の指が出入りするシンシアの股間から目を離すことがどうしてもできない。カイルは自らの逸物が服の中で硬く勃起している事実にも気づかない。気づくことができない。

そんな彼をあざ笑うかのように、徹はシンシアの股間の前に座り込み、その口を花弁へと這わせる。シンシアはまるで愛しい人を抱くように、徹の頭を両手で抱き股間に誘導して。

――じゅるる、ちゅぱ、ちゅぱぱ、ず、じゅるる、ちゅぱちゅぱちゅぱ、ちゅぽん

「んぁああああああああんっ、とおるさまぁっ、いく、いくの、しんしあきちゃうのぉおおっ♥」

卑猥な音。淫らな愛撫、そして愛しい人の股間が、口が、他人の手と舌によりはしたなく絶頂を叫ぶこの現実。

――がらん、とカイルの右手から剣が取り落とされる。

「――いくっ、――いくいくっ♥ あぁんっ、そこっ、そ

こいやんっ、すっちゃやぁっ、——んあああっ、しんしあいきますっ、いっちゃいますっ、とおるさまの舌で、はしたなくおもらししちゃぅうううううう♥!!」

「——ああああああああああああ、うわあああああああああああ」

いったいどこを舐められて吸われて、なにをお漏らしするというのだろうか。最早その痴態はカイルに耐えられるものではなかった。彼は、耳を塞ぎそこから逃げるように走り出した。

「ふぁああああああああっ、きもちいぃ——!!」

走り去るカイルをシンシアは視界の端に捉え、絶頂を迎える。どことなく彼女に訪れる喪失感は、体の奥から湧き上がる強い快感により塗りつぶされ、

「だいじょうぶ。シンシアちゃんは俺がいっぱいかわいがってあげるよ?」

すかさずその隙間を徹の言葉に埋められる。

そんな中、

——でも、という彼女の心のどこかで吐き出された最後の理性の呟きは、

——ぬぷん、という、徹の挿入により無残にも掻き消された。

「あはぁ……きもちー……♥」

シンシアの嬌声《きょうせい》が迷宮に響く。その声はカイルにとって最早恐怖であった。彼が知らない彼女の甘い喘ぎ声も、ぐちゅぐちゅという股間から溢れ出る淫音も、それは体に絡みつく悪魔の手のような嫌悪感である。彼は逃れるようにして、四階への階段を目指すことしかできない。

十分後、カイルは漸く四階へ昇る階段へと辿り着く。一瞬後ろを振り返るが、最早その先に潜む闇から何も取り戻せる気がしないカイルは諦めたように階段を登り、そして

——どん、と見えない壁にその行く手を阻まれた。

尻餅をつき、呆けるカイルの後ろから、足音が迫る。

そこには黄金に輝く錫杖のようなものを持った徹と、彼の首にしがみつきながら一心不乱に腰を振るシンシアの姿があった。あの慈愛に満ちた彼女があそこまで快楽に貪欲な女に変わってしまったことに未だカイルは衝撃を受けてしまう。

「そーら、カイル君、忘れ物をしちゃだめじゃないか?せっかくシンシアちゃんが君のために取ってきた鉱石だってのに、そんなんじゃシンシアちゃんに嫌われちゃうぞぉ?」

そう言うと、徹はカイルの前に抗魔水晶を投げ捨てる。

カイルが顔を上げれば、まるで猿の赤ちゃんのように徹にしがみついて腰を振っている彼女が嫌でも目に入ってしまう。

「――んっ――あっ、――あんっ、ふぁんっ」

「うーん、シンシアちゃんはかわいいねぇ、よし、カイル君《邪魔者》が居なくなったらたっぷりかわいがってあげるからねぇ？」

「は、はい、徹様。わたし頑張ります。んっんっ、どうですか、きもちいですか？　あは、かたぁい。ぁぁぁん♥」

そう踵を返す二人に、

「ま、待て‼」

カイルは叫んだ。自分が声をあげた理由もわからずに。

徹は振り返る。悪辣な笑みを湛えながら。

後々彼は後悔する。自分の不幸はこの時点で逃げ出さなかったことだ。ここで一心不乱にこの場を後にすれば、自分の心が完膚なきまでに叩き壊されることはなかったであろう。

「そうだ、シンシアちゃん」

そう言って徹は抱きつくシンシアの唇をくちゅくちゅ、と掻き混ぜる。シンシアの体に逸物を入れたままくるりと回転させた後に四つん這いにし、ずむと再び腰を突き入れた。

「あぁん♥」

シンシアの美しい顔が快感の恍惚《こうこつ》に歪む。そして徹は囁く。カイルをどん底に突き落とす、悪魔の言葉を。

「ねぇ、シンシアちゃん……、カイル君のおちんぽをちゅぱちゅぱしながら、後ろからずんずんお尻を掻き回されてはしたなくイっちゃうシンシアちゃんは、……すごくエッチだよね？」

そう囁かれたシンシアの視線が、ゆっくりとカイルを捉える。徹の逸物を受け入れたまま、彼にずっぷずっぷとピストンされる度に、犬の散歩のようにカイルへと近付いてくる。淫らで卑しい期待をその目に抱きながら。

「徹様、シンシアは幸せです。こうして徹様の肉便器になっても、夢が叶うんですもの……」

「……やめて、もう、こんなの、こんなのは嫌だ……」

徹のマスターロッドが揺らめく。床が変化し、カイルの手足が拘束される。カイルの周囲に無数の遠視投影が浮かび上がり、今までの彼女の痴態が次々と映し出され、静寂が一転して聞き覚えのある声で満たされた。この短い間に彼女の身に何が起こったのか、カイルは理解をさせられながら拘束から逃げようと暴れるが。

「嫌だ、もう……それだけは、それだけは――しー姉ぇ!!」

「うふふ、カイル、カイルっ。わたしのかわいいカイル――。……えっちではしたないおねぇちゃんに、カイルのおちんぽ、おしゃぶりさせて……?」

徹に激しくピストンされながら自分の股の間で、楽しそうにズボンの留め金を外すシンシアを見て、カイルの精神にばきばきと取り返しのつかないひび割れが入る。

「うふふ、あらあら、かわいいのね?」

あーん、と嬉しそうに口を開く、彼女の記憶を最後に彼の心は壊れてしまう。

「――うあああああああああああああっ、もうやめてくれえええええええええええ!!」

不幸な姉弟の宴は、まだまだ終わらない。

第二章　アルフレッド君とカレンちゃん

「――あんっ、――あんっ、ああんっ」

　ベッドの上、そこにはシンシアの下半身を突き上げる徹の姿があった。彼女が堕ちてからというもの彼の肉欲生活は非常に充実していた。

　朝はおしゃぶり目覚ましから始まり、裸エプロンで朝食を作るシンシアを後ろからずっぷしと。午前のダンジョン拡張時に彼女を呼び寄せ、マジックミラー障壁を作り、音だけ外に漏らして冒険者相手に羞恥プレイ。これが彼女は大層お気に入りのようで、最後はアナル挿入の上で放尿して果てた。もちろんその音もしっかりと外へ漏れている。羞恥に震えるシンシアの表情を見て、これはその内本格的な露出もいいかもしれないと徹は考えている。

　そして、流石に体が持たないので昼は休憩、午後はダンジョン拡張に勤しみ。夜は発熱ブロックで沸かしたお風呂で体を流しつつ、またずっぷし。そして夕飯を食べた後は、二人でベッドに転がり込み、睡魔が二人を包み込むまで一心不乱にお互いを貪り合うのであった。

　――徹は三十六年間、シンシアは二十一年間。溜め込んでいた性欲をお互いに吐き出していく、それはそれで幸せな時間であるのだろう。

「ああんっ、しんしあイきますっ、――また、イッちゃ……う、ふぁあああんっ」

　どくん、と徹の逸物が脈打ち、シンシアの膣の中でビクンビクンと暴れ回る。その動きは彼女の膣壁をあますことなく蹂躙しつつ、意識を快感の海に蕩けさせるのに十分な刺激を与えた。

「ふぁ……あ、――あはぁ、きもちい……きもちいです♥　徹さまぁ、わたし、もう徹さまのおちんちんなしじゃ、だめな子になっちゃいましたぁ、――ふああん♥」

　絶頂の震えの後、その余韻に浸り込み徹の胸元へ倒れ込むシンシア。性に貪欲ながらも、決して肉便器としての分を超えようとしない彼女は、彼にとって慈しむべき人であり、何よりも優先度が高い守るべき者であった。歪んだ感情ではあるが、快楽に堕ちて彼なしではいられなくなった彼女はこの世界で一人過ごす徹にとって家族も同然だった。

　しかしである。

「――まったく、アレさえ居なけりゃ順風満帆と言えるんだが」

　んっ、あっ、と尚も痙攣する徹の逸物の感覚に悶えるシンシアの頭を撫でながら、徹は呟く。

――そう。今彼が頭を痛くする悩ましい問題が起きているのだ。

「いやーッお見事ッ。徹様ッ、お見事なフィニッシュッ‼　よっ、ニクいよこのエロ大魔王‼　色欲魔神‼」

ちょちょん、と扇子を頭によいしょをするカイル《問題》がひょっこりと部屋の中に現れた。

「うっさい、また変遷ブロックにぶち込むぞ」

「ちょ、マスター。それだけは勘弁ッス‼　あれホントきついんスよ？　見たくない自分とか、トラウマとか見せられてマジ精神崩壊ッス、人間変わっちゃいますよ。あ、もう変わってますかね、ぐへへ。でも今の自分のこと、自分は嫌いじゃないっスからー‼」

そこまでカイルが叫んだ所で徹のマスターロッドが伸び、どごん、と彼の脳天にツッコミをいれる。

「痛ッ、マスター痛ッ、これピッケルモードじゃないですかッ、バールのようなものよりも直接的で物理的な殺意ッ。でも自分コレも嫌いじゃないっス、要は殺したいほど愛してるってヤツっスね？　徹様一番の下僕として光栄っス。あ、でも自分男に興味ないんで、マスターの愛には応えられないッスけど、大丈夫ッス。裏切らないっス。自分とマスターはエロという絆で結ばれているッス。だから自分も肉便器ほしいッス、童貞抜け出したいッスぅううう‼」

彼の名はカイル。シンシアを徹に寝取られて、堕ちた彼女に股間を舐められながら、彼女が絶頂する様をまざまざと目の前で魅せつけられ、精神崩壊してしまった男である。

殺すのもなんだかなー、と思案した徹が、強めの【変遷ブロック】に一日放り込んでいた結果がコレであった。

「――そんなに童貞抜け出したいならシンシアと一発やらせてやろうか？」

徹が言った、その瞬間。きゅ、とシンシアの膣が徹の逸物を締め付ける。

どうやら満更でもないらしい。――だが。

「うっわー……、マスター。それ引くッス、どん引きッス。いくらマスターでも人のトラウマ蹂躙するのって酷くねっスか。自分、もうしー姉じゃチンコ勃たなくなっているの知っての狼藉っすよね、ソレ。ああ、でもしー姉に入れられなくても、入れてもらうのとかアリかもッス。主に尖ったヒールとかで、肛門的に。――あ、でも童貞じゃなくてそれじゃ処女なくしちゃう。……うーんそれはちょっとなー、男としての矜持ってかコケンに関わるていうか股間にっ――ぶへ」

再び、徹のマスターロッドがカイルを急襲した。

「……容赦ないッスねー、マスター。流石にドリルモードは引きますわー、いろいろと中身出ちゃいますわー」

このカイル、どうも変遷ブロックで変わりすぎてしまったようで、性格は元より、肉体の耐久力までも大きく強化されてしまっていた。徹のドリルな一撃をこともなしにぴゅーと、頭頂部からの出血だけで済ますその様は、まさに人のレベルを超えている。一方性格は放り込まれた時の状況に影響を受けているらしく、ドＭかつ性に貪欲なものに変わってしまっていた。

「んで、マスター。それは兎も角、自分、ギルド行って適当な獲物見繕ってきたんですけどー」

しかし、何故か徹に忠実な下僕と化しているのが救いである。ダンジョン拡張のアイデア出しや、言われもせずに、次なるターゲットを物色してくるその色欲根性に、徹はカイルの存在を抹消してしまおうとは思わなくなっていた。

徹はパラパラと彼が持ってきた資料をめくる。

「あ、その子なんかイチオシッスね、自分の同期なんスけど、もうね、はさみたいっつーか、しゃぶりたいっつーか、窒息したいっつーか。顔見知りなんで、自分簡単に釣ってこれるッスよ」

ふーん、とカイルの言葉に徹は頷きながら、マスターロッドをふりかざす。遠視投影が発動して、目の前に一人の女の子の姿が映し出された。

「ほう、これはけしからん」

「ウッス、けしからんっスね、揉みたいっスね」

遠視投影の中で、ウェーブがかかった赤い髪を翻し、火球をモンスターに向けて放つ女の子。炸裂と同時に、ミニスカートからこっそり覗く太ももが艶めかしく照らし出され、そして暴力的にゆっさゆっさと主張する、その胸の大きさが視界に入った瞬間、二匹の性獣の股間にビキン、と真っ赤な血潮が注ぎ込まれる。

そして、モンスターを仕留めて得意げに振り返る彼女の美しく勝ち気な表情は、徹の嗜虐的な性的思考を煽るのに十分すぎるものだったのである。

「あっ、徹さまっ、まだおっきくしちゃだめっ、あんっ、──ああんっ♥」

「なあ、カイルさぁ……」

「うぃっす、マスター」

ゆっさゆっさと、再びシンシアの体が揺れ、そしてぬっちゃぬっちゃと淫猥な水音が部屋に響く。

「──こういう気が強そうな女の子がさ」

「──ウッス、動けなくされて無理やり犯されちゃって」

「──意思とは裏腹に体の奥を慣らされちゃってさ」

「──ウッス、それで悔しそうな顔で、絶頂しちゃったりするのって」

「たまんねぇよな？」

「たまんねっスね？」

「──あっ、あっ、あっ、かたいのぉ、徹さまぁ、イク、しんしあ、また漏れちゃうぅぅうう♥」

　こうして誰も知らない地の底で、また獲物を喰らうため、迷宮がぱっくりとその口を開き、舌が獲物へと伸ばされる。

彼女の人生に悲劇が訪れるまで、後僅かである。

■■■

　それは彼らの運命が捻じ曲げられた日である。ギルドの待合所で、カイルはターゲットであるカレンとアルフレッドの両名と話をしていた。

「噂には聞いてたけど、アンタがあのダンジョンで一発当てたのってホントだったのねー……」

「ヘタれカイルのことだからてっきりデマだと思ったんだけどね。ボク達もついていけば良かったかなぁ。声かけてくれても良かったのに」

　二人の視線はカイルの一変した装備に注がれている。それもそのはず、現在のカイルの装備はダンジョン出立前と比べて、二階級特進どころではないぶっ飛びようであったからである。

「えー、だってお前ら力押しパーティーじゃん。身体強化《フィジカル・ブースト》の拳で岩とか割っちゃうちびっ子に、火葬・爆殺しかできない破壊魔なんか連れていけるかっての。それにあのダンジョンは運と謎解きメインだから。俺としー姉の叡智の結晶がだな、このサクセスを引き寄せたんだぜ？」

　そのカイルのドヤ顔に、うっざ、と顔を歪めるカレンと、静かに溜息をつくアルフレッド。実際はカイルこそ役立たずであったのだが、それは彼らが知る所ではないのが救いである。

「なーによー、アンタなんか壁するしか脳がない前衛のくせに、いつもわたしらが殲滅《せんめつ》担当してるから、人並みに稼げてたんじゃないのよー‼」

「そうだね、ボク達が役立たずなんて心外だよ。なんなら、その自慢の新装備を今ここでぶちわってあげてもいいんだけど？」

　そんな二人の表情に慌ててるカイル。

「ちょ、待って、ごめん、俺が悪かったってば」

ずさっ、と身を引き、まてまて、と彼は二人をなだめる。

「それと、カイルもシンシアが居る所で猫被るのやめたら？　そっちが地なんでしょ」

「そーそー、シンシアも気づいてるよきっと、そんでネタバレついでにフラレちゃえ!!」

お返しとばかりにまくしたてるアルフレッド達。

なんてことはない、彼ら三人の世間話風景であった。

そんな中、アルフレッドが口を開く。

「で、ボク達に話ってなに？　――なんとなく予想はつくけど」

「あはは、つまらない稼ぎ話だったら燃やしちゃうぞー？」

そんな物騒な彼女の言葉に多少気後れしながら、カイルは、

「実はさ、あそこでヴァンダル鉱の塊を見つけたんだけどさ――」

そのカイルの言葉に二人の目が見開かれた。

「それって一握りで城が建つあのヴァンダル鉱のこと言ってるの？」

訝しげにジト目を送るカレンにカイルは神妙な顔で頷く。

「それはすごいね、是非話を聞かせてもらうよ」

「意地でも吐かせるけどねー」

話の大きさとカイルの真剣さに、彼らはそれぞれに強い興味を示す。特にカレンが拘束器具をかちゃかちゃと出し始めた所を見ると割と本気に近い空気をかもしだしていた。

「いや、ちゃんと喋るわ。てか俺が一緒にいかねぇと取れねーし。それと報酬山分けだかんな。忘れんなよ？」

そしてカイルは身の危険を感じながらも、周到に徹が用意した餌を二人の前にばら撒くのであった。

■■■

「――てとこだな、何か質問ある？」

カイルは神妙な表情をして考え込むアルフレッド達を見て、半ば釣り上げが成功したことを確信した。普段おちゃらけている彼等であるが、ことさら仕事の時は真面目である。特にアルフレッドはガッチガチの現実主義。成功率の高い仕事でないと見向きもしない。まあ、カレンの強引な行動に引っ張られてしばしば危ない目にあったりもするのだが。

（――間違いなく、アルはカレンに惚れてるっスね、ご愁傷様ッス。なむなむ）

これから襲い来る徹の試練にて、自分と同じく無様な姿を晒すであろう彼に向けて、カイルは心の中で合掌するのであった。

(――まあ、自分も痛い目あったし、仲間も居ないと!!)

「――なんて考えてそうだなー、あのバカイル」

「……育て方、間違えたかしら?」

その様子を遠視投影で覗いている徹とシンシアは不安げな表情で見守るのであった。

カイルがアルフレッド達に提示したのは次の内容であった。

・地下五階にはレア鉱石が並ぶクエスト区画がある。
・地下五階には侵入するための条件がある。
・条件は不明だがその条件を満たさない者には階段すら現れない。
・自分《カイル》はその条件を満たしたらしい。
・ヴァンダル鉱のクエストはモンスター二匹との追っかけっこである。
・時間まで区画内でモンスターから逃げ回るか、KOすればクエスト報酬が手に入る。
・ギブアップの場合はペナルティがあるが、命は奪われない。
・人数制限二名。

「確かに、カイルとシンシアじゃ向かないダンジョンクエストだね。火力と機動力がないキミ達だと時間まで耐えるしか手立てがない。でもこのクエスト、ボクらが今までこなしてきたダンジョンクエストと随分毛色が違うなぁ。事前情報がありすぎるし、報酬の割に難度が低くない？　すごく不自然だ」

「えー、楽ならいいじゃんいいじゃん!!」

冷静なアルフレッドと異なり、カレンはわりかし能天気である。脳筋ともいうべきか。もちろん魔法脳的なものであるが。

しかしアルフレッドが仕事内容について食いついてきた時はもうかなり乗り気な証拠である。カイルは心の中でニンマリと笑うと、意気揚々と煽るのであった。

「でもさーなんでカイル、そんなに詳しいクエスト条件事前に知ってるのよ、普通ダンジョンの小道に迷い込んだ時に発動する罠とかで、一度発見したらこなすまで脱出不可とかなんじゃないの？　よく情報持って帰れたわね」

いつもはおちゃらけているくせに妙に勘がいいのが彼女の長所である。冷静沈着で俯瞰《ふかん》して状況を把握するアルフレッド、猪突猛進だが変な所で鼻が利くカレン。この二人のパーティーの特色は破壊活動に偏っているが、本人達の

人間性能が優秀なためかなり高いレベルでバランスが取れている。

「ああ、聞かれると思った。実は俺がクリアしたクエストで報酬ゲットの時さ、ダンジョンマスターが出てきて会ったんだよ、で、その時に聞いた」

そうカイルが言い終わった途端。

「ちょ、カイル、それホント？　キミ、マスターにホントにあったの？」

カイルの胸ぐらをアルフレッドが掴みぶんぶんと、揺らす。

「――ちょ、――やめろ、アル――」

ぶんぶんと、アルフレッドに頭をシェイクされるカイルを横見に、カレンも少し驚いた表情で問いかけた。

「どしたの？　アル、アンタがそんなに取り乱すなんて珍しいじゃない」

「――だって、ダンジョンのマスターだよ!!　あらゆる物を変遷させ、あらゆる可能性に進化させる空間と生命の支配者!!　構造そのものを変質させる神の領域に手を伸ばした者!!　この世界の至る所に実験じみたダンジョンクエストを設置し、魔道を研鑽し続ける彼らは概念と呼ばれるボクらじゃ及びもつかないような技術を持っているんだ!!

そうさ、彼らの力のほんの一握りさえあれば!!　――きっと、きっとボクの夢だって!!」

ぶんぶんぶんぶん、とアルフレッドのヘッドシェイクでカイルの首から上が残像を生んでぶれる。

「――夢？」

初耳だと、カレンは首を傾げる。不思議そうに見つめる彼女の視線を感じてアルフレッドは顔を赤くして視線を背けた。

「――ごめん、ちょっと取り乱した」

そんな様子に彼女はニヤニヤと、いたずらな笑みを浮かべて、

「こらぁー、吐きなさい!!　夢って何よ!!　アンタのことで知らないことなんてアタシにあっちゃいけないのよ!!」

彼の小さい体をその大きな胸に包み込みながらウリウリ、といちゃつくのであった。

(り、……リア充爆発するっス……、でも徹様、多分釣れたっすよー……、がくり)

身体強化《フィジカル・ブースト》でほどよく脳内をシェイクされたカイルは心の中でそう呟いて果てた。

一週間後、アルフレッドは報酬というよりも、報酬クリア時のマスターとの遭遇を目的に。そしてカレンは、彼女

には珍しくアルフレッドについていく形でダンジョンの前に立つ。

しかし、彼らの夢と希望と未来の人生設計に立ちはだかるものが、徹の欲望と性欲と、変態設計のダンジョンという身も蓋もないものであることに、二人は未だ気づくことはない。

そんなこんなで、特に危険もなく、カイル、アルフレッド、カレンの三人はダンジョン地下五階の階段を降り、目当ての区画まで到着する。

「んじゃ俺はここまでだ。最後に一つだけ忠告しておくけど、俺が聞いた条件をあまり鵜呑みにしない方がいいと思うぞ」

そんなカイルの言葉に、どういうことだとカレンは首を傾げるが、一方アルフレッドは予想していたように口を開いた。

「ああ、提示された条件は事実だけど真実じゃない、そういうことでしょ？」

とカイルに確認を取る。
・ヴァンダル鉱のクエストはモンスター二匹との追っかけっこである。
・時間までモンスターから逃げ回るか、ＫＯすればクエスト報酬が手に入る。
・ギブアップの場合はペナルティがあるが、命は奪われない。
・人数制限二名。
「――つまり、カイルが言いたいのはこういうことだよカレン。あげられたクエスト条件は確かに事実だ。だけど、真実じゃない。始まってみたら別の条件がいきなり加わったり、モンスターがとんでもなく強いものだったり、クエスト区画の中では使える魔法やアイテムが限られたりなんてことがあったんだね、――キミの時にも」

「相変わらずアルは察しがいいな。まさにそれだ。報酬に見合った後出しジャンケンみたいなものは当然あると思って挑んだ方がいいと思――ぷべスッ」

と、カイルが喋り終える前にカレンの蹴り足が彼の後頭部に命中する。

「――ちょっと‼　なんでそんな大事なことを今更言うのよ‼」

その不意打ちにカイルは地面に頭から激突する。尚も追撃をしようとするカレンをアルフレッドはどうどう、と後ろからなだめながら口を開いた。

「まあまあ、落ち着いてカレン。どのみちボクは予測していたし、そのための準備もしてきた。ヴァンダル鉱の塊なんて城一つ買えるほどの報酬なんだから、カレンも話がウマすぎると思ったでしょ？」

「――それは、そうだけど」

アルフレッドの仲裁に、さくっと納得しかけるカレン。

「おぃいい!! それで納得すんのかよ。俺は蹴られ損もいいとこだぞ、モルァ!!」

結構危険な角度で地面に突っ込んだカイルが何事もなかったかのように起き上がる。

「うっさい、いーじゃん。アンタ頑丈なことしか取り柄ないじゃない」

「怪我がないみたいで何よりだね、ちゃんと報酬ゲットしたらお礼はするから」

二人は非情な言葉をカイルに投げかけるのであった。

(お、おのれ～このクソこの柔らか巨乳女ぁああ。その威勢も今のうちッスよぉおお？ 徹様にお願いして、その綺麗な顔とおっぱいをぐっちょんぐっちょんの、ぐっちゃんぐっちゃんの、ずっちょんずっちょんに、歪ませてやるッスからねぇ～？)

カイルの中で、増幅された恨みつらみが性欲という名の暴力に変換されていく。大事な所が人任せなのが彼の都合のいい所なのだが、それはきっと変遷ブロックを以ってしても治らない性格なのだろう。

「――んで、いつまで抱きあってるのお前ら？」

勇むカレンを押さえるために後ろから彼女を抱きとめているアルフレッド。身長の関係上、手は彼女のお腹に回され、その腕に乗るように胸がむにん、と押し上げられ、強調されていた。

「あ、ごめん、カレン。――ええと、気持ち良かったよ？」

ぱ、とその手を離し、ははは、と苦笑いするアルフレッド。

「ううう、……ううううぅ、――なんでアンタはそんなに余裕なのよぉ、もう!!」

自分で押し付けるのは構わないが、人からそれを指摘されるのは恥ずかしいらしく、カレンは顔を真っ赤にして身じろいだ。

「いいから、もう行けッス、――このバカップル」

しっし、と手をひらひらさせ、さっさと区画に入れと促すカイル。最早変遷後の口調が出ていることも気づかない。

それに対して、あっかんべーと舌を出して威嚇するカレンにアルフレッドはこっそり耳打ちをする。

「大丈夫、安心してカレン。後出しジャンケンが使えるのは相手だけじゃないから」

そんな頼りない外見とは裏腹に、ここぞという時にぐいぐいと引っ張る彼の行動力は、彼女の女心にまさにドストライクなのであった。

（——ああ、アル、アルっ、かわいくてちっこくて時々男らしいなんて、この子はなんて私好みなのっ）

そんなカレンの内心など、露知らず。

（——カレン、ボクは今日こそ、今日こそ夢を叶えて、——キミに相応しい男になるよ）

アルフレッドは心の内に誓うのであった。この二人の一途にして純朴な思いと願い。それは徹の悪意と性欲が入り込む絶好の隙だということに二人は、結局すべてが終わるまで気づくことはなかったのであるが、それはまた後の話である。

そして、二人は区画に足を踏み入れる。

【挑戦者の入場を確認しました。以降入口ブロックは閉鎖されます】

（ふぃいいいいいいいいいいいいいいいいいいいしゅ!!）

という声が、広大なダンジョンのどこかで響くがもちろん二人には届かない。

そして、遠視投影がカレンとアルフレッドの前に表示される中、障壁の向こうでカイルの姿がどろりと立ち消えた。

しかし、二人はそのことに気づかない。

今まさに彼らの目の前には、希望溢れる未来の可能性を叶えるための条件が提示されている最中であるのだ。案内役の所在など意識を割いている場合ではないのである。

——そして、こうなってしまったら人は平常ではいられない。その欲がある限り徐々に自分達の思考と精神が、侵食され心が犯されることを、人はただ受け入れるしかないのである。

【忍耐の横道】：時限討伐クエスト

【クリア条件】

・対象のモンスターを倒しきるか、クエストブロック内に留まり続けること。

【制限】

・入場制限（二人）

・退場制限（クリアまで脱出不可）

・時間制限（四時間）

【報酬】ヴァンダル鉱の塊

【ブロック数】三つ

・挑戦者は入口ブロックから入場し、クエストブロックの試練を乗り越えてください。報酬ブロックで報酬を得た後、地上への扉が開きます。挑戦者の全身が入り次第、クエストがスタートします。
・ギブアップの場合、挑戦者にペナルティが与えられます。
「概《おお》ねカイルの言った通りね……」

カレンは条件を見て、アルフレッドに確認するように顔を向ける。

「うん、でも説明段階でもう入口ブロックから脱出不可。いきなり後出し条件が出てきた。想定内だけど気は抜けないよ」

うん、と頷くカレン。彼女の挑む気がまだ萎えてないのを確認するとアルフレッドは声をあげる。

「質問いいかな？　アイテムや魔法の使用制限はあるの？」

彼の質問に即座に遠視投影が反応した。

【特に制限はございません。いかなるアイテムも魔法もご自由にご利用ください】

(——よし!!)

遠視投影に映し出されたその文字を見て、アルフレッドは心の中でガッツポーズをした。そして、懐からいくつかのアイテムをカレンへ渡し、彼女がそれの意味を理解したことを確認すると、大きく頷く。

【クリア条件を満たすことで、報酬区画の概念障壁が解除されます。クエスト区画に挑戦者の全身が入り次第、クエストがスタートします。ギブアップの場合は挑戦者にペナルティが与えられます】

そして、繰り返し表示される遠視投影を横目に、カレンとアルフレッドはクエストブロックに向けて、迷いなく歩を進める。そして二人、お互いに顔を見合わせ呟く。

「——アル、私も内心ちょこっとびびってたけど」

「——うん、案外ちょろかった。ボク達の勝ちだ」

【挑戦者のクエストブロック侵入を確認いたしました】

【時限討伐クエスト：発情強化オークから四時間逃げ切ったらヴァンダル鉱】

【クエストスタートいたします】

遠視投影の文字の発現と同時に入口ブロックの地面がぱっくりと割れ、中から筋肉質の緑の塊がどかん、と飛び出しポーズを決める。

「——ブモブモブモォオオオ（さあ、狩りの始まりだ!!）」

「——ブモモォ!!（うぃッス!!）」

マスターロッドの機能の一つ、記憶変体《メモル・メタモル》。今まですべてのマスターロッド使用者が過去に変遷や増強などを用いて、支配領域から生み出したモノを生物無機物問わず、変形・変化・変身・変体させる変態機能である。つまり言わずもがな、この二つの醜悪な緑色の塊は発情強化オークに変身した徹とカイルである。

「うっわぁ……趣味悪ぅ」

「なるほど、ペナルティの内容も予想できるね……」

「……でもアルがお尻を犯されているのは興味あるかも」

「ははは、ごめんちょっとそれ笑えない」

入口の障壁を越えて二匹のモンスターが二人へと襲い掛かる。

「――逃げるよ!!」

アルフレッドが叫んだ瞬間、それは起きた。通路を真ん中から裂くように壁が現れ、二人を分断する。

「ブモ?」

と、驚いたのは徹その人であった。今回はこんなギミックなど設置していなかったからである。しかもその壁はアルフレッドとカレンだけでなく、徹とカイルをも分断していたからだ。

〝――てめぇ、こらカイル!!〟

と、徹は念話で、カイルを咎《とが》めるが、

〝うひょっほー、今回は自分が釣ってきたッスから、一番槍ぐらいは許して欲しいッス～!! ほ～れほれほれ、そのゆっさゆっさ揺れるおっぱいをお仕置きしてやるッスよ～ッ〟

どうしようもない返答が返ってきた。

「ブモモモ……（あのバカイルめ……、まあいいか）」

この壁をぶち破って、あちらを追うのは容易いが、入口ブロックの二人のやり取りの意味を理解していた徹はその選択を実行しなかった。

「ブモ、ブモモッモ（ま、どーせ手詰まりになって戻ってくるだろうしな）」

となれば、この二人を崩すには手順を踏まねばなるまいと、徹は目の前から遠ざかる小柄なアルフレッドを追いたてるべく、ドスドスと走り出すのであった。

「カレン、聞こえる？ とにかく距離を取って。――後はわかるね？」

「ブモブモ（くっくっく、狙いはわかるけど、それは悪手だぜぇ、アルフレッド君？）」

そんな彼の指示をあざ笑うように、徹が口を開く。しかし今はただ、ブモブモとオークの鳴き声がダンジョンに響くだけであった。

■■■

「このっ、色情オーク!!」

叫びと共にカレンの右手が宙に閃く。差し出されたその先には涎を垂らしながら彼女を犯さんとする、緑色の醜悪な塊。普段の何倍も強化されたその肉体はその巨体に似合わない素早い動きで彼女を追い詰める。

「炎熱閃弾魔法《フレア・ブリッツ》!!」

ヴン、とカレンの右手を中心に魔方陣が展開。そこから魔力を対価に射出されるのは数十の炎の連弾である。

きゅぼぼぼぼ、と地球でいう所のマシンガンさながらに視界を埋め尽くす直径十センチメートルほどの炎弾が追いたてるオークへと惜しみなく叩き込まれた。

――しかし、

（うひょひょ〜、そんな火の玉なんかじゃこの強化オークの再生力にはおっつかないッスよ〜？）

ぶわっと、その炎の弾幕を打ち払いながらカイルはカレンの前に躍り出る。そして、だん、と着地したその瞬間、

「爆雷炎瀑魔法《フレア・ブラスト》!!」

設置型の地雷魔法がカイルの足元で盛大に爆発した。

（おおお、おおおおおッス？）

思わずその衝撃にぐらりとバランスを崩し、頭から倒れるカイル。ふとカレンを見やれば、んべーと、舌を出し、すたこらと逃げ出す。そんな中彼は、

「ブモオオオオ!!（アンのクソ女ぁあああああああ、待つっスよぉおおお、その綺麗な顔にぶっかけてやるっスぅううう!!）」

と憤怒の雄叫びをあげるのだった。

――一方のアルフレッドは、とにかく逃げる。身体強化で増幅された身体能力で力任せにダンジョンの床や壁を蹴り、曲がりくねった道を速度を落とさず、むしろスピードを上げながら走り抜けていく。

（本当ならカレンと合流してから使いたかったけど……）

本来なら、アルフレッドはオーク程度であれば置き去りにしているはずの速度で走り続けているのだが、先ほどから視界にチラチラと映る緑の塊に、アルフレッドは事態がかなり切迫していることを察していた。追いかけている徹はただマスターロッドの力で時々転移しているだけなのだが。

（ほらほら、ささっと使っちゃいなよー、どーせ意味ないけどねー）

焦らすように間合いを調整している所を見ると結構楽し

んでいるようでもある。獲物を追い込むという行為は存外に楽しいらしい。

「――そろそろ」

「――限界ねっ」

そして、迫りくる敵に圧されながらも、同じダンジョンに居ながらまったく異なる場所で、ほぼ同時にアルフレッドとカレンは決断を下す。

逃げ切ったらという、今回のルールに対してのみ絶対的に作用する反則アイテム《ジョーカー》。冒険者の間では広く認知されていて、安価で手に入れやすく、そしてその絶対的な効果は数多の事例にて証明され尽くしている。

それは、アイテムさえあればこの世界の誰もが使える、二メートル四方の絶対不可侵領域を作り出す概念魔法――。

「結界魔法《キャンプ》!!」

カレンとアルフレッドがアイテム【結界魔法の実】を地面に叩きつける。それと同時に二メートル四方の不可侵領域が形成され、その四つの頂点を結ぶように結界が展開、絶対に侵入ができない不可視の四角錐、不思議テントが完成した。

その直後である。

（うぉおおおお、そんな不思議テント如きで、この俺の突進を――ぶべごッ）

――と、カイルが結界魔法に盛大に激突する一方で、その様子を視認はできないものの、無様な鳴き声と自らの無事に、いえい、とガッツポーズをするカレンが居て、

――同じく結界魔法を展開し、外の反応を窺うアルフレッドに対して、静かに側に転移した徹がその金色《こんじき》の錫杖を不思議テントへ向けて、今まさに振り下ろす。

それは、なんともあっけない音であった。

パキン、とアルフレッドを内包する不思議テントの壁がひび割れたかと思うと、まるでガラスが割れるようにパラパラと、結界魔法が崩れていく。まったく同じ回避方法を行いながら、二人の運命は真逆に分かれた。

「――う、嘘だろ？」

無残にも崩れ落ちた結界魔法の残骸を呆然と見ながらアルフレッドは狼狽える。

「――宮廷魔法士クラスの弩石崩落魔法《メテオ・インパクト》だって耐えた記録があるんだぞ？」

侵入禁止という概念を顕現する概念魔法。それはこの世界の常識や法則を捻じ曲げる反則魔法である。入れないから、何をどうやっても入れない。たとえ剣だろうが魔法だろうが、大砲だろうが、隕石だろうが、何であっても都合

が悪いものは侵入禁止という概念が優先される反則魔法。

それが何の因果か、大衆に多く出回る形になってしまったのが結界魔法《キャンプ》である。しかし、誰が知ろうか、その結界魔法は大昔のマスターロッドの使用者によって創り出されたものだったと。結界魔法が概念魔法であるならば、マスターロッドはそれを支配する概念神器である。

概念魔法はより強い概念魔法や概念兵器に壊される。それが今日の前で行われたことだと、アルフレッドが認識した時、彼の視線が、目の前の醜悪な緑の塊に不釣り合いな黄金の錫杖に注がれる。

「――まさか、……ダンジョン、マスター……なのか？」

「あれ、やっぱわかっちゃう？」

そうアルフレッドが呟いた瞬間、場に不釣り合いなお気楽な声と共に、目の前の緑の肉塊の背中からずるりと、人間が抜け出した。その人間は黄金の錫杖を手に取り、呆然とするアルフレッドにピタリとその先を向ける。

そしてその人間、――ダンジョンマスターこと徹は、中の人が抜けてぐにょんと歪むオークの肉塊の上に座り高々と宣言する。

「――やあやあ、アルフレッド君。キミのどす黒い欲を暴きに来たよ‼」

全裸で。

そのなんとも言えない徹の様相と意味不明の圧力に加えて、ぽろんと丸出しのチンコに圧倒されてか、アルフレッドは言葉を失い、押し黙ってしまう。それでも辛うじて残った自制心で、彼は徹に対して絞り出すように声をあげることができた。

「……は、ははは、ボクの欲だって？　なんだかわかんないけど、見も知らぬ貴方にいきなりそんなこと言われてもね」

徹のその突拍子もない発言は、結果的に策が破られ動転するアルフレッドの心をかえって落ち着かせることになった。――話は通じる。ならば、道はあるかもしれない。そんなふうにアルフレッドは思ったのだ。

「ああ、そうだねぇ。確かにわけわかんないよね。俺はそうでもないけど、君が俺に会うのは初めてだし、ちょっと導入しくじっちゃったかな。うはは、まあなんだ、要はちょっと俺とお話しないかってこと」

「それは構わないけど、そうなるとクエストは一時中断だよね？　それには応じるからカレンの方のオーク、止めてくれない？　できるでしょ？」

――マスターなんだから、なんて続きそうな調子でアルフレッドは徹に言った。

「ああ、安心しな、結界魔法を破れるのは俺だけだ、あっちのオークはカレンちゃんに手も足も出ないよ、――ホレ」

徹がマスターロッドを一振りすると、遠視投影が発動し、カレンが発動させた微動だにしない結界魔法と、その周りでウロウロするオークを映し出す。

「逆にサービスだ、話している時間はクエスト続行にしてやるよ。その方がアルフレッド君にとって都合がいいだろう？」

ニヤリと徹はアルフレッドに笑いかけた。

（――なるほど、話に応じなければいつでもカレンの結界を解くことができるぞってことだね。結構食えないなこの人）

心の中でアルフレッドは呟いた。そして徹と自分との間に、膠着《こうちゃく》状態を生み出せたことを確認する。

「――で、話って何さ」

アルフレッドはぺたん、とその場に座り徹を見る。

訝しげな表情に、徹はうん、と頷き。

「提案。どうせなら俺と一緒にカレンちゃん犯さね、きっと気持ちーよ？」

いきなり爆弾発言をぶちかました。


そんな二人の様子を管理層にて、遠視投影で見ていたシンシアは、

「もう、徹様ってば、それじゃ私の時と同じじゃない、もっと他に言い方ってあると思うのよね」

アルフレッドにこれから襲い掛かるであろう、徹の言葉責めのいやらしさを思い出し、ぴくんと体を捩らせるのであった。愛しのご主人様は目的成就のためには体も心も遠慮なく嬲ってくるのだ。

しかし、当のアルフレッドはというと、怒りを通り越して一周回って休憩してお茶を飲んだ如く、はー、と大きな溜息をつき、

「――なんというか、どうしてその質問をボクにしたのか、そしてボクがそれを了承すると思ったのか聞いてもいいかな……？」

と、案外冷静に徹に返答する。

「んー、なんというかなぁ、利害の一致って感じ？」

そうあっけらかんと、のたまう徹。

「それがよくわからない、大体貴方が、ボクの何を――」

知っているのか、というアルフレッドのその言葉は続かなかった。

徹の後ろに遠視投影が三つ、浮かび上がるのを見てしま

ったからだ。

「いやあ、アルフレッド君、実はさ、俺カレンちゃんより君の方がどちらかというと興味が湧いてね、カイル君から情報を受け取った後の一週間、ずっと見させてもらったんだ、君のこと」

アルフレッドの体にまさに衝撃が走る。そう、徹のその言葉は彼だけしか知らない彼の急所を的確に射貫くものだったからだ。そう決して人に明かすことのなかったアルフレッドの秘密。彼の夢の成就に直結する柔らかく、脆弱《ぜいじゃく》なウィークポイント。

「な、なん……だって?」

そのアルフレッドの驚きはカイルが情報を提供していたという裏切りの事実よりも、自分の行動を見られていたということに対してのものであることを、徹は確信していた。

「アルフレッド君、君、身体強化の魔法が得意だそうだけど部屋にはいろんな魔法書が揃っているんだねぇ……、人体変遷、生命創生に錬金術、それに悪魔契約、精霊召喚、複雑多岐だ」

徹が見ているのはアルフレッドの家にある隠し部屋の映像である。書棚には夥《おびただ》しい数の魔法書が収められており、そのすべてに×マークが付けられていた。

「――これは別に、趣味だ。いろんな魔法を勉強して何が悪いのさ」

そう取り繕う、アルフレッドに向けて、

「くっくっく、それじゃこれも、君の『夢』とやらとは関係ないのかな?」

徹は真ん中の遠視投影をアルフレッドの前に持っていく。そこに映っているのはこれまた夥しい数の男性器の木型。いわゆる現代でいうバイブである。それが隠し棚と思しき所にずらりと、並んでいた。

「ねぇ、アルフレッド君。君、カレンちゃんのこと好きなんだよね、ゲイとかじゃないよね」

「そんなの、そんなの当たり前だろ‼ ボクは、ボクはカレンが好きだ‼ 愛してるといっていい‼ カレンはボクのすべてだ、絶対、絶対誰にも渡さない‼」

その病的なまでに激しい感情と口調は、決して平時には見せないアルフレッドの奥底に秘められた激情であった。それを徹に引き出されたことで、ゆっくりと彼の心は闇へと浸され侵食されていく。

「うん、そうだね、そうだよね。アルフレッド君のカレンちゃんへの愛は強い。うん、強すぎるといっていい‼ 普段はそれをおくびにも出さないのに、なんでこんなにも駆られているんだろうね？　アルフレッド君の夢ってなんだろうね？」

徹はマスターロッドを翻し、最後の遠視投影をアルフレッドの目の前に持っていく。そこに映るのは、この一週間、ダンジョン攻略のため必死でかけずり回る彼の姿であった。

「ボクの、ボクの夢は、カレンと愛し合うことだ、それ以外ない……」

ぽつりと、アルフレッドが呟く。

「そうだね、事実、二人は愛し合っているように見えるけどね」

そう、徹が返した時、ぐらりぐらり、と彼の心の支えが動き出す。その振れ幅が、その動きの激しさが、許容を超えた時、徹の目論見は成功する。

「だめだ……、それだけじゃ、だめなんだ……、ボクが愛しても……カレンが、カレンが……ッ」

「なんで？　俺から見ても君達は相思相愛だ‼　ほら今のカレンちゃんを見て‼　君に授けられた策を信じて実行して、成功して、もうときめき度はマックスだ‼　無事に帰れたらベッドインは間違いないよ‼」

ベッドイン、という言葉にアルフレッドの心の軸がずぐんと押され、その振れ幅がより大きくさせられていく。

「うあああ、……止めて、やめてくれえええええ‼」

「――アルフレッド君、君は不安なんだ」

徹の悪魔の言葉が、

「そうだろう？　カレンちゃんの愛に応えられるかどうか、不安で仕様が無いんだろう？」

尚もアルフレッドの心の根っこの部分を鷲掴み、ゆさゆさと揺さぶる。

「――そうだ、ボクは、ボクは、不安で仕様が無い、――だってボクは、ボクは……」

「俺は、そんな君の悩みを十二分に理解しているよ？　言っただろ？　俺はここ一週間、君のすべてを見ていた、と。――そう、お風呂時も、トイレの時もね？」

徹の言葉にはっと顔を上げたアルフレッドの前に、新たな遠視投影が現れる。そこに映るのは、小柄ながらも確かに胸と腰に丸みを帯びた、誰が遠目から見てもわかる明らかに裸の女性の体であった。アルフレッドの顔をした、裸の女の姿――。

「……あ、ああ、見ないでくれ、見ちゃだめだぁっ‼」

「――くっくっく、だって君はアルフレッド君じゃなくてアルフレッドちゃんだもの。そりゃそうだ、その不安はごもっとも。ベッドインなんかしたら大変なことになっちゃうもんねぇ？」

その徹の言葉を最後にアルフレッドの心の支えがぽっきりと折れた。

「なぁ、アル君。いやアルちゃんんか。君の夢って、『男になりたい』だろ？」

「――そう。……そうだよ。ボクはカレンを愛し、そして愛されることができる体が何よりもほしい。七年前に、彼女に会った時からずっと焦がれていた。その気持ちが抑えきれなくって具体的な方法を探し始めたのは五年前かな。いろんなことに手を出したよ……、カレンに言えないヤバイことだって、いっぱいした」

「だからカイルの話に乗り気になったんだな？」

「――うん、ダンジョンマスターに会って願いを叶えてもらうチャンスなんて最も薄い望みだったけど、それが急に現実味を帯びてきてさ、――でも結界魔法如きで試練を潜り抜けるなんてちょっと盲目的だったかな」

ははは、自嘲気味に笑うアルフレッド。すべて徹に見透かされて気力なく笑うただの少女がそこに居た。

そして、精神的に打ちのめされたこのか弱い少女を悪魔の囁きが駆りたてるのはここからである。

「――で、どうしようか。君の願いは叶うわけだけど」

淡々と話を続ける徹に、少女は呆けたように顔を上げる。

「……どういうこと？」

何か不安を感じながらも少女は呟く。今彼女は徹《あくま》の誘いを断れない。断る気力も、徹の言葉の裏を見抜く聡明な判断力も削ぎ取られている。徹は遠視投影の一つを少女の前に移す。そこには結界魔法を攻めあぐねているもう一方の強化オーク――。

「それ、カイルなんだよ」

その徹の言葉は、少女の脳髄に電撃を走らせた。そしてその刺激は彼女の高い思考能力と経験からくる想像力を回復させていく。少女はじっと遠視投影を覗きこみ、その意図を理解すると、徹が座るその緑の肉塊に目を向けた。

「ばかな……、そんな、そんなことできるわけないじゃないか」

言葉とは裏腹に、ゴクリと喉を鳴らす少女。そして徹はニンマリと囁く、その悪魔のような内容を。

「それって、君もオークに変身するってこと？　それとも、オークに変身した君が、カレンを犯すってこと？」

明らかに後者であることを確信して、くっくっくっ、と徹は笑う。

「なあ？　そろそろ正直になったらどうだい？　君の夢は

カレンちゃんと愛し合うことじゃない、カレンちゃんを自分のモノにすることだって、いい加減気づいた方がいい……!!」

「――違うっ、ボクの気持ちはそんな汚らわしいものじゃないっ」

「いいや、違わないね!!」

――両手を広げ、徹は少女を誘う。彼と同じ次元へと。

「なあ、君のバイブコレクション、あれはなんだ？　男になりたいだけの君があそこまで揃える必要があるの？　あれでカレンちゃんのアソコを責め尽くしたかったんだろう？　ぶっといイチモツを挿入されてよがり狂うカレンちゃんを見たかったんだろう？　最悪女の子だとバレてもカレンちゃんのオマ○コをずっぽずっぽ、ずっぽずっぽしたかったんでしょ？　たちの悪い保険だよ。ああそうそう、君なら当然に契約魔法は対価がいるの知っているよね？　悪魔契約の書や精霊召喚の書で、君はカレンちゃんにいったい何を強いろうとしたの？　……いい加減に自覚した方がいい。いいかい？　君の心の中にあるのはね、相思相愛のような美しいギブアンドテイクなんかじゃない。悲しいほど一方通行で、自分本位な征服欲なんだよ!!」

「違う、……そんな。ボクは――、そんなこと一度も」

そう、尚も否定する少女に徹は淡々と悪魔の方程式を授けていく。

「なーに、どうせカレンちゃんが犯されたとしてもそれはオークにだ。中身が君だなんて夢にも思わないさ、しかも初体験でこんな豚の鬼畜チンポで骨の髄まで犯されちゃったら、もう男となんてセックスできないかもね、そうなったらなにくわぬ顔で包み込んであげればいいんだよ。あれ、そうなれば、君、もう男になんてなる必要ないじゃないか」

「――や、めろ、やめろ、ボクは、――ボクはっ……」

「ねえ？」

「やめろ、いうな、――いわないで、――いわないでいわないでいわないでっ」

「違うなら、なんで」

「やめてぇえええええええ!!」

「こんな物欲しそうな顔をしてるのさ」

『初体験でこんな豚の鬼畜チンポで骨の髄まで犯されちゃったら、もう男となんてセックスできないかもね』

徹がそう喋った瞬間、遠視投影の中の少女が、その情景を思い浮かべ期待に胸を膨らませる表情が、まざまざと再生されていた。

「あああ、ああああああ、こんな、ボク、――こんなっ」

「大サービスだ、カレンちゃんの前の処女は君にあげようじゃないか。めいっぱいかわいがってあげるといい。なーに、泣き叫んでも痛がっても思う存分犯せるよう協力してあげよう——、きっとカレンちゃんの処女オマ○コは君に素晴らしい快楽をもたらしてくれるはずだから。——だから、わかっているね？　君は頭のいい女の子だ。そして、カレンちゃんのためにはどんな犠牲も厭《いと》わない勇敢な心と体を持っている、そうだね？」

オークの肉塊から降り、スタスタと徹は少女に近寄る。少女はその場でへたり込んだまま、動かないのか、それとも動けないのか。

彼女は内なる性の衝動に打ち勝てず、既に自身の熱い股間を押さえずにはいられない。

「さあ、今から君は俺の肉便器第二号だ、——名前を教えて？」

——しかし、

徹のその言葉に、少女は一瞬逡巡《しゅんじゅん》する。

「——ルテ……、——アルテです」

そして情欲に潤むアルテの契約の言葉を聞き届けると徹は、

「——舐めろ」

その剥き出しの逸物を彼女の口にずいと押し当てるのであった。

■■■

「んっ……んっ……ふ……む……ん……はぁ……んむ、んーっ……」

くいくいっと、アルテの頭を掴み口内の感触を味わう徹。彼女の舌使いなどは期待せず、ゆっくりと唇から頬肉、そして喉に自分の逸物を擦り付ける。まるでオナホールのように、無頓着《むとんちゃく》でリズミカルに。

「ほら、そこで吸って。——うんそうそう、アルテちゃんは筋がいい」

喉の奥までしゃぶらせた逸物をゆっくりと引き抜く。その途中でアルテの口が徹の指示に従い、ちゅるると卑猥な音を立てた。先っちょに吸い付く唇を堪能すべく、引き抜くギリギリで、ちゅくちゅくと唇をいやらしく犯していく。

「んむっ、んー……、んんんー……っぷは、——やだぁ、ボクの口、どろどろに、ふむっ、んんん!!」

「くくっ、アルテちゃんのかわいいお口はもう俺のものだからねぇ、しっかりマーキングしてあげる。カレンちゃんにもきちんと同じことをしてやらないと、だめだぞ？」

『カレンに同じこと』、というキーワードでぴくん、とアルテの体が震える。彼女の歪んだ征服欲と、被虐な性が、徹の言葉によってどんどん目覚めさせられていく。

ちゅぐちゅぐ、にちゃにちゃ
犯されているのはアルテの唇だが、犯しているのはアルテの心。

徹に体を犯されつつ、心の中でカレンを犯す。そんな歪んだ二律背反的欲求は、ちゅぐ、ちゅぱ、ちゅぽちゅぽ、にちゃり、ちゅぽ、じゅぱちゅぽれろと、彼女の思考と唇を蹂躙する。結果臭く粘液にまみれた徹の逸物に、舌を絡ませ、そして唾液をまぶすという、さらに卑猥な行為へと自らを走らせていく。

「そうそう、いいかい？　肉便器の心得、その一だ。最初のフェラは、必ずお口だけでするんだ。手は下について、そうそう三つ指ついて、おいしくいただきますだ。偉いぞアルテちゃん。ほら、あっちを見てごらん、お手々をついて口と舌を物欲しそうに伸ばすアルテちゃんは、チンポが好きで好きでたまらない、はしたない女の子に見えるだろう？」

徹の言われるがままにアルテは、その指が指す方向を見やる。そこには別角度から映された、アルテが映っている。四つん這いに近い形で舌を突き出す彼女は、まさに徹の言う通りの姿だったのだ。

「——ぼ、ボクはそんなんじゃっ」

その光景に思わずアルテは、正気に戻り後ずさる。

その時、——ちゅぽんと唇から水が跳ねる音がした。

恐る恐る、アルテが自らの唇に指をやると、ぬるん、と意に添わぬ感覚が指に伝わった。

そして不意にアルテの耳に入る彼女自身のくぐもった声。

『んっ……んっ……ふ……む……ん……はぁ……んむ、んんーっ』

そこに映し出された遠視投影には、竿の根元を上下にうりうりと揺らし、唇を犯す徹が居て、さらにそれを受け入れるべく口を開き、上唇と下唇でぴちぴちとその上下運動を迎えて舌を伸ばし、ちろちろと徹の亀頭から出る我慢汁を舐めている彼女の姿があった。

ふと視線を戻せば、自らの首から胸元へと垂れ滴る液体の多さに彼女は驚く。徹の我慢汁だけではない。舐め散らかしたアルテ自身の唾液も含まれて大量である。そして知る。彼女は自らの口が既に犯されてしまったことを。最早後戻りできない道へ踏み込んでしまったことを。

「んふふ、素直じゃないアルテちゃんにはどうやって素直になってもらおうかなー？」

徹がマスターロッドを手につかつかとアルテへと近寄る。その股間には獲物を貫くべく、天へ向かってそそり勃つ逸物が凶暴にその存在を主張し、膨張していた。

「──あ……あ……やだぁ、やだやだぁ」

その威圧感に、アルテの中の少女が思わず後ずさる。

「その『やだ』、は『犯されちゃうのがやだ』の『やだ』？　それとも、『犯されて気持ち良くなっちゃうのがやだ』の『やだ』？」

「そんなの、そんなの、ボク、わかんないよ……」

尚も後ずさるアルテに対して、徹のマスターロッドがひゅんと閃く。周囲の地形が盛り上がり、そのまま彼女の手足を拘束する磔台《はりつけだい》となる。

「なら教えてあげよう!!　──それは」

するりと、身動きできないアルテの軽装備の下へと徹は手を滑り込ませ、そして控えめながらも柔らかな胸の膨らみの頂点に中指を押し当てた。──あんっ、と彼女の背筋に快感の電流が走り、思わず身じろいだその耳元で徹は囁く。

「いやらしく徹様のチンポを舐めて溢れた汁でびちょびちょになったおっぱいの先っちょを、こんなふうに指で弄ばれたら、気持ち良くなっちゃって恥ずかしくて、もっといやらしくなっちゃうから、『や』めちゃ『だ』めの『やだ』だろ？」

そして、同時に徹はアルテの右乳首に押し当てた中指を、ぐりぐりと動かすのであった。

「あっ、だ、だめぇ……、ふぁ、──あっ、あっ、ふぁっ、やあああん!!　ああああああああんっ!!」

くにゅくにゅ、と硬く勃起した乳首が徹の指に押し込められる度にアルテはかぶりを振り、拘束されたままびくん、びくん、と体を震わせる。

こりこりと摘むのではなく、ぐりんぐりん、と押し込んで刺激に反発しようとする乳首を弄ぶ。胸元まで垂れた唾液やらなにやらと一緒に掻き混ぜられ、徹が指を動かす度ににちゅちゅ、にちゅ、ぬちぬちぬちと、アルテの耳元へと淫猥な音を届けるのであった。

「んあああっ、んあああんっ、──だっ──めぇ、やだぁ、やだやだぁ、ぼ、ボク、乳首、ちくびだめなの、ほんと、胸、びんかんなのっ──あ、あん、あん、あんっ──ああんっ!!」

そんなアルテの懇願に、

「うん、『や』めちゃ『だ』めなんだよね、大丈夫。アルテちゃんの乳首、いっぱいかわいがってあげる」

徹はそう言ってもう片方の手をアルテの口へやり、その唾液を掬い、

「――ふぁあああああんっ」

左乳首へ同じように手を滑り込ませ、容赦なく弄ぶのであった。

にちにちゅにちにちゃ、にちゃにちゅにちにちゅ
「んあああああっ、んああああっ、だ、だめぇぇえっ、んあ、あ、あ、あ、――ふああん♥!!」

卑猥な淫音が、周囲に響く。

ふーふーと、息を吐き出しながら、びくんびくんと快感に耐えるアルテの耳元に徹は顔を近付け、そして耳たぶをはむ、と甘噛みした。そして、

「んぅ、――んあっ、ふぁぁぁぁぁぁぁぁ……ひゃぁん!!」

服の中でそそり立つ両乳首の側面をゆっくりゆっくり中指と親指で撫で上げてやるのであった。同時に、じゅくりとアルテの股間が湿り気を帯びる。そう、彼女のささやかな胸と乳首は、その徹の無骨な指から配給される快感を受け止めるには、あまりにも男に対して無経験すぎたのである。

徹が耳たぶをはむはむとする度にアルテの両乳首が優しく撫でられ、その度に彼女の精神がとろんと快楽の沼へと溶けかかる。時間にして二十分。ぐりぐりと押し込まれ、そして撫でるように勃起させられる愛撫を繰り返され、アルテは抵抗する気力をすっかりと削がれてしまう。愛撫の最中に、

「ちゃんとカレンちゃんにもしてあげるんだよ？　カレンちゃんもきっとおっぱい弄られるのは嫌いじゃないと思うなぁ!!」

という徹の言葉で、嫌でも想像させられるカレンの痴態にどうしようもなく高ぶる自分が居る。アルテはどうしてもその快感を否定できず、気持ち良さを学習させられてしまう。

だがしかし、徹の責め苦はここからが本番である。それが彼女にとって幸せなことかどうかは、今は想像のつくものではなかった。

呆ける彼女の前に、徹はマスターロッドをふりかざして、倉庫からあるアイテムを手の中に召喚する。そしてそれをアルテの目の前に持っていき、

「ねぇ、アルテちゃん、これなんだかわかる？」

と、ぷらん、とそのアイテムを見せたのであった。

「……なに、はぁはぁ、……それ、小さい、……たまごと、——ヒモ？」

そう息絶え絶えに見たままを喋るアルテ。

「はっずれー、ま、身を以って味わおうか、きっとアルテちゃん、病みつきになっちゃうから」

そんな徹の発言は、アルテにとって最早不安以外の何物でもない。ふふふんと、鼻歌を歌いながらアルテの防具を外し、体にピッタリと密着するインナースーツの中にたまご型の何かを滑り込ませ、ぽつんと主張する乳首に押し当てるように固定する。それを左右一つずつ。

そしてそこから伸びる紐の先にある、徹の両手に収まるスイッチのようなもの。

「それじゃ、すいっち、お～ん」

カチン、と何かが切り替わる音と同時に、
ヴぃいいいいいいいいいいいいいいいいいいいいん
アルテの両乳首のたまごが細かい振動をしながら暴れ出した。

「んあああああああっ」

突如直接的な快感の波がアルテの頭を真っ白に染め上げる。

「——あっ、あっ、……なに、……こ……れ、——ふあっ、あっ、あっ、あっ、あっ、んあっ」

ヴぃいいいいいいいいいいいいいいい、ヴぃいいいいいいん
「——やっ、だぁっ♥ ………こ……れ、これだめ、許して、おかしくなる、こんなのされたら、——ボク、おかしくなっちゃう‼」

機械的な刺激で強制的にびくびくと体を震わせるアルテ。そんな彼女に優しく口付けながら、徹はその控えめな両胸に手を伸ばし、乳首で震えるバイブを助けるように周囲をやわやわと、揉み上げる。

「ひぐぅ‼ だめぇっ、だめ……こんなのだめ、ボク、——こんなの、こんなのっ」

もみもみ、さわさわと胸肉が押し上げられる度、乳首で震える小さなたまごがアルテの乳首が押し当てられ、甘く痺れるような快感を送り続ける。

「んふあぁっ——知らない、こんなのきもちいの、ボク知らないっ——ボク、ボク、こんなのっ‼ ——ふあっ、あっ、あっ、あっ、あっ、んあああああああああああああ、出ちゃうううううううう♥‼」

アルテの叫びと共に、ぷしゃと下半身で液体が弾け、そしてじょろろ、と愛液以外の何かが彼女の太ももを濡らしていく。

「──んあっ、……あっ、──あっ、やだあっ、もうっ、イってるっ……ボク、イってるから、──外して、だめなの、おかしくなっちゃうの、またイッちゃうのっ!!」

懇願するアルテの頭を優しく撫でながら、徹はニンマリと、震えるたまごの上から指を押し当て、ぷるぷるると左右に擦りあげた。

「やあああああああっ、──気持ちいいいいっ、イクっ、──ぼく、また出ちゃうっ──ふああああああああん♥!!」

アルテの嬌声と共に、ぐちゃぐちゃな股間がさらにぐちょぐちょになっていってしまう。

びくんびくん、と余韻に浸り、尚も痙攣する彼女から徹は振動するたまご、いわゆるお手製のピンクローターを抜き取ると、今度はさらに卑猥な形のお手製玩具（大人用）を倉庫から呼び寄せ、ニンマリとアルテへと向き直るのであった。

「んあああっ、あああんっ、もう、もう許してぇ……」

両手を拘束され、脚をM字に開かされた状態で、アルテの下半身を徹の指が責め立てる。ぐっちゅぐっちゅと、気の毒になるほどの激しい手マン。周囲に響く淫猥な音の出所は徹の指によって捏ね回されたアルテの股間である。

「うーん、ちょっとがっかりかなー、──ま、自分であれだけ木型を持ってたら試しちゃうよねぇ……」

そう、残念な声をあげる徹は尚もゆっくりと中指をずぶずぶと、アルテの膣へと抽送する。

「んっ、あっ、なにこれ、ゴツゴツして、ボクのお腹の中擦れて変になるぅううう!!」

徹の節くれだった指は、その太さでアルテが知らない膣内の壁の奥を刺激し、そしてうねうねと動く指で、ピンポイントに未熟な膣の中を開発していった。それは単純な木型の挿入では決して得られない未知の感覚。彼女の表情や体の動きを読み取り、意思を持って自在に変化する連続的な愛撫であった。

「あ、あああんっ、──き、きもちいい、ボク、ボク、──こんなにきもちいいのはじめてだ……うふあああ♥」

徹が指を前後する度にぷちゃぷちゃと、アルテの花弁は愛液を滴らせ、その新しい快感を貪欲に貪る。腰がビクンビクンと揺れる度に、あそこから尻穴まで愛液が垂れ、光に照らされ、いやらしく輝いた。

「──くっくっくっ、一人じゃこんなこともできないだろう？」

そう呟き、徹はアルテの股間に顔を近付け、ぬちゃり、と舌を膣口に捩《ね》じ込んだ。

ちゅくちゅく、ぬちゃぬちゃ、と膣口の入口を優しく掻き混ぜる。

「——んあっ、ふあああああ、だめぇ……、うあああああああ、きもちいいよう、きもちいいよう……」

とろんと、その感覚に陶酔する少女。それが好きな人との行為なら夢心地であろう。だが残念なことに、ここはド変態野郎のホームである。徹はその舌をついっと下へ。アルテの尻穴へと移動させる。

「——え、やだ、そんなとこ、ボク、弄ったことも……——ひぃやぁん、あ……、——ふ、ぁ」

徹の舌先が濡れそぼったアルテの肛門をぬろぬろと舐り始める。

——ねちゃっ、ぺちゃぴちゅ、ぬろん、ちゅちゅぱ
「——んっ、——あっ、——ふっ、——うっ、んっ、——ああんっ」

時折徹がちょんちょん、と舌の先でひくつく菊門を突つくと、アルテの後ろの穴はきゅ、きゅ、とそれに答えるように伸縮するのであった。

(さて、ころ合いかな?)

徹はアルテの股の下で後ろの穴を尚もしつこく舐め回しながら、先ほど倉庫から取り寄せた道具袋を取り出す。その手にあるのは小さな小型の玉が連続して棒状のようになっているいわゆるアナル用のバイブである。ちなみにこれらの器具はすべて徹の煩悩とエロスに偏った変遷ブロックからできた謎植物、その身にバイブやローターなどを宿す【玩具の木】からの副産物である。振動の動力源はマスターロッドの魔力なので、実に大地に優しい天然ものの淫具であった。

そのアナルバイブの中から一番小さいものを取り出し、徹はアルテの尻穴にそれを当て、ずぶぶ、とゆっくりと挿入を始めた。

「——ひ、うあ、や……だぁ、そんなの、そ……んな……ふ、かは……」

「だいじょうぶ、だいじょうぶー。ほら、力抜いて息吐いて?」

その徹の言葉にアルテは言われるがままに下腹の力を抜いてしまう。その瞬間、ぬぬぬとアナルバイブがアルテの菊門にゆっくりと滑り込んだ。

「ふ、……あ……あ……あっ……あ!! や……だぁ、きもちわるい、ボクの中に、はいっちゃってるよぅ……♥」

「気持ち悪くない、これはきもちいいんだよ?」

ちゅくちゅく、と前後にゆっくりとアナルバイブを抽送する徹。

そのついでにクリトリスを舌でちゅぱちゅぱと、口に含んで転がした。

「ふぁっ、――あ、――あ、だめぇ、う……っ、あっ、お尻熱い、ボクのお尻熱くなっちゃう!!」

――ちゅくちゅく、ちゅくちゅくちゅく
徹の舌がアルテのクリトリスを転がしているその直ぐ側で、

――ぬこん、ぬこんと、アナルバイブが捩じ込まれていく。

時々前後にアナルバイブをちゅこちゅこ揺すると、にっちゃにっちゃとアルテの肛門が反応を返していく卑猥なやり取り。その繰り返しが細かく、小刻みにお尻をほぐしていく。

「んあああ……、だめぇ……、ボク、またえっちになっちゃうよぉ……♥」

――ちゅくちゅく、ちゅくちゅくちゅくと、菊門が鳴き、

――ちゅぱちゅぱ、ちゅるちゅるちゅると、クリが嬲られる。

「ふあああぁ……、――どうしよう……ボク、ボク、おしり、きもちいの。こんなの、はじめてなの」

「それじゃ、もっと気持ち良くしてあげよう」

徹はそう言うと、ローターを再びアルテの両胸に当て、そしてテープで固定する。その意味を理解したアルテの瞳の奥に、少しばかりの恐怖と快感への薄暗い期待が宿る。

――だが徹は、さらに彼女の予想の斜め上を行く。

徹はローターを胸にセットすると、アルテの拘束を解き、そしてその体を抱え上げ、駅弁ファックの体勢でチンコを花弁へひたりと当てた。

「しっかり捕まってるんだぞ？　アルテちゃん」

その言葉の意味を知り、アルテは――待って、と喋ろうとするが、その前にずぬぬ、と徹の逸物がアルテの膣口へと割り込む。

「んあああああああああああああああああ!!」

アルテの体が、大きく仰け反る。

徹は、そのままゆっさゆっさと二、三回体を振り、腰の位置を調整する。

「ああんっ、ふぁあああんっ、おっきいいい、かたい、かたいよぅ。こんな、だめぇ……、お願い、ボク……ボク、こんなにされちゃったら」

刺激のあまりに徹の首へと両手を回してしがみつき、膣

とお尻、二箇所からくる快感に脳を塗りつぶされつつも、アルテは懇願する。

――ずん、ずん、と徹が腰を振り、ぬちゃ、ぬちゃ、アルテの膣が音を立てる。

――むにん、むにん、と徹が彼女の尻肉を揉む度に、くちょん、くにゅんと尻穴に挿さったバイブが腸内を刺激してしまう。

「お、ねがい、だめ、もうだめ、……、きもちい……、――きもちいの、きもちよすぎる……ボク、ボク、もう……♥」

――戻ってこれないかも。

そう、諦めたようにアルテは呟き、自ら徹に縋《すが》り付く。すると、肛門と股間からくるぎゅうぎゅうとした何かに歯を食いしばることをやめて、柔らかく口元を緩めて目の前の徹にキスをした。

その瞬間、両乳首のローターがヴィイイインンと音を立てて動き出す。

「ふあああああああああん!!」

胸と、膣と、お尻、その三つから来るかつてない快感。今この時よりアルテは完全にその快楽に溺れる。貪欲なる快感への渇望。それが彼女の内なる本性であった。

「ああんっ、――うあんっ――きもちい、――あそこも、お尻も、おっぱいも溶けちゃうほど熱くなって、――あああ、ボクもうどうにかなっちゃうよぅ!!」

「うんうん、そうだ!! 気持ちいことはいいことだ!! うん、アルテちゃんの中も気持ちいぞぅ!!」

まるで子供のように縋り付くアルテの頭を撫でながら徹は容赦なく腰をアルテへと打ち付ける。小柄で華奢《きゃしゃ》な彼女を抱え上げて下からずんずんと玩具のように嬲りあげる。徹の元世界の人○団体様が見たら卒倒しそうなファックである。その光景は見ていて痛々しいほどであるが、当の彼女の股間は気持ちがいいと喋っている。びゅーびゅーと分泌液を振りまきながら喜んでいる。あまりにも気持ちがいいと。喜びすぎて挿さっていたアナルバイブをアルテの肛門がずるりと手放してしまうほどに。

「あはぁぁぁぁ……♥」

本当にだらしのない解放感を孕んだ声と共に、アナルバイブはカランと地面に落ちた。

「あっ♥ おっ♥ おほ♥!!」

そしてアルテは知る。障害物が抜け落ちていく刺激を十分に味わい、ああ、お尻の穴は入れる時じゃなくて出す時が気持ちいいんだと、また一つ新しい快楽が刻まれていく。

そんなアルテの気持ちを察してか、徹はバイブの代わりに中指をにゅるん、と寂しそうにひくつく尻穴へと滑り込ませた。

「ふぁ……!!　あんっ、あんあんっ、きもちい……、ああああんっ男の人の指ってこんなに気持ちいなんて……、あんっ、あああんっ、ボク、しらなかった、しらなかった、あああ♥」

「アルテちゃんが素直にしてれば、これからもいっぱい仕込んでやるぞ、それそれそれ!!」

「――んあっ、いいっ、ああああんっ」

「ほらほらほらっ、また尻穴から指を抜いてほしいんだろう？　ならおねだりしろ、『徹様、アルテのお尻をほじほじした後、一気に抜いてください』ってな？」

「んあああんっ、やだぁ、そんな、ボク恥ずかしい……いじわるしないでぇ、ああん!!」

「はい、罰ゲーム。ちゃぁんと言わないとしてあげないよ？　さっきのおねだりに加えて、おねだりのちゅーをすること」

　ずんずん、と徹に突き入れられる度に広げられる膣肉。それは今まで感じたことがないような快感の波をアルテに与えていた。加えて乳首への容赦ない機械的な振動。その二つの相乗効果でアルテは何度も細かい絶頂を既に迎えていた。

　事実、彼女の股間は先ほどからぶしゃり、ぶしゃりと盛大に徹の足元を濡らしている。しかし、アルテは感じていた。きっとこの刺すような細かい絶頂のその向こうに、未だ自分が味わったことがない大きな快楽の波があることを。

　――今。

　そう、今、さっきのお尻の解放感をもう一度味わうことができるなら、この蓄積された快感の波が、堤防を決壊させ――

「と、徹様、――あっ、あんっ」

　そんな快楽への欲求が、アルテをさらなる行動に駆りたてる。

「ふあぁん、――ぼ、ボクの」

　目の前に映る男は、自分を嵌《は》めて、さらに色欲のままに玩具にした男であるはずなのに。

「ぼく……の、……おしりのあな、いじってほしいの。いっぱいかきまぜて、――いっぱいかきまぜて……、――いっきに、ずぽってぬいてください、おねがいします。もういちど、やさしくぬいてほしいの」

　そして、ちゅむ、と徹の舌へアルテは自らの舌を絡ませた。それは完全なる服従の契約である。ぬろりぬろりとアルテの舌が徹に絡まる。アナルから、お尻の穴からお指を擦って抜いてと懇願する。

その瞬間、良くできましたとばかりに、徹は腰を激しく打ち付け、ぐりぐりとアルテの尻穴を指で掻き混ぜた。

「ふぁあああああああああん!!　ぼく、いく、いくいくいく、——いっちゃ」

「うぉおおおお、アルテちゃん、俺もイくぞぉおおおおおお!!」

ぬぽん、と徹の腰が最奥までアルテの膣を蹂躙し、白濁がぶちまけられ、そして同時に彼女の尻穴から野太い指が一気に引き抜かれた。

「——ふ、——あ、——あ、——あ、——ああ、——ああああ♥」

それは声なき絶頂であった。

徹の体にしがみついたアルテは顎《あご》を上げ、涎を垂らし、その目は虚空を見据え、そして小さな体は、びくん、びくん、と快楽の波に翻弄《ほんろう》され、股間から溢れる白く濁った愛液が、びゅーびゅーと、水たまりを作るほどに噴出される。

この時を以って、アルテは女にされてしまった。どんなに男ぶっても、どんなに強くても、乳首をこりこりされてしまえば、その先を期待し、股間に手を入れられれば潮を噴かされるまでされるがまま。お尻を揉まれれば嫌がりながらも不浄の穴をひくつかせる立派な肉便器に生まれ変わったのだ。

——そこから数時間、迷宮の片隅で、横にお風呂常備の状態で、ローションやら浣腸やら目隠しやらアナルパールやら、その他いろいろやらの、狂ってしまった少女と迷宮の主の宴は続いたのであった。

■■■

「いやー、あれだめっス、どうにもならないっスね」

そう呟きながら、カイルは管理層への梯子を降りる。そう、当然のことであるが結局カイルはカレンが張った不思議テントの概念障壁を打ち破れなかったのだ。

「くっ～っ、この体でお預けとかマジ地獄、なんというか出したいけど出っぱなしとか、マジこの種族絶倫過ぎんだろ、常識的に考えてッス……」

股間から常時我慢汁が垂れ続けるという非情にシュールな状況で、とぼとぼとカイルは管理層の通路を歩き続ける。

「あー、でもどうしよう、抜け駆けとかしてマスター怒ってるッスよねー……」

そろりと曲がり角から顔を出しながら、カイルは自分達のベースキャンプを覗いてみた。そこで、彼はベースキャンプに明かりがついていることに気づく。

――徹様も管理層に戻っている？

カイルの頭の中で、そんな思考がぽん、と浮かんだ。

（まさか、マスターも泣き寝入り!? うっひょ～、コレは渡りに船ッス、棚からぼた餅ッス!! 最早、マスターと自分はお預け食らった運命共同体!! さっさと抜け駆けのことなんてすっぱり水に流して共同戦線いくッスよ～～～～～～～）

そう、頭の中で呟き、カイルはベースキャンプへと疾走する。

「ちょ、徹様、あれ、ッベーっすよ、めっちゃやべーっすよ、あいつら不思議議テントなんて反則アイテム持ち込んでやがりまして、うへへ、それで徹様の忠実な一番槍の自分が報告に来たッスよおおお!!」

そして、がらり、と扉を開けた。

「――ここは、やはり御大将の徹様自らにあのクソ忌々しい結界魔法をちょちょいのちょいと無効化していただいた上でですね、ゲヘゲへ、あの小生意気な巨乳娘をですね、ええいと、ちょちょちょーいとする案はいかがかと――!!

不肖徹様の忠実にして不尽の下僕、このカイルめが状況を報告するでありま――」

「――あんっ、あんっあんっ、徹様ぁっ、そんな、そんなボクのおっぱいばかり吸っちゃだめぇっ!! ――あん♥」

「ん～？ 何言ってるのアルテちゃん、ほら、カレンちゃんのおっぱいもこうしていっぱい吸ってあげるんでしょ？ だったらほら、しっかり覚えないと。いい？ ――ほら、まずはこう咥えて――」

徹がアルテと呼ばれた美少女の控えめなおっぱいを掴み、そしてぴんぴんに勃起した乳首をはむ、と口に含む。

「ああん、うぁぁぁ♥」

それを呆けた顔で受け入れる彼女の股間には、淫らな木型がずっぷりと挿さり、ぶいんぶいんと音を立てて動いているのであった。

「――なんじゃあぁこりゃあああああああああああああああああああああッス!!」

そんなカイルの血の叫びは二人には届かない。徹はアルテの乳首を楽しそうに弄び、アルテはその快楽に蕩けていた。

そこでカイルの股間の血管がぶちん、と切れ、彼は胸に手を当てその場に跪《ひざまず》く。

「ぐはあああぁ、なんだか胸痛いっす、不意打ちすぎてトラウマ復活ッス。誰だか知んないけど、またもやマスターに誰かの大切な人が寝取られてるッスあ――――!! もう、絶対しー姉の時と一緒だコレ。今度のいたいけな犠牲者君はどこの誰っスか。――あーもーなんたる悪趣味。これ、やられる方にとってはたまんねーッス、人生観変わるッス。あーもー、切ねぇし、我慢汁とまんねーし、ちょっともう、自分苦悩と快楽の間でまた新しい何かに目覚めちゃいそうな気がしちゃって、もうチンコギンギンなんすけどコレ。――てかどういうことッスかマスター!! 自分にナイショで別ターゲット用意してるなんてずるいッス!! 横暴ッス!! 下僕として失望ッス。あ、言い訳はいいんでとりあえずそのショートカットの美少女ちゃんとの情事に自分も混ぜるっス～～～!!」

カイルが独自の思考変換で、ぴょーんと徹とアルテの濡れ場に飛び込んできた時である。

【支配者要求《ルーラーリクエスト》：侵入禁止《インヴ・アウト》】

徹のマスターロッドによる概念障壁の属性変更が行われる。

――べこん、という衝突音と共に、緑の塊がずるると見えない壁に沿って落ちていく。

【支配者要求：変体解除《メタモル・リリース》】

さらに、徹の支配者要求がカイルにかけられる。徹に体を弄られ、虚ろな目でその状況を見るアルテの前に、記憶変体を解除されてぶっ倒れている素っ裸のカイルが現れた。

「んあっ、――すごい、んっ……、ホントにカイルだ、――誰でも変身できるんだね……あんっ」

「まだ信じてなかったの？　んふふ、まあそういうアルテちゃんの現実的な所も嫌いじゃないなあ俺は!!」

そう言って徹はアルテの股間に挿さるバイブをちゅぷちゅぷと小刻みに前後に揺する。途端にちゅぽちゅぽと緩くなったお股がだらしない音を立て出した。

「――ふあああああん♥!!」

ぞくぞくと下半身から供給される甘美な快感にアルテは本日何度目かわからない絶頂を再び迎えるのであった。

「そ、その声、ま、まさか、――いやでも!! アルッスか、アルッスか、この子!!」

そして、概念障壁に頭から突っ込んだダメージなど何のその。カイルは、アルテの絶頂の声を聞いた途端にガバっと起き上がり、食い入るように障壁にべったりと顔をつける。

「ふおおおおおっ、前からちょっと女っぽいとか思ってたけど、マジ女ッスか、——こりゃたまらんわーッス。カレンは知ってるんスかこれ。——ととと、とにかくマスター、自分友達が実は女だったとかいう未体験シチュエーションに、かつてないほど興奮してるッス。今なら、アルをオカズにご飯五、六杯いけるッス。さあ、今こそ夢のサンドイッチッスよ‼　そこの生意気僕っ娘ショートのちびっ子を前から後ろからガンガン責めてやるッスよぉおおおおおおおおおおお‼」

というカイルの魂の叫びは、

「えー……、だってお前抜け駆けしたじゃん。後アルテちゃんはもう俺の便器だし」

と徹に冷たく却下されるのであった。

「うーん……、ボクもカイルにいいようにされるのはちょっとヤかな……、でも前と後ろでサンドイッチってのは興味あるかも」

そんな彼女の言葉に、

「うっひょ～～～～～～、流石アル、わかってるッスね‼　おませな顔して超淫乱ッス。ほら、この自分のチンコを見るッス、これでかわいがってやるッスよ～～～‼」

フリフリ腰を振るカイルを見て、

「あー、でもカイル、そういえばキミ、ボクとカレンを嵌めたんだよね？　ちょっと調子よすぎない？」

ジト目で睨むアルテに対して、

「——てへッス☆」

とかわいらしく舌を出したカイルは、

【支配者要求：無限崩落《ドロップ・オプト》】

徹の手により虚しくボッシュートされるのであった。

——ひゅぅぅぅぅぅぅぅぅぅぅぅぅぅぅと落ちていくカイル。

「——ひどいっスぅぅぅぅぅぅぅぅぅぅぅ」

という断末魔の叫びも再びいちゃつき始めた二人には届かない。

「——さて、めいっぱい楽しんだし、そろそろカレンちゃん食べに行こうか、アルテちゃん」

大きく伸びをする徹に、

「徹さま……、その、あの」

とアルテが不安そうに体をもじもじさせながら話しかける。

徹は、あああのことね、と呟き。

「わかってるって、カレンちゃんの前の初めてはアルテちゃんにあげるから、——あ、でも」

そう言って徹は彼女の頭を両手で掴むと、

「ムラムラしないように、ね？　最後に飲んで？」

徹はアルテの口へ逸物をずずっと突っ込み、そして腰をゆさゆさと前後させる。そんなイラマチオに近い前後の動きを、アルテは教え込まれた通りに、手を使わずに口だけでねっとりと徹の逸物に吸い付き、受け入れた。

口の中で動く生温かい徹の肉棒も、ずんずんと喉を突かれ、犯される感覚も、ちゅぷちゅぷと唇を濡らす粘液も、股間を掻き回すバイブの痺れるような感覚も、そして、びゅーびゅーと、口の中に広がる青臭い徹の精液も、最早『夢』を叶える目前の彼女にとっては、食欲をそそる前菜でしかなかった。

――ああ、ボクも、――カレンに‼

そして、カレンが張った不思議テントの前に緑の塊が二つ。

歪んだ悲劇の宴の二幕は、こうして始まる。

■■■

不思議テントの中で、オークに変体したカイルとのチェイスで消費した体力と魔力を癒すべく、カレンは回復に専念をしていた。不思議テントの概念防御は信頼できるものであったが、実際は何が起こるかわからないからだ。

彼女はこの一時的であろう休戦状態を有効に活用すべく、冷静に状況を分析する。不思議テントの防御は絶対であるが、万能ではない。もし、不思議テントの周囲を密閉空間で囲まれたら？　いや、密閉空間とは行かないまでも、周囲に水を流し込むなどの対抗策をとられたら？　不思議テントという半ば反則に近いアイテムを持ち込んだ自分達を、ダンジョンマスターが安易に見逃すとは思えない。クエストはクリアできても、報復措置として生還が確約されるとは限らない。後出しジャンケンに対応するだけの力と策は、ないよりもあった方がいい。

「うし、チャージ完了」

先ほど放った魔法力の補給を完了し、カレンが気合を入れ直したその時、――ざ、ざ、と彼女の場所へ近付く複数の足音とオークの荒い鼻息が、遠くから反響してカレンの耳に届いたのであった。

「……アル」

双方分かれて獲物を追っていた相手が、カレンへと戦力を集中する。

これが意味をすることを彼女は思考する。

――一つ目の可能性。アルフレッドが不思議テントを展開する前にリタイヤをした。

――二つ目の可能性。さっきのオークが増援を呼んできた。

――三つ目の可能性。増援だけでなく、不思議テントに対して何か対抗策を持ってきた。

一つ目の可能性は薄かった。カレンが知るアルフレッドは、移動速度という意味では、自分よりも数段上である。自分でさえ展開できたのに彼にできない道理はない。二つ目ならば放っておけばいい。先のオークが二匹に増えた所で状況は変わらない。三つ目ならば、状況によっては一度不思議テントを解除して、この場を離脱する必要があるかもしれない。解除と同時に水没や生き埋めは御免である。

ならば、

「まずは相手の出方を見極めなきゃ」

注意深く外の様子にカレンは耳を傾けた。しかし、その思考は徹のマスターロッドの一振りによってまったくの徒労に終わらされる。

――パキンという乾いた音と共に、絶対無敵の正三角錐がバラバラと崩れていく。開けるカレンの視界に二体のオークが映る。彼女は直ぐ様身を翻しこの場を離れるため、その一歩を踏み出そうとするが、カレンはその場を動かなかった。いや、動けなかった。

カレンの視界の隅に映ってしまった見覚えのある装備品。アルフレッドがいつも身につけていた見まごう事なき、彼の所持品だ。

それが、彼女の逃走という選択肢を綺麗サッパリと斬り捨てさせた。

（――アル、アル。――ほんと、アンタは世話をかけるんだから……）

限りなく濃厚な答えは一つ目。カレンは思考を止めない。敵はこちらの想定をすべて上回ったのだ。ならば自分にできることは多くはない。逃げる代わりに彼女が選んだ選択肢は、最も彼女が得意とすることである。このクエストでは挑戦者の生命は保証されているし、本来問答無用の力押しゴリ押し正面突破ならぬ、真正面破壊活動が彼女のスタイルである。

カレンの両手両足にチャージされた魔力によって組み上げられた魔方陣が展開・解放され、

「こいつらブッ倒して迎えに行くから待ってなさいよ、――アル!!」

そんな精一杯の強がりを叫び、

『熱核破壊陣《マグナ・グリッド》!!』

瞬間、狭いダンジョンの中であり得ない連鎖爆発が起こる。二階建て程度の建物なら容易に吹き飛ばす爆発魔法を、陣形により八発連続で起爆させるカレンの最終奥義が洞窟内で無慈悲に発動した。

発動と同時に彼女は結界魔法を再展開。爆風と炎の嵐がクエストエリアを地獄へと変えていく。

そんな中、

〝――いや、カレンちゃんすごいねぇ、アルテちゃんの装備品見た瞬間にコレとは、いやあ、愛されてるねぇ〟

マスターロッドの概念結界で魔法を遮断しつつ、徹は念話でアルテに話しかけた。

〝――うん、カレンはとてもいい子なんだ。……だから、早く、愛し合わないと……、ボクのモノにしないと――誰かにとられちゃう〟

炎の向こうに居るカレンへとアルテは虚ろな視線を向ける。

〝――は、はやく、徹様!!　ボク、ボク……ッ、――ボクもう我慢できない!!〟

そのアルテの心の叫びに、徹は悪魔の笑みで答える。

〝くっくっく、アルテちゃんは俺のかわいい肉便器だからね、ちゃあんとご褒美はあげるよ？　――ちゃあんとね？〟


【支配者要求：記点回帰《セーブ・リアライズ》】

徹のマスターロッドの一振りで、クエストエリアに荒れ狂う炎が瞬時に消え、そして結界魔法《キャンプ》でさえも、現在の立ち位置や記憶はそのままに発動前に巻き戻される。

――空間支配。マスターロッドで掘られた空間はすべて徹の思うままである。呆然と立ち尽くすカレン。それもそのはずである、渾身の奥の手があっさりと無効化されたのだ。この現状は彼女にとって想定外どころの話ではなかった。抗魔されたとかそういうレベルではない、まるで魔法発動などなかったかのような周囲の状況。次元の違う何かの手の平の上で弄ばれているような、自分に感じる猛烈な矮小感。

目の前に、口からは涎、股間からは汚らしい汁を垂らし続けるオークが一歩一歩迫ってくる。

そんな中、カレンは悲壮な表情で短剣を抜き、その柔らかな首筋に当てた。

（――ごめんなさい、アル、私、こんなオークに嬲られるくらいな――）

【支配者要求：論理封印《ロジック・シール》】

ぽとりと、カレンは短剣を捨てた。

「――え、なん……で？」

カレンは自分の行動が理解できない。自分はたった今、確固たる意思を持って命を絶とうとしたはずであった。それは自己の防衛、矜持、そしてアルフレッドへの思いからくる揺るぐことのない最後の選択肢だったはずだ。崇高な精神に基づいた自決だったはずである。

一秒前の壮絶な決意が、まるで煙のように消え去る不条理。

彼女の目の前にオークが迫っている。

目の前に転がる短剣を取る時間は十分にある。

彼女は何らかの手段を以って、辱めを回避する自決を行わなければならない。

・・・・・・・・・・・・・・・・・・・・・・

しかし、カレンにはその行動を是とする論理がわからない。

ぺたん、とその場に尻餅をつくカレン。

それが引き金となり、アルテがついに欲望を剥き出しにして、カレンへと襲い掛かる。

「――ブモォオオオオ!!(――カレン!! 今!! 愛してあげるよ!!)」

「……いやぁ、――いやあああああああああああああああ!!」

(くくく、楽しみだなぁ、実に楽しみだ)

その様子をただ一人、これからの結末を支配する徹は、実に楽しそうに見守るのであった。

「いやあああ!!」

カレンの悲鳴と共に、爆発音が何度もクエストエリアに反響する。彼女の最後の抵抗であるが、魔方陣展開もしないワンセクションの魔法など、強化オークには歯が立たない。今や彼女は左足をオークに掴み上げられ、普段は見えそうで見えないはずのスカートの中身や、白く柔らかな内ももをあらわにされていた。

「――このっ!! なんで!! 魔法が効かないのよ!!」

先ほどからカレンは、スカートの中を覗き見ているオークの顔面に向けて何発も火球魔法を叩き込んでいるのだが、その緑の肌には一向に傷がつく気配がない。むしろ暴れるカレンの反応を楽しんでいるかのように、オークは口の両端を吊り上げ表情を崩していた。

「くっ、……こっの」

魔法が効かないならばと、カレンは残った右足を振り上げ、

「離しな――さいよ!!」

どがん、と分厚い靴底をオークの顔面に叩き込んだ。魔法使い用の軽装備とはいえ、冒険者用に誂えられた鉄板入りの装備である。そこそこの重さと硬さを以ってオークの顔面に叩き込まれたその時、奇しくもオークの動きが止まった。

「あら、もしかして効いた……？」

案外物理には弱いのかしら、とカレンがひょいと視線を彼女の足元へと動かした時であった。カレンはそこでとんでもない状況を目にする。

大きく開けられたオークの口が、カレンの足を装備ごと咥え込んでいたのだ。オークはカレンのその驚きを確認すると、もぐもぐと口を動かし、カレンの装備を食べ始める。

「ちょ、な……、……嘘でしょ!!」

状況に混乱し、カレンは足をばたつかせるが、オークはそれを許さない。外側の皮を剥がし、留め具を呑み込み、貪り、カレンの足先を丸裸にしていく。そしてブーツは分解され、そこにはベトベトになった素肌の足先が残る。

「ちょ、まさか」

――食べられる？

自分の足を前にさらに大きく口を開けたオークを見て、カレンの背筋に恐怖が走る。だがしかし、パクンと足先を頬張ると、オークはジュルジュルとその足先を舐め始めたのである。

（んぐ、んぐ、――カレンの足、おいしい!!）

そんなアルテの変態的な叫びは幸いにしてカレンには届かない。

「ひぃ……っ」

オークの肉厚な舌で舐め回されるという予想外に不快な感触に、カレンは思わず嫌悪の声を漏らす。しかし尚もオークは口内で足先を弄ぶ。いつしか彼の牙は足先に残った僅かな布きれを引き裂き、彼女の指先を丹念にしゃぶり尽くしていた。

「なに……、これ、……くっ、汚らしい!!　やめなさいよ!!」

地面に倒され、掴み上げられた状態。ベトベトに汚されたカレンの足先から、つーっと、オークの唾液が内ももへ垂れ、そして下着を濡らす。オークは彼女の股間を食い入るように見ていた。

――何かがおかしい。

そんなオークの様子を見て、カレンの頭の中で先ほどから感じられていた違和感が形作られる。

――そう、このオークはあまりにも人間臭がありすぎる。

普通ならばあれだけ攻撃を撃ち込んだカレンは、オークにとって犯すべき対象というより、むしろ殺す対象であるはずだ。オークの知能はそれほど高くない。しかして、『熱核破壊陣』などという広範囲の破壊魔法を使った彼女に対して殺意よりも性欲が勝るとは思えなかった。

(——そう、そういうことなのね)

このオークの中にいるのは人間だ。そう確信した時カレンは心中で決意をする。同じ人間がやることであるならば、いつかどこかで隙ができる。その時まで負けてなるものか、と。たとえこのオークの中に潜む者がダンジョンマスターだろうが、何者であろうが、同じ人間であるならば。これから何が起ころうが、私とアルにしたことのケジメをきっちりと取らせてあげようではないか。そう決意したのだ。

「——くっ、……あんっ」

未だ自分の足を味わっているオークを彼女は睨む。

(ああ、カレン、怒った顔もかわいい——!! ——た、たまんないよ!!)

そんなカレンの表情にアルテはオークの肉ぐるみの中で、ぶるりと身震いすると、脇に回りぐいっとしゃぶりついていた左足を抱え込む。カレンは片足だけ大きく股を開かされた不安定な姿勢になるが、直ぐ様もう片方の足も、二匹目のオークによって抱えられ、左右それぞれのオークに両脇から脚を抱え広げられるというおしっこのポーズでがっしりと姿勢を固定される。

〝アルテちゃん、ちょっとは俺にも楽しませてくれないとだめだよ~、前の処女はあげるけど、その他は半分こだからね~?〟

徹は念話でアルテに話しかけながらカレンの右太ももをさわさわと撫で上げる。

「……んッ」

敏感な内ももを無遠慮に触られて、彼女の体がビクンと跳ねた。

〝そうしたら、またアルテちゃんもかわいがってあげるからさ〟

その念話がアルテに届いた瞬間、彼女の被虐スイッチがカチリとオンになる。アルテのカレンを征服したい、という願望が、徹から与えられた快楽という麻薬によって、より昏く淫蕩な性欲へと昇華されていく。

〝はい、徹様!! ボク、頑張ります!! 頑張ってカレンをモノにして!! 玩具で弄って!! お漏らしだってさせて!! アソコもお尻の穴もとろとろに、ボクが徹様にされたみたいにしますから!! ボクがカレンを犯している後ろから…

…ボクを、ボクをまた犯してください‼〟

そうアルテは念話で徹に答えると、剥き出しのショーツをびりりと破き悔しそうな表情でこちらを睨む彼女の花弁を人差し指と親指でぷにぷにと刺激し始める。それに伴い、カレンの体が二匹のオークの間でぴくんぴくんと波打ち、くぐもった声がクエストエリア内に響き始めた。

「くっ……んっ……あっ……んっ……んっ」

（あああああ、カレン‼　カレンのアソコはこんなに柔らかくて気持ちいいんだ‼）

カレンのアソコの肉感に陶酔するアルテ。

その光景に徹の頭の中で新たな悪魔の方程式が浮かび立つ。

〝う～ん、個人的にはカレンちゃんも俺が仕込んであげたいんだけどなぁ……、そうだ、アルテちゃん、勝負をしよう、どっちがカレンちゃんを気持ち良くできるかでアルテちゃんのお願いを叶えるか決めてあげる‼〟

それは実にアルテの情欲を刺激する曖昧かつ、際限のない快楽生産のためのライン工程であった。そして彼女の返事を聞かぬままに、徹はカレンの股間に手を伸ばした。

やわやわと揉みほぐすアルテの指。縦筋とクリをかりこり引っ掻き、なぞる徹の指。女の体を知っているアルテの指使いと、人の快楽の遺伝子に従う男の欲望の指使いがカレンの花弁を弄ぶ。

「ひん……あんっ‼　……ま…、負けないんだから、――こんなことで、負けないんだからぁ‼　あああああん‼」

くちゃくちゃと卑猥に周囲に響く水音は、先に垂らされた唾液のせいか、それとも彼女の奥から溢れてくる快楽の証か。

ガッチリと二匹の獣に捕まった少女の股間が無慈悲に掻き回され、快楽の階段を登らされていく。

「ブッモブモブモ、ブモッモ、ブーモ？（うふふふ、カレン？　ほら、こうしてクリを皮ごと揉まれるとお腹の奥、じーんときちゃうでしょ？）

「――あっ、んっ、あぁん♥」

そう語りかけながらアルテはカレンのクリの周りを人差し指と親指でやわやわと揉み込んでいく。にゅちゅ、にゅちゅと揉まれる度に、クリトリスが擦れてちょん、と頭を出し、重くカレンの腹の底に焦れったいような快感を溜めていく。

「ブモブモ、ブーモモモン、ブモモモーンモ（いやいや、ここはきゅっとクリを剥いてあげて指の腹でちょんちょんしてから、ジュクってすると、カレンちゃんのオマ○コは喜んじゃうと思うなあ？）」

徹はアルテの愛撫に合わすように、揉まれて顔を見せたクリトリスを、中指でちょん、と押し込める。

「ひぅっ!! ひ、あっ、あっ、あっ、あっ――あん♥!!」

腹の底に溜まった痺れが背筋を登る電撃となり、彼女の脳髄を犯していく。

――ぴちゃぴちゃ、ちゅっちゅ。――ぐちゃぐちゃ、ちゅっちゅ
「「ブモ、ブモモーモン？（ねぇ、どっちがきもちいい？）」」

そんな二人の会話も、当のカレンにとってはブモブモと鳴く豚の声にしか聞こえない。

「――ふっ、はぁはぁ、やぁ、あん。きちゃう、だめぇ――ふあああぁ!!」

ぴちゃぴちゃと一方通行の愛撫は続く。そんな中彼女は必死に快楽に耐えていた。しかし、カレンも年頃の女の子である。少なからずある自慰の経験が、未知の愛撫による快感を急速に煽っていく。

「――んっ、――んっ、――んぐぅっ!!」

心は必死で耐えるが体からは様々なものが漏れ始めてきてしまう。ちゃっぷちゃっぷと、カレンの股間から糸を引き、愛液が止めどなく滴り落ちていく。

第一関節まで差し込まれた指先でくちゃくちゃとアソコを掻き回される。

びらびらを指の間に挟まれ揺らされるように擦られる。

クリトリスを揉まれ、肉芽をくにくにと嬲られる。

尻肉を広げられながら、尻穴をツンツンされる。

どれかだけなら、カレンの体はここまで乱れなかったかもしれない。しかし、これらを二人がかりで同時にされて平気なほど、彼女の体の経験値は高くなかった。

「あ、あああああぁ、やだぁ、やだぁ!!」

徹とアルテの行為が一方通行の愛撫であるならば、カレンのそれは一方通行の絶頂であった。許容量を超えた快楽の供給で体だけが強引に絶頂へとつれていく。いわば心ではなく、体だけのオーガズム。だが未だ心は屈せず快楽と涙で歪んだカレンの屈辱的な絶頂の表情は、アルテと徹の嗜虐心という炎に、油を注ぐだけの効果しかなかったのである。

――故に、二匹の獣の指は止まらない。

「ブーモブモ？　ブモブーモ？（ほら、ほらほら、カレン!!　きもちい？　きもちい？　まだイけるよね？　いっぱいイけるよね？）」

「ブモモン、ブモモモンブ、ブモモモ～ン？（カレンちゃん、カレンちゃん!!　ほ～ら、今度はお尻の中まで挿《い》れちゃうぞ～？　ぬっぽぬっぽしちゃうぞ～？）」

「んあああああぁ!!　やだあっ、やだやだぁ!!　――負けない、こんなんで負けてあげないんだからぁぁあぁ!!　――あ、あ、あん!!　――ひぐ、お尻……、苦し……ああああぁ、やぁん、そ……こ、ほぐ……さない……で……んぅぅ♥」

カレンは知らない。彼女が屈せずに居れば居るほど、二匹の獣はより深い快楽を心と体に刻み付けようとすることを。

「んぃぃ!!」

ぷしゃーと、カレンの股間から潮が吹き出る。指による四度目の絶頂を迎えるが、尚もカレンは屈しない。

「――はぁ……はぁ……ぁ……ん……♥」

呼吸を整え、痙攣する快楽の余韻に大きく体を震えさせながらも、カレンはぎり、と奥歯を噛んで自分を嬲る二匹のオークを睨むのをやめない。その中にいるであろう人間へ向けて、明確な抵抗の意思をあらわにする。

その表情に魅せられて、アルテが念話で徹に呟く。

〝……徹様、ボク、ボク……なんか変なの、何かお尻の奥にきゅーっと溜まって、アソコの先がムズムズして、なんだかとってももどかしい……、ああカレンの顔を見てると、体の中の何かが!!　止まらないよう!!〟

そして徹は嗤《わら》う。

（い　い　こ　と　を　思　い　つ　い　た）

〝アルテちゃん、それは中々にいい傾向だ!!　いいことを教えてあげるよ、アルテちゃん。アルテちゃんのその股間にぶらさがっているその肉棒を、カレンちゃんの内ももにすりすりしてみな？〟

それを受けてアルテは徹の言う通りにオークの肉棒をカレンの柔らかな内ももにぬるりと擦り付けた。そして彼女は目覚めてしまう。

記憶変体により女の体に接続された男の快楽。射精感という瞬間的な絶頂感にアルテの脳が一瞬にして染まっていく。

〝うあああああああ!!　何これ、ボク、止まらない!!　すごい!!　これすごいよぉおおお!!〟

一心不乱にアルテはカレンの太ももの感触を味わい、そして――

どびゅ、どびゅるるるる
〝き、きもちぃぃ……これ、きもちぃ～ぃ。徹さまぁ、ずるいよぅ。こんなの、ボク、くせになっちゃう……〟

ビクンビクンと、腰を痙攣させながら射精の快感を味わうアルテ。そして、おしっこのポーズで両脇を固められているカレンが、それを避けられるはずもなく。その燃えるように美しい赤髪と、顔、そして盛り上がった胸に生臭い白濁液がぶちまけられる形になる。そんな未だかつてない光景に、ビキンとアルテの性欲が再び燃え上がる。

涙と涎と愛液に加えオークの生臭い精液という汚辱にまみれたカレン。最早明るく可憐な冒険者はもういない。だが彼女の目は死んでいない。彼女の心はまだ折れていない。

(ああ、カレン。キミはここまで堕ちても、なんて綺麗で気高く、——そしてボクを高ぶらせるんだ!!)

そうアルテが、心の高ぶりを行動に移そうとした時であった。

「おふぅ」

——どびゅ、どびゅびゅびゅ、どびゅうと、今度は徹が扮するオークからカレンへ向けて精子が飛ばされる。その精子は、何度も絶頂をさせられ、呼吸を整えるために半開きになっていた、彼女の口元へとびしゃりと命中した。

「うぇ……やだ、やだぁ……」

口の中へ広がる生臭く苦い不快なゼリー状の粘液を、思わず唾液と共にカレンは力なく吐き出す。泡立った白濁液がぬろんと唇を伝い、胸元へと落ちていく。

(——もっと)

アルテの心がまた深く沈み込む。

(もっと汚してあげなくちゃ)

(徹様よりももっと!!　カレンを愛してあげなくちゃ!!)

そんなアルテの気持ちを見透かしたように、徹はカレンの顔の前で舌を出し、精液と涙と涎で汚れたカレンの口元にさらに涎を出していく。

(ボクだって……、——ボクだって!!)

三者三様の一方通行の宴は、まだ始まったばかりである。

■■■

「……くっ……んんっ」

既に防具は剥がされ、その細い肩からたわわに膨らんだ胸へのラインが、無骨な指によってぐにゅぐにゅと歪まされていく。薄く黒いインナーシャツの胸元に、先ほど口から吐き出された徹の精子が、カレンの唾液と共にぬるりと落ち込んでいく。尚も顔へと涎を垂らし続ける徹。彼女はそれを避けようと顔を振るが、徹の唾液は首筋に落ち、さらに胸元へとゆっくりと流れていくのである。

――ぬっちゃ、ぬっちゃと徹の両手が彼女の胸を揉み込む度に、胸の真ん中からちゅくちゅくと水音が響く。おっぱいの根元を掴まれゆさゆさと揺らされる度に、カレンの乳首がインナーに擦れてカレンの脳髄に快感を送る。いつの間にかぽっちりと存在を主張し始めている乳首は快楽を求める年頃の体の自然な反応であった。

「……好きなだけ嬲ればいいのよ、――絶対、絶対復讐してやるわ……、――くっ」

そんな悪態をつくカレンの横で、徹はカレンの乳首を上から摘みぷるんぷるんと乳首を軸に胸を揺らす。

「……はぁっ……あっ……んっ……く……ぁん♥」

豊かに揺れる双丘の向こう側で、快感に耐えるカレン。そんな様子を股越しに見せつけられているアルテはたまったものではなかった。

（ああああ、――カレンっ、カレンっ）

アルテが選んだ次なる獲物は、徹に乳首を刺激される度にひくつく彼女の花弁そのものである。じゅぱぱ、という猥音と共に、カレンの下半身から湧き上がる甘く蕩けそうな快感の波。太く肉厚なオークの舌が花弁を掻き回し、その大きく開いた唇で強制的に体から湧き出るその愛液を花弁ごと啜られる。

「いやあっ!! やだぁあああ……」

いつも一人で慰めている時の、クリトリスをくにくにと弄った時に感じる連続的な刺激に思考を委ねる心地良さ。指で花弁の入口をちゃぷちゃぷと掻き混ぜた時のお腹全体から頭に響く、鈍く長く体に反響する気持ち良さ。それがいっぺんにカレンへと襲い掛かる。

じゅぽ、じゅるる、じゅるん
「――んあああっ。――んあああああっ、――ああああん!!」

ちゅくちゅく、くちゅくちゅ、ちゅく――

ちゅくちゅくちゅくちゅくちゅくちゅくちゅくちゅ――

「――あああああん、――こらぁ、舌いれる……なぁっ、あっ……あっ♥」

アルテの獣のような感情が、オークの体へ忠実に反映される。掻き回せば溢れる彼女の愛液は、アルテにとっては愛しき人の秘所を征服した証であり、正当なる戦果である。カレンが心とは裏腹に腰を波打たせ、尻穴をひくつかせ、両の足先をピンと伸ばし、口を半開きにして涎を垂らしながら、生臭い獣の精子を顔に張り付かせて、びくんびくんと体を震わせて嬌声をあげるのを見せられた日には、もうアルテの心は止まらない。

「――や、――あ、――だ……め!!　――い……いくぅ、またい――っ、ちゃ」

(――イッて、カレン!!　ほら!!　ほらほらほらほら!!　イけ!!　ボクの舌でだらしなくイクんだ!!)

先ほどの指の愛撫よりも、カレンは体の深い所から快感を掘り当てられる。その屈辱に見まわれながら彼女にできることは、今の時点ではただ泣き叫ぶことだけである。

「ふぁ――、――あ、――あ、――あ、あああああああ!!　もう、もういやあああ!!　――あう!!　ふぁ!!　ぁあああああああ!!　いくううううううううう♥!!」

――ぶしゃっと、彼女の股間のオークの顔にカレンの愛液がかかる。

「――はあん!!　あうん!!　止まって、止まってよ……っ、あああん!!　ばかぁ♥!!」

――ぶしゃ、――ぷしゃと、カレンの意思に反して、腰がぶるんと快感に震える度に、股間から噴水のように透明な汁が立ち昇る光景から、思わず彼女は目を背けた。まるで自分の体ではないというように。傍から見れば、今彼女はまさに大股を開きながら、絶頂の証である股間から吹き上がる噴水を二匹の獣にアピールしているのである。

「んあああ……、ひぐ、んあぁ……んっ……ひっくっ、こんな辱め、最低よぉ。――ひぐっあぅう♥　うぁぁあ、お願い、弄らないで。もう出したくないの、お汁飛ばしたくないぃいいい、いっ、あっ♥」

自らの意思に反して股間からはしたなく立ち上る潮吹きに、流石の彼女もしおらしさが出てしまう。それは強気な彼女からは普段考えられないような泣き声。まだカレンの心は快楽には落ちてはいないが、この卑猥で屈辱的な現実に耐えられるような上っ面は持ち合わせていないようである。

そんな、大人の欲望を一手に受けたカレンの姿と、今の子供のような仕草は、

(――これはある種ギャップ萌え)

(――うわあああ!!　カレン可愛いうわあああああああああああ!!)

「――ひっく、ゆるさないんだからぁ……、――ぐすっ、――ゆるさないんだからぁ!!　――んっ♥　――あっ♥　――ゃあん、――弄るなぁ、もうイってる、もういってるのにいじるなぁ……!!　――あんっ、あんあんっ♥」

獣二人にとってはエロの炎に新たにガソリンと酸素を同

時にぶち込む結果にしかならなかったのであった。そしてやはり、待てなかったのはアルテである。この時、股間に湧き立つ熱が尻の奥を通ってせり上がり、男根へと蓄積される男特有の快感に酔いしれた彼女の高ぶりは、今まさに人生の頂へと至る寸前であった。

　ビキン、とアルテ扮するオークの極太チンコに血流が行き渡る。出っ張った腹にビタンとそそり勃ち、その先から溢れんばかりの我慢汁を迸らせるその姿は、まさにオークの次なる行為をカレンに告げていた。

「いや、いやよ……そんな太いの——無理。——絶対無理!!　そんな、そんなの壊れちゃう!!」

　我に返ったカレンの蒼白な叫びも、獣二匹にとってはスパイスでしかない。

　徹は、怯えて首筋を粟立たせるカレンの素肌をべろんと舐め上げると、耳腔を舌でちゅくちゅくしながら、

「ブモブモン、ブモブモミン!!（大丈夫だよカレンちゃん、いっぱい揉んであげるから!!）」

　と相も変わらず胸と乳首を弄ぶ。

　一方アルテは、

「ブモモモ、ブモモモモ!!（優しくするから、大丈夫だから!!）」

　と完全に自分の世界へとトリップしていた。

「……いや、いやいや。——やだぁ……、そんなの壊れちゃう、やだやだぁっ!!」

　その両人の狂気の呟きは、カレンにとってブモブモという豚の鳴き声でしかないのは果たして幸せなことか、それとも不幸せなことか。

　ずぬ、とアルテの扮するオークの男根が、ぐっちょりとだらしなく愛液を垂らす花弁へとあてがわれた。

「ひ」

　と、カレンは本能的に身を固くし、息を呑む。

　——今、ここに、

（——ああ、愛してるよ。——カレン!!）

　少女《アルテ》の夢《欲》は叶う!!

　ずぶぶ、と緑色の男根が、カレンの花弁へと沈み込んでいく。

「ひ……ぐ……あ……うあ……あぁ」

（あああ、カレン、あったくて柔らかいカレンのアソコに、ボクのおーくちんちんがどんどん沈んでいくよぅ……!!）

　散々嬲られたカレンの膣は、当然のように人を犯すために造られたオークの男根をずぶずぶと呑み込まざるを得な

い。途中、ぶつりと、最後の壁であるカレンの処女膜が、儚《はかな》くも獣の侵攻に散らされた。

「うあああ‼　痛い、痛いぃいいいいい」

身を貫くその痛みに身を捩るが、上半身は徹がガッチリと押さえ弄んでいる。インナーをぺろんとめくり上げられ、乳首を玩具のように転がされるその羞恥により、破瓜の痛みが紛らわされるのを受け入れる自分に気づき、カレンは心までは弄ばれまいと、必死に歯を食いしばる。

（すごい、カレン、すごいよ……、カレンの体は、こんなに素敵なものだったんだねぇ）

先端を包み込む感覚が、抽送と共に陰茎全体に広がる。異物に対応しようと、奥へ奥へと蠕動《ぜんどう》する膣肉の柔らかさと温かさに、アルテはオークの中で涙を流し、そして同時に果てていた。

「うあああああ、やだぁあああああ、出さないで、出さないで‼」

とぽとぽと、自らの腹の奥で熱い液体を垂らされているという事実を把握し、カレンが目を見開き、叫ぶ。

（ああ、あああぁ、カレン、カレン‼　これが、最初で最後になるかもしれないけど――）

夢の達成感と、対象の征服感、そして未知なる射精感を同時に味わったアルテ。最早彼女は、今の体勢のまま、走れるだけ走り抜け、そして前のめりで倒れ込むだけである。

「――ブモオオオォ‼（――愛してるよぉおおおおおおおおお‼）」

という、オークの雄叫びと共に、力任せのピストン運動がカレンに襲い掛かる。

「うあああああん‼　やだあああああああ‼　やだよ、痛いのいやあああああああ‼」

――ずちゅずちゅずちゅ
――ずちゅずちゅずちゅ
（カレン‼　カレン‼　きもちいよ‼　ボク、すごく気持ちいよ‼）

「――いやぁああ‼　――ん‼　――あ‼　――ひぅ‼　いやあ‼　あぁん‼　あん‼」

（カレン‼　カレンもぎゅうぎゅうボクのちんちん締めてる‼　きもちいんだね‼　いいよ‼　うん‼　どんどん擦ってあげるから）

どこまでも一方通行なアルテの思考回路。しかしそれはとどまることを知らぬ性欲の源である。その独りよがりな思いは、逞しく反り返った逸物に反映され、カレンのお腹の上っ側をずーりずりずりと擦り上げる。

「――あん、――ひっく、――ぁんっ、――んあぁ!!　――お願い、お腹痛いの、お腹の中、もう擦らないで、むずむずしちゃうの、――ひっく、んあああぁ――やだぁ怖いよぅ」

ぷるんぷるん、おっぱいを揺らしながら、懇願するカレン。

(擦ってほしいの？　擦ってほしいんだね、カレン。ふふふ、いつも気丈なキミもお腹の中は嘘つけないね？　大丈夫、ボクはカレンのこともう全部わかってるんだ!!　――だから!!)

アルテは突き上げるだけであった腰の動きを変え、今までとは異なる円を描くような動きでカレンの膣をぐりゅん、と掻き回す。ぐちゃん、ぐぽん、と彼女の膣が聞いたこともないような音を立てる。

「――うあああああ、いやぁ、もうやだよ。やめてよぉ……」

その音は最早カレンにとって恐怖であった。

――何か、何か熱くてわからないものが、自分の体を掻き回している。

その中で、びくん、と感じる違和感があるのだ。

まだ、未開発であったカレンの膣内。

その僅かながらの快感の源泉を、今のアルテは見逃さない。

(ここだね？)

ずん、と再びカレンにオークの腰が打ち付けられた。いやが上にも反応してしまった箇所目掛けて、ずんずん、ずんずんと男根が撃ち込まれる。

「――んあっ、やだぁ♥　――もう、やめなさいよぅ、――んあ!!　――あ!!　――ん!!　――あぁん!!」

容赦なく前後される異物に、急速に膣内が対応していく。

少しずつカレンの体に蓄積する、快感を是と捉える思い。

もっと突いて、もっと突いてと、カレンの意思に反して膣肉がオークの男根を受け入れていく。

(あああぁ、締まる。そんなにされたら、またボク出しちゃうよ!!　――出すよ!!　いっぱい出すよ!!)

背中をゾクゾクと伝わる射精感に身を任せ、アルテはカレンへ射精する。どびゅう、と底なしの精子が再びカレンの膣内へと放たれた。

「んああああ、また出したぁ……、許さない、――絶対許さないんだからぁ!!　あああ、もう、止まってぇ、壊れちゃう、私、こわれちゃう!!　ああん!!」

(き、きもちいぃいいいい♥　――カレン、気持ちいよぉおおおおお!!)

「——あ、——あ、——あ、——あぅ♥　や、やだぁ、びくびくしてる、怖いぃいい!!」

尚も腰を止めず、連続して絶頂するアルテ。強すぎる気持ちは痙攣に近い射精運動となり、ぶるぶると震えながら、カレンの膣内を征服していく。

「いやあぁあ、お腹熱いぃ!!　——止まってぇ!!　止まってぇぇええぇ!!　こんなのいやあぁあ!!」

——びゅるびゅる!!　びゅるびゅるびゅる!!

まさに注がれるというイメージがカレンの脳裏をよぎる。熱い水たまりがカレンのお腹の中に広がっていき、そしてその後何が自分にもたらされるのかという恐怖が沸き上がってくる。

(かれえぇぇえぇぇぇぇえええええん!!　ボクは、ボクは——!!　キミを!!　愛し尽くすん——)

アルテの精神の高ぶりが最高潮に達し、バイブのように震えていたオークの体がビクン、と一際大きく震え、そしてそこで彼女の精神がぷつりと切れた。中の人間の気絶により、外皮であるオークの動作も止まり——、ぬぽん、とオークの陰茎がカレンの膣から抜け、そして大の字になって倒れてしまった。その際、未だ勢い良く噴き出す精子が、カレンの顔や胸へとパタパタとかかる。

「——はっ……はぁはぁ、——んぁ、——はぁ、お、終わり、なの……?」

ピクリとも動かない眼の前のオークに、呟くカレン。

「ひぁっ♥」

後ろから乳首を摘まれ、カレンは正気に戻る。自分の体をずっと弄り続けていたオークを見て、

「そう、アンタも、いたわね……」

弱々しく項垂《うなだ》れた。激しく犯されている最中も、ずっと自分の体を優しく舐り続けていたもう一匹のオーク。下半身は今倒れているオークに犯されたが、上半身は、ずっと、執拗な愛撫によって蕩けさせられていた。舌も犯されたし、耳も犯された。うなじから鎖骨にかけては舐められていない場所はないし、胸にいたってはこれほど勃起した自分の乳首を見たことがない。乱暴に自分を犯して気絶したオークよりもマシかもしれないという考えが彼女の脳裏をよぎるが、カレンはばからしいと思った。どうせここまでやられてしまったのだ。自分が無事に帰れる保証もない。命までは取られないとあったけど廃人になるまで犯され続けるかもしれない。ならばだ。

「……やるなら、早くしなさいよ、でもできるなら、そこ

に転がってる馬鹿力みたいに無神経に犯すより、少しは気持ち良くしなさいよね……」

それは少しだけ現状を受け入れたカレンの呟き。どうせなら気持ち良くしなさいという最低限の譲歩。

そんなカレンの呟きに、オークの中にいる徹は首を傾げる。

「今更何よ、わかってるんでしょ、こっちの言葉も」

そんな憮然としたカレンの表情に、徹はニヤりと嗤った。

「――いいね、君、合格」

緑色の口から漏れたはっきりとした人の言葉に、カレンは驚いた。

それはオークが人語を話したからではなく、その愉悦を含んだ声の調子にである。

ずるん、と緑の塊が崩れ、背中からフル勃起プラス我慢汁状態の徹が現れる。

――そこで初めて、カレンは自らの失態を自覚した。

目の前に現れた全裸の男の鍛え抜かれた体。そして節くれだった指と、そそり立つ男根。何よりも、その子供みたいな純粋な表情が、――このままで終わるはずがないと、カレンの頭の中でガンガンと警鐘を鳴らしている。

何故この男が、仮にも犯されながらも許さないと叫ぶカレンの前に素顔を晒したのか、何故この男が、わざわざ魔法が効かないオークの着ぐるみを脱いだのか。そんな疑問が彼女の脳裏を巡る中、満面の笑みを湛えた徹の手がカレンを抱き寄せる。

「それじゃあ、今から、気持ち良くしてあげよう!!」

同時に、カレンの唇に徹の舌が滑り込む。

「ん、んむ!!」

オークの太い舌とは違い、カレンの口内を縦横無尽に犯していく徹の舌。

「んん!! ふむぅっ、……んんっ♥ ……ぷは、ちょ、ちょっ、――んむぅ♥」

息継ぎも許さず、カレンの口を徹の舌が蹂躙する。

「――んむっ、ぷはっ――、な、い、いきなりなにすんのよう!?」

「あれ、気持ち良くない？ ほら、俺の舌ちろちろしてみ？ とろーんってなっちゃうぞ？」

ほれほれ、と自らの舌をびろーん、と伸ばし舌を上下に動かす徹。

――こいつ、もしかして馬鹿なの？

とカレンが思い、先ほどの悪寒は気のせいだったかと、その無防備な舌に噛み付きの制裁をしてやろうと口を近付けた時である。

カレンのめくれ上がったインナーからまろび出てている両胸の乳首がツンと、押される。

「ふぁあん♥」

思わず体が反応しビクンと痙攣し、甘い声が無意識にカレンの口から出された。近付けられた半開きの舌を目論見通りにちろちろと舐る徹。

「んあっ♥ もうっ、何なのよぅっ、んあんっ♥!!」

続けて徹に口と胸を優しく愛撫される。アルテに無理やり発芽させられた快感の芽が、徹によって増幅させられていくことに、カレンはまだ気づかない。

「さてと、それじゃいってみよう!!」

上体を起こし、片手で胸を弄びながら、徹はカレンの股間へと手を這わす。

——何よ、結局やることは一緒なんじゃない。

そう、カレンが内心毒づいた時である。

徹の節くれだった長い指が、彼女の膣内をちゅくちゅくと弄る。

「——ええと、『ここ』と『ここ』、それと『ここ』かなー?」

その瞬間ぞわり、と絶望にも似た感覚がカレンを支配した。

それは、未だかつてない深さからの快感への呼び水であった。『ここ』と徹に膣内をかりこりされる度に、お腹の底からのとんでもない快感の予感がカレンの脳髄を支配する。アルテの強引なレイプにより、ほぐされた膣内。力任せの摩擦や抽送では決して到達できない快楽のポイント。それは、彼女に決定的な予感をもたらしてしまう。

「——ねぇ、——だめ。……だめよ——。——そんなの、——こんなのだめよ、わたし——」

カレンがふるふると頭を振り涙を湛えて懇願する。眉がハの字に曲がり、だめだめと顔を横に振る。しかし、

「ん～？ まずはここかな？」

こすこす、と徹の指先がカレンの快感スポットを容赦なく擦り上げる。

「あ……♥」

「次は、ここかな～？」

「ああっ、だめぇ♥!!」

「ほーれほれほれ」

「あああん、やだぁ——やだやだぁ……♥ きちゃう、こんなにすぐに、……んんっ♥」

徹は人に最も快感を与えることができるのは、やはり人であると考えている。非現実的な性行為に確かに快感の沢

が大きいが心までは響かない。下手をすれば壊してしまう。人が想像しうる範囲の痴態だけが、快感を欲求するための心の制限を外すのである。そして、ただ其の一点のためだけに彼は姿を晒した。彼はリスクをさらけ出したのだ。その歪んだ狂気は、カレンをどこまでも快楽の底へと堕としていく。

いつの間にか、カレンは胡座《あぐら》をかいて座る徹に向かい合うように座っていた。しかし、彼女の股間には、下方から弄ぶ彼の指がある。当然、地べたに尻を付けて座ることは彼女には許されない。カレンの両手は徹の両肩に置かれ、そしてその下半身は、膝を横に開き、つま先立ちで股間を浮かせ、腰を彼の指に自ら差し出すという、卑猥な姿勢であった。

既にアルテに注ぎ込まれた精子などとうの昔に吐き出され、今や徹の指に為すがままに潮を吹かされるだけのカレンがそこにいた。

「あっあっあっ、きもちい、きもちい♥ 知らないっ、こんなのあたし知らないっ、やっ、あっ♥!!」

一際大きい嬌声をあげて、最早姿勢を維持できず、カレンは徹に撓垂《しなだ》れ掛かる。

「お、お願い……、もう許して、もう……復讐とかいいから、わ……たし、このままじゃ——」

じゅぷり、と徹の指が無慈悲にもカレンの体へと再び這わされる。

「——だめになっちゃう。ばかぁ、——あぁあん、またいく、またいっちゃううううう♥!!」

そのだらしのない彼女の表情は、一方通行の征服をしたアルテには決して見せることがない、自ら快楽を求める心の奥底から芽生えた素顔である。

本人を裏切ってまで一途に思った少女が、徹により知らぬ間に塗り替えられていくことを、アルテは知る由もない。

そんな権利は、徹に魂を売り渡した時にすべて奪い去られていたのだから。

「ふぁあああ!! ああん!! あぁん!! だめ……、お願い、もう辛いの。だめなの、もう何回もイって——あう♥!!」

ぱんぱん、と後ろからカレンの尻肉に徹の腰が打ち続けられていた。四つん這いの状態で後ろからずんずん突き上げられる度にカレンの大きな胸がゆさゆさと揺れる。

「だめだめっ、カレンちゃんの下のお口はまだ全然満足してないよ!! だってほら、こんなにぎゅっと締め付けてるし!!」

そう言って徹はゆさゆさと揺れるカレンの胸を後ろから

揉み込む。

その度にきゅ、きゅと彼女の膣肉は徹の男根を貪欲に締め付けるのであった。

「ああん!! だって、……だってぇっ、もうわかんないよぅ、――あぅぅ、もうやだぁ、きもちいのやだぁ♥!!」

「そんなこと言って、ほらほら、カレンちゃんだってノリ気じゃない、腰、動いてるよ？ 素直になろうよー、せっかくカレンちゃんの希望通り気持ち良く犯してあげてるんだしー」

徹の言葉はにカレンは――違う、と頭を振るがそれは事実である。散々指で弄んだ後に徹が彼女に行った仕打ちは、実に単純なものであった。それは淡々とした挿入行為。自分のペニスに絶頂禁止の概念を適応し、永続勃起した逸物にてカレンの秘所を貫き続けて早二時間。その間強くピストンするわけでもなく、捏ね回すわけでもなく。只々カレンの膣内をほぐすように一定のリズムで前後運動を続けるだけであった。

しかし、それはカレンにとってはたまったものではない。自らの下腹部から背筋と脳髄にゾクゾクと伝わる快感はカレンの意思とは別にどんどん大きくなる。一度乱暴に扱われ、強引に登らされた快楽の階段を、今度は正当な手順を以って進む。後に戻れないように、カレンが階段を登った途端に、かつてあった段差が消されていくような感覚。引き返せない道をどんどんピストンの度に進まされていく。

ずちゃ、ずちょと耳に届く卑猥な音。

ぱん、ぱん、と小気味良くぶつかり合う肉の感触。

徹のペニスがカレンの膣内をずるずると擦るその度に、一度めいっぱい広がった膣肉が、正当な快楽を求めようと本能的に正しい形へ戻るため蠢いていく。

その感覚は、まさについ先ほどまでは処女だったカレンには理解ができない未知の感覚であると同時に、手放し難い快楽への渇望への甘露となっていた。

「あうう!! ――いく、またいく♥ もうやだ、もうやだぁ、またおっきいのきちゃう、――またすごいのきちゃうの♥!!」

言葉とは裏腹にカレンの四肢は徹のピストンを受け入れるためだけに強ばり、体を固定し貪欲に腰を動かすための支えへと変化していた。腰を突き出し、脚を広げ、膝を使ってくい、くい、と徹のペニスが擦れる場所をずらしていく。上半身は動かないように固定し、徹の腕が差し込みやすいように脇を開ける。その姿は傍から見れば快楽のためにすべてをさらけ出している痴女そのものだった。

「ふ、ああああぁ――あん、あんっ、すごいの♥　――くるぅ!!　あああんっ、イくっ、――きもちいっ、またわたし、わたしぃ――!!」

カクカクカクと四つん這いで牝犬のように震えるカレン。今、彼女は確かに腹の中のチンコに快楽を求めていた。

――だから、
ぬぽん、と徹はペニスをカレンから抜いた。

「え、……あ、な、――なんで?」

かつてない快楽へと続いていた梯子が不意に外され、彼女は戸惑う。そう徹は別にカレンを喜ばせるために行為を続けているのではない。彼の目的は支配。それはマスターロッドの影響なのか、それとも彼が元々その素養があったからなのかどうかはわからない。

――ただ彼は今、彼の論理をふりかざす、

――その、マスターロッドと共に。

「それじゃあ、カレンちゃん。――選択の時間だよ?」

突然のお預けに戸惑うカレンは、徹がかざす黄金の錫杖が指す先を何かに操られるように見る。その視線の先には、気絶したアルテが扮するオークの体。

【支配者要求――】

■■■

――そして、アルテは目を覚ます。

彼女はその小さい体をカレンに優しく抱きしめられていた。

「おはよ、アル。――もう、いつまで寝てるつもりよ」

「あ、うん、ごめんカレン、ええと、その、――あれ?

――あれ?」

アルテはカレンへ預けていた体を起こして周囲を見やる。横にはそんな彼女の表情に、どうしたの、と首を傾げるカレンがいた。

「たしか――ボクは」

アルテはカレンを見る。

――カレンと、愛し合った……?　アルテが確信が持てない理由は、カレンの様子である。何事もなかったような彼女の様子。しかし正直夢とも思えない。自分が徹に味わった恥辱は未だ彼女の体の中で息づいている。しかし、その痕跡がないのだ。自分の服もカレンの服も元通り、あれだけ汚したはずのカレンの体からは生臭い匂いすらもしない。

「そうだっ、徹さ――、いや違う、ダンジョンマスターは?」

そんなアルテの呟きに、

「何言ってるの、アル？」

カレンが答える。いつもの声と、いつもの顔で。

——まさか記憶が、ない？

アルテは混乱する。自分が気絶している間にいったい何が起きたのか。徹が、徹がすべてを知っているはずだと確信し、彼女は周囲を探そうと立ち上がる。

——しかし、それをカレンが制止する。

「ねぇ、アル。そんなことよりさ、ね？ 私のこと好き？」

——それは、どうしようもない違和感。調子はまったく変わらない、いつものカレンでありながら、中身はまったく別の何かに変わってしまっているような不気味な感覚。

「——い、いきなりどうしたのさ、カレン。ボク、ダンジョンマスターを探さないと……」

「——いいから、答えて。私はアルが好きよ、愛してる。アルにだったら、何されてもいいの。だからアルの返事、聞かせて？」

ずずっとアルテに近寄り、耳元で囁くカレン。

その夢のような行為に、背筋が寒くなるほどの悪寒を感じながら。

——アルテは最後の一歩を踏み外す。

「もちろん!! 愛してるよカレン!! ——ボクだって、ボクだってカレンになら、何されたってかまわない!! それくらいキミを——!!」

最後まで言いきる前に、アルテの体はカレンに抱きしめられた。

「嬉しい!!」

と、カレンから出た歓喜の言葉がアルテの心を高揚させるが、

「——それじゃあ、徹様。お願いします!!」

次に吐き出されたカレンの言葉で絶望に変わる。

【支配者要求：記憶変体《メモル・メタモル》】

カレンの体が、緑色の筋肉の塊へと目の前で変化していく。もちろん、彼女に抱きしめられているアルテが逃げ出せるはずもなく。聞き慣れた声に首だけ振り返れば、そこには散々見慣れたもう一匹の緑の塊がいて——

■■■

「それじゃあ、カレンちゃん。——選択の時間だよ？」

徹はこれまでのすべてをカレンにばらした上で彼女に選択を迫る。

「いいかい、アルテちゃんはもう俺のものだ。だからカレンちゃんにはもう、あげない」

それは悪魔の方程式。

「その代わりヴァンダル鉱はあげる。これで君は新しい人生を送るといい」

その選択肢を選ぶはずもないことを知っていて、徹はのうのうと口に出す。

「カレンちゃんはアルテちゃんに裏切られた形だし、もう未練はないよね？」

徹の言葉は、カレンの次の言葉を引き出すためだけに語られる。

「――いや、いやよ、アルは、アルは渡さない‼」

アルテのカレンに対する恋心が歪んでいるのならば、その逆も然り。真っ直ぐで強すぎるカレンの直情的な思いは、傍から見れば究極の独占欲という醜くネジ曲がった、歪な愛情でもあったのだ。

「――それじゃあ、カレンちゃんが俺の肉便器になってくれる？　そしたらアルテちゃんはカレンちゃんにあげてもいいかなー？」

そして徹はカレンへ囁く。悪魔の契約への誘いを。それは、矛盾契約。アルテはカレンが欲しいと自らを差し出し、そして今、カレンはアルテが欲しいと自らを差し出す。

そんな彼女に、アルテは答えてしまった。

――何をされたっていいと。

昏く深いクエストエリアの奥。新たな獣を交えて今日三回目の淫欲の花が咲き誇る。

「いやあああぁ‼　おおきいっ、――あああん‼　二本同時なんて入らないぃっ……ひぐ、ボク、ボク、壊れちゃ――、あっ、あっ、だめ、玩具だめっ、――ああああああああ、またお汁でちゃううう、ひやあああああ‼　ああんっ、――もう許してぇええ‼」

第三章　徹君とローラ姫

「ふーい、今日も頑張ったなー……」

　そう呟いて徹はベッドへと大の字に倒れ込む。彼の横には汗にみまれて体を上下させる、シンシア、アルテ、カレンの三人が横になっていた。それぞれの股間からはびゅぷ、と徹の精子がだらりと垂れている。

　しかし、一息ついたのもつかの間、徹は起き上がり、息も絶え絶えのカレンへずぶり、とペニスを挿入する。

「いやぁ、だめだよカレンちゃん……、そんな気持ち良さそうな顔して余韻に浸られると、その、燃えちゃうじゃないか……!!」

　ひぁ、と体を駆け巡る快感の波に意識を預けていた彼女の体がビクンと震える。

「んあぁっ、――あっ、はぁはぁ、んっ、あっ、あっ、んっ」

　熱く蕩けるような肉棒がカレンの膣を掻き回していく。たったそれだけで、カレンの劣情はまた酷く煽られてしまうのだ。

「あん、徹様、そこ、だめぇ、んぁあああ……っ、そこぉ――きもちぃい……♥」

　普段は気の強い彼女だがいざ情事となると、途端に素直に体を開くカレン。長くじっとりと快感が持続する行為を好む彼女はその豊満な容姿とも相まって、気持ち良さを求めながら、無防備に惚ける表情は非常にエロスな雰囲気を持っていた。

「徹さまぁ、ボクも、ボクもいじめてくださいぃ……」

　そんなカレンの様子を見て、擦り寄ってきたのはアルテである。カレンとは対照的に強く鋭い快感と被虐の欲求が強い娘である。その裏返しか反動かカレンにだけは強い征服欲を持っており、徹の目の届かない所で、お互いに調教し合っていたりするなど、肉便器となった今でも仲の良い二人であった。

「よーし、ほら、カレンちゃん、後ろから突いてあげるから、アルテちゃんを弄ってあげなさい」

「ん、――あ、ふぁあい」

　一旦徹の肉棒が抜かれるのを確認すると、恍惚としながらカレンは体勢を入れ替える。

　そして、徹は再び完全に突き出されたカレンのお尻にズブリとペニスを差し込むのであった。

「んっ、あああんっ、徹さまぁ……、そこ、そこ擦られるのすきぃ……♥」

ぬっちゅ、ぬっちゅ、と再びカレンの体が揺すられ、そしてカレンの目の前でアルテが脚を開く。何を求めるでもなく、好きにして、と訴えかけるその仕草に、カレンの中の嗜虐心がムクリと立ち上がる。

「ふふふ、アル、かわいい子、たっぷり弄ってあげるわ――」

カレンの指がアルテの尻穴へとずぶずぶと沈み込む。

「ひぃ、ひぅうう、カレンっ、いきなりはキツイようぅ……っ」

その声とは裏腹にアルテの肛門は、ぬっくぬっくとカレンの指を受け入れる。

「うふふ、――あああんもう、ホント憎たらしいくらいかわいいんだから、アルは……」

んっ、あっ、と徹に後ろからずんずんと突かれ、蕩けそうになる頭を堪えながらカレンは、もう一方の指で、アルテのクリトリスをきゅ、と捻る。

「ひゃああん!! だめぇ♥!!」

その瞬間、ギチ、とアルテの尻肉がカレンの中指に噛み付くように絞り込まれる。そんなアルテを愛おしそうに見ながら、カレンはクリを尚もぐにぐにと刺激し、ゆっくりと中指に食らいつくお尻からずるずると指を抜いていく。

「ふぁあああ、――ああああ……いく、いくぅうっ――んあああ♥」

ちゅぽん、と指がアルテの尻穴から吐き出されると同時に、アルテの股間からぶしゃり、と潮が吹き出され、カレンの顔へとかけられる。びゅーっと、カレンに温かい愛液がかかる度に。カレンの膣肉が徹のペニスをぐいぐいと締め付けた。びくん、びくん、と時折小刻みに震えているのは、細かな絶頂をカレンが迎えているのであろう。

「うふふ、アル。かわいい」

カレンは絶頂の余韻に浸るアルテに対し、お構いなしにまた尻穴へと指を沈めていく。予想される快感に、アルテは期待を込めながら花弁をひくつかせるのであった。そんな様子をシンシアはとろんと呆けたように見つめている。先ほどから徹の指によって花弁をぐちゃぐちゃに掻き回されて、何度も絶頂に達しているからだ。

「と、徹様。ああんっ、もう、ゆるしてぇ。しんしあ、くりもあそこもおしりも、もうだめなの、これいじょうされたら――もうでちゃうの♥」

肉便器の中では一番年上なシンシアだが、快感を貪れば貪るほど理知的な外見が剥がれ、幼児的な口調になっていく。聖職として押さえつけられていた彼女の羞恥と被虐は思ってもみなかった徹との出会いによって強引に目覚めさせられてしまった。

「シンシアちゃん、そんなこと言って出したいんでしょ？　素直に言わなきゃ、もう指止めちゃうよ？」

膝立ちで徹の横に縋り付いているシンシアの瞳が潤んで徹を見上げる。

「でも、あっ、でもでも、ふぁあん、恥ずかしいの、だしちゃうの恥ずかしいのぉ♥!!」

「うーんそれじゃ、だめ、お預けだよー？」

根元まで埋没し、ちゅくちゅくと掻き回されていた徹の指が、ぬぽ、という音を立てて現れる。徹はシンシアに見せつけるように指を彼女の眼前まで持っていき、ぬらつくその指で唇を犯し、そして胸元へと下ろし、乳首をぴちぴちと弄ぶ。

「あぁん、徹様ぁ、いじわる……いやぁ……」

最早徹の指により火照らされた体は胸や唇などの刺激では足りず、より焦燥感を掻き立てられるだけである。

「んじゃ、わかるよね？」

そんな徹の言葉に、シンシアは諦めたように徹への『お願い』をする。

「――しんしあ、いきたいの、だからいじってほしいの、おしりをずぶずぶされて、あそこをちゅくちゅくされて、くりをこねこねして、いきたいの、――とおるさまのゆびでぷしゃってさせて、しんしあのはずかしいあそこから、いやらしいおしっこださせてほしいの」

その瞬間徹の股間の血管にこの上ない血流が流れ込み、人として最高硬度の肉棒がカレンの膣内で膨れ上がる。

「あ、あああああん!!」

カレンの嬌声と共に徹の肉棒が引き抜かれ、そしてシンシアのアソコにずぶりと差し込まれる。

「ふぁあああああん、とおるさまあああ、しんしあ、きもちい♥!!」

それは獣のような前後運動であった。膝立ちのシンシアの体を駅弁で抱え込むと、ベッドの上で仁王立ちになり、ずんずんずんずんと突き上げていく。

「うおおおお!!　シンシアちゃん!!　シンシアちゃん!!　やっぱお前、かわいいなぁ!!　そんなかわいい肉便器にはご褒美だ、出してもいいから思いっきり気持ち良くなれぇ!!」

「あああぁ、すごぃいいいい!!　とおるさまぁ!!　すき、すきいいいい!!　しんしあはっ!!　とおるさまのべんきです

ぅううう‼　ああああああん‼　あつくてとけちゃうぅぅうう
うう‼」
ずっちょずっちょと、ベッドのたわみと徹の突き上げが、
シンシアの下半身を一気に溶かしていく。
「ふぁあああああ‼　いく♥　しんしあいきます、とおるさ
まのちんぽで、だしちゃいますぅううう‼　――あああああ
ああああん♥‼」
「俺もイクぞ‼　シンシアああああああああ‼」
どくん、と徹のペニスから精子の塊が発射され、そして
シンシアの膣内に熱く広がる。その感覚をシンシアの子宮
が感じ取った時、彼女の下半身は制御を失う。
――ぶしゃっ、――ぶしゃっという、噴水のような潮吹
き、そして、だらしなく蕩けるシンシアは、痙攣し、勝手
にいきむ下半身を止められない。
――ちょろ
彼女の股間から愛液ではない何かが垂れ落ちる。
――じょろ、じょろろろろ
「あぁぁ……、とまらないのぉ……でも……きもちい……、
とおるさまぁ、すきぃ……♥」
ひくひくと余韻に浸るシンシアと共に、徹は再びベッド
へと倒れ込む。そしてそれに寄り添うようにアルテとカレ
ンがまとわりつき、互いの体を慰め合う。
「うーぃ、あー、みんなかわいいのはいいんだけど、キリ
がないなぁ……」
そう徹が呟き視線を動かすと、
『第七回、忠実な下僕にもおこぼれが必要でござるよ大会
議』と、書かれた衝立を持って無言の抗議をするカイルが
そこにいた。
「なんだ、いたのか」
と、徹が。
「あら、いたのね」
と、シンシアが。
「ああ、いたんだ」
と、とアルテが。
「げ、なんでいるの？」
と、カレンが。
四人が四人共実にわざとらしく、カイルへと冷たい視線
を投げつけるのであった。
「――ちょ、しー姉とアルと徹様はまだしも、『げ』って
なんだ、『げ』って。――おいカレン、お前ちょっとおっ
ぱいがデカイからって調子乗ってるんじゃねっスか？　こ
ちとら徹様の下僕序列第二位のカイル様ッスよ？　しー姉

ぇなら兎も角、舐めた口きく奴は、自分のビッグコックで、その淫乱マ○コをぐちゃぐちゃにしてやるから、さっさと股を開くがいいっス!!　それが嫌ならせめて咥えるか挟むッスよぉおおお!!」

ばばっとカイルが下半身の装備を脱ぎ捨て、フリフリと、股間をさらけ出す。

「えー、やだー、徹様、こわーい」

まったく感情が籠もっていない声でカレンは徹へと抱きつき、ぷにょん、と徹の胸板にカレンのおっぱいが当たって歪んだ。

「あっはっはっー、カレンちゃんのおっぱいは気持ちいなぁ、乳首もコリコリしてほんとえっちだ。これはカイルにはやれないなぁ!!」

揉み揉みとカレンの胸を弄り出す。

「くぅぁ――――――っ。徹様!!　ちょっとこのところ色ボケが過ぎるッス!!　自分としー姉ぇをぶっ壊した時のあのカリスマ性はどこにいったスか!!　何が言いたいかっていうと、ぶっちゃけずるいっス!!　自分も思い通りにエロいことできる肉便器がほしいッス～～～～～～～!!」

ばたばた、と手足を投げ出し駄々を捏ねるカイル。そんな様子を見て面倒くさそうに徹は起き上がる。

「……しようがねぇな、これやるよ」

黄金の塊が駄々を捏ねるカイルの目の前にぽて、と落とされた。

「ひょ、なんスか、これ?」

カイルが拾い上げた黄金の塊、それはマスターロッドと同様に金色に輝く小型のスコップであった。

「なんかさ、マスターロッドがレベルアップしたんだってよ、だから株分けとか言ってたなー、せっかくだからお前にやる、好きに使っていいよ」

その徹の言葉に、カイルは、

「マジっスか、マジっスか!!　つまりこれってあれッスよね?　これであーしてこうすれば自分にも無敵ダンジョン作れちゃうとかそういう話っスよね?　うっひょ～～～～!!　ここ一ヵ月で散々地獄見せられて辛酸舐めさせられてきたけど、今なら言えるッス。徹様最高ッス!!　よ!!　世界一!!　迷宮の王!!　自分、徹様に人格変えられて良かったッス～～～～!!」

うへっほいと、スコップをくるくる回すカイルを見て、徹は溜息をつき、口を開く。

「はっはっは、まあ所々殴ってやりたい部分もあるが、まあいい。特別だ、好きにしろ、基本的には自力で掘った空間じゃないと効果でないからな、そこんとこ気をつけるんだぞー？」

「わかってるスよぉおおおおおおおおお……」

徹が言い終わる前に、カイルはマスターロッド(株分け)を片手にダンジョンを飛び出していくのであった。

静寂が部屋を包む。

「あらあらそうそう、お食事の準備しなきゃ」

「それならボクはお風呂準備してくるね？」

シンシアとアルテがパタパタと日常へと戻っていく。

「で、実際の所、どうなの？」

やわやわと胸を揉まれつつ聞いてくるカレンに、

「――まあ、なんというか、餌だな」

徹はニヤニヤといやらしい笑いを浮かべるのであった。

■■■

そして、今、カイルは人生の危機に陥っていた。彼は両腕を後ろ手に縛られ、項垂れるように座らされ、そしてその首は左右から交差する槍の長柄で押さえつけられている。

(こ、これはどういうことッスか？)

口には猿轡《さるぐつわ》が被せられ、発言することも許されない。周りを見渡せばそこは荘厳な装飾が施された立派な城の内部であり、彼が跪かせられているのは踏めば反発するフカフカの赤い絨毯であった。

(ここ、王城ッスか⁉)

「――それで、この者が黄金の錫杖を持って迷宮から出てきたのですか？」

不意にカイルの耳に飛び込んできた、透き通るような高い声。槍の圧力に抵抗しながらふと、顔を上げると、そこには美しいドレスを着た少女がいた。

(あれ、あれ、ローラ姫じゃないッスか‼)

徹の迷宮を領内に有する国、ヴィンランドル王国。カイルもシンシアもカレンもこの国の出身である。そんな彼らの一番のお偉いさんである王様の六番目の娘にして王位継承権第八位の美しい姫君。流れるようなストレートの金髪と、愛らしく整った小顔。体も丸みを帯びかけてきている年頃の彼女は、幼さと大人っぽい所を併せ持つ、国民のアイドル的存在でもある。

ちょっと小首を傾げて笑顔でも振りまけば、国の男達はこぞってだらしなくにやけること間違いなしであり、事実そうであった。

そんな彼女が、今カイルに向かって、笑顔でつかつかと近付いてくる。

（――お、お、もしかして確変イベントッスか!!　チャンスきたこれ、王族入りとか、自分の人生捨てたもんじゃないッスよぉおお!?）

ローラとカイルの距離が縮まる。カイルが見上げると、

「ごめんなさい、これも王国のためなのです……」

どこから出したのか、その黄金に輝く剣を振り上げ――

『Ｍａｓｔｅｒ Ｓｗｏｒｄ』

刀身に刻まれたその文字は、刃ごとカイルの体に深く沈み込む。

「へ～、徹底してるねぇ……」

遠視投影に映る陰惨な光景とは対照的なローラの美しい姿に、徹はべろりと、舌舐りするのであった。

■■■

変化の時は唐突に現れた。ある日を境に徹のダンジョンへ一般の冒険者がまったく来なくなったのである。その理由は簡単なことだ。彼のダンジョンが位置する国、ヴィンランドル王国が、かのダンジョンへの入場を禁止したからである。実入りのいい一階層から四階層までの稼ぎを当てにしていた冒険者達は随分と急なその国の対応に反発するが、しょせんそれは個人レベルの話である。正規軍による隙間ないダンジョン入口の封鎖を見れば、すごすごと帰っていくしかない。

そんな中、ダンジョン内に一人の影が動いていた。彼は小さなスコップで延々とダンジョンの地層を掘り返していく。

「「ひーめさまーのたーめならー」」

右の兵士達が音頭を取れば、

「「えーんやこーら」」

左の兵士達が合いの手を入れる。

そんなむさ苦しい男空間の中、カイルは一心不乱に地面を掘り返していた。

（あれー、なんで自分、マスターのダンジョン掘り返してるんスかねー。これ、けっこーヤバイことしてないっスかねー?）

そんな思考が頭をよぎるが、何故か体が自分の言うことを聞かないのだ。そもそもいつから自分はこの作業をしているのだろうかと思う。王宮に連れていかれてから今までの記憶が曖昧でどうにもこうにも自分の現状が思い出せないことに関係があるものなのかと。

――ぱきん、というガラスを割ったような音。それはカイルが二メートル四方の掘り返しを終え、徹からカイルへと概念空間の権利の書き換えが終わった証である。二メートル四方とはいえど、既に徹が切り開いた空間なのだ。底の部分さえ掘り返せば後はまた何かにぶつかるまで、上方向に関しては一瞬にして権利の書き換えが行われるイージーモードである。そんな行為をどれくらい続けていたのであろうか、第一階層から第三階層までは既に、二メートル幅の概念通路が徹のダンジョンにできあがっていた。そしてカイルは半自動的にさらに作業を続けようとするが、

「――勇者様!!」

薄暗いダンジョンに似つかわしくない、透き通った声によってその行為は中断を余儀なくされる。カイルが振り向くと、そこには純白のワンピースドレスに身を包んだ少女が居た。軽くウェーブがかかったブロンドの髪に、透き通るような白い肌。かわいらしい少女というには少し色気が出た、しかし女というにはまだあどけない、若干の丸みを帯び始めた若い体。その体に不釣り合いな黄金の剣を持ち、少女はカイルに駆け寄っていく。

(あれ、ローラ姫じゃないっスか、おおおおおおおおおおおおお!?)

カイルの下半身に、ぞくんと興奮が走る。

「勇者様、お疲れ様です!!」

土まみれ、泥まみれの彼に何の躊躇もなくローラは抱きついた。ここ数年で主張をし始めたであろうささやかな胸のカーブと、まだ男の手を知らない柔らかいお腹の感触が、無遠慮にカイルへと押し付けられる。そしてふとローラの頭越しに視線を落とせば、小生意気に突き出たお尻がくいっと突き出ており、さあ存分に触ってくれといわんばかりにふりふりと揺れている。柔らかな生地の洋服が丸みを帯びたお尻の形をくっきりと浮かび上がらせる。

ごくん、と彼は唾を飲んだ。眼の前にある女を出し始めた幼い純白の果実。男ならば誰だって汚したくなるものである。

(やわらかいっス、いいにおいっス、そして、すごくおいしそう(性的に)っス……)

「……勇者様?」

フリーズするカイルを上目遣いで見上げるローラ。その行為が、少し緩めの白いワンピースドレスの浮いた布地から控えめな膨らみを覗かせる。ぎゅー、っと密着したローラとカイルの体が少しズレるだけでもその幼くも大人への一歩を歩み始めた体は実に柔らかな感触を彼に伝えるので

あった。

「……ぁ、勇者様、動いちゃだめですわ」

はぁ、と吐息が至近距離でカイルへとかかる。

（頂点が……、後もう少し首をずらせばぽっちりが……!!

柔らかそうな、指とか舌とかでぷにぷにすれば、ぷるんぷるんできそうなぽっちりがぁああ、ぐぎぎぎ、なんで、なんで自分の首はこれ以上動かないッスかぁああああああ!!）

「やだ……もう、勇者様」

小声で吐息混じりにカイルへと囁くローラ。もじもじと所在無さげな動きが、二人の密着度を上げていく。

（うおおおお!! 何に感じてるっスか？ 何が擦れてるっスか？ 何に擦れてるっスか？ 乳首っスか？ 乳首っスね？ 清楚な顔して男に抱きついて、もう乳首はこりこりっスか？ あー、もう姫様ナチュラルにエロスギィ!! ちょっとその先っちょ見せてみぃ!!）

しかし、カイルの体は動かない。

動かせるはずがない。

かの剣にて切られた彼の挙動のすべては、既にマスターソードの支配下である。

しかし、そのこと自体にカイルは気づけない。

——マスターソードの使い手がそれを許していないから。

——マスターソードの使い手がそのような役割を与えているから。

概念神器・マスターソード。

その剣に切りつけられたすべてのモノは使い手の支配下に置かれる。

徹のマスターロッドが陣の支配力という方向に特化した概念武装であるのならば、マスターソードは人という存在への支配力に特化した概念武装である。

（通常ならロッドの支配領域への侵攻なんて無茶ですけど、私の武装はこうして使い手さえ切ってしまえば、案外どうとでもなるものなのですわ……）

未だ自分の胸を上から覗こうと必死に体を捻るカイルをチラリと見て、ローラは溜息をつく。

（このお馬鹿がここの支配主に株分けを許されたっていうのならば、親の方も大したことはなさそうですね……）

そして彼女は思い返す。自分が潜ってきた宮廷の修羅場はこんなものではなかったと。腐敗する貴族。精神を病む王と王妃。一歩間違えれば彼女は実権を握った豚貴族達の慰み者にされていてもおかしくなかった。

いや、実際はその寸前だったのだ。

豚貴族に嵌められて、邸宅を逃げ回り、偶然宝物庫へと迷い込みこの剣を手にし、あの汚らわしい豚貴族を真っ二つにするまでは。

そこから彼女の行動は早かった。黄金の剣と共に急速に王宮内を粛清していく。貴族も、役人も、兵士も、親族も、そして自らの両親さえも。その間、僅か一年間。彼女の支配下にある者は既に五千を超える。日に十人以上の人間に刃を入れ続けるという、彼女の年代にはあるまじきその異常事態。その恐ろしいまでの覚悟と不釣り合いな行動の早さは、決して王族としての義務感や使命感からではない。

それは彼女が持つ妄執にも似た、支配欲。

——愚物は、私《わたくし》が管理してあげなきゃ。

——ああ、なんと美しいことなの。

「私に支配され、整ったこの王国は、なんて美しいのかしら——」

トン、とローラはカイルを優しく突き放す。鼻息を荒く、自分の体に興奮する愚物《カイル》だって、目的のためならかわいくも感じよう。ローラは感謝する。こんな自分の近くに、マスターロッド《概念武器》の使い手を出現させてくれてありがとうと。

彼女には夢がある。自分の国のみならず、世界中のすべてを自らに跪かせ、管理する、歪んだ支配欲。

(——ああ、たまりませんわぁ)

そんな紅潮した、顔をローラはカイルへと向けた。きっと今、彼女の股間はじゅん、と潤っているのだろう。

「勇者様、頑張って!! 私、勇者様が最下層まで辿り着いたらなんでも言うこと聞いちゃいますわ!!」

しかし、この厄介な姫君、幼い所は幼いのである。

「え、マジで? お、玩具とか、首輪とか、前とか後ろとか、なんでも? 露出に放置に、複数プレイに触手に媚薬に本当になんでもっすか?」

ローラの発言に対して返されたカイルの言葉。彼女はまったくその意味を理解できなかったのである。

「おっけーですわ!!」

かわいらしくぴょん、と飛び跳ね、ぶいっとピースサインを出すローラ。

(首輪が欲しいのかしら、うん!! 愚物は愚物らしく自覚が芽生えるのはいいことですわ!!)

「イエーイ、オッケーいただきましたイエーイ」

管理層で、徹の声が楽しそうに反響した。

■■■

いわゆる徹達が生活している管理層の小部屋にて、ローラとカイルは侵攻を停止していた。二人の目の前には主に徹が情事で利用している部屋がある。

「……ねぇ、勇者様？」

「なんすか、姫様？」

訝しげにカイルに問いかけるローラ。それは決して計画に支障が出たわけでもなく、徹からの妨害があったわけでもない。むしろここまで順調すぎることに彼女は不安を覚えたのである。

「あまり言いたくはないのですが、貴方の親株《マスター》さんはお馬鹿なのかしら？」

「あーはい。徹様は頭いいけどお馬鹿っスねー」

そのどちらともつかない愚物の言葉に、ローラは少し不機嫌そうにカイルに言葉を続ける。

「何故マスターロッドの使い手は私達の邪魔をしないのでしょうか。それとも気づいていない？　いえ、陣の形成に向かない私のマスターソードだって他の概念武装がここまで近付けば気配を感じます。――余裕のつもりなのかしら、少し不快ですわ」

そう吐き出した後、少し頬を膨らませて椅子へと腰を下ろす。彼女が椅子に腰掛け、そのお尻を沈み込ませた時、ぐぐ、と下から呻くような声がする。

「――あら勇者様、私、少し重かったかしら？」

ローラ姫のお尻の下。そこにはカイルの腹があり、その下には空間がある。彼女の体重を支えるべく、彼の体と四肢はアーチのように反り返り、重力に対して抗っているのだ。つまりはブリッジである。

「そ、そんなことないっス。自分、頑丈っスから‼　だからそのもうちょっと前の方に来てほしいっス。自分、絶好のポジション確保してるッスから‼　具体的には自分の顔の前に来てもらって、しゃがみ込んでくれれば大丈夫っス‼」

そう叫んだカイルはなんとかローラの下半身を覗こうと、首を捻るお仕事に必死であった。

「あら、勇者様。でも今日は私、スカートではないですことよ？」

そう言ってローラは足を組み替える。

その柔らかそうな脚の根元は確かにスカートではない。

――決してスカートではないが。

ぴっちりとお尻と太ももに張り付いた厚めの布。少しくびれた腰元から膨らむお尻のライン。そこから流れるようなラインで、にゅっとあどけない色気を主張する太ももがある。そしてその太ももは直ぐに白い布で隠されているが、逆に純白の清楚なニーソックスが、スラリと整ったおみ足の形を、足先までしっかりと隠れるようなアピールしていた。

上半身はひらひらと腰までしっかりと丈の長いブラウスとベスト。確かに露出は少ないが、僅かに肉付き始めたその太ももと、ぷにんとした柔らかさを感じさせる股間の間に漂う景色は、まさに指で突いて良し、手の平で揉み込んで良し、お口でしゃぶりついても良し、ぶるぶる震える玩具を当てて良しの優良物件である。

「うふふ、さあ、どうしてくれましょうかしらー？」

そんなカイルの上に座りながら、ローラはつーっとカイルの胸元に指を這わせた。

我々の業界じゃなくてもご褒美ですと、びくんびくん、と彼の体は素直に反応する。

「――ねぇ、答えて勇者様。貴方のマスターはどうして私の邪魔をしてこないの？」

(今度こそ実のある情報を喋るのよ？)

ローラはカイルに問いかけた。

「おふうう、姫様Sっすねぇ……いいッスねぇ……。そんなの簡単っス。多分、――いや、間違いなくマスターは今撮影に大忙しなだけっすから‼」

しかし、返ってきたのは身も蓋もないカイルの答え。

「……は？　今なんと？」

思わずローラは聞き返す。

「だから撮影っすよ、撮影。姫様ここに来る度に、着てる服違うじゃないっスか。しかも、いつも白基調。徹様は綺麗なものを汚すのが大好きなド外道ッスから、ぶっちゃけ妨害よりもそっち優先してるんじゃないっスかね。多分一日目のミニスカートとノースリーブのワンピース。あれ多分徹様のどストライクっすから――。金髪の幼いお姫様がかわいいお尻フリフリさせながら、凸凹したダンジョンを歩くなんて、もう全方位から撮られているッスよ。徹様、限界まで遠視投影で近付きますから、きっと、パンチラもパンモロもパイチラもパイ横も撮られちゃっているし、きっと喉が渇いて水を飲む瞬間とか、ものすごくエロく編集されてるッスね。多分オカズにして何発か既に抜かれているッスよ。うひょー、高貴なミニスカートの姫様が、ノースリーブ半脱ぎでダンジョンの壁に手をつかされて、かわいいお尻を後ろからパンパン突き上げられて、涙ながらに感じちゃうシチュエーションなんか最高ッスね‼　あ、なんか自分すごい見てみた――もが、もがが‼」

それ以上カイルの言葉は続かなかった。ローラの靴が彼の口に突っ込まれたからだ。

「――つまり、私は舐められておりますのね」

だとしたら、マスターロッドの使い手はなんと愚かなのだろうと、ローラは思う。強力な陣を敷くことができ、堅固な守りを築き上げることもせずに、ただ己の色欲を優先させる小物。そのような小物が何故概念武器などに選ばれたのか。そんな小物に対して警戒をしていたことと、それに対する労力への口惜しさが込み上げ、ローラが抱いていた不安が怒りで塗り替えられる。

するりと、衣服のボタンを外す。ベストを脱ぎ、ブラウスを脱ぎ、そしてホットパンツを脱ぐ。するすると彼女の腕が、王族の正装であるドレスに通される。彼女がことに及ぶ時は、いつもこの服装である。それは彼女の矜持でもあり、個人的なトラウマへの抵抗でもあった。

――豚貴族に襲われた時に着ていたドレス。

――豚貴族を切り裂き、支配した時に着ていたドレス。

――じゃきん、と優雅にマスターソードを構えるローラの顔は最早あどけない姫君の顔ではない。支配欲にまみれた、一人の使い手であった。

そして、ローラの体温が残るホットパンツがカイルの顔にぱさりと落ちた。

「え、姫様？　これ姫様の匂い？　まさか顔面騎乗っスか、いやー、大胆っス――」

【支配者要求：傀儡人形《パペット・クラウン》】

ローラの宣言と同時にブリッジ状態のカイルが人形のように跳ね起きた。切り裂いた人の意識と体を支配し操る、マスターソードの最も得意とする支配者要求である。

「――入って来なさい」

【支配者要求：傀儡人形《パペット・クラウン》】

さらに小部屋の外に待機をしていた騎士団がぞろぞろと扉の前へと集合する。

「――さあ、踊りなさい、愚物達。勇者様が先陣を。四十秒でこの先の部屋の権限を書き換えなさい」

「が、がじごまりぃ!!」

ふしゅー、とホットパンツを被ったカイルが鼻息を放出した。完全な傀儡と化したカイルは全身のバネを緩め、号令と共に弾かれる弾丸へと変貌《へんぼう》する。

それを確認して、ローラは騎士団に振り返った。

「――貴方達は援護、マスターの護衛達を抑えなさい」

「はっ」

（ほんとお馬鹿さんね、杖の支配者。どのみち、貴方は詰んでいるの。陣のここまで切り込まれた貴方には新たに陣を作るか逃げるしか道はないわ。逆に言えば、そこで逃しさえしなければ、陣の外では無力な貴方は何もできない――!!　ここまでゆっくりと侵攻したのは別にそれが限界だからではありません。最後の陣を頼りに迎え撃つなどそんな浅はかな考えならば――）

「――支配させていただきますわ!!」

ローラの鬨の声と共にカイルがドアを突き破る。部屋の中にはベッドが一つ。浅黒い半裸の男と三人の女が座っていた。

カイルを先頭に雪崩れ込む、騎士とローラ達。

その刹那《せつな》、二人の支配者のコールが、部屋に響く。

【――支配者要求：限界突破《オーバー・リミット》】

【――支配者要求：侵入禁止《インヴ・アウト》】

先手はローラ側。人ならざる動きと速度でカイルが部屋の床をご丁寧にベッドの下まであっという間に掘り返す。ばきん、と権限が上書きされた音が部屋に響いた。その数瞬後、徹の結界がベッドごとシンシア達三人を守るように包み込む。その結界は彼らに向かって怒涛のように押し寄せる騎士団をぺぺいと跳ね返した。

侵入禁止という概念が絶対的に優先されるこの結界は、いかなる強靭な騎士の一撃も、重量を生かした盾の一撃を受けてもびくともしない。

しかし、――そこにふり上げられるは黄金の剣。その名はマスターソード。

概念結界は、それを超える概念武器でしか壊せない――。

騎士団の陰に隠れて結界に接近したローラが、マスターソードを振り下ろす。彼女が振り下ろした剣と、徹の結界が接触した瞬間、かしゃん、と割れるような音を立ててマスターソードが砕けて折れた。

縦に振り下ろしたローラの一閃、彼女のマスターソードは徹の結界に耐えられずに砕け散った。誰もがそう思い、彼も心の中で思ったであろう。

（当然ですわ、だってこっちの剣は、株分けですもの――）

マスターソードは砕け散った。

だが砕け散ったのは彼女の剣だけではない。

――徹の結界も、同様に砕け散っている。

株分けといえど、独立した概念神器の直接斬撃。

たかが結界如きに遅れはとらない――。

散り舞う結界の欠片の中、縦の一閃からくるりと体を翻し、ナイフ大の大きさまで圧縮されたマスターソードがローラの右逆手にて、巻き込むような軌道で徹の脇腹に向けて牙を向く。

「うふふ、騙し合いは、私の勝ちかしら？」

迫る刃先、この刃は普通の防御では防げない。概念武器を防ぐためには、同じく概念武器でなくてはいけない。

だから、徹は右手の錫杖を反射的に前に出して防ごうとする。

しかし、杖を振ろうとするが、その右腕が動かない。

「うへへ、すいません徹様、自分、姫様とのイチャイチャがかかってるんで――。下克上、させてもらうっす!!」

いつの間にやら錫杖にひっついているカイルがそこに居た。

「ちょ、おま」

ざくん、とマスターソードの一撃が徹の脇腹を抉る。

左から右へと刃が抜ける。

ローラの動きは止まらない。

(――ああ、この瞬間がたまりませんの!!)

ガクン、と崩れる徹に対して、返す動きでローラは彼の心臓にマスターソードをざくりと水平に突き入れた。

ばきんと、周囲に概念効果が宣言された音が響く。

徹は人形のようにずるりと崩れ、彼女の胸元へと倒れ込み徐々に腹へ、そして足元へと顔がずり落ちていく。

「支配、完了ですわ――」

ひゅん、とマスターソードを翻し、くいっと曲げた腰に手を当てて勝利を宣言するローラ。彼女は思う。――相手を支配する瞬間、これは何度やっても癖になると。自らの障害が剣の一突きで愚物と成り果て、自らに忠誠を誓う手駒となる。そんな所業を行う自分に、そんな所業を自分に行われる相手を見る度に、お腹の奥がむず痒く震えるのだ。

きっと、今日の夜の秘事は、それは素晴らしいものになるに違いないとローラはきゅんとひくつく股間に期待を躍らせ、太ももを捩り、そこで気づく。目の前の、杖の支配者の従者達の視線に。

「あら可愛らしい、まだ子供なのにあんなエッチな表情ができるのねぇ」

シンシアがあらあらまあまあ、とローラを値踏みする。

「うわー、女の子らしいなぁ。ボクと同じぐらいの背格好なのに、ここまで違うと結構ショックだったり……」

アルテがあーあと、残念そうに呟く。

「大丈夫じゃない？　アルとはタイプ違うし、てか、あーあー……、ちょっと、徹様の食いつきがヤバイ。お姫様パワーってすごいね。……はぁ～、これ私達ちょっとお預けくらっちゃうかもねー、まあ今までかわいがってもらったからいいけどさー」

溜息混じりに呟くカレンの視線をローラが追えば、不自然に膨らんだドレスのスカートが視界に入って、

「――はい？」

ローラが視線を下げる。

「はーい!!」

その声に徹が返事をし、今まさにスカートの中の彼の目の前できゅんきゅんとひくついている彼女のぷにぷにとした膨らみに向けて、ちゅむ、と徹の唇が吸い付いた。

「――あっ、――やんっ」

ローラの股間を出発点として未知の快感が腰の奥まで駆け上がる。まだ自分の指でしか舐ったことがない、幼くも快感を知り始めた少女の蕾《つぼみ》。生温かくて、柔らかい徹の唇で圧迫されることにより、新しい快感への道が開かれていく。

「――ひゃ、やんやん、やぁんっ、な、なんですの、どういうことですのーっ!?　あーん♥」

ちゅっちゅっちゅ、と徹がローラの秘所にショーツ越しのキスを見舞う。布に包まれた花弁がちゅっと吸われると、彼女の閉じた花びらの中が愛液でじゅん、と潤う。花弁を潤ませた愛液はどんどん蕾の中に溜まっていき、必然的に花弁を押し広げ、その僅かな動きが快感への呼び水となり、腰がぴくんぴくんと跳ねた。

「――やぁんっ、やんやんっ、おやめなさい!!　言うことを聞きなさいぃっ、――はぁんっ」

一際高くローラの腰が跳ね上がる。踵が上がりつま先立ちになり、体のバランスを保つために、必然的に彼女はスカートの盛り上がりを両手で押さえることになる。今度のキスは蕾の上側のクリトリス。布越しにちゅうっと少し強く吸い付いて、ぷは、っと解放する。花弁からの刺激とは異なる鋭い快感が、ローラの体を激しく震わせた。

「――はぁ………はぁ。あぅぅんっ、また、またぁ……」

びくん、と激しく跳ねるローラの腰。裾から見える脚は内股になり、体は捩られ、顔は紅潮し、口元が緩み始める。

「――あぅぅ……、くぅん……、あぁんっ、や、あ――♥」

びくん、びくん。何度かローラが腰を捩り、クリトリスへの快感に耐えられるようになった頃、彼女の下腹部に変化が起きてしまう。

クリトリスを布越しに吸われ、腰を振るということは、快感を許容しているということ。つまり、体は気持ちいいと思ってしまっているということだ。

――ならば、彼女の脳は指令を出してしまう。この刺激は、良いものであると。

その快感に相応しい量の愛液が、ローラの粘膜から湧き出てくる、花弁に溜まり、溢れ出る。ここに来てついに徹の手が太ももへ侵攻する。柔らかな太もものお肉をぐいっと掴み、より股間の前のスペースを確保すべく、熱の籠もった内股を広げていく。

「――やだ、――やだやだ、な、なんのつもりですのっ」

ドレスの長い裾の中、彼女の脚がぐいーと広げられていく。爪立ちのまま、膝が開かれ、内股からガニ股へと変えられてしまう。股間に徹の頭がすっぽりと収まり、たっぷりと愛液を湛え、ぷるんとした窄まりの全体が徹の目の前に登場する。

しかし脚を大きく開かされるという屈辱的な格好に、ローラの戦意が蘇る。彼女の右手にはマスターソードが握られたままだ。この自らの懐で不届きな行いをする愚物の頭には仕置が必要だと右手を振りかぶる。

同時に長く伸ばされた、徹の舌先がローラの花弁の縦筋をショーツ越しにつーっと、舐め上げた。

「――ひゃ、あんっ、――あ、――あ」

中心部で、ぬろん、ぬろん、と二回転。

「――やっ、――あっ」

そして返す動作でちょっと育ち始めたクリトリスの場所を通過する。

ちゅっくちゅっくとかわいらしい水音が彼女の股間から響いた。

「――あぁんっ」

びくん、と一際大きくローラの腰が跳ね上がり、振り下ろす右手の動作がブレる。

――そして、空気をまったく読まない徹の舌の侵攻が、今開始される。

ショーツの上から潤んだ蕾が徹の舌に舐られ、弾かれる。ぺろねぶんぺろん、とハンモックが揺られるように、ローラのショーツの盛り上がりが左右に弄ばれ、時にぐにぐにと、舌で圧迫される。

「――あ、――あ、あ、――あ、――あっ、あ♥　――やんっ――やあんっ♥」

ここにきてぷちゅぷちゅと連続した淫靡な蜜音が部屋の中に響き始める。溜まりに溜まった愛液が花弁から溢れ、ぷるぷると舌で弄ばれる度に染み出し、ぎゅう、と舌先で押される度に溢れ出る。

「――あんっ、――あぁあんっ、やんやんっ、ああん♥　――おやめなさい、――おやめになって!!」

くちゅくちゅくちゅくちゅ、くちくちくち、一度溢れ出した泉は止まらない。ローラは徹の口から逃げようと腰を捻るが、太ももをガッチリと掴まれて思うように動けない。ぶはぁ、と徹の息継ぎの呼吸が彼女の太ももと股間に雑に吹きかけられると。

「ひうっ♥　――んっ、――んっんっ……んっ!!」

息継ぎをしたということはローラの股間から口が離れたということである。

そして彼女は気づく。離れたということは、再びあの舌が自分の秘所を弄りに来るのだと。ここで自分の股を再び蹂躙しようとする不届きな輩を粛正すべく、怒りに任せて。

「……い――い、いい加減に!!」

片手ではなく両手。バランスが崩れるのもお構いなしに、ローラはマスターソードを振りかぶり体を反り返らせる。

当然姿勢は崩れ膝が床と接触する。彼女は徹の頭に顔面騎乗のような形で乗りかかる形になっており、上から見れば、広がったドレスのスカートから徹の脚と下半身がにゅっと飛び出ている奇妙な光景でもあった。

「――しなさ」

その動作と同時に、徹の人差し指の腹が、ローラの尻肉を掻き分け、尻穴の窄まりをちょん、とノックした。彼女はあまりの慮外の感覚に反射的にお尻に力を入れてしまい、腰を前に出す。掻き分けられた尻肉が、尻穴に当てられた人差し指を巻き込み、きゅっと窄まった。その結果、徹の指はより強くローラの尻穴を圧迫してしまう。

反射的に同時に突き出された彼女の腰は、結果的にぴくんぴくん前後に痙攣し、徹の口から一定の距離を往復させられるハメになっていた。その行動はローラの花弁を、よりバリエーション豊かな愛撫が可能な位置にまで押し込む形になる。

――徹の上唇はローラのクリを優しくふにふにと圧迫し、

――徹の下唇は花弁をまるごと包み込み、むはむはと生温かい吐息で柔らかくほぐし、

――徹の舌先は、柔らかなショーツの上から、くい、くい、と中心で暴れて左右に花びらを押し広げ、

――結果的に自らしっかりとお尻の割れ目に食い込ませてしまった徹の人差し指。彼女のアナルのお口とぴったりくっついてしまった指の腹が、ローラの中で羞恥という初めての産声をあげさせ、

（――――――――――――――――ぁ）

マスターソードを振り上げた状態でローラは一瞬思った。

それは本当に一瞬の誘惑。

（――これはきもちがいい）

（すごく、きもちがいい）
（あそこのさきがきもちいい）
（おなかのなかがむずがゆい）
（いま、きっとこしをうごかしたら
（きっと、もっときもちいい）

くい、と、ローラは自らの意志で初めて腰を前後に動かしてみちゃったりして。

（おしりのゆびも、にげちゃだめ）

　きゅっと、尻肉に力を入れ。

「――んっ、――んっ、――んんっ、――んぅ……♥」

　徹の口に股間を寄せ、舌の動きに合わせて腰を微調整する。無言かつ、僅かなピストン運動。その至福の表情は、その一瞬だけ、戦闘行為の最中であることを忘れてしまったかのよう。このまま放っておけばどこまでも落とされ、何もかも剥がされてしまうであろうに、それすら許容してしまいそうな、強烈《きょうれつ》な誘惑。だがしかし、彼女の強靭な精神は快楽に溺れようとするその理性を強制的に引き起こした。

「――でも」

　それはマスターソードが徹の頭に振り下ろされるまでの僅か数秒間の出来事。

「やりすぎですことよ!!」

　ローラの太ももが徹の頭を挟み込む。

　そして間髪入れずに両の手が振り下ろされ、どすりと彼の脳天にマスターソードが突き刺さった。

　びくん、と仰向けに跳ねる徹と、その上でぷるぷると体を震わせるローラ。

　その瞬間、ぷしゃ、っと彼女の奥から愛液が噴き出し、そして、――ちょろ、と、別の液体がローラの奥から溢れ出す。そう、頭に刃をぶっ刺されようとも、彼の舌の動きは決して止まらない。

「――ふあ、ふああああああん!!」

　しょわぁぁぁぁぁ、とローラの股間から小水が止めどなく溢れ出る。

「あぁんっ、だめぇ……♥」

　きゅう、っと締めた太ももが災いして徹の鼻やら唇やらが花弁に密着し、強い快感が体を侵食する。

「――あ、――あ♥　――あ♥　――あ♥」

　ぷしゃ、ぷしゃ、ぷしゃ、ぷしゃ、と連続して腰が痙攣し、尿と一緒に愛液が放出される。無理もない。まだ経験が浅い彼女が受けた舌技は今や三人の肉便器を大いに満足させてやまない快楽の塊なのである。

「はぁっ、はぁぁっ、はぁぁぁぁぁぅ……。なんですか、これ、なんですかこれぇ……♥」

　白いドレスのスカートに止めどない染みが広がり、そして快感の露も吐き出されていく。スカート越しに突き立てたマスターソードに縋り付き、腰をぴくぴくさせるローラ。快感の波を堪能し、顔を上げたその顔には初々しい色気が宿っていた。

　そしてしゃわわ、ぴちゅちゅ、と爽やかな絶頂が治まり、ローラがマスターソードを引き抜こうとした、その時である。今度こそ絶命させたはずの徹が突然起き上がる。マスターソードが刺さっていた場所を軸に、スカートの裾がびりびりと破け、そして、ローラと徹の上下が入れ替わる。抱きかかえるような状態で徹にマンぐり返しをされるローラ。

「え、なんで？　――なんですの？　――あ、だめ――、て、きゃあああああっ」

　脳天にマスターソードが刺さった状態で、徹はゆっくりと舌をローラの花弁に伸ばす。

　ショーツを器用にどけた徹の舌が彼女の膣内に滑り込み、くちゅくちゅじゅるるるると、卑猥な音を立てて肉を掻き混ぜ、蜜を舐め取った。

「ひ、あはぁ。やぁ……ぁん♥」

　ローラの絶頂の残り火が掻き立てられ、再び巻き起こる快感への不安の中、彼女の頭の中はぐちゃぐちゃな状態であった。

　――何故この男は生きているのか。

　――いや、そもそも、何故自分の支配を受け入れないのか。

　そんなローラの表情を見て、徹はゆっくりと体を離し、立ち上がる。

「――うむ」

　カイルが、シンシアが、アルテが、カレンが、ローラが、立ち上がった徹に視線を送る。

「甘露である!!」

　そんなこと聞いてねーと、総ツッコミが入るのは彼の発言のゼロ秒後であった。

■■■

　マスターソードを頭から生やしながら元気に立ち上がる徹を見上げながら、ローラは呟く。未だ快感の余韻が収まらぬようで、彼女は体をぴくんと時折震わせている。

「――はぁ、はぁ……、な、なんでその状態で生きていますの？　いえ、そもそもなんで私に支配されないのです。確かに、――あの時確かに、私は聞きましたのに」

――ばきんという概念権限の書き換え音。

「あー、俺のお腹ぶっ刺した時？　確かにしたねぇ」

お腹の傷を擦りながら徹は返事をする。だったら、何故、というローラの問いは徹の支配者要求に遮られる。

【支配者要求：記点回帰《セーブ・リライズ》】

宣言を終えた途端、徹に付けられた傷がみるみる元に戻り、消えた。それが意味することは一つである。彼の支配者権限は消えていない。そう、上書きされたのは――。

「そう、上書きされたのはローラちゃんの方だよ、残念だったねー？」

ローラにとって受け入れたくない事実が徹の口からもたらされた。彼の言うことをローラは理解できる。目の前の現実がすべてを証明しているから。だがローラは納得ができない。概念武器同士がぶつかって権限を奪われるのならばわかる。だが刃を以って切り込むというマスターソードが優先される支配方法を行っておきながら、一方的に権限を奪われるという理不尽。この結果は、彼女にとって絶対に納得できないものであった。

「――何故、ですの……」

「うーん、あんまり言いたくないんだけどなー？　ローラちゃん、残念だけど、俺から見たらさ、君まだひよっ子なんだよ」

それはローラにとってまったくの意外な返答であった。彼女はマスターソードを手に入れてから、剣の声に従い、人を切り続け支配してきた。一年間、休まずずっとである。株分けも一つできた。このダンジョンができたのは彼女が知る限りたった数ヵ月前のはずである。その支配者である目の前の男が、自分をひよっ子だというのだ。

「――お、お話になりませんわ、私は――」

「俺はね、五年前だったかなー。ここよりずっと下層でマスターロッドを手に入れたんだ」

え、とカイルやシンシア達からも声が上がる。

「徹様ったら、そこからさらに五年間も童貞を守り通していたなんて……」

「いやちょっと待って、童貞関係ないでしょ!!」

とシンシアの発言にナチュラルなダメージを受けるが、なんとかローラへ振り返り、

「話してなかったっけ。まあいいや、それでさ、最初の部

屋の外は全部土なの。笑っちゃうよね。真っ暗でさ、何もないんだ。んでね、マスターロッドがあるからさくさく掘れるわけなんだけどさ、やっぱ体は生身なわけじゃない？やっぱすぐへとへとに疲れちゃうんだよね。その頃は概念を連発するほどの甲斐性もなくてさー。だから手っ取り早くさ」

そこまで徹が話した所で、ローラは思わずゴクリと唾を飲み込んだ。

そう、聡い彼女は理解《わか》ってしまったのだ。

だから、彼女は後ずさる。

——腹を割いたぐらいでは死なないわけである。

——脳天に剣を突き刺しても死なないわけである。

——たかだか一年研鑽した概念武器などの歯が立つ道理がない。

彼女は心の中で自分の失態を痛感する。侵攻なんてとんでもなかったと、完全に目の前の男に踊らされてしまったと。自分の推測が本当ならば、この男は間違いなく気が狂っている。

そんな様子を見て徹はニンマリと笑う。

「あれ？　わかっちゃった？　いいなあ、頭のいい子は大好きだよぉ？」

そう言って徹は後ずさるローラの前にしゃがみ込む。

ぴちゃぴちゃとローラの周りに広がる愛液と尿の水たまりに踏み込みながら。

ちょろ、と音が聞こえた。

「——およ？」

ローラの下腹部から、再び水の音が滴る。

徹がドレスのスカートを摘み上げれば、

「——んっ、——あぁ」

ちょろろ、しょろろろろ

温かい小水が、漏れ出していた。

「おほっ。絶景」

その光景に股間を硬くした時。

勢いよく徹の脳天に刺さったままのマスターソードが引き抜かれる。

彼女はその一瞬で覚悟を決めていた。

——勝負には負けた。

——力の差は見せられた。

——醜態も晒した。

——だけど、己の矜持だけは渡さない。

マスターソードの刃先を、自らの体に。この男に勝つためには、——少なくともこの男と同じことをしなくては勝ち目がない。同じ土俵に上がらなくては勝負にもなりはしない、と。

「――でもね、それは無理なんだよ」

【支配者要求：座標遷移《ムーバル・ポイント》】

徹の宣言と同時に一瞬にして、彼の右手に移動するローラの支配者の剣《マスターソード》。

呆然と立ち尽くすローラ。自ら放尿してまで作ったチャンスが無へ帰る。

「でも、気に入った。ローラちゃん、すごいね。今君は自殺しようとしたんじゃない。自分をマスターソードで支配しようとしたんだろう？」

「……そうよ、貴方もしたんでしょう？　五年前に。――貴方は自らを掘り砕いた」

強がりながらも、ローラは戦慄する。おそらく徹が行ったのは自分の体の概念化。それが狂人の所業でなくてなんのだと。マスターロッドは自身を以って掘った空間を支配する。その空間を媒介して人や物に影響を与える。ならば自分の体を手っ取り早く操るには？　支配下に置くには？　彼女は思う。そう、きっとこの男は正気で行ったのだ。自らの手を、足を、体を、頭を――。粉々に一度砕ききってからの再生を。その方法があるからといって誰が実行に移すというのか。いやそもそも、そんな方法をどういう思考回路をしていたら思いつくのかと。

ここまでだとローラは覚悟を決める。

自分は化物の巣へと飛び込んでしまったのだ。

「はぁ、負けましたわ。打つ手はありません。殺すなら一思いにお願いしますわ」

そんなローラの敗北宣言を、

「きたきたきたあああぁッス。姫様!!　年貢の納め時っスよー？　今までよくも椅子やテーブル代わりにしてくれたっスね!!　今こそ自分、復讐の時っス。さっきの約束通りエロエロタイムの始まりッス!!　さあ、その綺麗なお口も胸もアソコもお尻もねっちょねっちょに犯してやるッスよおおおおおおお!!　あ、徹様、ここ自分の概念空間なんで、僭越《せんえつ》ながら自分が一番槍をもらうっス」

衣服を投げ捨て、ずんずんと、ローラに近寄るが。

【支配者要求：権限書換《オーバー・リライト》】

「――カイルぅ？　お前、さっき俺に言ったこと覚えてんの？」

『下克上、させてもらうっす!!』

徹とシンシア、アルテ、カレンのじとっとした視線が、カイルへと集まる。

「てへッス♪」

そうぺろっと舌を出したカイルに対して、笑顔の徹はパチン、と指を鳴らした。

「アルテちゃーん？」

「はーい♪」

カイルの後ろからアルテが股間を蹴り上げる。

身体強化を施した手加減のない一撃である。

「カレンちゃーん」

「はいはーい♪」

さらにカレンがヤクザキックでゲシッとみぞおちに蹴りこみ。

「シンシアちゃーん」

「やだ、徹様。ちゃん、だなんて恥ずかしいわー」

シンシアは照れながら重量感あるメイスでフルスイングをする。

めっこりとカイルの顔面にモーニングスターの先端部分が埋まる。

そしてよろめいた先には、

【支配者要求：無限崩落《ドロップ・オブ》】

ポッカリと、暗い穴が口を開けていた。

「またっすか、またこのオチッスあああああああぁぁぁぁぁぁぁぁぁ――」

落ちだけに、と最後にドヤ顔を決めてカイルが穴に吸い込まれ、きゅぽん、と閉じた所で徹は改めてローラへと問いかけた。

「――さて、どうしたい？」

「どうもこうも、私は要求できる立場にはないと思いますわ……」

ローラの力ない言葉に、徹はそれもそうか、と頷いた。

「よし、それじゃあローラちゃん、俺のチンコしゃぶってよ‼」

「――お断りですの」

徹の提案に間髪入れずローラは答える。

今となっては、彼女は自分の意志だけが自由にできるものである。

たとえ殺されようとも、辱められようとも、決して自らは屈しない。

「支配者要求で操るならお好きにどうぞですの。――でもお気をつけて、貴方の汚らわしいその物体が、要求が解けた瞬間にどうなるか保証はしませんですことよ？」

とっさに口から出たその言葉は、彼女の精一杯の強がりであった。それは短くない時間、人を支配し上に立ってきた者の矜持である。か弱い少女が精一杯見せる健気な強気。そしてそれをとても美しいものだと徹は感じてしまった。だから。

――あ　あ　汚　し　た　い。

権限支配などは生ぬるい、その高潔な思いを、快感とか白濁とか玩具とかローションとかいろんなもので汚して犯して侵したい。徹が悪魔の笑みを見せる。

「それじゃあ、ローラちゃん。ゲームをしよう。ローラちゃんが勝てばマスターソードを返して、お城に帰してあげる」

そんな徹の様子を見て、シンシアら先達《せんだつ》の肉便器達は察してしまう。

「――あらあら、あの子」

「一番見せちゃいけない所を」

「徹様に見せちゃったねー」

その破格の条件に、ローラは一度迷うが決意をせざるを得ない。

どのみち死ぬ運命なら足掻いてみるしかないのだ、その最後の時まで。彼女はそうして生き残ってきた。そうすることで最悪から少しマシな最悪になるのであれば、今の自分は足掻くべきなのだと。

――その先に待ち受ける徹の思惑も知らずに。

【ローラ姫・帰還クエスト】と名付けられたトンネルが突如部屋の壁に現れて彼女の前に既に電子掲示板として便利に使われ始めている遠視投影《ディスプレイ》の魔法が現れる。

【ローラ姫・帰還クエスト】

【最終クリア条件】

・十戦の後ブロック勝利数が過半数を超えれば成功

【ブロックごとの勝利条件】

・制限時間内の絶頂回数が十回を超えなければ挑戦者の勝利

【制限】

・入場制限（女性のみ）

・入場制限（一人）

・退場制限（十ブロック全ての試練を受けきるか、ギブアップのみ）

・時間制限（四十分）

・行動制限（ブロックごとに制限される行動あり）

【報酬】

・支配者の剣《マスターソード》

・徹の支配領域外への脱出

【ブロック数】十
・挑戦者はブロックごとの勝負をこなし、過半数の勝利を得ることで報酬を受け取れます
・上半身ブロックと下半身ブロックの二種類があります
・上半身ブロックでは、徹は挑戦者の上半身しか触れることができない
・下半身ブロックでは徹は挑戦者の下半身しか触れることができない
・上半身ブロックと下半身ブロックは交互に設置されています
【挑戦者特権】
・挑戦者は両腕でガードできる権限を持つ
・クエスト開始時に体をガードできる
・ガードの位置を徹は動かすことができない
・挑戦者はガードを自由に動かすことができる
・ただし大きくガードを動かした場合その場から五分間は動かすことはできない
・挑戦者はガード以外の抵抗ができない
・ガードは両手両腕のみ
・姿勢は自由だが、抵抗はできない
【徹の権限について】
・徹は挑戦者の腕を動かすことができない
・徹は挑戦者の服を脱がすことはできない
・徹はクエスト進行に係る概念以外のあらゆる概念能力を使えない
【衣装について】
・挑戦者はブロックの最初に衣装について選択できる
【報酬について】
・ローラが勝利した場合、城への帰還とマスターソードが徹から返還される
・この報酬を違えた場合、マスターロッドは自壊し、徹の概念能力はすべて奪われる

「まあ、なんだ。要約すると、ローラちゃんの体にいたずらしちゃうから、両手で防いでね、ってことかなぁ、うへへへへ」

徹の視線が、ローラの体をいやらしく舐め回す。

「――はぁ、勇者様が、貴方は頭がいいけどお馬鹿って言っていた意味がわかりましたわ……」

どのみち、彼女にとってみれば選択肢はないのだ。

「いいですわ、受けましょう。ただし勝った場合、約束は必ず守ってくださいね？」

こうして麗しき姫様は悪魔の釣り針にかかってしまった。

彼女はきっと想像できないであろう。

無理もない。ローラはまだこういったエロ方面は経験がほぼないある意味箱入りの少女である。人間がエロスに利用するのは、決して手足だけではないとか、思い当たるはずもないのだ。

「——さてと、それじゃあローラちゃん、体が気持ち悪いだろうからお風呂ブロックを追加してあげよう」

そう言って徹は黄金の錫杖を振り上げる。クエストエリアの方向からごごご、と構造が変わる音が聞こえてきた。

「カレンちゃんとアルテちゃんは、仕置部屋にカイルが落ちてるから適当に折檻しといて、方法は任せるよ、その後は例の件を進めておいてね」

「えー……。徹様、私達はお預けですかー?」

カレンがつまらなそうに、ぶーたれた。

「ん？　普通に三人共今日も寝かさないよ？　だからちゃんと体休めておいてね？」

そんな徹の言葉にシンシア達の下半身がきゅん、と反応する。

「シンシアちゃんはサポートお願い。衣装はDセットでよろしく。俺、今回のブロックに入ったら能力制限されるから、細かいことはシンシアちゃんに任せるよ」

「は～い、かしこまりました。うふふ、ごゆるりとどうぞ、徹様」

そして、徹はローラへと振り返る。

「それじゃ、ローラちゃん。条件はアレでいい？　質問はある？」

「……今、考えておりますわ。……お風呂に入りながら考えますの」

「そっかー、……それじゃあ俺もお風呂に入りながら答えようかなー」

歩き出したローラに普通についていこうとする徹。

「……一緒に入るのは強制なんですの？」

実に嫌そうな顔で徹に問いかける彼女に徹はだめ？　と首を傾げる。

「あらあら、徹様。女の子の身支度には気を利かせてあげないと、嫌われちゃいますよ？」

そこにシンシアが助け舟を出す。ローラは思う。敵側とはいえ、中々マシなことを言うではないかと。

「ちゃぁんと綺麗な体になって準備ができてから、いっぱいお風呂エッチするといいわ～」

そう言ってトタトタと、部屋を出ていくシンシア。前言撤回。――碌な人間が居ないですわ。とローラは心の中で毒づいた。

「おう、なるほど」

と納得する徹の表情をローラは恨めしく見上げる。

立ち込める湯気の中、用意された不思議な泡と布で体を擦り、髪を洗い、先ほどの汚れを落とす。頭から熱いお湯を被ると、先ほど萎えてしまいかけた戦意が再びふつふつとローラの心に湧いてくる。

(――そう、最悪は免れましたもの)

それは徹のまったくの気まぐれによるものだが、ローラは確かにゲームという土俵に転がり込めた。この先、たとえ屈辱的な展開が待っていても、要は勝てばいいのだ。見た限りでは上半身と下半身を交互に弄ばれるのであろう。後のルールをすべて頭に入れ、ローラは思う。

このゲームは案外自分が有利ではないかと。体の上と下を交互に弄られる、それはいい。ポイントは勝敗条件が自分の絶頂回数という所なのだ。ローラは生娘ではあったが性に対してまったくの素人というわけではない。夜にこっそり自慰を行った時、乳首を摘んだり弾いたりすることは確かに気持ちが良かった。だが、それは体を高ぶらせるのには有効でも、決してそれ単体でイッてしまうほどのものではなかったからだ。

――つまり、上半身パートでは自分はイかされない。

――ならばこのゲームに負けはない。

――さらにいえば一回でも下半身ブロックでイかされなければ、ローラの勝ちが確定する。上半身ブロックの五勝は動かないのだから必然的にそうなるのだ。徹には動かせない両手の守りと、服が脱がせないというルールがあれば、きっとその勝ち目は少なくないという確信が、ローラの中で強く固まった。

彼女にとって後の問題点は、このルールが徹にひっくり返されないかどうかだけである。

「ローラちゃん、もういいか～い?」

徹の声がお風呂ブロックに反響する。

「……ええ、どうぞ?」

そう言ってローラはタオルを体に巻き、ちゃぷん、と湯船に入った。

「わぁい」

徹が中へと入ってくるが湯船に浸かるローラを見て、がっくりと肩を落とす。

「あうあう、ローラちゃん、湯船の中でタオルを巻くのはルール違反だよう」

「あら、でしたら支配者要求《ルーラーリクエスト》で剥ぎとってくださいな。私はそんなルール知りませんもの」

ルールがひっくり返せるならば、ここはクエストエリア内とはいえ、まだゲームの前。勝負には関係のない場で己の欲望を通すために力を使うのに問題のないシチュエーションだ。そして、ローラはチラリと徹の表情を横目で確認し、ぎょっとする。そこには泣きそうな顔で気落ちする徹が居たからだ。

「……ローラちゃん。意地悪だなぁ、もうここクエストエリア内だから俺は能力制限されているのに、わざわざ煽るなんて酷いなぁ……」

「マスターなのに、例外的な権限とか設定していないのです？」

ローラの心中で希望の光がきらめき、勝ちへの欲望が目覚める。

「変更？　できないし、しないよ。シンシアちゃんに頼めばできるようにはしてあるけど、絶対にしない。だってそれじゃ楽しめないじゃん」

徹のそんな様子に彼女は思い出す、カイルの言葉を。

『徹様、頭いいッスけどお馬鹿ッスから』

その意味を彼女はここに来て本当に理解した。この男はあまりにも自分の欲望に忠実すぎるのだ。きっとこの男の中では概念武器も、このダンジョンも、便利な道具でしかないのであろう。

彼女の頭の中でかちり、かちり、とピースが当てはまっていく。

――ならば、彼の目的は最初からローラ自身であったのだ。

――ならば、今のローラは実に強い立場にある。

確信する。

――この男は今その場その場が大事なのであって、勝敗などは二の次だと本気で思っているのだと。

だから、このルールなのだ。

だから、この勝敗条件なのだ。

この男の最終目的がゲームの勝利でない以上、必ず突破する隙はあると彼女は思い至る。

「あ～なんかもやもやするけど、まあいいや。それでローラちゃん。ルールに質問はある？」

徹がローラへと問いかけた。

「そうですわね、例えば――」

そう言ってローラは立ち上がり、徹の横へちゃぷん、と座り直す。肩を寄せ、両の手をタオル越しになだらかな膨

らみの上に被せて、

「私がこうして胸を隠してしまえば、貴方は当然触れませんわよね？」

　ローラの頭の中でどんどんと勝ちへの戦略が組み上がっていく。使えるものはなんでも使い、勝ちを盤石なものにするべく、幼くして一時的ながらも国政のトップに君臨した頭脳がフル回転をしていく。

「うん、そうだね。うーんでもそれなら浮いたタオルの隙間から指入れちゃうぞー？　うへへ」

　そう答える徹の視線は、ローラの膨らんだ胸へガッチリ固定されている。それを確認してローラは次の一手を打つ。胸にあてがった両手を上にずらし、タオルと素肌の境界線をすっぽりと手の平で覆う。

「それではこの場合は？　徹様はどうされます？」

　徹の目の前に無防備なタオルの膨らみが晒される。控えめながらも、手をタオルの境界線に当てるためにすくめた肩と腕に寄せ上げられて、そこには確かにおっぱい、といえるほどの膨らみが出ていた。そしてそのタオルの向こう側には、まだ男の味を知らない突起が確かにあるのだ。

「ね、ねぇローラちゃん、それってさ、俺を誘ってるの？触ってもいいの？」

　ゴクリと喉を鳴らし、人差し指をその膨らみに向けて近付けるが。ぱしんとローラの手に軽くはたかれる。

「見るだけなら、我慢して差し上げますの」

　そして、ローラは再び立ち上がり、徹と距離を置いて腰を下ろした。

　思わぬ据え膳状態に、彼の股間がビキビキと荒ぶる。

「……ローラちゃん、俺、そんなことされたら我慢できないよ」

　じゃぶじゃぶと彼女に近寄る徹。

　そんな彼の顔をローラは優しく両手で押さえ、あろうことか自らの胸の膨らみの直ぐ側まで持ってくる。

「うふふ、子犬みたいですわね、貴方。——胸くらいなら考えてあげてもいいけど、その代わり貴方は何を私にくれますの？」

　ローラの狙い、それは徹からさらに譲歩を引き出すことであった。

「やるなぁ、ローラちゃん。そう来るとは思わなかった。結構タフだねぇ？」

　徹は実に楽しそうに彼女を見やる。

「適当な所でルールの変更か追加？　いいよ、聞いてあげる」

ローラは徹が誘いに乗ってきたことで自分の考えが間違っていないことを確信する。そう、彼の目的が自分を慰み者にするならば、どうにかなる部分がきっとまだあるのだ。

「あら、余裕ですのね、ではせっかくですので――」

ローラが提示した条件、それは五対五の場合は彼女の勝ちとすること。

徹がふむ、と頷く。

「――どうですの?」

「――そのお願いを聞いたら、タオル越しにローラちゃんの胸を責めてもいいの? それとも直でいいの?」

よし食いついたと思うと共にローラは少し焦る。正直なるべく体を許したくないのが本音であるが、自身の要求が通らないのも困るのだ。

「……じ、――いえ、タオル越しですわね」

その瞬間、彼の表情がしゅんと萎んだ。

彼女は選択を間違ってしまったことを痛感する。

徹の言葉が彼女の思考の隙に鋭く割り込んだ。

「そっかー、直に触らせてくれたら、各クエストの時間を一時間に延ばすことでおっけーだったんだけどなぁ……」

ローラは心の中で舌打ちする。

(――時間を上積みされましたわ)


いつの間にか交渉の攻守が逆転する。今度は彼女側が喉から手が出るほど欲しい条件に、徹の欲望が牙を剥いた。自らの体を長時間弄ばれるのは確かに苦痛だ。――だがしかし、上半身ブロックで負けなければ勝ちという条件はあまりにも大きい――。

そして、ローラは覚悟をした。

「……さ、触るのはっ、……胸だけですのよ、……絶対ですのよ?」

顔を紅潮させながらも、ゆっくりと手を下ろしていくローラ。タオル一枚という薄い防壁だけを残して、今彼女の幼い胸が猛獣の前へと投げ出されてしまう。

「はぁぁぁ、おいしそうだぁ」

彼女の胸に徹の顔が近付き舌が伸び、タオル越しにぷにぷにぬろんとローラの胸を圧迫する。

「――ひん」

彼女は肩をすくめるがもう覚悟を決めたのだ。だからその場からは逃げない、我慢をする。

それをいいことに徹の舌が、タオル越しに胸を舐りこねこねと暴れた。

「――あうっ、――あぅぅっ、なんで、なんで乳首の位置がわかりますの……っ」

ぬらん、と徹の舌が胸から離れて。

「なんでって、そりゃぁ――」

徹の無骨な指先がタオル越しにも僅かに尖っている部分を優しく撫でる。

「――はぁぁぅぅっ」

上から下へ指の腹で撫でり、撫でり。

下から上へ、指の腹で撫でり、撫でり。

徹の指がタオル越しに突起を通過する度に、その体積を大きくした乳首が、その存在をぷっくりと存分に主張していた。

「お、おお？　ローラちゃんみて、みて、ほら、すごいよぉ？」

穏やかなラインを撫でていた指の腹が、上下に動く度に引っ掛かる。

撫でる指の腹が頂点を越える度、タオル越しに硬くなった乳首がぷるん、ぷるん、と弾かれ揺れる。徹の撫でる力は変わらないのに、ローラの胸はどんどん快感を増幅し、指を引っ掛けてお願い、と乳首が勝手に硬く尖って主張して、快感をローラに伝えてしまうのだ。

「……ふぁぁぁぁ、あんっ。……んぁぁぁ、ああん♥」

「ローラちゃんはエッチだねぇ、撫でただけでこんなに声をあげちゃうなんて」

ローラは思う、本当にどうかしてると。だって眼の前にある自分の乳首が、こんなに硬くなることなんて初めてなのだから。撫でるだけなんてとんでもない。自分の意に添わぬ触り方では、ここまで感覚が違うだなんて、知らなかったのだ。

「――ひゃ、ぁぁ……♥　ぁぁぁぁ……ぁぁぁぁぁぁ、だ……めぇ……、……ふぁぁぁ♥」

徹の指の上下運動の動きが加速する。じんじんと、快感の電気信号がローラの頭を掻き混ぜて蕩けさせる。やんちゃな乳首が自発的にタオルを押し上げて、快楽の刺激となる彼の指へ近付こうと必死に盛り上がるのだ。

「あぅ、――あ、――あ、――あ♥　ん♥　んっ♥」

彼女の乳首が徹の指で上下から左右へ。撫でられるというよりかは弾かれるまでに硬く尖ってしまった突起が、タオル越しに玩具のように弄ばれていく。ぷっくりと膨らんだローラの乳首が指の腹で躍らされてくりくりと潰される度に、新たな刺激を求めて硬く、しこる。

「……ほら、みてローラちゃん」

徹は快感に震えるローラを促し、愛撫中の右乳首をほら、と見せた。

「――ん、――ふぁ♥」

人差し指で下からくいくい押し上げられるローラの突起。

「ほら、これ、どう？」

ツン、とタオル越しにしこり、硬くなった乳首の先っちょがぷるぷる震えている。徹の無骨な指に嬲られる度に、きもちい、きもちい、とローラの乳首が喜んでいる。くにん、くにん、と乳首の先端が弾かれる度に、ローラのお腹の内側でざわざわと快感の渦が沸き起こり始めてしまう。

「ほーら、きゅっきゅしてあげる」

そう言って徹はローラの右乳首を人差し指と親指できゅ、っと潰した。

「ひゃあん‼」

今までの包み込むような快感に代わって、鋭い快感が彼女を襲った。

びくん、と大きく体が跳ねて暴れる。

「はーい、もういっかい、きゅ♪」

「ひん‼」

「きもちい？　ねぇ、きもちい？」

徹の問いかけは彼女にはあまり届いていない。とても気持ちが良かった。乳首を摘まれるのがこんなに気持ち良いことだなんて、ローラは知らなかった。

「い、痛いだけですわ」

そう彼女は強がったが、それは間違いであることを直ぐに思い知らされる。

「そっかー、それじゃあ優しく揉んであげるねぇ？」

今まで乳首のみに行われていた愛撫が右胸全体へと広がる。凝り固まった快感は全体を揉み込まれることで分散し、再び彼女が知らない快楽を脳裏に刻み付けられた。

「あぁん――、やぁん――」

乳首を撫でられ、弾かれる。

乳首を弾かれ、胸を揉まれる。

「ああん――、ふぁああああん――」

その繰り返しがローラを良くも悪くも、快楽へと慣れさせる結果となる。

「はーい、きゅっきゅ、するよー？」

明らかに先ほどより強く摘まれた徹の指。タオル越しとはいえど右乳首は無残にもその硬さと感度を保ったままひしゃげるという芸当を覚えてしまい、強い摩擦に蕩ける快楽がローラの体を駆け巡る。

「はぁ……♥」

それは間違いなく、快楽の声であった。徹は続けて摘むだけでなく乳首をきゅいきゅいと捻り、タオル越しに凝り固まった突起を育てるように側面を扱き始めた。

「はぁうっ、――あ、――あ、あ、あ‼　あん‼」

「ローラちゃん、言って、気持ちいって、言って‼」

初めての快楽にローラの思考は一時的に混乱する。まるで幼子のように徹の言葉に思わず従ってしまう。

「きも――ちい……あんっ、きもち、いぃ……、――あんっ――ふあっ、はぁ、……ふぁん。ちくび、きもちいぃ……♥」

「よーし、いい子だ」

そう言って徹はローラの左乳首も同様にして摘んだ。

「ほら、乳首が気持ちいいって言う度に、摘んでやるぞ？」

「あああ、あああ、ち、くび、あぁん、ちく、びぃ、――あんあんっ、――やんやんっ、きもちい、きもちいですの――♥」

ローラの体が彼の両指に反応して仰け反り跳ねる。

「ローラちゃん‼　何が気持ちいの？　具体的に言って？ほら、――ほらほらほらぁ‼」

徹は前方から彼女の脇に手を差し入れ、固定し、親指で乳首をぐっと押し込みぐにぐにと捏ね回す。まるでゲームコントローラーのジョイスティック感。玩具チックにローラの乳首が開発されていく。

「――ふぁぁ、あ、ぐにぐにが、だめぇ……♥　ちくびがこりこりして、あ、ああ……あぁん……ふあ、あたまがおかしくなりますの……♥」

そして徹は蕩けるローラを抱き上げて対面座位の形で座らせた。

「……いいこだね？」

徹が指を動かす度に、ローラの両乳首がこりこりと応える。

「……ご褒美に、乳首勃ちっぱなしにしてあげる」

胸のタオルが外される。

白い透き通るような素肌、二つの膨らみ。

その先端に、不釣り合いのこりっこりした果実が実っている。

徹の顔が乳首に徐々に近付いていく。

彼女の表情が期待と不安で複雑に変化する。両手はやめてと徹の顔を押さえるが、しかしその裏では予想される快楽への、未だかつてない期待が瞳の奥に昏く宿ってしまっている。

それを見透かしたように徹の人差し指がくにくにとローラの乳首をほぐす度に、ローラの両手の力が抜けてしまう。

そしてついに徹の舌がちろちろと伸ばされて、こりこりの乳首に届いてしまった。彼女は頭を振っていやいやをするが、徹は止まらない。

ぬろん、——ちゅぱっ、ちゅぽっ

一舐めと、軽い吸引を二回。ローラの女の部分はたったそれだけでどこまで自分の乳首が気持ち良くなるのかを悟ってしまった。それは体を汚されるプライドよりも遥かに大きな快楽への誘惑。未知の快楽という産声が、これまで保ってきたプライドを紙くずのように破いていく。

その様子を楽しそうに見ていた徹が対面座位から、ローラの体を少し斜めに傾けて、固定する。幼くも淫らなローラのおっぱいが、彼の目の前に投げ出された。

徹の口の中に含まれた唾液が、つーっと垂らされ、ローラの左乳首にまぶされる。勃起した乳首にとろりと、粘着質の液体が絡まり、潤滑油のように指でまぶされる。

「あぁ……ん……っ」

無骨な指で引っ掻いてもらうのも気持ちが良かったが、にゅるにゅるした乳首を擦られるのも同じくらいの快楽をローラに与えた。

そして本命が彼女の右乳首に迫る。柔らかで攻撃的な唇にうねる舌、滴る唾液。何よりも、見知らぬ男に尖らされた乳首を好きに弄ばれてしまうという背徳感が、ゾクゾクとローラの背中を駆け上がる。

——じゅぱ、じゅるるる、じゅぱっ

ブロック全体に淫靡な音が響き渡る。

「——あああっ、——あああっ、ふぁあああああんっ♥」

——ちゅぱ、ちゅる、ちゅるるる、ちゅぱん、ちゅぱっ、ちゅぱぱ、ちゅぱ、ちゅぅううっ

「——んっ‼ ——あっ‼ ——んん‼ ……はぁ、……はぁ、あ、あ、ぁぁぁ、——はぅぅぅっ♥‼」

ちゅうううう、という細かい吸引の後の息の長いバキュームム。

徹は有らん限りの肺活量を使ってローラの右胸をちゅーちゅーと、吸い上げ、そして首を動かして、乳首とおっぱいから快楽の味を吸い出し続けた。

きゅぽん

小気味いい音と共に、ローラの乳首が解放される。濡れて先細り、しこり硬くなった乳首とひくつくローラの胸。舌と指を受け入れ、喜ぶ淫らな胸。吸い出された成分を補充するように、今度は徹の口がローラの右胸に被さり、唇でおっぱいをほぐしながら、乳首に舌でぴちぴちと唾液をまぶしていく。

「はぁうう、はぁああん、あぁ、それ、きもちいです……れろれろされるのも、ちゅうちゅうされるのも、とてもきもちいですの……♥」

彼女の陶酔した言葉に彼は、再びちゅむ、と右乳首に強く吸い付く。

「んはぁぁぁぁ……っ!!」

そしてまた優しく右胸を、舌と指で優しくほぐしていく。

——そのやり取りが三度続いた所で、ローラの視線が、何かをねだるようなものへと変化してしまう。されているから、されてもいいへ。されてもいいから、してほしいなへ。

その視線の先には、先ほどから指で捏ね回すだけで、舌の愛撫がお預け状態の左胸の存在があった。

「……あの、……その、——そちらは、吸ってくれませんの?」

「んー？　どうしようかなー？」

そんなローラのおねだりに、徹は意地悪そうな顔で返す。ちゅむ、と彼が吸い付くのはまたもや右乳首である。期待していた快楽と、お預けをされた悲しみで彼女の表情が歪む。

「ねぇ、ローラちゃん、かわいくおねだりしてよ。そうだ、ね、せっかくお風呂に居るんだからさ——お漏らし見せてよ。座った状態で最初から最後まで見たいな？」

その徹の要求にローラの蕩けた思考が一瞬正常に戻る。

「——そ、そんなこと!!」

反射的に体を彼女は庇うが、

「ん？　ほら？　吸ってほしいんでしょ？　指だけじゃ我慢できないんでしょ？」

こりんこりん、くりんくりん

徹の指がローラの乳首を摘み捻る。

「あっ……、やっ♥　あっ♥」

「ほーら、手伝ってやる」

徹は彼女の体をひょいと持ち上げ、湯船の縁に座り、おしっこポーズでローラを体を固定する。そして左脇からにゅっ、と首を差し入れた。

「ほら、頑張れ、ローラちゃん。気持ちいい舌はここだぞー」

と、左胸が舌でつんつん、押し回される。

「いやぁ……、こんな格好、誰の前でもしたことない——」

「ほらほら、頑張ってー、と、お、おおお？」

思いの外ローラが暴れて徹は姿勢を崩してしまう。二人は後ろへと倒れ込み、そして彼女は徹の上で半回転。彼に覆いかぶさるようにうつ伏せになり手をついた。彼女が手をついてしまったのは、奇しくも徹の頭の脇。彼が少し頭をあげて舌を伸ばせば、ぴくぴくするローラの乳首に届く位置である。

——結果、両手をついて動けないというある意味不自由な格好に加え、自らの目の前に無防備に投げ出されたローラの果実に、徹はローラのおねだりを待つまでもなく思わず、しゃぶりついてしまう。

「——ああん♥」

慮外のタイミングで、ローラの快感のピースが嵌まる。待ち望んだ左乳首への吸い付きがきゅぽん、と大きな音を響かせた時。

ローラの尿道がきゅん、とひくついて今まで溜めていた水分を思う存分放出する。

——しょろ、ちょろろろ、しょわわわわわわわ

四つん這いの彼女の股間から、温かい小水が弧を描いて落ちる。

「ローラちゃん、おしっこしている顔見せてー?」

徹がローラのをかわいらしい顋をくいっと持ち上げ。

そして、もう一つの指では乳首をぴんぴんと、弾いて弄んでいた。はしたなくお漏らしする顔と様子を見られているのに、その間に乳首を弄ばれる屈辱。それが、なんて気持ちが良いのだろうとローラの体が震える度に、

——ちょろろろ

——ちょろろろろ、ぴゅっぴゅ

股間からの放水が途切れては出て、途切れては出て、を繰り返す。

「やだぁ、いやいやいやぁ!! みないで、みないでぇぇぇえぇ!! ——ふぁん。……もういじらないでぇぇえぇ……♥」

ローラは必死に漏れるおしっこを止めようとするが、

——ちょろろ、ぴゅっ、ぴゅうと、止まらない。体に供給される乳首からの快感で、お股が力んでしまうのだ。

「うはは。おら、おらああああああ!!」

ここぞとばかりに徹が両指で以って乳首をめちゃくちゃに弄りまくり、彼女は更に下半身を抑えることができない。

——しゃあああああああああああああああ

犬のように四つん這いで体を震わせるローラの股間から、一際大きな弧を描き小水が舞う。

「あああぁ……。こんなのいやあああぁぁ……♥」

だらしなく涎を垂らし、乳首と胸を弄られ、羞恥と快感を貪る恥ずかしいローラの表情。そんな一部始終を徹はしっかりと記録する。

「ローラちゃんのおしっこ顔、しっかり撮っておいたよ？　後で見ようね？」

と告げられて、ローラの意識は再び快楽の虜になる。

お風呂の情事は続く。

この後、ローラは徹に鏡を前にしてのおしっこぽーずでの放尿と、対面座位でのお互い顔を合わせながらの放尿を徹に要求され、いやいや、と嫌がりながらも、こりこりと、乳首を弄ばれながら結局はそのすべてを徹に撮影されてしまう。

——恥ずかくて、悔しい。だけど気持ちがいい。

この時ローラの中に生まれた新たな感情は、どこまでも彼女を快楽の連鎖へと堕としていく呼び水になる。このことが大きく今後のゲームに影響してくることは、今の彼女には知る由もない。

【ローラ姫・帰還クエスト】：クエストスタート
【最終クリア条件】
・十戦の後ブロック勝利数が過半数を超えれば成功
・【追加ルール】戦績が五対五の場合、挑戦者の勝利
【ブロックごとの勝敗条件】
・制限時間内の絶頂回数が十回を超えなければ挑戦者の勝利
【制限】
・入場制限（女性のみ）
・入場制限（一人）
・退場制限（十ブロック全ての試練を受けきるか、ギブアップのみ）
・【追加ルール】時間制限（一時間）
・行動制限（ブロックごとに制限される行動あり）

お風呂場ブロックの情事から時が経って一日後。徹とローラはまだ第一ブロックの前に居た。何故時間が空いたか、それは徹がローラに風呂場ブロックで無茶をさせすぎてしまい、ローラがのぼせてしまったからである。散々乳首責めと放尿プレイをさせられた彼女はあえなくダウンし、休憩を余儀なくされたからだ。目覚めにローラからぽこぽこと抗議の打撃を受けたのは正当な彼女の権利によるものであろう。そして、クエストエリア内で睡眠を取り、食事をし、身支度を済ませたのがちょうど今である。

「さあそれじゃあ、始めようか。ローラちゃん？」

徹がニコニコとローラへ話しかける。しかし当の彼女の反応は冷ややかなものだった。一時中断中、彼女はお風呂ブロックの精神的ダメージがぶり返してきて自己嫌悪に陥っていたのだ。特におしっこポーズでしーしーしようね、と言われ自ら放尿してしまったことや、まさに放尿中の顔をまじまじと見られてしまったことが彼女の気を酷く重くしていた。

そんなわけでローラは徹を一瞥《いちべつ》すると、ぷいっとそっぽを向いてスタスタと第一ブロックへと進んでしまった。ぷんすこ状態である。

「まだ心はほぐれないかー。お胸と乳首はもうふにゃふにゃなのになー」

徹は昨日のローラの痴態を思い出す。勇気をふり絞って受け入れた彼の愛撫を、悔しそうに受け入れるローラの表情を。昨日の汚し方では物足りない。もっと、もっと恥ずかしくてエッチなことをあの高貴なお嬢様に教えてあげなくてはと、徹は気持ちを新たに股間を硬くして、彼女の後を追うのであった。

■■■

【第一ブロック：衣装選択を行ってください】

ローラの目の前には十種類の衣装が並んでいた。どこで調達してきたのか、彼女の普段着や、お気に入りの服が五着、そして見たことのない布地や形状の服が五着である。ちなみにその五着とは、スク水（競泳）、体操着、バニースーツ、テニスウェア、チャイナドレス、と徹の好みに添ったものが揃えられていた。

そして見覚えのある五着は、普段プライベートな時間に着ている、純白ノースリーブでロングスカートのワンピース。同じ目的で着ているワンピースのミニスカートバージョン。ラフな格好で寝たい時に着ている、キャミソールとショートパンツ。

外出用の正装のドレス、そして何故か、昨日と同じバスタオルが置かれていた。

下着は白で揃えられていて、すべて紐パンであった。

ローラは溜息をつき、そしてブロック全体を確認する。ブロック自体はかなり広い、そしてそこにはいくつかの施設が用意されていた。

まず、お馴染みのお風呂。

（バスタオルはこのためね……）

ローラは再び溜息をついた。そしてベッド。高さはないがかなり広い。ミニスカートであのベッドに座れば膝が上がりすぎて、きっと下着が見えてしまうだろう。そしてベッドの形も変である。ヘッドボードも天蓋もない。マットレスがなければローテーブルと見間違う所である。そして何故か前後の中心に棒のようなものが一本ずつ立っているのだ。

（あの男のことだからどーせ碌でもないもの何でしょうけど……）

その他はソファやら椅子のようなものやらが置いてあるが、正直外見だけではローラにはその正確な用途はまったくわからなかった。

彼女は考える。当然上半身ブロックなのだから徹は腰から上を狙ってくる。なので布地はできるだけ多い方がいいが、考えるべきはそこではない。下半身が責められないブロックだからこそ、スカートをなるべく早く消化するべきだ、と彼女は思った。

なぜなら、彼には、

【徹はローラの腕を動かすことができない】

【徹はローラの服を脱がすことはできない】

という枷が付け加えられているのだから。

そして、ローラは一つ目の衣装を選んだ。それは、純白のワンピースミニスカートバージョンである。上の下着がないので、少し屈んだり、大きく腕を動かしてしまうと服が浮いて乳首が覗いてしまうが、手で押さえておけば問題ないと考えたのだ。

服に袖を通し、徹の所へ向かう。彼はちょんちょん、先ほどの二本の棒が突き出ている奇妙なベッドを指で差し、

「さあ、座って、座って♪」

と彼女を促した。

【挑戦者はガードを行ってください】

遠視投影がローラの前に表示され、彼女は両手を自らの両胸へと動かす。お風呂場のようにはいかないと、キッと徹を睨んだ。

【ガード位置確認：第一ブロック（上半身）スタート】

遠視投影のメッセージが表示され、徹がローラへと近寄った。

そして、徹の顔が近付いていく場所に気づいた時、

「あ」

ローラは声をあげる。重大な事実に気づき、心の中で痛恨の叫びをあげる。

自分はなんて愚かなのか。まだ汚されていない場所をむ

ざむざ無防備にしてしまうなんて。

「えへへ、ローラちゃん、隙ありだよー？」

上半身の中で、乙女にとって大事に思える場所は胸だけではない。

ちゅ、と、徹とローラの唇が柔らかく重なった。

「――んっ」

ちゅぱ、ちゅむ、ぴちゅん
――それは、唇と唇が触れあうだけの軽いキス。徹は柔らかなローラの唇を堪能し、満足そうに笑い。

再びはむはむと、唇にしゃぶりついた。

――その長い舌をぬろんと唇に這わせて、

「――や、やあ、あっ」

そこで、どん、と突き飛ばされた。

――ふと、徹が顔を上げれば、そこには嫌悪感から本能的に両手を突き出したローラが居て、

【ペナルティ、挑戦者は五分間、ガードをその場から動かすことができません】

同時に遠視投影が表示され、概念により強制的にペナルティが効果を発揮する。ローラの両手は突き出したその場から動かすことができなくなる。

「あ、あああ……、あああ――っ」


「ありゃりゃ、頭のいいローラちゃんらしくもない。でもこれ勝負だから。うん仕方ないね。こりこりのローラちゃんのぽっちを楽しませてもらうよーん？」

徹はするりと両手をノースリーブの脇から滑りこませると、やわやわと彼女の胸を揉みしだき始める。

「およ、ローラちゃん。もう乳首硬くしてるの？　弄ってほしかったのん？」

「そ、そんなこと――、あっ、……あっ……あっ、やだ、やだぁ♥」

かりかりと、中指でローラの半立ちの乳首を徹は弾く。すると彼女の乳首はまるでお風呂の時のようにこりっこりに膨らみ、徹の指を受け入れるのであった。

「――やっ、……あはぁぁぁ♥」

かりこりゅと、引っ掻く音が聞こえそうなほど、しこった乳首が再びローラを刺激する。

「ふぁっ、あぁぁっ、あぁぁぁんっ、もうかりかりしないでぇ……、乳首とれちゃ……ん♥」

「かりかりだめなの？　こりこりならいいの？」

そう言って徹はその存在を主張してやまない彼女の両乳首を摘みとり、こりこりと弄んだ。

「ひゃ――、あんっ――、やんやんやぁん♥」

いやいやと頭を振るローラの様子を、徹は実に楽しそうに眺めながら、ローラの耳元でそっと呟く。

「……すごいねローラちゃん。ローラちゃんのおっぱいの先についてる乳首は、すごい変態さんだよ？　ちょっと触ったぐらいで、ほら、服の上からだって、こんないやらしく勃起してるよ？」

そう徹に言われて下を見れば、白い布地を押し上げた突起を軽々と親指と人差し指で摘む彼の指があり、見せつけるように乳首を弄んでいた。羞恥が込み上げ、キッとローラは徹を睨むが。

「んふふ、そんな怖い顔したってだめだよ、せっかくだからほぐしてあげる」

そう言って徹の顔が再びローラへと近付く。ガードは動かせない。彼女の視線の先にある遠視投影にはまだ、

【30：02】

と表示されていた。ローラはガードを諦めて体を捩るようにして逃げようとするが、バランスをうまく保てずただ、ドサ、とベッドへと倒れ込むだけである。その上に徹がのしかかり、胸を弄る。びくびくと、胸から迸る快感に耐えながら、ローラは決して口元を開くまいと、きゅ、と唇を引き締めた。

——しかし、

【ローラはガード以外の抵抗ができない】

唐突にローラの脳裏にルールの概念が発動する。引き締めた口元からすうっと力が消え、抵抗する気力さえも消え失せる。

「やぁ……、あんっ」

許されたのはか細い拒否の声と、胸への快感の反応だけ。

「ローラちゃん、かーわいい、さーて、お口の気持ち良さを教えてあげるよー？」

そう言って、徹はローラの唇に再び吸い付いた。

——ちゅむ、ちゅぱ、ちゅぽ
彼は存分に柔らかな唇を堪能する。あどけない口が舌の舐りでどんどん侵されていく。こぽこぽこぽ、ちゅこちゅこちゅこと蹂躙されていく。

「はぁ……やーらけー……、ねぇ、ローラちゃん、お口、開いて？」

——いや、と心の中で彼女は思うが、直ぐに概念にその気持ちが打ち消される。

徹が、ちょいちょい、と舌でローラの上唇を下から叩くと、素直に口を少し開いてしまう。

「かわいいなぁ、ローラちゃんは!!」

開いた口に唇を押し付けローラのぷるぷる上唇を徹は味わう。まずは舌で丹念に舐め回す、そして湿ってぷるんとした所で上唇を唇で挟み、引っ張ったり、吸い付いたりと弄ぶ。

「はぁはぁ、ふぁ――、ちゅむ……♥ ぷは――、やだぁ……、ふぁん……はぁぁぅ♥」

上唇を弄んだら次は下唇、上唇より少し肉厚な下唇を同じように愛撫する。二人の口が合わさり、離れる度に。唾液が糸を引き、そしてまた混ざり合っていく。

「ちゅぱ……。んはっ、ん～～っ、はぁ、やぁ、ふぁん、ちゅ、ちゅぱん、ん♥ ……ん♥」

徹に唇を吸われる度、ローラの頭はぼーっと熱に侵されていった。

最初の嫌悪感がまるで嘘のよう。柔らかい肉で口周りをぺろぺろされる度に甘い何かが頭の中で渦巻いているのだ。

唇をいいように犯され、弄ばれるのは確かに屈辱である。しかし、リズミカルに弄られ、供給される乳首の快感と、徹の優しく慰めるような舌触りが彼女の知らない何かをどんどん呼び覚ましていく。

「ローラちゃん……また舌出して……?」

そんな徹の囁きに対して、最早ローラは躊躇わず舌を突き出す。そして徹の舌先が、彼女の舌先をちょんちょんとノックして、――てろんと優しく舐った時、彼女の中でスイッチがカチンと切り替わる。

人間の体は、神経が集中する粘膜と粘膜が擦れると、気持ち良くなるようにできている。乳首や股間のように鋭い快感ではなく、ゆったりとした快感。

……ちゅぱん……ちゅぽん

徹の舌先とローラの舌先がぴちゃぴちゃと唾液にまみれていやらしく絡み合う。ローラは胸を揉まれ、乳首を弾かれる快感に体を委ねながら、新しい快感を貪欲に貪っていく。おずおずと舌を伸ばせば、徹はてろんてろん、と柔肉を弄び、逆に徹が舌を伸ばせば、ローラがそのかわいいお口でちゅっちゅと唾液を吸い取る。

「……はぁ、ねぇ、ローラちゃん、もっと舐めて、いっぱい舐めたらもっといいことしてあげる……」

ローラの顔が少し近付き、徹の口から伸ばされた舌をちろちろ、と舐め続ける。

「ぁ……、ん……、ふぁい……あ……んむ♥」

「いい子だ」

そう言って徹は、ローラの口奥深く舌を差し込みぬろぬろと、その口腔《こうこう》内を丹念に犯した。

「んむっ…………んぁっ‼　――ひゃ――む……ん……あぁん……♥」

口内を掻き回す度に乳首をきつく捻り回す。刺激の強い快感が伝達される度に、ローラは体をビクン、と反らせるが、決してキスを拒まなかった。まるで何も知らない幼子が父親に甘えているような雰囲気である。幼少期より孤独であった彼女はこの手の甘やかしを与えてはもらえていなかった。もっとも舌を絡めながら乳首をこりこりされるというこの行為は、碌でもない変態行為である。だが、たとえ碌でもない行為でも。一方的に無償で心地良さを与え続けてくれる存在に、まったくといっていいほど免疫がなかったのだ。だから従ってしまう。クエストによるものとはわかっていても。抱きしめてくれて気持ちがいいことをしてくれる存在に。パパ好きの娘が頭を撫でてとせがむように、舌を舐めてとすりよってしまう。

「……ねえ、ローラちゃん、姿勢変えよ？」

そんな様子を見て、徹はローラに囁く。耳元で囁きぺろん、と耳たぶを舌で舐めとる。

「はぁ………♥」

ローラの背筋にまた新しい快感がぞくぞくと駆け上がり、頭の中を侵していく。

彼女は無言で徹の指示に従い股の間へ背を向けてちょこん、と座った。そして彼にもたれ掛かる。視線の先の遠視投影には、

【22：13】

と表示されていた。

だが、ローラはそこで徹が思いもしない行動に出た。両手を肩に持っていき、すっと下げる。ブラウスの肩紐がするりと落ちて、ささやかなおっぱいが見えかかる。ペナルティでもない、概念でもない。今彼女は初めて快楽を自ら求めていた。その蕩けた瞳が、揉んでいいとよ、吸っていいよと雄弁に語っている。

早熟といえどローラはまだ少女である。性器や胸などからくる直接的な快感には抵抗があった。だがしかし、この無理強いされた口付けが、偶然にも彼女を快楽へと誘う第一歩へと化けてしまった。粘膜の交歓という比較的優しめの性交が、奇しくも彼女の心を溶かす形になったのだ。それは彼女が自らの両親を傀儡に変えて、親愛を受けられなくなったことと関係があるのかもしれない。優しく包み込むような徹の唇への愛撫は、ローラの心の中にあるポッカリと空いた親愛という穴にクリティカルヒットしてしまったのだ。もちろん徹にそんな気は欠片もないのだが――。

徹はニンマリしながら、ローラの両脇から手を差し入れて胸を鷲掴み、そして硬く尖った乳首を人差し指から小指までを使い、上下に弾く。連続的に乳首が上下に弾かれ、強い快感が体を震わせる。

「はぅぅぅ……っ、――あぅぅ♥」

そして限界まで硬くなった両乳首を親指と人差し指できゅう、と摘んで、こりこりと潰し、引っ張る。快感がローラの体へとどんどん蓄積する。そして彼女は我慢ができなくなったような顔を徹へと向けるが、彼は首を横に振った。

「ローラちゃん、キスしてほしかったら、ほら、おねだりだよ？」

――そう言って、徹はローラにあるものを促した。

それはこのベッドに取り付けられている奇妙な棒である。ローラは言われるままにその棒を股間に挟み込むような形で寝かされ、そして上半身は先ほどと同じように徹に後ろから抱えられている状態になる。そしてその棒から無数の突起がすぽぽんと飛び出した。

「――ふぁあっ――――――ひゃぁああん!!」

徹の手がローラの胸を弄る。すると、――ビクンとローラの腰が反応し、そそり立つ棒に沿って股間が擦り付けられ、さらに、びく、びく、とローラの体が反応する。

「あっ……、だめ……、これ……、だめ……、……こんな状態で乳首を弄られたら、――私、――私♥」

ふるふる、といやいやをするローラに徹はニンマリ、と残酷に笑う。

「――イッたら。ちゅーしてあげる、あ、でも最初はサービスね？」

ローラの胸がいやらしく弄ばれ、そして唇が吸われる。

「んあっ――んむぅう――ぷは、――うあぁん、――ふぁああん♥　……だめ、……おねがい、許して……♥　気持ちいの、お胸も、お口も気持ち良くて腰が動いちゃいますの――、あ、――あ、――ひゃあん♥」

それは年頃の少女にあるまじき卑猥な光景であった。もし仮に娘の父親が見たら卒倒しそうな、性行為での玩具扱い。それは胸の敏感な乳首スイッチで腰をカクカクさせる冒涜的なゲーム。上半身を徹に固定されたローラは愛撫の度に体を反らせて震わせている。乳首を摘まれたり、弾かれたり、胸を揉まれたりする度に股間にあてがわれた突起棒に股間をずりずりと擦り付ける形になるのだ。傍から見ればそれは、ちゅーをされておっぱいをもみもみされながら、一心不乱に腰を棒に擦り付けてオナニーしている変態である。

ミニスカートは当然の如く捲れ返り、白いショーツからはじゅくじゅくと愛液が染み出してきている。

――くちゅり、――くちゃり、――くちゅり、――くちゃり

「ふあぁぁぁやだぁ、やだやだぁ…、イッちゃう、イッちゃううう――♥」

――くちゃん、くちゃん、くちゃ、くちゃ、くちゃ。くちゃくちゃくちゃ――

ローラの腰がリズミカルに揺れる。愛液が突起棒と擦れ、音が響き始める。徹の指が激しく動く。彼女の口から手を離し、指と舌で以って徹底的に胸を揉み込み、乳首を吸い上げ、引っ張って転がして、そしてこりこりと扱きあげる。

「んぁあああ、ひゃぁあああん――だめぇ、だめだめっ、……許して、許してぇ――っ」

――くちゃくちゅぐちゃくちょじゅくじゅくじゅく!!

「ひゃあんっ、あああんっ♥ イク♥ イキますの♥ イキますのっ!! ……うぅ……はぁあああん!!」

一際大きいローラの嬌声があがり、カクカクカクっと小刻みに腰が震え、ぷしゃぁと股間から愛液が大量に噴き出した。

「はぅぅぅぅ……、――はぁ、はぁ……ん♥ あ♥」

かくん、かくん、とローラの腰が余韻に震える。

「はぁ……、はぁ……、はぁ……♥ んむ♥」

そんなローラの体を起こし、徹はご褒美とばかりに彼女の唇を吸う。そして舌を差し入れ優しく口内を捏ね回した。

「ふぁ……、んんっ、ぷは、ちゅぱ、ちゅぱ、ちゅむ、んむ、ん……、ん～～……っ」

ローラの体中に広がる快感が徹の舌によりほぐされていく。彼女は心地良い快感に身を委ねながら、徹の舌にちろちろされる快感に浸っていた。

しかし――

「うーん、後、二十分かー……」

という徹の言葉がローラを現実に引き戻す。肝心の勝負を思い出したのだ。上半身ブロックでの思わぬ絶頂。今の体勢はローラにとって非常にまずい状況だった。もし、この状態でまた胸を責められ、強引にこの棒に股間を擦り付けるハメになったら、無理をしてまでお風呂場で勝ち取ったアドバンテージが無に帰すのだ。

ローラは恐る恐る徹を見上げる。彼女の運命は、彼の気分次第でもある。

しかし、徹はローラの思惑外の答えを吐き出した。

「ねぇねぇ、ローラちゃん。もう一回イッたらさ、今度は

十分間ちゅーしてあげる。どう？」

それはローラに取って残酷な二択であった。

徹はローラにこう言っているのだ。

このまま絶頂させ続けられたくなければ、自分で腰を振ってイッてみろ。それなら後の時間はチューし続けてあげてこのブロックの勝ちを譲ってやる、と。

彼女の中で、ぐらんぐらんとプライドと勝利が天秤にのせられて揺れ動く。しかし彼は彼女に考える暇を与えない、楽しそうに胸を捏ね回して再び乳首を弄り始めるのだ。

胸の快感が響く中ローラは静かに目を閉じた。

考えるまでもなかったからだ。

――いくら屈辱を受けても勝負に勝つ。

その覚悟は勝負の前に決めたはずである。

「――きゃぅううう、あぁん、イクイク♥　あぁん、きもちぃ♥　きもちぃです――♥　ローラ、またイキますの――‼」

「今度はバックね？」

さり気なく徹にリクエストされ、座る彼の肩に手を置き、乳首をちゅうちゅうされながらミニスカートを振り乱し、突起棒に向けてかわいいお尻を突き出し、一心不乱に腰を振って絶頂するローラ。

「はぅぅぅ……、――あっ、やんやん♥　イってるときに、吸わないでぇ……♥　……はぁん♥」

果たして彼女が選んだのは勝利の栄光か、手近な快楽なのかは誰にもわからないことであった。

【第一ブロッククリア。おめでとうございます、挑戦者の勝利です。まもなくこの部屋は、第二ブロックの条件に切り替わります】

■■■

遠視投影のアナウンスがベッドの上でくてんと転がるローラの目の前に現れた。続いて側の床からにゅっと衣装ハンガーが現れる。

（……この空間、無駄に便利ですわ）

イかされた後のご褒美キッスで緩んでしまった体を起こし、衣装ハンガーへ向かおうとするローラだったが、そこで徹の舐めるような視線に気づいた。よくよく見れば自分は酷い格好である。ミニスカートは捲れ上がり、ショーツは愛液でずぶ濡れ、上半身は肩紐が腕まで落ち両胸はまろびでている。既にあれだけの痴態を演じたのだから今更気になるものかと、ローラは徹を無視しようとするが、彼女は肩紐を上げスカートを直し、身支度を整える。徹が胸を見ながら舌をちろちろと動かしたりして明らかに視姦している様子を見て、彼女の心の中にまただんだんと羞恥が込み上げてきたからである。――いや、実際はそうではなかった。徹の舌の動きを見て、自分の乳首や胸がどのようにいじめられるのかを、今のローラは簡単に想像できてしまうのだ。

(……やだ、また硬くなってる――)

想像により、再びしこり始めた乳首を、徹に悟られたくなかったのである。

【第二ブロック：挑戦者は衣装を選択してください】

ローラの目の前に遠視投影が表示される。

・スク水（競泳）
・体操着
・バニースーツ
・テニスウェア
・チャイナドレス
・ワンピース（ロング）
・ワンピース（ミニ）【使用済み】
・キャミソール＆ショートパンツ
・外出用の正装ドレス
・バスタオル

ローラは思案する。困ったことにスカートや下が無防備な服が多すぎるのだ。だが次は下半身ブロックである。床に座り込めば秘所は隠せるが、徹がお尻上げて？　などと言おうものならば、概念により抵抗できなくなってしまう。ガード以外の抵抗不可というルールが思いの外、広く適用されているのだ。大事なあそこを守るものが己の手と薄い布一枚では心もとない。

そうなると、選択肢はスク水（競泳）、体操着、バニースーツ、キャミソール＆ショートパンツの四つであった。

ローラにとって最初の下半身ブロックだ。なるべくガードが固い方がいい。なので彼女は一番布地が多い体操服を選んだ。そして心の中でシミュレーションを行う。今度は先ほどのようなミスは犯さない。要はイかされなければいいのだ。他のどこを弄られようと、あそこさえ、死守をすればいいのである。

――太ももを撫でられようと、

――お尻を揉まれようと、

(今度は絶対にガードを離しません……！)

ローラはそう決意し、着替えて徹が待つ場所に向かった。

「うわぁ、ローラちゃん似合ってるねぇ、俺の世界の服だけど、すごいぴったりだよ。太ももとか、ぷっくり膨らんだアソコとかすっごくエロいね‼」

ジロジロとさっそくローラを視姦する徹。

「……また、このベッドですの？」

そんな彼を無視して彼女は確認を続ける。

「うん、そだよー。うへへ、たっぷり気持ち良くしてあげるからねー？　……って、あれれ？」

徹が首を傾げる。

「──なんですの？」

訝しがるローラ。そんな彼女の胸を指差す。

「ローラちゃん、乳首、すごく勃ってる。──興奮してるの？」

そんな徹にローラは溜息を大きくついた。

「はぁ……、今更何を──」

「──舐めたい」

「……は？」

徹が、ずん、と前に出る。

「──体操服のローラちゃんの乳首かわいい、舐めたい、いじめたい」

そのあまりの勢いにローラは後ずさる。

「──な、なにを言っていますの、ルール違反ですわ‼　お下がりになって‼」

「やだ、ぺろぺろしたい。体操服から透けたローラちゃんの、コリコリ勃起乳首を見ながらローラちゃんのアソコをいじめたい」

ずん、ずん、と徹は下がるローラを尚も追いかける。

（──お馬鹿がグレードアップしていますの‼）

徹という男はつくづく本能で生きている人間だとローラは痛感する。彼の行動に彼女の予測がまったくとういほど追いつかないというのは本当にこのゲームにとって不利に働いてしまう。だがしかし、今はゲーム前。

ルールとルールと狭間の時間である。このままでは何をされるかわからない。ローラは思う。とにかくこの男を止めなくては──

「ね？　ちゅーもしてあげるから、また、いっぱい気持ち良くしてあげる」

「──じ、時間、半分ですわ‼　このブロックの時間が半分になるなら──」

「ノッた」

「──無理でしょ？　なら、って……ええ？　……ってきゃあああああああああっ」

ノータイムで返事した徹はローラをその場に押し倒しのしかかる。

その背景に、

【体育倉庫レイプ、金髪お嬢様と変態教師のイケナイブルマ授業】

なんてテロップが出そうなシチュエーション。

「――ばかばかっ!!　ばかばかおばかっ。なんなんですの？　もうなんなんですの――!?　んむぅっ」

混乱するローラの口が徹の唇で塞がれる。

「――んく、んんっ、んむ～～～～～～～～～っ」

ちょくちょく、くちょくちょ、と彼女の口内が優しく犯され、じーんとした快感がローラの体に広がり、くてっと力が抜ける。徹の柔らかく、優しい舌の蹂躙。恥ずかしくはあるが、彼女はどうしてもこれだけは嫌いになれなかった。

「ぷは――、ばかぁ。……ばかぁ。……はぁ、……はぁ、……はぁっ♥」

徹とローラの唇の間にねちゃっと唾液の橋がかかる。見つめ合う視線に促されるように、彼女は無意識に舌を伸ばした。震える舌先が徹の唇をぺろぺろと舐める。それはまるでおねだりである。父性に飢えている幼子が、自然とぬくもりを求めるようなとても本能的で、情動に溢れている懇願の儀式。

よしよし、と徹はローラの舌をちゅう、っと吸い出し舐め上げ、

――てろん、てろん

搦め捕り、

――ぴちぴちぴちと、弄ぶ。

それに合わせて、ローラも舌先をぴちぴちと動かし始める。お互いがお互いの舌を貪る度に顔の角度を変え、そして快感を得るために舌同士を絡め合う。彼女のあどけない顔つきに初めて色気が混じり出す。おすましした顔をしておいて舌の動きやそれを感じる表情にもう余裕が出てきている。今ここに恋心などなくとも、快楽という目的に対しての共同作業を行うことでまるで恋人のようなキスに見えるという奇妙な関係が成立した。

たっぷりとした、数分に及ぶお口同士の愛撫の後、徹の舌がたっぷりと唾液を湛えた状態で、ローラの胸に吸い付く。

――じゅく、ちゅぱ

「あ、……あうん♥」

ろーう

と明らかに快楽を伴った吐息が周囲に響き、薄い布地が唾液にまみれ、ピンク色の突起が透けて見えた。

「………で、できればでいいのですけど――」

口元を乱されたローラが、ぽつりと呟く。

「……その引っ張られたり摘まれたりして転がされるのは、きもちいいのですけど、まだ少しだけ痛いですの……」

「それじゃあ、どうするのが気持ちいいの？」

透けた布越しに指の腹でぷにぷに、と乳首を押し込む。

「……んっ……はっ……ん……♥ その――、し――舌とか、……く、お口で、キスみたいに……」

ぐにぐにといじめられるのが好きだと。

そう言って、ローラは体操服の裾を摘みゆっくりとたくし上げる。

徹の目の前に、快感の期待に震えるローラの乳首がまたまた差し出された。

「でも、まあ、それは私の勝手な希望なのですけ――」

――ちゅぱ、ぬろぬろぬろ、れろれろれろ
ローラの言葉を待たずして、徹はローラの乳首へと吸い付いた。かわいい女の子のおっぱい舐めてという懇願など今を逃したらないかもしれない、そんな勢い。

「あぁ……ぅぅ……、きもちいいぃ……♥」

蕩けるような吐息がローラの口から漏れる。

「エロいローラちゃんマジかわゆい。――ちょっと俺本気出すわ
すうっと、徹は大きく息を吸い込んだ。そして行われたのは、とても息の長い愛撫。徹の口内で、ローラの乳首が散々に弄ばれ続ける。ぷっくりとした先端も、そそり立った側面も、くにくにとしこる根元も、すべてが徹の口の中で暴れる舌に犯されていく。

「んはぁぁぁぁぁ……♥ やぁん、あぁん……♥ ……だめぇ、とけちゃう……、ぁん、やんやんっ……♥」

ちゅううう、と優しく吸引され、ちろちろ、と乳首の側面を煽られ勃起を促される。

舌の圧迫で押し潰され、ぷるんと反発した乳首が唇に含まれる。

その間も徹の両手は優しく彼女の胸をやわやわとほぐし続けており、徹の舌が左右交互に何度も何度も往復する。

最早彼女の胸元はベトベトである。仰向けから体を起こし、今度はローラを垂直に起こすと、また同じく胸に吸い付いて同じような愛撫をローラに行い、彼女はそれを受け入れた。愛撫はまだ止まらない。次は下から四つん這いになったローラのおっぱいに徹がちゅうちゅうと吸い付き舐

る。最後に後ろから優しくおっぱいをもみもみされながら、再び徹とローラの舌が絡み合う。

そこで一つの変化がローラに現れた。脇の下から差し込まれた徹の指に彼女の指が重なる。徹に摘まれた右乳首の頂点を彼女の人差し指の腹が軽く圧迫する。逆にぷにぷにと彼の指の腹で弄ばれていた左乳首を、きゅっと親指と人差し指が摘み上げる。

「んんっ……♥　あはぁぁ……♥　んく……、……はぁ……ああうぅ♥　……はぁん、んん～～、ちゅむ、んく♥」

ローラは知らない。既に彼女の幼い胸のしこりが完全に取り払われていることに。成長途中のおっぱいは、確実に快楽の階段を登ったのだ。もし今、指以上の快感を与えれば、きっと彼女の快楽の欲求値は、さらに上の段階に昇華する。

そんなことを見越してかどうかはわからない。

徹は、ローラを抱えベッドに戻った。

「それじゃあ、ローラちゃん。体もほぐれた所で始めようか？」

「ええ、構いませんわ。――ふふ、まったく。今みたいな行為だけでしたら、そう悪くはありませんのに……」

ローラの声色から感じ取れる、徹との間にできてしまった不思議な信頼感。

その雰囲気でほぐれてしまった体が。

先の行為によってできてしまった歪な信頼が。

この第二ブロックでさらなる痴態に踏み込まされてしまうことに、ローラは気づけない。

【挑戦者はガードをしてください。制限時間は半減の三十分となります】

遠視投影がローラへ指示を出す。ローラは徹に対しておずおずと両足を開き、両手で自らの股間に手を当てる。くちゅり、と先ほどの愛撫で溜まった愛液が音を立てるがローラは気にしない。ピッタリと当てられた手と、この異世界の厚めの布地が、徹の指の侵入をやすやすと許すとは思えないのだ。

【ガードの位置を確認しました。第二ブロック・クエストスタート】

そしてローラのその考えは、徹の第一手で粉々に粉砕されるのである。

「うーん、ね、ローラちゃんちょっと後ろ向いてー？」

徹は彼女の足と腰を掴み、ひょいっと体をひっくり返した。

「――え？　――え？」

先ほどとは上下逆の格好。ローラは徹にお尻をずいっと突き出す格好。股間をガードした両手のせいで、柔らかいマットレスに顔を埋める形になり、その分愛らしいお尻がツンと突き上がり、ふるふると徹の前で揺れて劣情を煽る。

そして彼は、きっちりと両手でガードしている秘所には目もくれず、ローラの尻肉を掻き分け、揉み込み、そしてぐいっと、ブルマとショーツを横にずらす。

「——なっ!!」

ローラは驚愕《きょうがく》の声を出す。ルールでは徹は自分の衣服を脱がせないはずではなかったのかと、じたばたと身を捩りアピールをする。

そんなローラの目の前に、遠視投影がヴン、と現れた。

【ずらすのはオッケー】

——聞いてませんわ、というローラの叫び声は出なかった。

ちろ、ちゃぷ、ちろちろ、ちゅっ、ちゅっ、ちゅっ、ちゅっ、ちろ、ちろちろちろと、舌先がとある箇所を蹂躙し始めたからだ。

「——————あ…………ああっ……あああああっ…………………♥!!」

ローラの瞳から涙が溢れる。あまりの羞恥に、あまりの屈辱に。あんなに気持ち良かったあの優しい舌が、よりにもよってあんな不浄な所をほじっている——。

——ちろ、ちろちろちろ

「んあああ……、んあああああっ、いやぁ……♥ やめてぇ……♥ ひゃぁぁぅ♥」

思わず両手のガードを動かしそうになるが。ローラはギリギリで思いとどまる。ここでガードを動かしては徹の思う壺だと。今手を離したら、さっき念入りにほぐされた体など、股間をぐちゃぐちゃに掻き回されてあっという間に絶頂を迎えてしまう。

——我慢を、ここはなんとしても我慢をしなくてはいけないのだ。

「ぷは、ローラちゃんのアナル、おいしい、ひくひくして、かわいいよ?」

だが、なんとこの状況の屈辱的なことか。

今ローラは、だらしなく口元を緩ませ、お尻を男の目の前に献上し、そして尻穴の味を吟味されているのである。

「お願い……、おやめになって……。こんなの……、あんまりです——」

——ぴちゃぴちゃ、——ぬろぬろ、——ぴちゃぴちゃ、——ぬろぬろ

「だーめ、ローラちゃんがお尻できもちいって言うまで、止めてあげない」

「き、気持ち良くなんかなりませんわ――、ひっ、あっ――、お願いですのぅ、あぁっ♥」

「そんなことないよ、ローラちゃん。ローラちゃんが知らないだけで、ほらっ」

　そう言うと徹は両の親指でローラの尻肉をぎゅーっと広げ、唾液でべとつきひくつく尻穴のすぼまりを舌先でくにくに、とほぐし始める。

「――あぅぅぅっ、――はぅぅぅっ、やだぁ、やだやだぁ♥」

　――くちゅくちゅくちゅ、くにくにくに、ぬろぬろぬろ、ぐにぐにぐに
「――あぁん、あぁあああぁぁん、ふぁあああ、やめて、やめてぇぇぇぇっ」

　――ちゅぱちゅぱ、にゅるにゅる、ぬろぬろ、――てろん、――ぺろん
「あうっ、あうあうっ、おしりあついの、だめなのぉ…………♥　――ぁっ♥」

　それはしつこいほどの愛撫。ローラの固く閉じた尻穴の皺をほぐすべく、その舌先でしつこく、ねちっこく、突いたり、弾いたり、吸い付いたりして、彼女のアナルを舐り尽くす。

「……あっ、……あっ、……あっ!!　それはだめ、それはだめぇ……♥　やめて……ぇ♥」

　唾液と愛撫によりふやけ切ったローラの菊穴が、徐々にその口を強制的に緩まされる。

「なかに……、なかに――、はいってこないでぇ……はぅあ♥」

　ついに彼女のアナルは徹の舌の数ミリの侵入を許してしまう。

「ぷは、ローラちゃんの中、熱いよ!!　おいしいよ!!」

　――一度ほころんだ蕾は、もう、戻らない。

　今度は、中に差し込むという目的で突き出された徹の舌先が、完全にローラのアナルへ突き刺さる。

「あ……、うあああああ…………あううう…………♥」

　ローラのその声は喘ぎ声か苦悶の声か。お尻があついの、あついのだめなの、とローラは心の中で呟き続ける。ローラは恥ずかしさで死にそうであった。あんな所を舐められるなんて、あんな所に舌を入れる行為があるなんて、そんなことは知りもしないし、知りたくもなかったのだ。

――ちゅくちゅく!!　ぷちゃぷちゃぷちゃ、ぷしゅ、ぷちゃぷちゃぷしゅっ!!

しかも自分の不浄の穴が、あんなにいやらしい音を立てるなんて、気づきたくなかったのだ。

ローラは後ろの状況を確認できないため気づかない。尻穴を犯すのは、既に舌だけではない。

もう徹の小指の第二関節までが埋まり、ローラの尻穴の中を犯している。

――ちゅくちゃくちゅくちゅく!!　くちゃくちゃっくちゃくちゃっ!!

「あああああああああ……っ……はうううううう……、許してぇ………♥」

彼女の目の前に遠視投影が映る。

残り時間は【19：00】。

それは二十分近くという絶望的な残り時間であった。

――ちゅっちゅく、ちゅっちゅく。

激しく出入りを繰り返す徹の指に、リズムよく彼女の尻穴が歓喜の声をあげる。小指から人差し指へ、より複雑で激しい動きであどけない尻が侵されていく。

「んはぁっ……、いやぁぁぁ………♥」

そしてここで、徹は初めて道具を使った。……それはローション。傷つきやすい粘膜を保護すると共に、摩擦を減らし、快感を飛躍的に上げる便利道具である。幼い穴を開発するにはうってつけのぬるぬるアイテム。

きゅぽん、と指を引き抜き、ひくつくローラの菊門に冷たく粘り気のある液体がたっぷりと垂らされる。

「ひゃ、……ぁ………、な、なんですの？」

そしてぐにぐにと徹の指によりなじまされ塗り込められていく。

「あぁ……いやぁ……、もう酷いことしないでぇ……♥」

不安が溢れ、そう懇願するローラ。

「大丈夫、すごくきもちいいから」

――きっと、後に戻れないくらいにね？

そんな徹の呟きを耳にした瞬間。

――にゅるりん

実にスムーズにローラの尻穴は徹の中指を深く受け入れた。

「――かはっ、くぅぅぅっ」

体内への明らかな侵入物にローラの息が吐き出され、ギチリ、とローラのお尻が徹の中指を締め付ける。

――お尻に何かが挟まっている。

――お腹の中をコスコスと内側から擦られている。

「おね――がい――、抜いて……、だめなの、苦しいの……」

「――仰せのままに」

　――ずるり、と徹の指が動き始める。

「あ……、ああ……」

　腸内が擦れ、徹の節くれだった関節が肛門を通り過ぎる度に――

「ああっ――あああああ――っ」

　――ぬぽん。ぬっぽん
「ふぁぁ、ぁ……ぁ……ぁ……ぁ……ぁ……ぁ♥」

　硬い異物が肛門から抜けきる解放感が、ぞくぞくと体を駆け巡る重い痺れが、ローラの意識を真っ白に塗りつぶす。

　ぬぷん――、……ずるずる、――ぬぽんっ
　ぬぷん――、……ずるり――ぬぽんっ
「――はぁん、――ふぁあん――、おしりあついの、だめなのぉ…………」

　最早ローラは姿勢を保てない。股間のガードも解けてしまい、その溶けきった花弁は無防備にも徹の前に差し出されている。

「きもちよくなっちゃうから……、いじっちゃやだめぇ……………」

　――ぬぽん、ぬぷん
　ローラの尻穴の入口でローションがぶくぶくと泡立つ。ぷぴ、ぷぽんと腸内の空気がはしたなく彼女の尻穴から出されてしまう。

　結局制限時間が過ぎるまで、ローラの肛門は徹の指の餌食となった。残り数十秒。徹の上下運動に合わせて尻穴の窄まりを、きゅっきゅと無意識に自分で調整していたことなど、覚えていないだろう。それほどにこの快感は彼女の意識深く根付いてしまったのだ。

【第二ブロッククリア。おめでとうございます。挑戦者の勝利です――】

「――あはぁ……、おなかこすこすしちゃやだぁ……♥　あっあっ……やさしくまぜてぇ……、はぁん……♥」

■■■

「うーん、どうしたもんかな、これ」

【第二ブロッククリア。おめでとうございます。挑戦者の勝利です】

　表示されてから十数分。徹とローラは未だにベッドの上から動いていなかった。というよりも、ローラが正気に戻っていないのだ。

「はぁん……、ふぁん……♥ やぁ……もう……♥ あんっ――あんあんっ、なでなできもちぃ……、ぁ……ふぁ……はぁん♥」

目の前では彼女が相変わらず膝を立ててお尻を突き出し、徹の愛撫を受け入れている。彼女の尻穴は徹とローションとその他液体によりほぐれきっており、彼が人差し指でアナルをこちょこちょくすぐると、彼女の尻穴はきゅんきゅん窄まり、その度に口からだらしのない喘ぎ声が漏れてしまうのだ。

「ふむ、ローラちゃんはふかーく挿れられるよりも、入口を責められるのがお好き、と……」

人差し指でくにくに。

「――やっ……、あっ……あんっ」

中指の腹でぐにゅんぐにゅん。

「ふぁ……ぁ……だめぇ……、――あぁぁぅ……♥」

小指を差し入れくちゅくちゅ。

「あぁああ……いやぁあ……、恥ずかしいぃ……」

再びぷちゅぷちゅと肛門からいやらしい音が聞こえ始め、両手で顔を隠しながらも、お尻を突き出すローラ。

「気持ち良くないの？」

と、徹が指を止めると。

「……きもちいいの、でも恥ずかしいの……ぁ……ぁぁ♥ ――やぁん、またぁ……」

「――ふむ」

そんなローラの様子を見ながら徹は何かを思案する。そして、うつ伏せのローラを抱え上げ仰向けにさせ、赤ちゃんのオシメを替える時のように、彼女の脚を大股に開かせた。目をとろんとさせながらだらしなく脚を開いた彼女を徹は見やる。

そしてパンパン、と柏手を二回打ち――

「――いっただっきまーす‼」

と無防備なローラへと襲い掛かり、ひょい、と避けられた。

ぼふん、とマットレスに沈む音がローラの後方で虚しく響く。

「――ろ、ローラちゃん、気づいてたの？」

マットレスからすぽんと顔を引っこ抜いた徹が、ベッドの横でズレたブルマを直す彼女に問いかける。

「ええ、もちろん。時間オーバーは多めに見て差し上げますわ。……私も楽しめましたし、――うふふっ」

小悪魔的な笑みを浮かべて彼女は徹にウインクをする。

「――これで、二勝目ですわね？」

何故ローラは時間切れに気づきながらも、徹の愛撫を受け入れたか。それは半ば勝ちを確信したからである。下半身ブロックでの一勝。これが彼女の中では果てしなく大きい戦果なのだ。上半身ブロックでイかされなければ勝ちという計算に一つ保険ができたことになる。

――ならば、少しはこの状況を楽しんでもいいだろうと。

そんな気持ちが芽生えてしまった。初めて受けた尻穴の愛撫は、それほどにローラとの相性が良かったのだ。彼女は王宮では支配した手駒以外誰も信用も信頼もすることができなかった。しかし彼女は徹とのゲームの中で、歪ながらも支配者の力とは別に人間同士の信頼関係を築いてしまっていることに、まだ気づいていない。

――ルールのやり取り。

――ゲームとはいえ、自由に体を弄られるという事実。

――曲がりなりにも、徹がその約束を反故にしていない実績。

――その結果が自分の勝利に繋がった結果。

既に彼女は徹をある意味信頼してしまっている。だから制限時間を超えても体を預け続けるなどという行為ができたのだ。

――それこそが、彼女の歪み。

信頼できる人に甘えるということが許されなかった彼女の環境。彼女が失ってしまった心の穴に、巧妙にも快楽というギミックを以って滑り込んでいく。考えてもみれば碌に知らぬ男にお尻を弄られるというのは相当ハードルが高い行為と言えよう。

でも、それが肉親なら？　恋人なら？　信頼できる何かに、心や体を投げ出し甘えることは、どれも心地が良い。ローラはよりにもよってお尻を突き出しながら穴をほじられるという状況で、それを自覚してしまったのだ。もしもこれまで、徹との卑猥な行為がもっと痛みを伴っていたら、もしくは出血などがあったりしたら、結果は違っていたかもしれない。しかし彼女に与えられたのは快楽だけであった。

もう彼女は逃れられない。信頼感の刷り込みと快楽の沼に首まで浸かっている。精神的にも肉体的にも気持ち良くなりたいという感情が、今よりも心地良くなりたいという願望が、自分以外の誰かをできれば信じたいという渇望が、快楽を受け入れることで手に入る。

そんな状況を徹に用意されてしまったのである。

人間としてはごく普通の楽になりたいと思う抗い難き心

が、どこまでも彼女を自覚なしに追い詰めていく。

そんな心の片隅に、――上半身ブロック一回は負けても大丈夫、つまりは上半身ブロックを一回楽しめるという、すり替えロジックが発生してしまう。

（一時間まるごとキスしてもらいながら、体中を弄り回されて溶かされたい）

そんな昏い感情が彼女の中に一瞬浮かぶが、

「な、私は何を考えておりますの……」

直ぐにローラは口に出して訂正を行う。そもそも、そんな感情はこのゲームに入る前は浮かぶことなど絶対になかったということに、気づきもせずに――。

【第三ブロック：挑戦者は衣装を選択してください】
・スク水（競泳）
・体操着【使用済み】
・バニースーツ
・テニスウェア
・チャイナドレス
・ワンピース（ロング）
・ワンピース（ミニ）【使用済み】
・キャミソール＆ショートパンツ
・外出用の正装ドレス
・バスタオル

再びローラは衣装を選ぶのに悩んでいた。なにせ前のブロックで【ずらすのはオッケー】などというふざけたメッセージを見たからである。あんなものを見せられては、スカートの有無などはまったく意味がない。正真正銘自分の両手しか、守るものはないのだ。

今回は上半身ブロックである。直接的な愛撫は上半身のみに限定される。とはいえ、またあの突起棒などに無理やり下半身を擦らされてはたまらない。幾ばくかの思案の後、ローラが選んだ衣装はテニスウェアだった。

「おおー、似あう似あう。今度は髪をまとめたんだね、ローラちゃんはなに着てもかわいいなぁもう!!」

ぴったりとした上半身のウェアに、フレア気味に加工されたミニスカート。今回はローラの肩まで伸びたウェーブがかった金髪は後ろで一つにまとめられている。

「うむ、ポニーもぐっとくる。都合がいいし」

と、徹はローラの手を引き、ここに座ってと促した。

それは、二メートル四方の平坦なクッションを二枚重ねただけのフィールド。突起棒のようなギミックも見当たらない。

「――座ればいいのですね？」

そう言ってローラはぺたん、と徹の前に座り込む。

【挑戦者はガードの位置を決めてください】

遠視投影が現れ、ローラへ指示を出す。そしてその両手を先の下半身ブロックと同じように、自分の股間へと運び当てた。

ローラは学んだことがある。それは上半身ブロックでも、第一ブロックの突起棒のように下半身に刺激が来るということだ。流石に上半身しか弄れないこのブロックでアナルにピンポイントな刺激はないだろうと考えた。ならば一番感度の高い局部をガードしてしまえばいい。この勝負は一ブロックごとに、十回以上イかされなければいいのだから。

「そっかー、そうきたかぁー」

と、残念そうに呟く徹。そんな子どもじみた態度にローラは少し噴き出し、

「――うふふ、さぁ、どうぞ？」

八の字にして座っていた膝を立てて、M字に脚を開く。ミニスカートからにゅっと、白い太ももが覗き、股間部分に当てられた両腕により、少し寄せられたローラのおっぱいが、ささやかに盛り上がる。

「おお!! なにこのサービス。ろ、ローラちゃん、もしかして俺のこと――す、好きになったりした？」

「うふふ。さあ、どうかし――――、きゃんっ」

徹の顔が近付き、ローラの耳たぶをぺろん、と舐めあげる。あっという間に両脇から腕が差し入れられ、胸が揉みしだかれてしまう。徹の無骨な指が彼女の胸に沈み込む度に、乳首が硬くなる。そしてこりこりに育った乳首を徹が摘めば。自然とローラは唇を徹に差し出し、二人の唇の間で舌が絡み出す。

「ふぁあん――、んっんっ、あんっ、やんやん、やぁん♥

……んく、ふあ……、はぁはぁ……♥」

「……ローラちゃん、すごくエッチになったねぇ、……ほら、もう、おっぱいだってふにゃふにゃだ……」

ぎゅむぎゅむと、手の平と指で揉みくちゃにされるローラの胸。

「はぅぅっ、あぅぅっ、じんじんして、きもちいいですの……んぁぁ……♥」

早くもとろん、と蕩けるローラ。彼女は乳首への刺激を完全に受け入れ、そして楽しんでいた。

「……それじゃあローラちゃん。ご褒美あげるよ」

そんな徹の言葉に、ローラは勝手な期待を膨らませる。

――舌でぺろぺろ？

――ゆびでこりこり？

――それとも全部？

ローラの上半身のテニスウェアがゆっくりと捲られて、丸められる。ぴったりとしたウェアは胸の位置でしっかりと固定され、徹が手を離してもその状態をきっちりと維持した。

ぴんぴんに勃起しているローラの両乳首がご褒美の期待に震えぷるぷると揺れた。

「ほーら、ご褒美だよ？」

徹の指に握られているものは、小さな丸い楕円形の物体。

――その正体は、徹が開発したバイブの木から生まれた魔力で動くピンクローターである。

それは、ぴと、っとローラの乳首に当てられ、

「すいっちおーん」

徹の言葉により、回路に魔力が走り、震え出す。

――びぃいいいいいいんと、機械音が響き、ローターが震える。

「ひゃあぁぁぁぁぁぁん!!」

それは、指の感覚とも舌の感覚とも違う、新たな快感。振動による細かい波が、ローラの乳首の先から胸の奥までを一気に侵食していく。

「やぁん――やんやんっ。なんですの。これ、だめですの、だめですの――。こんなのぉ……やんやんっ♥」

ヴぃいいいいん、ヴぃんヴぃんヴぃいいいいいいいん
機械は止まらない。人体では絶対に再現できないスピードで、ローラの乳首を振動が犯していく。たまったものではないのは彼女の方だ。正直指でのお摘みや舌でのぺろぺろは覚悟していたのだ。いや期待していたと言ってもいい。

だが、こんな機械的で暴力的な振動は計算外であった。

「あぅううっ、――これだめぇっ、……すごく響いちゃうの……、ちくび、きもちよくなりすぎちゃうの……、いやぁ……、だめぇ……ずるぃ♥　きもちぃい……♥」

ローターが上下左右に動かされ、そして時折ぐいっとローラの乳首を押し込み潰す。

「はぁぁあぅ、いやぁぁん、……はぁはぁ、それ、……だめ、だめですの、あぁんっ、ぴちぴち、はじ……かないでぇ……♥　はぁはぁずるい。こんなのずるいですわっ、――あうっ、――おねがい、せつないの……、きもちいの――、がまんできないの……♥」

ヴぃヴぃヴぃヴぃヴぃヴぃ
だが、ローターの振動は止まらない。その敏感な右胸を

ぎゅっと左手で固定し、やわやわと揉み込みつつ、そして右手を再びローラのつんつんとなっている右乳首へとぐいぐい押し付ける。

「あんっ、あああんっ。だめ……それ、だめです、揉んじゃだめです♥　だめですの――っ……ぁ……ぁ……あっ――あんあんっ、――やんやんっ、ぐ、ぐりぐり……おしこんじゃ……んはあぁ♥」

びくびくとローラの体が跳ね上がる。必死に快感に耐えながらもローラはガードを離さずに体を捩る。

「きもちいい？　ローラちゃん、ご褒美きもちいい？」

そんな彼女をあざ笑うかのように、徹は喘ぐローラの耳たぶや首筋を舌で舐め上げる。

「きもちいの……♥　もうきもちいいから……♥　おねがい……ろーらのちくび、せつなくてだめなの……♥」

かつてない快感に涎を垂れ流しすすり泣くローラ。そんな彼女の表情が絶望に染まる。右胸を揉んでいた左腕はいつの間にやら目の前にあり、二個目のローターがぷらんぷらんと視界に揺れていた。

「左のおっぱいにも、ご褒美あげなきゃね？」

ローラの左乳首に二つ目のバイブが近付いていく。

「……いや……だめ♥　……おねがい。こんなの、こんなの……わたくしのおむね、おかしくなっちゃ――んむぅ♥」

懇願するローラの唇を徹の唇が無情にも塞ぐ。

そして、二つ目の振動音が、フロアに響いた。

――ヴぃいいいいいいいいいいいいいいいいいい

「んむ～～～～～～～～～～～～～～～っ♥!!」

ローラの口は徹に犯され、声をあげることができない。

二つの乳首は振動に犯され、激しくその身を震わせる。その振動をあびればあびるほど、乳首は硬くなり、より強い快感を彼女へと送り続けるのだ。

「――ぷは、…………あああぁっ……いやぁああぁああああっ」

漸く徹の舌から逃れ、ローラの嬌声がこだまする。

ヴぃんヴぃん、ヴぃんヴぃん

リズミカルに両乳首をバイブで捏ね回す徹。

「――んあっ、――んあんっ、――やぁんっ――ああんっ」

ヴぃいいいい――ん

唐突にバイブの音が止まる。

徹の両手を、ローラの両手が押しのけていた。

【ペナルティ：挑戦者は五分間ガードの位置を動かすことができません】

――やってしまった。ローラは思う。だが、ローラは我慢できなかった。新たに彼女の体に刻まれた機械的な振動という快感に、まだ意識が追いつかないのだ。どんどん強引に快楽の階段を登らされ、後に戻れないような強い不安感が彼女の中で勝ってしまった結果である。

だが徹は彼女をさらに苦境へと追い込んでいく。さらに目の前に追加されたもの。それは三つ目のローター。しかも先の二つよりも振動する部分が長くて太い。そんな凶悪な物体が、ぽとりとローラの股間の前に置かれる。

「ローラちゃん、この上に座って？　ローラちゃんのかわいいオマ〇コ、しっかりのせて？」

【挑戦者はガード以外抵抗ができません】

ルールの発動により、彼女が拒否するまでもなく体は動く。ローラの腰が浮き、そして極太ローターの上に落とされる。ぷにん、と股間が変形し、くちゃん、と思いの外大きな蜜音が辺りに響いた。

「──おねがい」

それだけはやめてというローラの懇願が、

「いっぱい感じてね？」

という徹の言葉に掻き消された。

──ヴぃいいいいいいいいん──ビィいいいいいいいいい

──ヴいヴぃ、ヴぃぃいいいいいい

「──いやあああああああああ!!」

ローラの体が快感に躍る。力めば力むほど足腰が砕けるバイブのロデオ。

「ああんっ──ああんっ、だめ……、だめだめ──、だめぇっ♥　──んあああああああ♥!!」

「ローラちゃん気持ちいい？　おっぱいとオマ〇コ気持ちいい？」

「あうううっ──きもちい、きもちいの、きもちいからだめなのぉっ」

「あはは、乳首こりっこりだね、ほーら、しゃぶってあげる」

ちゅぱ、ちゅぱ、と徹の唇がローラの乳首を責め、そしてまたバイブの振動が乳首を襲う。

「──ふぁ♥　…………ぁ……ぁ……あ♥　……あっ……あっ!!　……あんっ、ああん♥」

そして徹は前にローラの前に回り込む。バイブを魔力で乳首に固定して離れないように処置をして、

「えへへ、ローラちゃん、イかせてあげる」

両手で彼女の腰を前後に揺さぶった。

──くちゃん──くちゃん、──くちゃんくちゃん

彼女の股間が淫らに叫ぶ。

「えっへっへ。ぜーんご、ぜーんごっ」

「あああああっ、いやあああっ、いやいやいやぁあああああっ」

――くちゃん――くちゃくちゃくちゃくちゃ、くちゃくちゃくちゃ
「ふあああんっ――だめぇ、あそこ、きもちい、いっちゃう、このままじゃいっちゃうぅうう♥」

徹の手がさらに激しくローラの腰を揺する。

「ゆさゆさゆっさ、ゆさゆさゆっさー」

――くちゃっちゃっちゃっ、――くちゃっちゃっちゃっちゃっ
「あああああああっ――あっ、――あっ、――あっ、――ひっ、――あうっ、――いやぁぁぁぁぁぁぁぁぁ……♥」

びくびくと、ローラの体が痙攣する。硬く振動する股間のローターが、彼女の柔肉を振動漬けにして蕩けさせ続けているのだ。

「いやぁぁぁぁ、きもちぃいいいいい……♥ あぁあん……、……こんなの、こんなにきもちいのしらないぃ……♥」

【一回目：挑戦者の絶頂を確認しました】

「ローラちゃん!! まだだよ!!」

徹の手の動きは止まらない。

「――え、――や、んぁ、わた……くし……、まだ、イって――」

ヴぃぃいいいん、ヴぃヴぃヴぃぃん
「――ひゃあああああああああん!!」

徹が浮き始めたローラの腰をぐいっと上から押さえる。

彼女のクリが押しつぶされ振動が直に肉芽を震わせる。

「やんっ!! はぁん!!」

その刺激と同時に、徹の舌と指が優しくローラの乳首を愛撫する。

クリトリスと乳首を襲う様々な快感が、体のたがをやすやすと取り外していく。

「はぅぅぅぅ……、いじわるぅ、そんなにやさしく吸わないでぇ♥ わたくし、がまんできない――」

――ちゅぱ、ちゅぱちゅぱ――こりん、くりん
激しい振動に加えて、今まで散々味わった乳首への快感が混ざってローラへと送られ、

「はぁぁぁぅぅ……、もうだめ、……いくぅ、――いくぅ♥!!」

彼女の腰がガクン、ガクンと大きく痙攣する。

「あああん、きもちいいいいいいいいいいいい!!」

大きくローラが仰け反り、そして仰向けに倒れる。乳首

ははちきれんばかりに勃起し、そして股間からは、ぶしゃぶしゃと愛液が滴り落ちる。

「ふぁん……、あぁん……、すき……すごくきもちいの、こんなのはじめてなの……♥」

【二回目：挑戦者の絶頂を確認しました】

M字開脚で腰をびくんびくん浮かせながら、ローラは快感の余韻を楽しんでいた。しこり勃った乳首を指で慰めながら、口さみしいのか、自らの指をちゅぱちゅぱと舐める。

そんな蕩ける彼女に、徹は後ろから優しく抱きかかえ優しく囁く。

「……ほら、ローラちゃん、あそこの太くて硬い棒は気持ち良かった？」

徹はローラの耳たぶを舐め、余韻に浸る乳首を慰めながら、彼女の股間で震えていた棒を指差す。乳首を優しくこりこりされ、快感に耽りながらも、彼女はこくん、と頷いた。

「……いいこだ、それじゃあ、えっちで素直なローラちゃんにはもっとご褒美をあげる」

そして徹はローラに魔法で目隠しをぽんと装着させた。

「やぁ……、何をするの……」

「大丈夫、ほら、立って、そうそう、足上げて？　うん、いいこ」

徹は囁く。

「——さあ、ゆっくり腰を下ろすんだ」

上半身ブロックでは徹からローラの下半身に触れることはできない。

だが、彼女から触れるのは別である。

——ローラが腰を下ろした先には、へそまで反り返った徹のチンポがその裏筋で彼女の小股を受けるべく待ち構えている。

——くちゃんと、彼女の湿った股間が徹の勃起チンポに乗った。

「あん……、びくびくしてますの……、やんっ……♥」

ローラの柔らかな割れ目が、紐パン一枚を隔てて、徹の裏筋にぱっくりと食いつく。

（——ああ、ローラちゃんの下のお口、温かいなぁ）

待ち望んだ快感に徹のチンコが激しく脈動する。血液が体中から集まりその硬度が増していく。

「やぁ……、何か怖いです……、あぁん、でもきもちい……ふぁん……♥」

「えへへ、ローラちゃん。さっきは辛かったでしょ？　今度は自分で好きなだけ動いてもいいんだよ？」

未だローターの刺激に陶然としている彼女の思考に、徹の囁きが滑り込んでいく。

「……ほら、腰を動かして？　ゆっくりだ……、撫でるように、ね？」

そう、徹に急かされて、ローラはおずおずと腰を動かす。まずは前へ、ローラの割れ目が徹の大きく反り返った曲線を捉え、擦っていく。

「あぁん……」

（うぉおお、これはきもちいぞー？　何よりシチュエーションがエロい。眼福なり）

「……ふぁ、やんっ」

今度は後ろ、裏筋の小山を越えて腰を後ろへ押し出す。体が前に倒れ、クリトリスが徹のチンコに擦れて、ローラの体が震える。

「どう？　きもちいでしょ？」

ゆさ、ゆさローラの腰の動きがだんだんと、速くなる。

「ふぁ……柔らかいのに、芯が硬くて、……はぁん、あったかくて、きもちいですの……♥」

目隠しをされているせいでローラは自らが何に乗っているのかがわからない。そのぶん感覚が研ぎ澄まされ、体はより貪欲に快感を得ていた。


「こういうのもいいでしょ、ほらっ」

徹の両手がローラの胸に伸ばされ、乳首がきゅっと摘まれる。

「ひゃっ、うぁんっ」

びくん、と彼女の体が痙攣し徹の裏筋とローラの割れ目がより絡み合う。

ゆさ――、ゆさゆさ
「――ふっ、――んっ」

ゆさっ――ゆさっ――ゆさっ
「ふぁぁぁぁ、あったくてきもちいの……、んぁぁぁぁ♥」

徹の股間で、ローラが淫らに舞う。まるで娼婦のように脚を開き、髪を振り乱し、自ら快楽を求めて腰を前後に振る。くちゃんくちゃんと、股間は愛液で溢れ、潤滑油となり、ローラの股間は下着越しにぱっくりとその口をだらしなく広げていた。ローターで暴力的にほぐされた彼女の秘肉が、徹の硬くも熱い裏筋にジャストヒットされていってしまう。

「んあああああ、――きもちいいいっ♥」

徹のお腹に手を置き、小刻みに腰を振り続けるローラ。ローターの無機質な振動とは違い温かく弾力のある徹の肉棒からもたらされる快感は、彼女の股間に貪欲な性欲を宿らせた。考えてみれば、今まで驚くほど秘部への愛撫は少なかったのだ。ローラの股間は刺激に飢えていた。そして今、彼女の花弁とクリトリスは急速に快楽を学習していく。この温かくて、硬くて、どくどくしているモノはとても気持ちが良いものだと。

そう理解してしまったローラの下半身が快楽に対する正直さをどんどん覚えていく。

「あぁん——、やぁん——♥」

体を捩り、腰を小刻みに動かし、ぬっちゃぬっちゃと快楽を股間から吐き出していく。

「ふぁぁぁぁぁん、いくぅぅぅぅ♥」

くちゃくちゃ、という連続音がぶちゃぶちゃという濁音になり替わる。

「あぁん、きもちい……きもちいい——♥!!」

【三回目：挑戦者の絶頂を確認しました】

そんな遠視投影のメッセージは最早彼女へは届かない。

「ああんっ、——腰……とまらないの、いくらでもきもちよくなっちゃうのぉ……♥」

ローラの体が倒れ、仰向けの徹の体に縋り付く。

「ふぁん、おまめきもちぃい——————いくぅ♥!!」

【四回目：挑戦者の絶頂を確認しました】


「ローラちゃん、俺も気持ちいよ!!」

徹はローラを抱きしめ、キスと乳首へ愛撫を繰り返した。

「ふぁん、んむ、んっ——んっ——んっ——、ぷはぁ、あぁん、こりこりしちゃだめぇ♥」

二人の舌が絡み合い、彼女の乳首が再びピンとしこる。

「んあああぁっ、おまめこするのきもちぃの……♥　あぁん……もう、もう我慢できない——」

彼女の両手が下半身へと伸び、下着の紐が解かれた。たった一枚だけの防壁がなくなり、ローラの幼い花びらが徹の陰茎にぴったりとくっつく。

（ふおおおお生素股きもちいいいぞおおおお!!）

（あぁん——、これ、止まらない——）

「あぁん、かたくて、きもちい♥　おまめっ——おまめこすれるの、止まらないのっやめられないのっ♥　あっ、あっ♥」

前後するローラの腰の動きに左右が混ざり、あらゆる角度へと花弁がくねり、クリトリスが擦れる。

「きゃうんっ——イッちゃうっ♥　いくいく、いっちゃいますのっ——あああああん♥!!」

ぷしゃあああ、と徹の腹に生温かい愛液がまかれた。

【五回目：挑戦者の絶頂を確認しました】

「んぁあああぁ――っ♥　……あ、あ、あ、あ、あ、あ、……やだぁ、漏れちゃうぅ……♥」

――しゃあああああああああ

【六回目：挑戦者の絶頂を確認しました】

放尿というよりも失禁、いやいやと頭を振りながらもローラの腰は止まらない。力が抜けたせいで、彼女の腰が砕け、ぐにょん、と花弁全体が押し広げられバランスを崩す。

しかし、すかさず徹の手がローラの腰を支え、裏筋にローラの花弁が戻される。最早ローラの腰は絶頂で小刻みに震えるだけでなく、本能と反射でもカクカクと細かく動いている。徹はそんな彼女の体を支え、ズレないようにしっかりと下半身を押し付けるのだ。

「んはあ……、もう……だめ……♥　いきたくないのに……きもちいの、出したいの♥」

ローラの頭は真っ白になっていた。真っ暗な世界の中、彼女はお腹の奥から湧き上がる快感に耐えられない。

「……いいよ、いっぱい出しちゃいな？」

徹の肯定。それが今の彼女にとっては神の許しだ。

「あぁぁぁ――、ふああああん♥!!」

まずはぶしゃっと愛液が出る。徹に抱きつき、クリトリスを擦り付けお腹の快感をすべて吐き出そうと腰を振る。

【七回目：挑戦者の絶頂を確認しました】

「あん、あんあんっ、きもちい、きもちいいいい♥!!」

――ぶしゃっ――ぶしゃっ

【八回目：挑戦者の絶頂を確認しました】

「ローラちゃん……俺も、もうがまんできないよ？」

「あぁあん、わたしくしも、わたくしもがまんできませんのぉ♥!!」

――しょわ、しょわわわわわ、しょわあああああああああああっ

「ああん、とんじゃいますの――――!!」

「あああああああ俺も、俺もいくぞおおお!!」

【九回目：挑戦者の絶頂を確認しました】

絶頂と共にローラが仰け反り仰向けに倒れ、クッションに沈む。

それと同時に徹が跳ね起き、愛液やら尿やらにまみれ、ばっきばきに勃起した陰茎を、横たわり、お漏らしをしながら絶頂するローラのお口に差し入れた。

――突然口の中に現れた温かい感触。

――その快感に染まった真っ白な頭で何も判断ができず、

――彼女は今まで徹から教え込まれたキスの要領で、

――とても優しく、愛しく吸い付いた。

ちゅむん
徹の腰の奥からゾクゾクと快感がせり上がる。思いがけないローラの口の吸い付きに、彼の溜めに溜めた白濁が彼女の口内に吐き出され、

「──あああああああああああでるぞおおおおおおおおおおおおおおお!!」

──びゅるるるるるる、びゅるるるるる
「んんんんん……んむううううっ……♥」

ローラの小さな口内で徹の亀頭が暴れ、蹂躙しその中に勢い良く彼の精子が容赦なく吐き出された。唇も歯も舌も喉もローラの口内すべてを汚し切ってもその勢は衰えず、ローラの口から溢れ出て、彼女の顔や体を汚していく。喉が唾液を意識せずに呑み込むように、反射的に徹の精液を嚥下《えんげ》してしまう。決して彼女の好きな味ではなかったが、体が本能的に欲しいと叫んで、ちゅうちゅうとローラは徹の先っちょを唇で吸い上げた。

「ああああああ、きっもちぃいいいいいいいいい!!」

さらさらした唾液とは明らかに異なる生臭い液体に、彼女の意識がここで初めて正気に戻るが、体の自由はまだ戻らないし目隠しもそのままだ。

彼女の股間からは今も愛液と小水が今もぴゅっぴゅと噴き出しており、その快感が何かに支配されている。

そんな中ローラの体が何かに支えられて、優しく抱き起こされる。それはもう慣れっこの徹の肉体の感覚。その温かさに意識と体を委ねてみれば、予想通りにローラの絶頂の余韻をより甘美なものにするべく、乳首や耳たぶへの愛撫が行われる。

「はぁん、もう……、いやん……♥」

──心地良い絶頂だったとローラは思う。きっと今の自分は酷い格好をしているのだろうと心の中で想像するが、そんなことはどうでも良くなるぐらいに気持ちが良かったのだ。そういえばいつの間にかショーツの感覚がないとローラは思った。自分はいったい何回イッてしまったのだろうか。甘美な乳首への刺激の中、ついにローラは正気に戻る。

「──なん、かい?」

ハッとして呟くローラ。

その時目隠しが外される。

そこには、

【九回目：挑戦者の絶頂を確認しました】

【００：５３】

という遠視投影が視界に入る。

——だが、視界に入ったものはそれだけではない。口元から垂れ、ローラの体にべっとりついた白い精液、そして左手を見れば、彼女の手を徹が掴みにぎにぎと握らせている、温かくて、太くて、どくどくしているとても体に馴染んだ感覚。その先端に自分の口元から垂れている液体と同じものが付いている。

——彼女の中で一瞬にして状況が組み上がる。

——いったい自分が、何の上で腰を振り続けていたのかを。

——何が自分の口に挿れられたかを。

——そして、自ら何を吸って、飲んでしまったのかを。

「あ……あ……ああああああ……」

ローラの両目からポロポロと涙が溢れる。嫌悪感からではなく、不浄の液体を口にした吐き気もない。

——ローラは思う。

気持ち良かったのだ。

すごく、気持ち良かったのだ。

でも、あんまりではないかと、——ローラは思うのだ。

——もう、戻れない。

こんな気持ちがいい所まで連れてこられたら、もう、絶対に戻れない。

覚悟をする間もなく、とんでもない所まで連れてこられてしまった。

——ああ、もう私は彼の欲望に抗えないと。

それは、自らの体と心が以前とは違うものになってしまったというはっきりとした自覚。そんな絶望の中、ローラに徹が問いかける。

「ねぇねぇローラちゃん。俺のちんこしゃぶってよ‼」

それはいつか聞いた言葉。彼女はとうとう気づいてしまう。おそらくこの男はゲームに勝つつもりなど最初からないのだ。きっと拒否をしても、あの手この手を使い十回目の絶頂はお預けとなるのだろう。

そう、結局この勝負はローラがストレートで勝つのだ。それは決まっているのだ。だが、その後自分はいったいどうなるのだろうかと彼女は不安になる。イき狂って快楽なしでは生きていけない人形にでもされてしまうのだろうか。そんな不安を、徹の甘美な乳首の愛撫が現在進行形で塗り潰していく。どこまでも快楽に溺れる自分。今の自分は果たしてついさっきの自分と同じであるのだろうかと彼女は恐れた。そして——、

——ちゅぱ、ちゅぷ

ついに観念した表情で、ローラは何かに吸い寄せられる

ように徹の亀頭に優しく吸い付く。びくびくとうねる肉棒が彼女の口内をつつく度に硬い肉棒が口内で震えた。

——ああ、お口を掻き回されるのは、やっぱりきもちがいいなと、半ば諦めの感情をその目に宿しながら、

——ちゅぱ、ちゅぱ、ちゅるるる
今より十五分間、ブロックにローラの唾液の音が響き続けた。

【第三ブロッククリア。おめでとうございます。挑戦者の勝利です】

■■■

「——んふ、……んっ、……ぷはっ、……あむ……んー、——はぁ、はむ……、んっ、——んっ♥」

第三ブロックの勝敗は決した。

「——んむ、ふぁ……♥　うふふっ——あむ、——ぷは、んっ、——んん、あぁ……、かたぁい……♥」

【第三ブロッククリア。おめでとうございます。挑戦者の勝利です】

遠視投影のメッセージはローラの目にも入っている。しかし、ちゅぱちゅぱと彼女の舌が徹の肉棒にいつまでも絡みつく。

「あー……、ローラちゃん？　気持ちはいいんだけど、次のゲーム始まるよ？」

そんな徹の言葉は、彼女に届いているのか、届いていないのか。

——ちゅっぽんと彼女の口から徹の肉棒が離れ、淫靡な蜜音と共に跳ね上がった。

彼女の唇から徹の亀頭の先に細い糸が引かれる。その透明な糸を追うように再びローラの口が近付き。ちゅむっとローラの口に亀頭が含まれた。

「……ローラちゃん？」

徹が視線を下にやれば、そこには亀頭を口に含み、上目遣いで何かを期待しているローラの目線。徹が試しに腰をゆっくりと前後すると、彼女の唇が徹の肉棒に擦られ、ちゅぽちゅぽといやらしい音を立てた。

「——お口、掻き混ぜてほしいの？」

そんな徹の質問に、ローラは差し込まれた亀頭の先にちゅう、っと吸い付くことで返事をした。

——ちゅくちゅく、ちゃくちゃく
ローラの幼い口を、徹の肉棒が犯していく。

「——んっ——んっ、んむっ♥　……んんっ、……んっ……

……んっ♥」

「あああ、ローラちゃん、エッチになったねぇ、――すごく気持ちいいよ!!」

そんな徹の声を聞きながら、ローラは口内をぐいぐいと犯す肉棒の感覚に酔っていた。指や舌とは異なる、熱く硬いもの。そして何よりも、汚らしくもいやらしい精液味と匂いのある性器を口内に突っ込まれ、掻き混ぜられるという倒錯感。

――擦られる唇が心地良いと。

――舌や口内に塗り込まれていく精液がいやらしいと。

――喉奥と亀頭が触れる感覚が気持ちがいいと。

不潔でいやらしい行為だと以前のローラであったら気でも失っていたかもしれない。でも今の彼女は違う。

(――気持ちいい。――お口の中を優しくぐちゃぐちゃにされるのは、とても心地良いですの)

「――んっ――んっ♥ ――ふっ――んっ♥」

そうローラが心の中で呟いた時、徹の肉棒を受け入れていた唇が、だらしなく緩む。ちゅっちゅ、という規則的な蜜音が、じゅ、じゅぽと不規則な音に変化した。

「ふぁぁ……、んっ、んぁぁ……んむ、んっ……ちゅぱ、――んっ、――あぁぁ、――きもち……い……い♥ きもちいいの……♥」

見ればローラの両手は股間に伸び、自らクリトリスを慰めている。

快感に酔い、だらけた彼女の瞳と口元が徹の劣情を加速させた。

「うわぁ……ローラちゃんエロい……。――いいよ、出してあげる。思いっきり出してあげるぅ!!」

徹の両手が彼女の頭を掴み固定し、ガシガシと無遠慮に前後に動き始める。

「――んんんんっ――んむっ――んむっ、――んんっ、――んっ――んっ」

その乱暴な抽送にローラは眉を寄せるが、逆に彼の肉棒を離すまいと必死で吸い付いた。

「おらああああ!! 出る出る、出すぞおおおおおおお!!」

カクカクと小刻みに震える徹の腰。その動きは大量の精液を睾丸から吸い上げ、ローラの口内で刺激を貪る先端に送り込む。ローラの口の中で徹の肉棒が膨張した瞬間、彼女の口の中に大量の粘つく濃厚精液がぶちまけられた。

「お、おふぅぅ……」

「……んんっ、――んむうう!! ――んっ――ん……♥」

徹の亀頭が暴れ回り、精液を吐き出しローラの口内を犯していく。

「――ん、んっ、――ちゅる♥」

「へ？」

「ちゅるるる、ちゅるるるる♥」

「――おっおっ、――ちょえ？　――おっ――あっ」

「――ちゅぅううっ♥」

不意なローラの吸引が徹のお尻の奥から尿道まで、慮外の快感を走らせた。

「おほ!!　また、――また出ちゃうぞおお!!」

徹の叫びと彼女の上顎に再び温かい粘液が噴き出したのは同時である。

――ごくん、とローラの喉が徹の精液を嚥下していく。

精液でぐちゃぐちゃになった彼女の口の中で亀頭が舐め清められ、舌と唇がちゅるちゅると後処理をしていく。

――ちゅるる、ちゅるるるる
それは丹念なお掃除フェラであった。誰に仕込まれたわけでもない、彼女が快楽という本能に身を任せ、徹のそそり立つ肉棒を愛しそうに吸い続け、そして――――ちゅぽんと、満足そうに口を離す。

「……ろ、ローラちゃん？」

徹の勃起は収まらない。そんな様子を見て、ローラは指で裏筋をこちょこちょ、と弄んだ。びくんびくん、と彼の腰がその度に跳ね上がる。

「うふふ？　だらしのないおちんちんですこと。こんなにお汁をお漏らしになって……、――私のお口は、そんなに気持ち良かったのかしら？」

そんな小悪魔的な笑顔で、徹の肉棒を指で弄ぶローラ。

そんな彼女に徹は一瞬あっけにとられて、

「――はは、参ったよ」

苦笑し、両手を上げる徹。

「……本当に？」

ローラは尚も亀頭の先を指でこしょこしょと弄ぶ。

「うん、予想外だった。一本取られたわ。すごいね、ローラちゃん」

そんな徹の言葉に、ローラはうふふ、と満面の笑みを浮かべた。

「――それなら、この勝負私の負けでいいですわ!!」

彼女は辿り着いてしまったのだ。このゲームの結果はきっとストレートで彼女が勝つ。マスターソードも自らの手に戻り、城にも間違いなく帰れる。――だが問題はその後である。ローラは確信する。今までの経緯とことの運び方を考えれば、この男との勝負がそんな都合のいい話で済むわけがないのだ。

徹の最終目的はこのゲームでローラを弄ぶこと。それはわかる。

だが支配武器の使い手が直ぐ側にある支配武器をそのままにしておくなど考えられない。――ならば、何故徹は自分が負けるゲームを。

取り上げたマスターソードを手放すような流れに仕向けたのか。

――そんなことは決まっている。きっと既にその憂いは、別の方法で解決済みなのだと彼女は予想した。

――それは、ローラがマスターソードの使い手だからこそ理解できた徹の思考パターンであり、そしてその推察は合っていた。

だからこそ彼は呟いたのだ。

――参ったよ、と。

ということはこのゲームは茶番である。ならば、ローラは与えられた偽りの勝利よりも、なんとかして徹に一杯食わせてやりたかったのだ。目をパチパチさせながら、自分の指で射精後の肉棒を弄ばれ、びくびくと腰震わせる彼の表情は、彼女に実に爽やかな達成感を与えたことであろう。


――故に、負けでいいと。後は好きにしなさいと。彼女は宣言したのだ。

そんなローラを見ながら、徹は思う。

――この娘は強い。

幼くもマスターソードに選ばれたあどけない少女。未だ心は折れていない。気持ち良さを体が受け入れようと、何度イかされようと。

今、彼女の心は徹に支配されまいと小さな勝利に拘り、そして結果を出した。

「やばいな……、――俺、ローラちゃんのこと好きになっちゃいそうだよ……」

徹はゆらりとローラに擦り寄り、そしてそんな彼女に軽くキスをした。

「……私も、今は貴方のことは嫌いではありませんわ……、かわいらしい一面もありますし、――うふふっ」

そして、徹は囁く、悪魔の誘いを。

「ねぇ……ローラちゃん、俺と一緒に世界を支配しようよ」

その徹の言葉を聞いたローラは、何かピンと来たようにかわいらしく首を傾げて、

「――あらあら、それでは私、きっと酷い目にあってしまいますの」

嬉しそうに返事をした。彼女の顔からは、――合っているならば褒めてと、期待の眼差しが徹へと注がれている。

――話を少し遡ろう。

ローラは一年間、マスターソードで人を切り続けてマスターソードの株分けを果たした。一方徹はこの世界に来て地上に出るまで五年という歳月を費やした。

――カイルに渡したマスターロッドの株分けは、果たしていったい何個目の株分けだったのであろうか。

――株分けされたマスターロッドが、さらに株分けされるまで、どの程度の時間が必要だったのであろうか。

株分けされたマスターロッドは、いったい誰に？

また、徹のダンジョンにモンスターは何故居なかった？

――ヴィンランドル王国の地下数メートルに掘られた広大な空間。

そこには、有象無象の黄金の錫杖を持った屈強なモンスターが、蠢いていた。

ミノタウロス、リザードマン、オーク、コボルド、ゴブリン、オーガ、デーモン、人型以外にもスライムや植物型モンスター、虫型モンスター、さらにはガス状生物や、精神体までうろついている。

人知れず掘られた広大な空間。ヴィンランドル王国の王都の直ぐ真下に、恐ろしい地獄がひしめいている。だが音も視覚も概念により閉ざされて、王国の住人は僅か数メートル下の地獄に気づけない。

ヴん、とローラの右手にマスターソードが戻り、

同じく、徹の左手にマスターロッドが現れる。

「ローラちゃん、君のソードに一個ロッドを混ぜておいてあげたから、一緒にやろうか？」

「――はい、仰せのままに」

今ここに、この世界最悪最凶バカップルの共同作業が始まる――。

【――支配者要求：転送転移《トランス・トラクト》】

地下エリアにひしめく怪物達が、一瞬にして別エリアに移される。そして、覚えているだろうか。株分けしたカイルの権限を、徹が一瞬で書き換えたことを――。

【――支配者要求：権限書換《オーバー・リライト》】

これにて下準備がすべて終わった。文字通り薄氷の上にそびえ立つ王都が今、絶望のどん底に落とされる。

【――支配者要求：境界融解《ボーダー・ドロウン》】

その宣言と同時に、王都が地盤ごとゆっくりと沈み込み始める。

その落差は数メートル。徹による概念解除により、王都

の形そのままに掘削された地下へと沈み込む。それが、ほとんどの王都の人間は街から逃げ出せず、ヴィンランドドル王国がすべて概念空間に収まってしまうという結果を引き起こした。

　絶望が始まる。

　王都中に徹の魔力により、遠視投影の巨大スクリーンが現れた。いや王都だけではない。それは世界中のありとあらゆる国と街に現れた。栄えた王都がモンスターの群れに囲まれ襲われている阿鼻叫喚の地獄絵図がそこにあった。そして不意に画面が切り替わる。

　そこには黄金の錫杖を持った徹と、ドレス姿で玉座に縛り付けられるローラの姿があった。

「――フハハハハハハ、世界のおにゃの娘達よ、待たせたな!!」

　マスターロッドと、いきり立つ股間をふりかざし、徹は叫ぶ。

「――我が名は徹!!」

「――俺は今ここに宣言する!!　かわいいおにゃの娘をすべて犯し倒すと!!」

「――ヴィンランドル王国は見ての通り、もう俺のものだ」

「――いいか、王国内の貴族も平民も騎士も、人妻もおねぇさんも女の子も幼女も、全部俺が犯してやる――!!　たっぷりこの画面で放送してやるから、男共は泣いて喜べ!!」

「――手始めはこの国の王女からだ!!」

　そう言って徹は玉座の後ろに回り込み、ローラの胸をドレス越しにグニグニと揉みしだき、

「いやあああ!!　助けて!!　助けて勇者さまっ!!　ああっ、――お願い、――やめてぇ!!」

　ローラの迫真の演技が、全世界に流される。

　そんな中、

「……ねぇ、ローラちゃんの処女喪失、みんなに見られちゃうよ、恥ずかしい？」

　徹に耳元で囁かれたローラは、

「いえ、最高ですわ――、はぅぅ……♥」

　陶酔した表情で呟き返す。彼女は思うのだ、こんな自分と徹の茶番で世界が動く。――徹とローラに行動が支配される。

　それは、かつて彼女がマスターソードに願った夢と、形は違えど、似た理想――。

「いやあああ、――やぁあああん、おやめになって、おやめになって!!　ゆるしてぇ!!」

徹にドレスの裾を捲り上げられ、幼い花弁を指で掻き回されながら、ローラは言葉とは裏腹に昏い快感を貪るのであった。

■■■

「いやぁっ、許して!!　許してくださいっ――、んあああっ」

遠視投影の中では徹によるローラの陵辱が続けられていた。彼の世界おにゃの娘全員レイプ宣言から数十分、王都は混乱のまっただ中である。

まず我先にと王都からの脱出を試みる者。唯一の正解を選んだ彼らの望みは半分だけ叶う。

「――なんでだ、クソッ――、なんでだよ……!!」

王都の直ぐ外で見えない壁に阻まれ、膝をつくのは若い男。そして、目の前には若い女が居た。男は拳を握り見えない壁に向かい、ドンドンと叩きつけているが、王都の境界に張り巡らされたこの結界はこの男の侵入を決して許さなかった。当然である。なぜなら今、王都をまるまる包み込んでいるのは、男は脱出可の侵入不可、女は脱出不可で侵入可能という概念をかけられた徹の概念結界だからである。

「ローラちゃんの体は小さくても、もう立派な大人だ、――ほら、気持ちいい?」

「いやぁ……、やめてぇ……あっ、あっ……あっ……あぁ……ぅ……♥」

そのように壁を挟んで途方にくれている夫婦や恋人達をあざ笑うかのように、画面の中ではローラが陵辱されていく様子が、騒動に戸惑う彼らの眼と耳に割り込んでいく。

見ればローラは胸元の開いたドレスの上から徹に両手を突っ込まれて乳首を弄ばれていた。直接的な場所は生地に隠されて見えないが、徹の指の動きは、服の中で彼女の乳首がめちゃくちゃに弄られていることを住民達にわからせるには十分なものであった。

――所は変わって、騎士団詰所。彼らは徹の支配宣言を受けたと同時に動き出していた。行動は迅速であり、現場への到着という点では、彼らは申し分のない仕事を果たした。隊を組んで階段を駆け上がり、玉座の間まで辿り着くまでに要した時間は僅か五分。そんな彼らは今、一人残らず床に張り付かされていた。

徹が鎧を十倍ほどに重くしたからである。いち早く駆けつけたからこそ、彼らは主君の痴態を一番近い所で、長く見せ続けられることになる。

「ほらっ、ほらほらっ、こうすると気持ちいいだろ？　イクならちゃんと言わないといつまでも、止めてあげないぞ～？」

今、床に倒れ伏す騎士達の目の前で、おしっこポーズで後ろから徹に抱え上げられたローラの花弁が三回目の潮を吹く。

「いやぁあああああ!!　私いきます!!　いきますから!!　わたくし、あああああ……!!　お願い、指を……あああんっ、止めてえええええ、また出ちゃうぅ――!!」

――ぷっしゃああ
彼女の股間が、気持ちがいいと歓喜の汁をびゅーびゅーと噴き出す。可憐でかわいらしく、美しく幼いこの国の象徴が汚され、その象徴そのものの体液で汚されるという彼らの気持ちはいかばかりなものか。

――ぶしゃ、――ぶしゃ、とローラの愛液が彼らの顔に降りかかる度に、騎士達の表情が、屈辱と怒りに変化した。

そして、その表情は騎士達の後にこの場に駆けつけた侍女や大臣達も一緒である。彼らは騎士達より一回り大きく展開された概念結界により、近付くことも許されていなかった。

――そんな中、

「ローラ様っ、ローラ様っ、おのれ悪漢!!　ローラ様を辱めるくらいならこの私をやりなさい!!」

などと、一際騒ぎ立てる少女が徹の視界に入る。

（――ね、ね、ローラちゃん。あのかわいいポニテ誰）

（――はぁはぁ……、ニナ、ですわね、私の身の回りを任せておりますの、まだ支配していない、貴重な娘ですわ……んっ）

（――ふむふむ、なるほど、うん）

「ローラ様からその汚らわしい体を離しなさい!!　さもなくば死よりも辛い――」

そんなニナの叫びを、

「――君に決めた!!」

徹の悪魔の笑みが残酷に遮る。

【支配者要求：傀儡人形《パペット・クラウン》】

徹の支配者要求により、ニナの体の自由が奪われる。

「え、なに？　――なんなの？」

今回、徹はニナの意識までは奪わなかった。故に彼女は混乱の声を出す。自らの意志に反して体が動き、徹の前に跪かせられるニナ。

「やあ、ニナちゃん。君の覚悟を試してあげよう!!」

そう言って徹はローラを抱え上げたまま、ニナへと歩み寄り、そのはちきれんばかりの肉棒をふりふりと、目の前で振りながら、

「――おしゃぶりして？」

その瞬間、ニナの周りに遠視投影がヴヴヴンと複数現れる。そこから覗くのは、王都の住民の目、目、目。

必然的に王都中の視線が、徹の股間とニナの唇に集まる。

「……あ、――え？」

遠視投影で覗いてくる彼らの視線。

――国のために犠牲になれ、という責めるような眼差し。

――これから起きる卑猥な映像を期待した、期待の眼差し。

――可哀想にと嘆き悲しむ、哀れみの眼差し。

それは十人十色のひとごとの視線。それがニナの判断を鈍らせる。

「ほら、早くしないと、姫様のあそこに突っ込んじゃうぞー？」

そんな徹の煽りがニナの思考を奪っていく。

「あ……、あ……、だめ……、いや」

そんな彼女に、ローラの体が突然すとんと預けられた。見れば徹がローラを手放している。力なく、ニナにもたれ掛かるローラを、彼女は安堵の表情でそっと抱きしめた。

「ローラ様……ああ、おいたわしい……」

ぴくぴくと、快感の余韻に震えるローラの体を庇うように抱きかかえて、そして徹をキッと睨むニナ。そんな彼女の両手が、不意に何かに拘束される。

「――もう、だめじゃない、ニナ」

ニナの耳元で、ローラの声が冷たく囁く。

彼女の両手を拘束するのは、あろうことか主君の両手。

「――え？　ろ、ローラ様？」

「徹様のおちんぽは大きいから、しっかりと濡らさないと不安なの、ね？」

「――貴女もすぐに、挿れてもらうんですから」

そんなローラの囁きが聞こえると同時に、ニナの口内に異物がぬちょり、と挿入される。

「んむう!!　――むぅっ、――んっ――んんっ、――んむううっ、――んむうっ」

「あ～、気持ちいよニナちゃん、もっと吸って、ちゅうちゅう吸って!!」

「んふっ――ん、――んっ――んっ、んむううううっ!!」

ちゅぽちゅぽ、ちゅくちゅくとニナの唇が徹の肉棒に蹂躙されていく。突然の出来事に彼女は何も考えられない。

何故ローラが自分を押さえているのか、徹の味方をしているのか。そんな混乱の中、ニナの唇は淫靡な音を立て続ける。

ちゅぐちゅぐ、じゅぽん。じゅくじゅく、じゅぽん
ニナの口の中で徹の我慢汁がぴゅっぴゅと分泌されて、唇がリズミカルに犯されていく。その苦さと生臭さはこれから彼女の身に何が起こってしまうのかを十分に予想させるものだった。

「――んんんっ、んんっ――んっ、……んーっ、……んーっ」

徹に頭を押さえられて腰を前後され、犯されていくニナの口内。彼女の目にはいつの間にか涙が溢れ、頬に伝っていた。

――にゅっぽん
ニナの唾液と、徹の我慢汁が混ぜ合わされた肉棒が引き抜かれる。力なく倒れたニナの上にローラがそのまま倒れ込む。

「――ニナちゃん、お勧めご苦労様。ローラちゃんの後にたっぷりとかわいがってあげよう!!」

それは、事実上の征服宣言。

ニナにもたれ掛かるローラのお尻が徹に引き上げられ、ドレスが捲れて幼い下半身が遠視投影のもとに王都の住民、いや全世界の人間へと晒される。徹の凶悪な肉棒が天を仰ぎ反り返り――、

「いただきます!!」

みちみちと、とローラの花弁へと沈み込んでいく。

「ひ……、あ……ぐ……あぁ……」

犬のように腰を突き出し、肉棒を受け入れる彼女の叫びは、苦しみの怨嗟《えんさ》か喜びの囀りか。絞り出すような声と共に、ローラの処女膜がぶつりと破けた。

「はぁあぅぅぅ……、はいっていますの……はいっていますのぉ…………、ふぁあああ……♥」

「ああ……気持ちいいよ、ローラちゃん……、全部入っちゃったよぉおおお……」

……ずる、ずるり、とゆっくりと徹の腰が引かれて、

「あああうううッ、おなか、擦られ、あっ……あっ……あっ」

ずん、と突き入れられる。

「――あうううっ」

ローラの膣内が徹の肉棒により押し広げられ、苦悶と同時にお腹の中から甘い痺れが響き始める。

ずるずり、ずるり

「はぅぅ……、あぅぅぅぅぅ……」

ずん
「きゃうん‼」

ずり、ずりり、ずるり
「やぁん……、お腹こすっちゃ、だめですのぉ……ふぁ……♥」

――ずん
「ひぐぅうう、あはぁ……、ああん……痛いけど……きもちぃ……♥」

散々徹に嬲られ、イかされ続けたローラの体が早くも肉棒の抽送に反応し始める。破瓜の血に愛液が加わり、潤滑油となって前後の動きを助長していく。

「ろ、ローラ様、ローラ様ぁ……‼」

ずんずん、と徹の抽送の前後運動がローラを通して彼女に伝わる。徹の腰が引き抜かれ、打ち付けられる度にニナはローラの体がびくびくと反応するのが理解ってしまうのだ。

「んあっ、――あんっ、――あっ――あんっ♥」

ずりずり、といった抽送がいつの間にかスパンスパン、と小気味いい音に変わる。

「ああ……、ぎゅっと締め付けてる……、ローラちゃんのオマ○コは、――えっちなオマ○コだ‼」

「あんっ――あんっ――、ふぁぁ……はずか……しい……ですのっ、――やんっ♥」

接合部分は元より、彼女の陶酔した顔や着崩れたドレスの間から見えるこりこりの乳首などが、あます所なく遠視投影で中継されていった。多くの人間はこう思ったであろう。ヴィンランドルの姫君は、あまりのショックに壊れてしまった、なんと嘆かわしいと――

「ふあぁっ――ああうっ♥ ――ああんっ、お……なか……だめです♥ こすっちゃだめですのっ――♥」

ニナに上半身を預け、つま先立ちをしながら腰を突き出すローラ。

その痴態は最早牝犬であった。

「ローラ様、ああ、こんなの、いやぁ……」

ニナがローラを支えながら無力さに嘆く。そして徹は仕上げとばかりにローラを抱え上げた。ニナに、騎士に、城の住人に、王都の住人に、世界の住人に、彼女のロイヤルなオマ○コを見せつけるのだ。

(最後の演技、よろしくね？)

徹が囁き、ローラが甘い表情でコクンと頷いた瞬間。徹の腰が猛烈な勢いで彼女を突き上げ始める。

「うおおおお!!　ローラちゃん!!　出すよ!!　中にたっぷり出すよぉ!!」

「ひゃあああああ、……いや、いやあああああああ、おやめになって!!　それだけはいやあああ!!」

　中に出す、という言葉にローラは正気が戻ったような反応を見せ、青ざめた彼女の表情はさらに民衆を煽る種火となる。

　――ローラの体が激しく突き上げられる。それはとても暴力的で、一方的で、とても官能的であった。ぱっくりとした割れ目がじゅぽんじゅぽんとごんぶとチンコを丸呑みしている。おいしいおいしいと涎を垂らして喜んでいる。

「いやあああ、赤ちゃん、赤ちゃんできちゃううう、いやああああああああ!!」

「そうだよ!!　ローラちゃん!!　いや、ローラちゃんだけじゃない!!　この世界の女の子はみんな中に出して、気持ちよくさせちゃうんだ!!」

「ひぅううう、あああ、いやああぁっ、お腹の奥、だめなのぉっ、あああんっ!!」

　最早演技かどうかもわからない。

「何がだめなの!!　気持よくてだめなの？　ほら、出ちゃうよ？　出ちゃうよ？」

「ふぁあああああ、だめぇ――、い――――く、――いっ……ちゃ、いやあぁッ」

　その瞬間、ローラの膣がきゅんっと収縮し、徹の肉棒をぎゅうぎゅうと締め上げて吸い搾る。

「うああああああああいくぞおおおおおおお!!　全部出すぞおおお!!」

「んああああああああああああぁっ、いくっ、イクイクッ、……いきますのッ。あうっ――あうっ、あぁぅっ………♥」

　びくびくと、痙攣する二人の体と、そして脈打つ徹の肉棒。

「んあ……はぁ……ああん……。す、すごぃぃぃぃ♥」

　びゅーびゅーと、徹の精子がローラの膣内で飛び出す様子が、どくどくと脈打つ肉棒から容易に想像できてしまう。

「いやぁ、ローラ様ぁ……っ」

　そして、ニナに、この痴態を目撃したすべての人間に、ローラの花弁から白濁が溢れ落ちる光景が目撃される。彼女の体から力が抜け、どさりと床に崩れ落ちる。

　快感の余韻に上下する彼女の体はこの国の住民への無言のメッセージである。

　この国の象徴は犯され、汚された。

――ならば、――ならば、その次は？

いったい何が、この男に汚されるのか。

その一部始終を、世界は見せつけられる。

「いやあ、いやあああああ!!」

徹の接近に泣き叫ぶニナが、その哀れな次の生贄となるのは、最早確定事項であった。

「ニナちゃん、その小生意気なお口も、お尻も、あそこも、ぜ～んぶ捩じ込んでひぃひぃ言わせてあげるよぉ……？

大丈夫痛くない概念を使ってあげるから――」

――安心して足を開いて？

徹の囁きと共に、ニナの脚が左右へと開かれ、徹の足先が彼女の股間をやわやわと弄り始める。

「いやぁ……、やだぁ……、なんで、なんで……？」

くにくに、くにくにと徹の足の指がニナの柔肉を揉みほぐす。

「あはぁ……、なんできもちいのぉ……ああう……」

王都の悪夢はまだ始まったばかりである。

そして、これよりまる七日間。王都の女達は徹に昼夜を問わず犯され続ける。とある貴族の娘達は、一列に並ばされ手をつかされ端から順番に犯され続けた。とある女騎士は、徹により意志を与えられた自分の剣の柄に尻穴を調教され、徹と自身に前も同時に責められて果て、とある大商家の箱入り娘は、店の棚で大人の玩具の試供品となりながら、何度も絶頂し徹に貫かれ、その屈辱に涙を濡らした。とある女は夫の前で何度も絶頂させられ、ちゅうちゅうと、徹の事後の肉棒を愛しくしゃぶるまで調教され、王都の魔法学校のうら若き女生徒達は、徹が考案したセクハラ授業でその体を弄ばれた。

七日七晩、――数多の陵辱がこの王都で繰り返され、全世界へと映し出される。

そして今――被害はヴィンランドル王国だけに留まらず、彼の分身による、パパが大事にしている姫君限定同時多発レイプという形で侵食が始まってしまう。ターゲットの家まで地下を地道に掘ってくれたモンスター君ありがとう。そして可愛らしい箱入り姫様こんにちは、スケベェしようぜ。

「ひゃあああん――お父様、お父様、リリは、リリ姫のお尻は卑猥な穴になってしまいましたぁっ、あああんっ、徹様っ、もっとじゅぽじゅぽしてくださいっ、あぁん!!」

「――父上様ぁ、シャルロットのあそこがこんなに気持ちいなんて知らなかったよぅ、あぁん、もっと掻き混ぜてぇ……、あぁああん!!」

「あっ……うっ……、こらぁ……、もう、この玩具、はずせぇ……、あう……だめだってばぁ、親父にだって、見せたことないのに……あうんっ……、そんなの、そんなの入らないよ……んはぁ……」

それは隣国の麗しき姫君達の酒池肉林。徹と配下のモンスター達が、世界を煽るためにちょっくらかっさらってきた戦利品である。

この日新たに三つの国の姫の処女が散らされた。

『魔王トール』の暗黒時代の幕開けであった。

そして、世界は『魔王トール』を世界の敵として認識し、ダンジョンと化した王都を攻略すべく、討伐隊を組むことになる。その中には、徹と同じく転生した者達も含まれていて、ゲーム感覚で討伐に挑み、酷いことになってしまうのだが、それは別のお話であった。

第四章　魔王トールとハルマ君

のんべんだらりと続く、代わり映えのしない日常。さえのなく潤いのない、孤独な自分の人生。彼はそんなつまらない時間の螺旋から抜け出たはずだった。何がきっかけだったのかはわからない。初めは一人異世界に放り出され嘆いた彼であったが、今はそんなことはどうでも良くなっていた。

――なぜなら、この世界で彼は力を手に入れた。

この世界で、彼には心から信頼できる仲間もできた。

この世界で、恋人だってできそうだった。

そう、彼はこの世界での居場所を得たのである。

「――フハハハハハハ、世界のおにゃの娘達よ、待たせたな!!」

そんな彼の頭上から降り注ぐ慟の叫び。それは彼を蝕むウイルスに似た不快感を呼び起こした。同時に尋常ではない怒りが巻き起こる。そう、冗談ではないと。

――この世界は、僕の世界だぞ!!

「いやあああぁ!!　助けて!!　助けて勇者さまっ!!　ああっ、――おね――」

――ぱんという、乾いた音と共に、ローラの痴態を映した遠視投影が揺らぎ、砕け散る。魔力が拡散したその場所に、一枚の護符が浮いていた。

「――許せないな」

そう呟く彼の姿に数人の仲間がそれぞれ応える。

「……酷い……ッ、絶対許せない」

軽鎧に細剣、茶色の髪をまとめあげた女の子はシーリス。風の魔法と突剣術を得意とする魔法剣士である。

「……でも怖いです……王都が一瞬で落とされるなんて、どうやったらああなるのかしら……」

神官のローブに身を包み、体を固くしながら寄り添うのは、クレスタ。回復魔法が得意な後衛である。ローブの裾から上目遣いの視線と、長い黒髪がふわりと覗いた。

「……女の敵……、……潰す」

ボソリと、物騒な言葉を漏らしたのはステラ。右手に持った星を象ったその杖は、彼女が五属性の魔法の使い手であることを証明していた。癖のある銀髪と大きな魔法帽子。きっと前髪の奥に隠された目の中にはどす黒い怒りの炎が燃えていることであろう。

「今からヴィンランドルに行くとなると、二週間はかかるね……、結構大変な戦いになるけど――、みんな、僕についてくれる？」

　この台詞を、三十過ぎたおっさんが言ったらドン引きの嵐だが今は違う。シーリス、クレスタ、ステラの目に映るのは――、
　不思議な護符を操り数々の事件やクエストを解決し、シーリスを御家騒動のごたごたから救い出し、クレスタを狙うセクハラ神官長を一蹴し、学院への在籍を人質にステラの魔法研究と体を手に入れようとしていた悪徳教授を出し抜き凋落させた、世間では勇者と名高い謎の銀髪オッドアイの護符使い《カードマスター》ハルマ＝ウィングステンである。

「――ばか、行くに決まってるじゃない!!」

　と、ぴん、とハルマのおでこをシーリスが指で突けば、

「ふふ……守ってくださいね、ハルマさん」

　クレスタがハルマの腕にぎゅっとその豊満な胸を押し付け、

「……心配なら……行く前に私の処女膜を破っていくといい……」

　ステラがローブの裾をたくし上げた所で、――やめなさいはしたない、と彼の護符が飛んで彼女の行動を制限した。

「――ありがとう、僕の仲間がみんなで良かった」

　そんな彼の眼差しと囁きは、彼女達にとって甘い甘い蜜のようである。そんな彼女達の反応にハルマは心の底から安心感を得る。

　ああ、この世界は素晴らしいと。

　――だって、なんでも僕の思い通りになる。

　それはハルマという人間の元になった人格の昏い願望。

　そして概念武器の支配者の護符《マスターカード》に彼が選ばれた理由でもある。

■■■

「潰された遠視投影を見てみれば」

「――あらあら、微笑ましい方々ですのね」

　そんな二人の間では、侍女のニナが前後から突かれながら、体をよがらせていた。前は徹の肉棒で、後ろはローラがつけたディルドーで。

「……ああ、こうして責める側に回るというのも、存外に楽しいものですわぁ……、ほらニナ？　お尻の穴をゆっくり抜かれると、たまらないでしょう？」

「んはああぁぁ……、ろーらさま、ゆるしてえ……」

「だめだよニナちゃん!!　そんなにえっちな声を出されちゃうと、また出ちゃうよ!!」

「ひゃあぁ——だめ、——だめだめ、……もうだめ、——イク、——またイッちゃう、あぁあぁあぁ……、——いくいくぅ!!」

ローラの緩やかなアナルのディルドー責めと、徹の激しい肉棒の抽送に、本日十回目の絶頂がニナの体を駆け巡る。股間からは止めどなく愛液が噴き出し、遠視投影越しにハルマ達が画面上でべとべとに汚されていく。

彼らを待ち受けるのは魔都ヴィンランドル。今や栄えた王都の面影は既になく陵辱と痴態が繰り返される淫欲の象徴、魔王トールの居城である。出入りを四方の迷宮に限られた難攻不落の要塞。そこにはモンスター達が常に潜み、彼らにより徹の支配領域は日々この世界を蝕み続けているのだ。

「——さあ、お手並み拝見だ、勇者君。まずは俺の所までこれるかな?」

■■■

魔都ヴィンランドルを取り囲むようにそびえ立つ禍々しい城壁と付随する難攻不落のダンジョン。ハルマ達一行はその南端、通称南獄門と呼ばれている扉の前に来ていた。

本来堅く閉ざされているはずのその門は、まるで挑戦者を誘うようにその扉を開放し、その奥から暗鬱な空気を吐き出している。

「うわー、雰囲気でてるわねー」

少し陰鬱な気分で呆れた声をあげたのはシーリスである。いつもは進んで先行する彼女であったが、ダンジョンの雰囲気と規模に呑まれ、少し及び腰である。

「ハルマさん、本当に私達だけで行くんですか? 隣のアルバ王国の軍に協力を求めるとか……」

クレスタが不安げな声でハルマを見上げる。

そんな彼女に、大丈夫だよ、とハルマが微笑むと、

「……大丈夫クレスタ。……どうせはるまのことだから、……かなり身も蓋もない考えでいろいろ台無しにするはず……。後クレスタ近い。……私もはるまとくっつきたい」

ステラがぼそぼそと呟きながらクレスタの反対側からハルマへと密着する。

「——ステラ。君を助けた時はある意味例外だよ、僕はいつもあんな方法を取っているわけじゃない、なあ? シーリス」

「……はぁ……はぁ。はるまいいにおい……。魔術決闘ってことで約束して、相手が用意した決闘場ごと外から破壊

とか……普通考えない……。でも……そこが好き……はふぅ」

「こらステラ。くっつくのはその、まあ慣れたからいいけど、僕の手を服の中に引き込むのはやめなさいって言ってるでしょ」

「はぁ……はぁ……、いい加減はるまは私達の思いに気づくべきシーリスと付き合って、クレスタと結婚して、私を愛人にするのが一番バランスがいいと気づくべきなの……」

「──まったくもう。──いいから離れなさい。ほら、クレスタもシーリスもなんとか言ってくれ」

そう言ってハルマは二人に向き直る。

「──えっ、その──、ど、どうしてもッて言うなら付き合ってあげるけど？」

とシーリスが顔を真っ赤にしてポニーテールの先をくりくりと指で弄っており、

「うふふ……。ハルマさん、私子供は三人がいいです〜」

クレスタはスリスリと気持ち良さそうに頭をハルマの腕に擦り付けていた。

「いや、君達ね。僕らは今、魔王って呼ばれているやつのすぐ近くにいるわけなんだけどさ」

ちょっと引き気味のハルマにステラは真剣な顔で首を振った。

「……だからこそなの。はるまはもうお金持ちだし、シーリスの実家の人脈もある。貴族だけじゃなくて教会にもつてがある……。……そろそろ身を固めるべき。……最近はシーリスもクレスタも夜な夜な宿でオナ──」

「きゃーきゃー!!　ステラあんた何言ってんのよ!!」

「……そ、そうです。ハルマさんになんてことを!!」

「……今更何を。……私の貴重なはるまコレクションを勝手に──」

「わあああああ!!　ステラ!!　やめて!!　──お願いだから!!」

「そうです!!　わ、私だってお風呂でハルマさんの残り湯でえ、ええええっちなことなんてしてないですから──!!」

そんな三人の様子を見ながらハルマは口を開く。

「……君達ね、いやまあ嫌じゃないけどさ、もう少し節度を持ちなさいよ。……でもありがとう、そんな君達が僕は嫌いじゃない。そうだね、この件が終わったら──、一緒に暮らそうか。──三人が良ければさ」

そう、ハルマが言った瞬間。

シーリスの心臓がどくん、と跳ね上がり、クレスタの目

に涙が浮かび、ステラの寡黙な表情にすっと微笑みがさし、

――その様子を遠視投影で覗いていた徹の我慢の臨界点がついに突破される。

『――その幻想を、ぶち壊してやるぅうううううう!!』

突如乱入した叫び声と共に、開きっぱなしであったダンジョンの扉から、複数のミノタウロスが躍り出て、ハルマ達へと襲い掛かる――。

「――ダブルスプレッド」

強ばる三人を庇いつつ、ハルマの冷静な声が支配者の護符へと宿る。

一瞬にして枚のカードがそれぞれミノタウロスを挟み込むように配置され、

「――支配者要求、――貫け断罪の剣《ジャッジメント・ブレイズ》」

発動するのは、剣のカード。カードとカードを結ぶ直線上に数えきれないほどの剣が召喚され、ミノタウロスの体に突き刺さり、貫いていく。剣の形を取っているもののそれは最早防御力無視の力の塊。概念武器のようなものである。たかが怪物如きでは防ぎようのない威力であった。

だが徹の襲撃はまだ終わらない。

ミノタウロスがやられている隙に、ゴブリンやオークの集団がハルマ達を囲んでいた。

――いくら強力であろうとしょせん少数。数の力には及ばない。

「――とでも思わせちゃったかな?」

ハルマは不敵に笑う。

「――トリプルスプレッド」

直線上だった剣の召喚が、三角形の平面へと変化し――、今度は範囲攻撃となりオーク達を蹂躙していった。

――そして。

「――クロススプレッド」

四つのカードの交点が、ハルマの両手の中で十字を形作り、そして変化する。

使用されたカードは弓・矢・炎、そして風。

「――支配者要求《ルーラーリクエスト》」

光の十字は、弓の形になり、そして彼は両の手でそれを掴み、限界まで引き絞り――。

「――放て、――炎閃光爆矢《アトミック・レイズ》」

二乗三乗四乗。カードを重複使用する度に威力が跳ね上がった炎の矢《フレア・アロー》。だがしかし、その効果は最早戦術兵器といっても差し支えない。その破壊エネルギーの塊は昏い入口から溢れ出る怪物の集団目掛けて撃ち込まれた。炎の一閃は、膨大な光と熱を以ってその空間を蹂躙する。

――大爆発。

今まで誰にも攻略できなかった魔都のダンジョンが、理不尽な破壊というこれまた誰にも不可能と思われる方法で瓦解《がかい》した。

「さあ、待っていろ、魔王トール。――この僕がすぐに君を倒しに行くからな？」

そして、決め台詞と共に不敵に笑うハルマが、さあ、いこうかと後ろを振り返る。

「――なっ⁉」

そしてまったくの予想外の光景に彼は絶句した。

シーリス、クレスタ、ステラの姿が忽然《こつぜん》と消えていたのである。

『甘いなあ――ハルマ君‼』

遠視投影がハルマの目の前に表示され、その中に映るのは、玉座に座る徹とその足元で気を失っているシーリス達三人。

「く、いつのまに‼」

『おほー、太ももすべすべー、おいしそうだにゃー』

憤るハルマを他所に、遠視投影の中では徹が気を失っているシーリスのスカートを捲り、太ももをさわさわと撫で始める。年頃のみずみずしく張りのある彼女の肌が無骨な指に撫でられる。

『もうここは俺の陣の中だよハルマ君？ マスターロッドは陣の中ではなんでもあり。カードは教えてくれなかったのかい？』

「――黙れ。……この魔都ごと破壊してやってもいいんだぞ？」

先ほどとは打って変わって冷たい声がハルマから吐き出される。

『――わーお、そっちが君の素かな？ ……怖いなぁ、ハルマ君。名前からすると君日本人かな？ こっちの世界ではずいぶんよろしくやってたみたいだね？』

「――貴様……ッ」

徹の何気ない一言に、ハルマの心が揺さぶられ、脳裏に『昔の現実』がフラッシュバックする。ただ平凡に支配される、あの日々を。

だが、そんな動揺が徹の一言で一瞬にして冷めてしまう。

『いやあ、お仲間が居るってのは中々嬉しいね。誤解しないでほしいんだけどさ、俺は君のことは別に嫌いじゃないんだ、きゃわゆい女の子も連れてきてくれたし、邪魔しなければ命は取らないから帰っていいよーん』

ハルマは思う、こいつは今、誰に、何を言っているのかと。

「——馬鹿言うな、彼女達を返せ」

『んー、取り返しにくるなら止めないけど碌なことにならないと思うよ？　俺の陣の中で自由にそのカードが使えると思わない方がいい』

だが徹のそんな警告にハルマはにべもなく答える。

「——お前の言葉は信用しない。いいか、もし彼女達に何かあったら、すべてをぶち壊してやる」

『えー、ずいぶん自分勝手だなぁ。——しょうがないなあもう。それじゃ一日だけ待ってあげるよ。それでだめだったら諦めてよねー？　ってあれ気が早い。もうダンジョンに入っちゃったのか』

見れば遠視投影の画面の中で恐ろしい顔で睨みを利かせていたハルマは居なくなっていた。探知をしてみれば既に迷宮の中のようである。

『……さて、と』

そして徹はふむ、と頷き。無人に見える遠視投影の中へと飛び込んだ。空間が接続され、ハルマが先ほど居た場所に徹が降り立った。

「起きてー、シーリスちゃーん、クレスタちゃーん、ステラちゃーん？」

何もない空間に向かってしゃがみ込み、徹は呼びかけた。

——景色が歪む。そこには、気を失い、横たわった本物のハルマの仲間達が居た。

そう、ハルマは徹のフェイクに見事に引っ掛かってしまったのだ。

徹は映像を歪めて見せていただけである。

（甘い、甘いぜハルマ君。ただ攫《さら》って犯すなんてシチュエーションを考えているようじゃ、エロ道は極められないぞー？）

「ん、んん……」

そして徹は一人ずつ彼女達を覚醒させ、情報を吹き込む。支配者の剣《マスターソード》で疑念という感情を奪い去り、そして信頼という偽りを植え付けて——。

「さあ、早く追いつこう!!　ハルマが危険だ。大丈夫、俺達は今までこんなこと慣れっこだっただろ？」

「——わかってるわ!!　当てにしてるわよ、トール!!」

「はいトールさん!!　ハルマさんが心配です。急ぎましょう!!」

「……トールがいるからいつもはるまは暴走できるの……悪く思わないでほしい……」

（……ちょろいなぁ）

目の前で躍るぷりぷりした三人のお尻を視線で愛でつつ。

徹はこれからの展開を予測し、口元を歪めるのであった。

「わはは、すべてこの俺にまっかせなさーい!!」

陵辱の宴はこうして始まったのだ。

ハルマが感情に任せて地下迷宮を突き進むその一方、シーリス達三人は、徹にまったく異なる方向に誘導されていた。その理由はもちろん彼が個別にいろいろとねっとり楽しむためである。臨時のパーティーリーダーは魔法使いのステラだ。彼女はハルマが使用したカードの魔力痕跡を追って進む道を指示してきた。だがそれは徹によって擬態された偽りの痕跡である。

目の前には三叉路がある。

「……困った。三つ共はるまの匂いを感じる……はふぅ」

「どうしますか？　一つずつ潰していきましょうか？」

「そんな暇ないんじゃない？　もし間違った道を行ったら追いつけなくなっちゃうよ」

それぞれが判断に迷う中、徹は繁々とおいしそうな獲物達の様子を眺める。ちなみに壁全体が薄く発光しており、迷宮内といえども外とは変わらない明るさだ。

（明るくないと視姦できないしねー）

眼福眼福と、徹は人の体を視線で舐め回す。

シーリスは茶色の髪の毛をポニーテールでまとめている快活な娘だ。少し細めだがしっかりと腰の辺りは女らしくくびれている。小剣と付与魔法が主武器らしく、軽装備だ。胸当ての下は動きやすさを重視しているようで、軽い布地の上着と少し丈が短いフレアスカートを穿いている。膝当てと肘当ても軽いものが選択され、特に太ももは絶対領域チックに強調されていて実にエロい。胸は三人の中では一番小さそうである。ただその点はクレスタがぶっちぎりなだけで彼女の胸を小さいと評するのは酷かもしれない。

（うんむ、乳に貴賎なし。しっかりと揉んで大きくしてあげなければ）

そして黒髪の娘はクレスタ。修道服に身を包んだ大人しめの娘だ。ゆったりとした修道服の上からでもわかる胸と尻のラインはこの人の中ではトップであろう。歳がそう変わらない三人の中では一番保守的な発言をしばしば行っている。先ほどはハルマにくっついていたが今はステラにくっついている。どうやらそういう癖らしい。

（うーん、チンコを擦り付けたい、その体）

最後にくせっ毛の銀髪の娘がステラ。前髪で目線が隠れ気味で、表情が読み難い。幅広い魔法を身につけているようだが魔力痕跡を匂いと称する辺り、少し世間様とはずれているのかもしれない。無表情な中に時々見せる笑顔は徹の嗜虐心を掻き立てるのに十分なものであった。ゆったりした魔法使い用のローブを着ている。胸はクレスタほどではないが、たっぷりだ。

(あーいう娘に尽くされるってのもいいなぁ、俺色に染めるっつーの？　…………ん？)

徹の頭上がふと暗くなる。

「あれ？　どしたの？」

のんきにローアングルで彼女達を視姦していた徹を焦るシーリス達が囲む。

「どしたの、じゃないって。ほら、トールも何かいい案出してよ、早く追いつかないとハルマが危ないのよ‼」

「……んー、そうだね。ハルマのことだから、正直よっぽどのことがない限り大丈夫だと思うけど」

徹の言葉にステラと、クレスタが頷いた。

「でもカードを一枚も残していないのが気になる。ステラの探知は確かだからハルマがここに来たのは間違いないと思う。三つの道全部から魔力痕跡が漏れているのは、ハルマは多分手っ取り早くカードを行かせたからじゃないかな、だからどれかが当たりでどれかが外れ」

もっともらしく徹が意見を言った。

「それじゃ、三手に分かれて一気に探そ？　危険があればハルマのカードがなんとかしてくれてるし、今は急いだ方がいいよ、絶対」

そう、三手に分かれるという発言を引き出すために。

「でもどうしましょう？　私達、ハルマさんのカードみたいにお互いの状況を把握できませんし」

「……トール、……なんとかならない？」

そんなクレスタとステラの言葉に徹は笑顔で頷いた。

「うーわー、あんたいつのまに人間やめたのよ」

「――え、これ本物なんですよね」

「間違いなく全部本物………流石の私もドン引きなの」

迷宮内にそれぞれの呆れ声が響き渡る。彼女達の目の前では三人に分身した徹がむんっ、とポーズを取っている。

「最近つけた新機能。どうよこれ。意識は繋がってるから状況把握だってバッチシよ？」

「……新機能って、機能ってなによ」

「――でもいろいろ便利そうですね～」

「……原理がわからない。……トールのくせに生意気。……後で教えるの……絶対なの」

原体分割《オリジン・ディバイド》。

まったく同スペックの肉体と意識をどこかからか持って

きた謎物質を以って複製する。複製された個体はそれぞれ本人の自覚があり、お互いの考えも読める。お互いの意識の統合も問題なく可能で、一つに戻った場合、あまった物質は精子やら体力やら勃起物質やら媚薬物質やらオプションの触手やらに変換されるというエナジーフリーかつエコロジーな仕組みであった。

アルテ曰く「よく喧嘩にならないね」

カレン曰く「だって徹様だし」

シンシア曰く「そうね徹様ですから」

ローラ曰く「むしろ徹様以外だったら自滅していますの」

当然この機能を完成させて初めて彼が行ったことは、分裂した自分達と彼女達の大乱交である。アルテは二本刺しで突かれながら上半身をバイブで責められ、カレンは騎乗位でずんずんと突かれながら、左右から伸びたちんぽをおしゃぶりし、シンシアはアナルに一本、そして胸を左右それぞれ丹念に責められ、アソコを二人の指で同時に嬲られ放尿を繰り返した。ローラに至っては全身ローションにまみれ、マットの上で徹に口もお尻もアソコも合計二十本の指で丹念に弄られた後、浣腸とバイブによるアナル開発をされている間にずっと乳首と唇をしゃぶられ続け、最後には本責めで掻き回され果てるという結果に至る。

（うへへ、シーリスちゃん達にもしっかりと挿れてあげるからね、うへへへ）

「まあ、そういうわけだから行こうか。ぼやぼやしてる暇ないだろ？」

徹の言葉に三人は頷き、それぞれ三叉路へと向かうのであった。

■■■

道幅にして一メートル。シーリスは楽勝だがガタイのいい徹は結構ギチギチだ。

「ねぇ、もうしばらく歩いてるけど、二人の所も収穫なし？」

シーリスは後ろを振り返り、徹に確認をする。

「ないねー、こっちと同じ、ずっと平淡な風景だってさー」

「そう、……もう、参ったわね……ん……」

そう言って歩を進める彼女だが実は先ほどから少し体に変化が起きていた。

例えば体温の僅かな上昇。なぜだかわからないのだが、体が少し高ぶるのだ。

そして歩き方の変化。彼女が一歩一歩足を踏み出す度に歩くのとはまったく別の軽い衝撃があるようである。さらにいえば軽い息切れ。ただ歩いているだけなのに、シーリスの唇は乾き、それを補うように唾を呑み込む。

（うむ、効果は抜群だ）

徹は心の中で叫ぶ。そう、この道は徹お手製の催淫ガスが充満しているのだ。

「シーリスちゃん、もしかして調子悪い？　ちょっとそこらで休まない？　みんなにも伝えるよ」

「……うん、……ぁ、……わかったわ」

そう言うと、シーリスは壁により掛かりずるずると座り込んでしまう。ぺたんとお尻が床につき、居心地が悪そうに膝を曲げて、もぞもぞと太ももを擦り合わせる。時折自然と手が胸に行くが、胸当てに指が当たりその軽い音に、思い出したように手を膝の上で組み直す。

（もう……なんなのよこんな所で……）

十分後。彼女は落ち着こうと深呼吸を繰り返す。だがその度に催淫ガスを沢山吸い込む形になり、体を火照らせていく。

（……ぁ……、やだなぁ。……ちくび、すごく焦れったい）

かつ、かつ、と指が自然と胸当てに当たる。シーリスの乳首は催淫ガスのせいで僅かな衣擦れだけで硬くしこりつつあった。だが胸当ては彼女の胸部を覆っており、指は虚しく阻まれ、ただ空間を叩くのみである。

それが、彼女にとってたまらなく焦れったかった。

「……ごめん、……トール、私、しばらく動けないかも……なんだったら先行って」

その言葉はシーリスの脳内での葛藤を如実に表していた。ハルマの元へ行きたいという気持ちも、足手まといになりそうだという気持ちも、そしてこっそり一人きりになって胸当てを外して胸を弄りたいという欲望も。

「だめだよ、さっさと治してハルマ追うよ、ほら治療具作ったから」

「治す…………、いや、だって私は、……」

「ん？　ダンジョンの悪い空気吸って気分悪いんだよね？だから外に出す道具を今作ったんだけど問題あるの？」

「……ううん、大丈夫。そっか、ここ迷宮だもんね。こんな気持ちになるなんてきっとトラップのせい。……そう、こんな変な気持ち……うん。これは普通のこと、うん。調子悪くなったら直さないと、ハルマを追わなきゃだもんね、ありがとう。——あはは、トールやっぱ貴方、普段ふざけてるけど、頼りになるな」

顔を高調させながらシーリスが徹に向ける眼差しは親に

向けるごとき親愛と信頼の体である。

【支配者要求──：論理封印《ロジック・シール》】

ある一定の考え方を封殺する概念領域。

今、彼女を始めとしてクレスタもステラも徹の言葉や行動を疑えない。徹は長年の信頼できる仲間でほのかに恋心を抱いているハルマの相棒で、間違ったことは何も言ってなくて、実際それで失敗したことなんてなくて。そう、彼がすることは、何があろうが絶対的に正しいのだ。

（と、思っているシーリスちゃんに、徹一号はいろいろいたずらするであります!!）

（──徹二号より健闘を祈る!!）

（──徹三号も後に続くぜ!!）

そして徹はそんなシーリスの親愛と信頼を、情欲と嗜虐で塗りつぶすべく、彼女へと笑顔で近付く。治療道具と称して彼の両手に装備されたものは、バイブの木から採れた新製品。細い棒の先にたまご型の振動装置がついた、誰がどう見てもロングでバイブなピンクローターそのものであった。

そして、徹はシーリスの横に腰を下ろす。

「それじゃあ……お願い、……どうすればいいのかな」

「うん、そうだな。ちょっとびっくりするかもしれないんで気をつけてね、胸当ての隙間からこれを入れるから、ちょっと顎上げて？」

徹の左手がシーリスの首を撫で、そしてくいっと顎を上げさせた。

「……ぁ、ちょっと、……もう、何するのよ……ちょっと緊張する……」

「首撫でられるのは嫌なの？　シーリスちゃん？」

「ぁ……ぁ……や、もう……」

（やだ、トールの指、思ったより硬くてゴツゴツしてる。はぁ、もう、早く治療してもらおう、なんか変な気分になる……）

「……いいわ、ほらこれでいい？」

彼女が躊躇いがちに顎を上げ、そして白い胸元と胸当ての隙間が徹の眼下に晒される。

（綺麗な肌だねぇ、それじゃ、侵入開始っと）

ロングローターが胸当てと上着の隙間にするすると入っていき、そして、

「あ……♥」

大して分厚い布地でない上着の上から、硬くしこったシーリスの乳首の先端部分にちょこんと接触する。その瞬間、シーリスの背中をぞくぞくと待ち望んだ快感の電流が駆け

上がり、体が反応し、震える。

「……ちょっと、トール、それは……あ♥　……ぁん♥」

「――治療だよ。決まってるじゃん、ほらじっとして。ここがむず痒かったんだろ？　だったらここに治療具当てないとだめだろ？」

「……そんなこと言ったって……ぁ……ぁ、ぁ……ぁ……ぁ……あ♥　……とまって、ちょっと恥ずかしい……ぁ……ぁ」

ちょ♥

「そんなこと言われてもなぁ、早く動けるようになってハルマ助けないと、ほら、よく見えないから、教えて？　シーリスの右胸の乳首はどこにあるの？　ここ？　ここ？」

徹は隙間に差し込んだロングローターを上下に揺する。その度に楕円系の先端が、服の上からシーリスの乳首をくにゅりんと焦れったく擦った。

「それは……もうちょっと右だけど……ぁぁ……はう……、ん、……ん……やぁ」

時々の刺激がより頻繁にシーリスの精神を揺さぶる。

（はぁ……はぁ……、治療だもの、変な気持ちになっちゃだめ、あぁ、やだ、トールの指がわたしの耳触ってる……ぁ……ぁ、でも♥　……ちょっとこういうの久しぶりだなぁ……♥　クレスタとシーリスが同行するようになってから、ハルマと二人っきりになる時間もなかったし……）

「それじゃ次、直接いくね」

「……ぁ……ぁ……うん……あん♥　……ぅ……ぁ……ちょ……くせつ……って？」

シーリスの疑問に対する答えは、直接体から伝えられた。

「ふぁん♥」

ローターの先端が、シーリスの勃起乳首をぐいぐいと潰し始める。

（……やだぁ、これ、指と……、全然違……ぅん♥）

彼女の顔の横で徹の右手が細かく動く。しゅっしゅと徹がロングローターを動かす度に、先端のシーリスの乳首が擦られ、時にはぎゅっと押し付けることで彼女の乳首を圧迫する。

「……んあ♥　……やん。……それ……ぃ、……ん♥」

その度にシーリスはびくん、と体を震わせたり、足を擦り合わせたりして甘い声を出してしまい。

「よーし、シーリスちゃん。それじゃ左もいこうか」

「……ふぇ？　……ん……ぁ♥」

するすると徹の左手側の棒ローターが、右側と同じようにするするとシーリスの胸元に吸い込まれ。

「っ…………‼」

彼女の体が大きく跳ねた。そして、肩を窄め、必死に快感に耐えながら、徹の治療《愛撫》を受け入れている。

(治療だ……もの♥　きもちいけど、我……慢しなきゃ、せっかくトールが、ぁ……はぅ♥)

「ぁ……あっ……ぁぅ……ぅぅ……はぁ……ふぁ……ぁ♥　……あー♥　あー♥」

服の中でシーリスの乳首が無機物に嬲られていた。ぎこちない上下運動と冷たく硬い感触が、指とは違った快感を彼女に与えていた。

「ぁ……はー♥　はー♥　……ぁ……ん……」

シーリスは徹にもたれ掛かるように力を抜いており、既に下半身はだらしなく脚を開いている。乱れたスカートの下から普段は見えない太ももがにゅっと紅潮して露出しており、非常に彼女の体はゆるゆるに緩んでいた。

上半身は露出は少ないものの、隙間から棒を差し込まれ乳首をつんつんこねこねさせられ、しかもリズミカルにしゅこしゅこ上下に動いて彼女の乳首をピンポイントで弄っていく。もちろんその度にシーリスの体は反応し、感じる快感は甘い吐息に変えられていく。

(はぁ……やだぁ、癖になっちゃうぅ……♥)

「んっ……あっ♥　……あっ……好き……それ、ぎゅっとして……、強いぐらいが……いいの♥」

「ぎゅっと潰されるのがいいの?」

徹が先端のローターを押し付け、シーリスの乳首をぐりぐりと潰す。

「ん……ぁ……ぁ、ふあぁ……♥」

「ほら、もう一回」

「んはぁ……♥」

「えろいねーそれじゃこなれてきたし、すいっちおーん」

「え、なになに? ひゃあ、やだぁ、なにこれ、やだぁ」

ヴぃ、ヴヴヴヴぃ、ヴぃいいいいい

徹が魔力をローターに込める。楕円の先端が魔力に感応しぶるぶる震え出し、当然その先端と接触しているシーリスのこりこりになった乳首はローターに高速で細かく揺さぶられる。

「ひゃ♥　……あ♥　……ぁ……やぁ♥　これ♥　……なに……さきっぽ……かゆくて、でも胸の奥まで♥　……じんじん響く♥　……ぁぁ……」

シーリスは真っ白になりかけた頭の中で思考する。これは治療だ、それは間違いない。そう、これはきもちい治療なのだ。でも自分は今までこんなきもちいことは知らない。目を潤まして、口元をだらしなく広げ、ぞくぞくと肩を震わせるなんて行為は、まるで快感を貪るはしたない女ではないかと。

「トール……だめ、やだぁ、こんなの顔見せたくない……ハルマ以外に見せたくない……!!」

シーリスの顔に突然理性が蘇り本能を抑え込む。

――だがしかし、それを見透かしたように徹は彼女に答えた。

ローターで彼女の乳首をぐりぐりと弄びながら――。

「……なんでだめなの？　俺は誰にも言わないよ？　もちろんハルマにだって。このことは誰も知ることはない」

【支配者要求――：論理封印《ロジック・シール》】

この瞬間シーリスの思考は封殺され徹の行いが絶対的なものとして補正される。

「シーリスちゃんが、いくら気持ち良くてもこれは治療だよ？」

「だから」

「俺はシーリスちゃんがはしたない声を出して感じていても」

「治療以外してないじゃないか？」

「……ぁ♥　……ぁ♥　……、うん……、信じる、私、トールのこと、信じる……♥」

シーリスの精神が、ゆっくりと歪められていく。現実から乖離して、捻じ曲げてまた現実に返すことの繰り返しで
――

「じゃあ、シーリスちゃん。今度はどこを治療してほしい？」

「……乳首だけじゃ焦れったいの、胸とかもっと治療してほしい……♥」

息を乱し、乳首を舐られて、くてくてっとなった少女が懇願する。

本当は初対面の男に乳首を散々玩具で弄ばれて、もっと弄ってと懇願する。

「うん、それじゃあ、胸当て外して？」

「……うん、わかった♥」

シーリスは自ら不条理の階段を駆け上がる。

胸当てを外し、上着をはだけて、まるで子供のように徹の股の間に腰を降ろした。

(――ハルマっ♥　ハルマっ♥　すぐに治していくからね♥)

徹の無骨な指がシーリスの後ろから回り込み、

「あはぁ♥」

彼女の今まで自分以外触れたことのなかった、美しく控えめな胸が徹の無骨な指により蹂躙される。まずは徹の手

の平がシーリスの胸を撫でるように揉み込み、乳首の快感で溜まるばかりであった胸の奥のわだかまりが解放される。

「……あはぁ♥」

「シーリスちゃん、どう？」

「トールの手すごくゴツゴツ……硬くて♥　……引っ掛かって♥　ちょっといいかも、ゃっ♥」

こんなふうに？　と徹は指を開いた状況で手首を上下に振る。

手首を支点に振られた指が、連続してシーリスの乳首の先端を刺激し続けた。

「……はぅぅ♥　ひゃぁぁあ♥　きもちぃ♥」

連続した快感の連鎖にシーリスは思わず体を折る。

ささやかながらも彼女の胸が重力に従い下方へとベクトルを変えた。

「それじゃあこれはどうかなー？」

下を向いた乳首を今度は人差し指と中指の先端で軽く引っ掻き続ける。

「あ♥　あ♥　それ、だめ♥」

（あぅぅ、それきもちいよぅ、知らなかった、男の人の指ってすごい♥　今度ハルマにも弄ってもらいたい♥）

「ぴーん、ぴん。コリコリ乳首ぴーんぴん」

だめと言っても止まらぬ徹の乳首のおはじきに、思わずシーリスは上半身を仰け反らせ。

（……あ♥　……ん♥　そう、そこで――っ）

シーリスの心の声に同調したかのように、徹は乳首の愛撫から揉み込みへと切り替える。

ぴんぴんに上向いた乳首の周りの肉が揉み込まれ、くにくにといやらしく先端を揺らし、そしてまた摘まれる。

「あ……♥」

（あ……♥）

その瞬間、シーリスの体の声と心の声が等しく重なった。

催淫ガスの中で執拗に胸を愛撫され、乳首を蹂躙されて、彼女の膣は胸から送られてくる快感と膣内の蠕動だけで、オーガズムを迎えたのだ。

それは静かで長い絶頂。

「――んっ♥　――あ……っ♥　あ、あううぅん♥」

直接的な刺激の少ない状況で迎えたシーリスのオーガズムは、長い周期でゆっくりと彼女の体に快感を与えていった。徹はシーリスの乳首を時折きゅっと摘み、スムーズに快感がシーリスの体を突き抜けていくように補助をする。

「――あっ♥　もう、とーるぅだめだったら♥　――やんっ♥」

それは傍から見れば男に抱えられ乳首を摘まれる度にビクンと跳ね腰をカクカクさせて気を遣ってしまう、淫らな少女の姿だった。

「さて、もう大丈夫かな？　どうシーリスちゃん。すっきりしたでしょ」

徹にもたれ掛かっていたシーリスが姿勢を正し負担が軽くなったことを合図に徹は彼女に話しかける。彼女の上着ははだけたままで、小さい膨らみでも、すっかり大人になった乳首もまだその硬さを維持していた。

「ねぇ……トール？　聞きたいことがあるんだけど」

それは、縋るような、そして不安げな声。

「貴方、わたしなんかの胸を治療でそのいろいろしてくれたんだと思うんだけど、……その」

「……何？」

「その……あの……、楽しかったかなって」

「……どゆこと？」

——今、

「ほら、わたしクレスタどころかステラよりも胸ないし、男の人って胸大きい方がいいんでしょ……？　ハルマだっていつもクレスタとかステラの胸気にしてるし、くっつかれてデレデレしてるし、その、トールが一生懸命治療してくれたのはすごく嬉しいし」

——シーリスの論理が、

「だから——、その……、もし苦痛だったら、ごめんなさい。その実はちょっと、いやかなり気持ち良くなっちゃって、その……正直自分でもわけわからなくて、私男の人に胸を弄られたの初めてで、その」

——歪められたまま育っていく。

「トールのことは信用してるの。だから貴方にしかこんなこと言わないし、その、本当はハルマにしてもらうのが一番わたしも嬉しいんだけど、でもそうじゃなくて……」

「それじゃあ」

——悪魔の言葉を、

「ハルマが弄ってくれなかったら」

——糧としながら、

「俺がいつでも弄ってあげようか？」

「……え、……だって、そのトール、私の胸、嫌じゃないの？」

——すくすくと育っていく。

「だ、だったらさ、安心して言えるな。その治療してくれてありがとう。——もし良かったら」

——どこまでも、

「お、お礼に。――も、もうちょっと、好きにしても、いいのよ？♥」

――どこまでも。

「シーリスちゃん」

徹はがっしと後ろからシーリスの肩を掴み、

「は、ハルマには内緒ね。その、なんていうかその」

「うん、わかるよ。体と心は別物だ」

そして肩に半分かかっていた上着を脱がす。

「え？　トール？」

そして、くるっとシーリスの体を反転させ、まるで恋人同士のような距離で向かい合う。シーリスの表情が雰囲気を察し、また、快楽に濁る。

徹の両手がシーリスの両乳首を摘み、こりこりとほぐした後、きゅうっと引っ張られて、

「……はぁん♥　やだ……恥ずかしい、きもちいい顔、全部トールに見られちゃうかも……♥」

シーリスは体を捩り、徹の腰に自然と脚を絡めた。

徹は指の腹で乳首をぐりぐりしながら、そっと彼女の耳元で囁く。

「じゃあ……こんなのはどう？」

徹の吐息がシーリスの耳腔を掠《かす》め、首筋に到達し、

「……ひゃぁぁ……♥」

シーリスの乳首は、今度は男の舌を知る。

そこからは先ほどのフルコースである。

右乳首をちゅぱ、ちゅぱと吸われ、

「……ぁ♥　……ぅ♥」

左乳首もちゅぱ、ちゅぱと吸われ、

「……ゃ……ぁ♥　……ん♥」

右乳首を舌先で押し込まれれば、

「はぅん♥」

左乳首をぺろぺろと嬲られる。

「んっ……あっ……んっ♥」

唾液でべとべとになった右乳首を指で弾かれれば、

「ひゃ♥　あ♥」

膨らみごと口に含まれ左乳首が周囲の肉ごと蹂躙される。

「あぁー……♥　あぁ……ぅ♥」

仰向けに寝かされて乳首を甘噛みされ、

「……っ……んっ♥」

四つん這いにされて下からちゅぽんちゅぽん吸い付かれ、

「やぁん♥　やんやんっ♥」

壁に手をつかされ、ちゅうちゅうとしゃぶられれば、

「……えへへ、私達、なんかいけないことしてるみたいだ

ね……♥」

　壁を背にしてれろれろとしこりを舐められる。

「やだ……♥　どうしよう♥　それ、一番好きかも……♥」

　その後数回、胸の愛撫によるオーガズムを迎え、シーリスは調子を取り戻すのだが、徹の教育と胸のトラウマを論理封印でいい感じにミックスされてしまった彼女は最早他の二人と分かれる前とは別人である。

「ん～、気持ち良かった。下着がすごいことになっちゃってるよー、もう!!」

「お、脱ぐとこ見ててあげる、さーあ、カモン!!　キャモーン」

「何言ってるのよ、ハルマ以外に見せてあげるわけないじゃない、わかってるでしょ？」

　傍目から見れば蹂躙といえる愛撫も彼女の認識では治療とお礼である。

「えー、じゃあ、おっぱいはー？」

「……え、その、それは、また今度ならいいけど」

「じゃあ、……治療は？」

「え？」

「シーリスちゃん、あそこじんじんしてないの？　治療しなくていいの？」

「そ……それ……は……、あれ……だってそろそろいかないと、ハルマに追いつけないし……」

「大丈夫だよ？　みんなも、アクシデントで休憩しているみたいだし――」

「……それなら……、うん……いい、のかな？」

「ほら、そこに手をついて、お尻を突き出して」

「う……うん」

「大丈夫、これは治療だよ、ハルマにだって言わないし、だから」

　徹の右手が、シーリスのスカートを捲り、すうっと彼女の尻の割れ目に沿って徹の右手が差し入れられていく。

　――くちゅくちゅくちゅ
と卑猥な水音がシーリスの股間からいとも簡単に湧き出てきた。

「――ふぁぁぁ♥」

「んふふ、シーリスちゃん。どうせなら、また上着脱ごっか、舐めながら、下もコリコリしてあげるからね!!」

　こうしてシーリスはハルマへの純粋な思いを維持しつつ、体は快楽の虜となっていく。

　彼の預かり知らぬ所で。決して、彼が届かない場所まで。体だけが、辿り着かされるのだ。

■■■

「うんしょ、うーんしょ」

徹の目の前でクレスタの尻が揺れていた。胸ほどの段差をどうにか自力で乗り越えようとしている。彼女の努力の光景である。

括れた腰のラインに、実に的確に育った尻。ちょっと脇の下に目をやれば、後ろからでもラインが確認できる、豊満な胸。男好きする体というのはこういうものを言うのだろうか、と徹は繁々とその見事なスタイルを見守った。

「あの……、トールさん？」

「なーにー？　クレスタちゃん？」

「……見てないで、手伝ってほしいんですけどぉ？」

「ん？　いいよ」

ジト目のクレスタにトールはスタスタと歩み寄り、

「あの……」

「ん、どしたの？　いいよ？」

クレスタは自分のお尻の側で膝をつき両手を構えてスタンバイする徹を見て、はぁ、と溜息をつく。

「――その、トールさんは、多分私の不安を紛らわそうとしてそういうことをわざとやっていると思うんですけど――」

「うん」

「――それを差し引いてもちょっとえっちですぅ」

人差し指を立て、めっとしながら頬を膨らませるクレスタ。

「ああ、ごめんね。クレスタちゃんハルマ以外の男の人だめって知ってるけどさ、ほら、ちょっと緊張とお尻を揉みほぐした方がいいかなーって」

そう言って徹は指をワキワキさせた。クレスタはハルマと出会い、一緒に旅立つまではとある村の教会に仕えていた。その片田舎の教会は現在この世界の最大派閥の宗派の出張所みたいなもので、ある一定期間、中央から高位の神官が派遣されてきて、運営を取り仕切る形である。彼女はその神官に性的な《セクハラ》悪戯を受けていたのだ。

といっても夜な夜な性奴隷として慰みにされたとか重いものではなく、何かにつけては胸を触られたり、お尻を揉まれたりというレベルである。男性恐怖症の彼女にとってはそれくらいでも大変なことであったのだが。

そしてハルマの登場により、なんやかんやで事件が起き強引に神官に犯される寸前で助けだされたのだ。ちなみに徹の存在はその時の救出メンバーとして、しっかりとクレスタの思考に刷り込まれている。

その姿を見て、彼女は少し呆れた様子でくすくすと笑い出す。

「……もうっ、相変わらず子供みたいな人ですね。……トールさんなら大丈夫ですよ」

クレスタはとことこと歩み寄り、躊躇いがちに徹の手を握る。

「ほら、ね？」

と徹の手を握り微笑んだ。

「クレスタちゃん、かわいいなぁ、でもさ、ハルマにはいつもおっぱい押し付けてるよね？　俺にもしてよー」

「うふふ、それはだめですよ。私はハルマさんのことが大好きです。男の人が怖い人だけじゃないってことを気づかせてくれた、大切な人なんです。トールさんのことは嫌いじゃないですけど、えっちなことはハルマさんだけなんですから」

遠視投影でしばらくハルマ一行を見守っていた徹は知っている。

クレスタはいつもハルマの腕に絡みついていた。

（うん、ちょっと異常って思えるくらいにね？）

徹は思う。彼女は三人の女の中でおそらく一番熟れている。精神的な意味でも、肉体的な意味でも。

――そうなのだ。ちょっと見ていれば馬鹿でもわかる。きっとハルマも気づいている。そして、シーリスもステラも薄々気づいている。

――クレスタ本人だけが気づいていない。

彼女の心が男を拒否していても、体は求めていることに。

そしてそれを知っていて尚、最後の一線を越えないハルマは徹にいわせればヘタレである。

（クレスタちゃんの心を大切にしたいんだね、ハルマ君。うん実に素晴らしい。俺は応援する。精一杯応援するよ。だから代わりに俺は俺なりにクレスタちゃんの体を大切にしてあげようじゃないか）

クレスタの心は覚えている。

自分の胸に食い込む、自分以外の指の嫌悪感を。

クレスタの体は覚えている。

柔肉を揉まれた先に芽生えた快感の篝火を。

クレスタの心は忘れない。

男で手で腰を撫でられ肌が粟立つその瞬間を。

クレスタの体は忘れない。

タイトな修道服に浮かぶ下着のラインを、つうっと撫でられて走らされた甘美な痺れを。

彼女の中にある淫靡な欲望と、それを否定する二面性がせめぎ合っていた。だから彼女はハルマに抱きつくのだ。気づいてほしいのだ。たとえ心がその渇望に気づかなくとも。

――彼女の体は、その快感を欲していることに。

徹は思う。ならば与えてあげよう、と。

彼女の想像もつかない方法で、想像もつかない死角から、決して戻れない場所へ一瞬で攫ってあげようじゃないか、と。

「――クレスタちゃん。あれって、ハルマのカードじゃない？」

その瞬間彼女の顔がぱっと明るくなり、徹が指を差した先にあるカードへと向かう。

それが、悪魔の誘いとも知らずに。

「――ハルマさん、ハルマさん、そちらは大丈夫ですか？

――無事ですか？」

クレスタはカードへと語りかける。ハルマのカードはすべてが魔力で繋がっている。今までのクエストでも何度もこの機能を利用してきた。

「――はい、あ、はい!! そうなんですね――、はい、こちらも全員無事です!!」

どうやらクレスタはハルマと無事通信ができたようである。カードを胸に抱き、嬉しそうにカード越しにハルマとの会話を楽しんでいた。

「はい、――そうですか、でも無事で良かったです。――それじゃ一日だけこの場で待機すればいいんですね？ はい、ええ、うん……大丈夫です。それじゃみんなで集まって待ってます。……はい、それじゃ……、はい大好きです、ハルマさん」

――当然通信先のハルマも、このカードも徹のフェイクである。

「トールさん!! ハルマさんは無事で、もうこのダンジョン出口に拠点を確保したそうです。今転移の術式を作っているそうでして、……ですので、一日だけこのカードを持ってみんな待機しててくれって」

「オッケー、それじゃ伝えるよん。……ん？ なんか他の二人も休憩中だってさ、特に怪我とかもないから、ゆっくりくるってさ」

クレスタにそう伝えると、徹は床にごろんと寝っ転がる。

「結局、これで決まりかー、魔王とかいってもハルマにかかっちゃ形なしだなー……」

「うふふ、そうですね。流石ハルマさんですね……、さて、みんなを待ちましょうか。幸いここらにはモンスターの気配もないみたいですし」

クレスタは徹から少し距離を置いてちょこんと座る。

そして、彼は呟いた。

「……俺ら、ずっと一緒にやってきたけど、これでお別れだねぇ、寂しいなぁ……」

クレスタ達の記憶は既に徹によって加工されている。

今彼の存在は彼女達の中で、ここ数年間、ハルマ、シーリス、クレスタ、ステラと一緒に数々の苦難を乗り越えてきた信頼できる仲間、トールであった。

「……え、なんでですか？」

心底意外そうな顔でクレスタは首を傾げる。

「だって言ってたじゃないか、クレスタちゃん達、突入前にハルマに『一緒に暮らそう』ってさ。そうなんだよ、かわいい女の子三人に男二人。――しかも女の子達はみんなハルマが好きで、ハルマも君達を好き。――元々このパーティーは無理があったんだよ」

「……そんな、でも……、……トールさん、そんな様子少しも――」

「出さないさ。――本音を言うとね、俺も男だからさ、クレスタちゃん達みたいな女の子がいたら、人並みに興奮するよ。ただ、俺はハルマのことも嫌いじゃないんだ。そして――やっぱりクレスタちゃん達のことも好きなんだ。みんなが楽しくしている関係を壊すほど、無粋じゃない――」

「……トールさん」

「だからさ、クレスタちゃん……。俺が黙って消えるのが、一番いいのかな、ってふと思ったんだよ……」

「トールさん……、そんなこと言っちゃ嫌です。私も、シーリスさんもステラさんもハルマさんもトールさんをすごく頼りにしてて、いっぱい、いっぱい助けられて、そんなトールさんがいなくなっちゃうなんて、悲しすぎます……!!」

クレスタが徹の隣に移動し手を取る。

「クレスタちゃん……、ありがとう。でもね、だめなんだよ」

「なんで、なんでですか。私達、仲間じゃないですか……!!」

泣き出しそうな声と共に彼女の手に力が籠もる。

「違うんだ、俺はね、クレスタちゃん……」

そして、徹はクレスタのその手を握り返し、

「クレスタちゃんのおっぱいを揉みたいんだよ‼」

「……はいぃ？」

あまりの予想外の返しに、彼女は思わず問い返した。

「うん、今までずっと我慢してたんだけど、俺、クレスタちゃんのおっぱいをずっと揉みしだきたかったんだよね？」

ぶんぶん、と徹は笑顔で未だ繋ぎっぱなしの手を上下に振る。

「……はぁ、トールさんはやっぱトールさんでした。……なんでそういう所はおバカなんですかぁ、もう……」

がっくりと項垂れるクレスタ。

「え、だって、ほら、クレスタちゃんかわいいし、スタイル抜群だし、すっごいエロい胸してるし、もう何度も後ろから襲い掛かろうかと思ったけどさ、……クレスタちゃん神官に嫌な目にあってるじゃん。だから無理やりは良くないと思って我慢してたんだよね」

「……はぁ、一応聞いてあげます。トールさんじゃなければ訴訟ものですよ？」

「――うん、ありがとう‼　あのさ、流石にハルマと結婚しちゃったらさ、諦めるしかないじゃん。だから直感的に悟ったね、もう俺にチャンスは今しかないんだって‼」

「……なんというか、トールさんそのポジティブ思考はすごいと思うんですが、使い所をもう少し考えてもらえるとハルマさんも楽になるんですけど……」

はー、と深い溜息をついてクレスタはハルマを見た。

「……一つ聞きたいんですけど」

「うん？」

「……これって私が拒否しても、私はトールさんに揉まれちゃう流れなんですか？」

と、クレスタは手を胸で庇いながら、じっとりとした視線で徹を見る。

「うんにゃ」

「……ああ、やっぱそうですよね――って、揉まないんですか……？」

二人の間に流れるしばしの沈黙。

口を開いたのはクレスタである。

「……あの、今私とトールさんは――」

「――二人きりだねぇ」

「……それでトールさんは私の胸を――」

「超揉み込みたい‼」

「……えーと……んーと、トールさんがもし力ずくで襲ったら？」

「——多分、俺が勝っちゃう。俺強いし‼」

「……ですよねぇ」

そしてクレスタはぷっと噴き出す。

「——襲わないんですか？」

そして徹は答える。

「襲いたいんだけどにゃー、クレスタちゃん泣いちゃうでしょ。俺クレスタちゃんを泣かすなら、お互い合意の上で気持ちがいい鳴き声をあげさせたいなー」

それは実に滑稽な茶番である。

そもそも、クレスタが持つ徹の記憶は捏造されたものである。

それに彼女のハルマに対する思いは本物である。

偽りの信頼がそのままでは、本物の愛情に勝つことはないだろう。きっとストレートに徹がクレスタを襲えば、最終的にはただのレイプになる。

徹は思う。今回はそれではつまらないと。

だから徹はこの茶番を演じた。

——相手の慮外の返答をすることで、

——歪な素直さを見せることで、

——そして、相手に最終的な選択権を委ねることによって、

「……ごめんなさいトールさん。やっぱりハルマさん以外の男の人に胸を揉まれるのは、ちょっと抵抗があります……」

——偽りの信頼が、

「——でも、その」

——譲歩というクレスタからの感情によって、彼女の体の疼きという隙によって、

「……少し、触るぐらいなら……、まあ我慢してあげます。トールさんにはお世話になってるし……」

——一歩踏み込ませてしまうのだ。

「……ちょっとって、どれくらい？」

「……もう、がっついちゃだめです。……ら、乱暴なのは嫌ですよ？　な、撫でるだけ、撫でるだけだったら、……それくらいなら、我慢できる……と、思います」

そう呟くクレスタの瞳の奥に少しだけ昏い期待の眼差しが宿る。

実の所、クレスタは徹の手を握った時に、その手の大きさと無骨さに少しだけ酔っていた。一人で慰める時も、決して手に収まることのない自分の双丘。ハルマだって、あの神官の手だって、きっと持て余すに違いない。

（……この手に触られたらどんな感じになるのでしょう

か）

そんなことを少しだけ、クレスタは考えてしまっていたのだ。

そして、クレスタと徹は正面から向かい合う。

ゆっくりとクレスタの両手が胸から離れ、膝の上に置かれる。

「……はい、……どうぞです。……ってなんか恥ずかしいですねこれ」

「ううん……、クレスタちゃん、かわいい………」

徹の右手が、クレスタの左胸に徐々に伸びていく、その様子をクレスタの視線が追っていく。そして徹の指がいっぱいに開かれて――ぽむんと軽く載せられた。

服越しに彼の手の平全体から温かい体温がクレスタの左胸全体に伝わる。

彼女が少しだけ身を捩るが、姿勢はほぼそのままだ。

「………」

そして、徹の手が、さわさわと、ふにふにとクレスタの左胸を優しく撫でていく。

上から右に、右から前へ、前から下に。

（あ、これ……あったかくてここちいいです……）

徹の手の動きはただ撫でるだけだ、触るだけというクレスタの要望をしっかりと守っている。そんな徹の姿勢をクレスタはなんとなしに微笑ましく感じてしまった。

（……まるで教会でじゃれてくる子供みたいです）

そう、心の中でくすりと笑ったその時。

今度は右胸に徹の左手が置かれた。

さわさわと、表面を撫でて、そして手の平で少しだけ押し込まれ、また撫でられていく。

「ふふ……くすぐったいです……もう、本当に約束を守るんですね。ちょっとだけ乱暴に揉まれちゃうんじゃないかなとか思っていました――きゃ、もうっ……」

突然クレスタが少し驚いた声をあげた。

徹の両手が胸の下に潜り込み、ぽんぽんと上下に軽く揺さぶられたからだ。

「……ちょっと油断したらいきなりえっちな触り方になりました……、やっぱりトールさんはスケベさんですね……」

「んー、……この触り方は嫌？」

「……いえ、ちょっと新しい感覚でした」

「そっかー」

そう言っている間にも徹の手は動く。前から脇へ、ゆっくりと前後に徹の手の平がクレスタの胸を撫で回していった。

「……ねぇトールさん。……私の胸、どうですか？」

「――すっごくきもちい、柔らかくてふわふわしてて、本当はいっぱい揉んであげたいんだけど、クレスタちゃんが泣いちゃうから我慢する……」

「うふふ、いい子ですね……。……それに、ハルマさんと同じでトールさんにも嫌な感じはありません。でもこれはラブじゃなくて……、きっとライクですね………」

「……クレスタちゃん」

「…………はい」

徹の指が、クレスタの両胸の先端を、優しく擦る。

先ほどの前から脇への両胸の愛撫。両の手の平で前からゆさゆさと揺する動きによりクレスタの修道服の中では内から外へ大きく衣擦れが起きる。そしてそこまで刺激されては、当然クレスタの大きい胸の先が黙ってはいない。おはよう皆さんと、ぷっくりと起きてくる。

「これどう？」

「……ん、……どうって、どういう意味ですか」

徹の指は止まらない、ただ優しくクレスタの両乳首を指先で撫でている。

「乳首、きもちい？」

「……そんな……ぁ……ぁ♥」

人差し指と中指の腹で乳首の部分を浅く捏ねられながら、クレスタは浅く頷く。

「指でわしゃわしゃ」

「や……こらぁ……♥」

両胸の先っちょで指が躍る。豊満な胸が指の先で優しく引っ掻かれる度に、クレスタの体が少し跳ねる。

「親指でスリスリ」

「……ぁ……はっ♥」

最早服の上からでも視認できるクレスタの乳首を徹の親指がくにゅくにゅと撫でていく。きっと服の中では、こりこりとした突起が服の繊維越しにいいこいいこ、かわいいねと頭を撫でられているのだろう。

「ねぇ、クレスタちゃん……」

「……ん……ぁ♥　……んっ――」

「おっぱいの奥、じんじん来てない？」

「……ぁ……ぁ……♥」

「揉んでって言ってくれれば、ぎゅっとしてあげるよ？」

「……んっ……んっ♥」

「すごいね、服越しにこんなにシコってるのがわかる……

……」

「……んっ……やっ」

ついに彼女の乳首の勃起は徹の人差し指と親指に挟まれることを可能とするまでに育ってしまう。

「ほら…………」

「……んっ♥」

そのままゆっくりと持ち上げられ。

「……んあっ♥」

ぱっと、その指を離される。

そしてもう一度クレスタの乳首が徹に優しく摘まれた時、クレスタの両手が徹の腕を押さえる。

「……ちょ……ちょっとまって……ほしいです――」

「――ん、どしたの？」

「……少し本気で気持ち良くなってきてしまいましたぁ。ちょっと……その、はぁ……はぁ……♥」

「辛い？　休憩する？」

その徹の言葉に、クレスタは頭を振った。

そして一呼吸置いてゆっくりと話し出す。

「……トールさん。……その、わたしね、正直ですね」

「うん」

「――自分の胸が、嫌いでした」

「……うん」

「ちっちゃい頃から変な目で見られて、挙句の果てには変な男に襲われますし……」

「……大変だったねぇ」

「ハルマさんに助けてもらうまで、どこに行っても胸とかお尻とか見られてるって思ってました」

「そっか……、ハルマは強いから……。クレスタちゃんはハルマと会ってからはくっついていればその気持ちをごまかせると思ってたんだねぇ……」

「――はい、運命の人だと思っていました。実際ステキだと思います、ただ……」

「……ただ？」

「――ずるいです。トールさん」

「…………」

「つい、さっきまで、聞き分けのない駄々っ子をあやしてるつもりでしたのに――」

「……………うん」

「――ちょっと、エッチな体にされちゃったみたいです……」

「クレスタちゃん……」

「――知りませんでした」

クレスタの目の奥底に貪欲な快楽への渇望が育っていた。

「男の人の指ってこんなに気持ち良かったんですね――」

クレスタの指が徹の指に絡まる。

「……うふふ、私もスケベさんですね♥　それもこれも、トールさんがこんなにいやらしくて……優しい指でいけないことをするからですぅ♥」

そう呟くクレスタの瞳には、微かな快楽への火が灯っていた。彼女に拒絶の意思は、未だ芽生えない。

もみもみ、すりすりと、ただ時間だけが過ぎていき、そして――。

「――んはぁぁ……♥　んっ……んっ♥　あん♥」

クレスタが、体をビクビク跳ねさせながら嬌声をあげている。彼女は撫でるという行為を軽く通り越し、後ろから抱えられおっぱいをぐにぐにと修道服の上から揉まれていた。徹の鍛えられた腕と手首と指が、たわわに実ったクレスタの胸を丹念に揉み込んでいく。修道服の上からでもはっきりと乳首がわかるのは既に下着を外しているからである。触るだけ、撫でるだけの約束などどこへやら。彼女の柔らかな二つの丘は、今や乱暴に形を変えられ、うねっていた。

「んぁぅ♥　……はうう……ふぁぁぁん♥」

突然乳首をぎゅっと抓られ、クレスタの体がくの字に折れる。そのまま彼女は前に手をつき四つん這いになるが、徹は愛撫の手を緩めない。牛のように垂れ下がった乳をぶるぶると揺さぶり、先端の硬い突起をしっかりと確認すると、ぽよんぽよん下から揺らし、まるで胸を玩具のように弄ぶ。

「んあぁぁあ……♥　だめぇ……♥　……だめぇ♥」

修道服の中で乳がぶつかり、たぽんたぽんと間抜けな音を出す。柔らかで清楚な彼女の胸が、たぱんたぱんと衣服の中で揺らされる。豊満なお肉同士でぶつかり、音を出す。

「あはぁ♥　恥ずかしい……♥　あ……♥　でも♥　それっ♥」

クレスタの喘ぎ声のテンションが一段階上がる。クレスタは乳頭よりも、乳首の根元の愛撫が好みであった。もちろんついさっき徹に開発された弱点だが。彼が親指と人差し指で乳輪部分をぎゅっと摘み、乳首を押し出すようにぐにゅぐにゅと捏ねると、

「あっ♥　やんやん♥　……はぁん♥」

軽くイッているようで、体の力がカクンと抜ける。大した淫乱ボディである。そして決まって仰向けになり、物欲しそうな目で徹を見るのだ。クレスタの修道服がするすると捲られる。ぐしょぐしょの太ももと下着があらわになり、ロングスカートの修道服が胸まで捲られる。

そこには寝ていてもそのボリュームを失わないクレスタのおっぱいと、こりこりにしこった乳首がある。

その乳首に徹の口が近付いていく。舐められてしまうというのに彼女は抵抗のそぶりも見せない。むしろその視線は期待していた。うねうねと動く、男の舌のいやらしさを。

――じゅぱ、ちゅぱぱ
「あん♥　んあああっ♥」

マシュマロのようなクレスタの先っぽが、徹の吸引により歪み、そして徹の口の中で勃起した乳首が舌で存分に弄ばれる。右の次は左、左の次は右。乳首と徹の舌の先端が唾液の橋で繋がる。それを彼女は愛おしそうに見ていた。自分の胸を一心不乱に舐められるという行為が母性を刺激したのであろう。

そして丹念な舌の愛撫の後、徹の唾液がクレスタの両乳首に垂らされた。

「……ぁ……♥　……………ん……っ」

それはローション代わりとなり、再びクレスタの両乳首は徹の指の餌食となるのだ。

「――んぁぁぁぁぁぁぁ♥　――あぁぁぁぁぁぁぁ♥　きもちぃぃぃ……♥」

激しい胸揉みに乳首責め、そして乳首舐めから唾液をまぶしてまた胸の愛撫。

そんな執拗な胸責めが繰り返し続く――。

揉まれ、転がされ、舐められて、また、揉まれる。

壁に手をつかされてぐにぐにに揉まれる。

四つん這いで牛のように乳を搾られる。

仰向けになればじゅるじゅると突起を吸われる。

玩具のように指で乳首を弾かれる。

誰よりも無骨で、硬く、大きく、そしていやらしく動き、疲れを知らず動き続けてくれる目の前の腕に、偽りの記憶を植え付けられているクレスタは愛情さえも感じてしまう。

「――ん♥　――あ♥　酷いです、トールさん……」

そして、揉まれて、吸われて、弾かれて、しゃぶられたクレスタの胸は、さらなる行為を許してしまうのだ。

上下に体を動かしながら徹を見上げるクレスタ。

「えー、なんでー？」

クレスタを見下ろす徹。

「だって、だってこんなこと、こんなこと……んっんっ♥」

クレスタは徹の下半身に抱きつき、体を擦り付けている。

豊満な胸は今やピッタリと徹に密着し、いやらしく変形中だ。

クレスタが体を動かす度に、にちゃ、にゅちゃ、と粘液が擦れる音が周囲に響く。

いわゆるパイズリである。

「だって……♥　こんなの♥　また切なくなってしまいますぅ……んっ♥」

「うん、コリコリの乳首が、体に当たってきもちいいよ、クレスタちゃん」

――にゅる、にゅるんと、奉仕の音が響き渡る。

「はぁ……はぁ……♥　ん……あ……♥」

徹の肉棒はクレスタの胸の谷間にすっぽりと収まってしまっている。クレスタは熱い塊に擦れる両胸と乳首に陶酔し、快楽を楽しんでいた。

「んっ……♥　ん……♥　――ひゃ!!」

その時突然、焦れったい胸の感触を楽しんでいた彼女の耳がぺろりと舐められる。

後ろを振り返れば徹が居て、

「え、とーるさん?」

そして目の前にも徹が居た。

一人の徹が二人になる。

「……うう、その発想はかなりろくでもないですぅ」

「えへへー、おっぱいはエッチになったから、今度はお尻とアソコもエッチになろうね～」

そう言って、徹（B）はクレスタの脇から両手を差し入れ、両の手でおっぱいを揉み始める。後ろから抱えられて、胸を揉みしだかれるクレスタ。そして、徹（A）はそのまま開かれた彼女のむっちりとした股間に顔を埋め、ぬろん、とクレスタの秘所が徹の舌で優しく掻き混ぜられる。

「……ふぁ♥　だめ♥　トールさんっ♥　そこ……はっ♥　……ハルマさんの♥　……あんあんっ♥　……ああんっ♥」

僅かな理性でクレスタは抵抗するが、後ろの徹にかつてないほど優しく、乳首をしごかれ、耳を舐められ快感の中で混濁する頭の中で、彼女のクリトリスが丁寧に徹の舌により、ほぐされていく。

「あは……ぁ♥　とーるさん♥　お願い♥　おしゃぶりしないで、ぁぁぁぁあ……♥　あ♥　むいちゃ……っ……あ♥　あ♥　だめ♥　あぁん……もう、なんでそんなにやさしくなでるのぉ♥　イッちゃう♥　また……いっちゃうぅ♥　やああああ♥　ああああ♥　いってる♥　いってるぅ……♥　や♥　ゆび……入ってきちゃ、ひゃ♥　……ぁ……ぁ♥」

数時間前まで、ハルマの無事を喜んでいたはずだった。

何が掛け違ってこうなってしまったか。

何故、自分の体中をハルマ以外に好きにされてしまっているのか。

そんなことを考える思考は今の彼女にはない。

ただ気持ち良かったのだ。下半身を抱え込むように押さえられ、自分では触ったことのない場所を、彼女が知らない触り方で嬲られていく。胸の愛撫と同じく強制的に繰り返し快楽を与えられていくことを幸せに感じていた。

彼女が大人しいのをいいことにここからの愛撫は激しいものとなる。なにせ徹が二人分である。

クレスタは散々下半身をクンニされた後、立ったままアナルと、あそこを同時に舐められるパワープレイに勤しんでいた。くびれた腰がびくびく震える。彼女のいやらしくも整った股間に、男の顔が前から後ろから張り付き、じゅっぱじゅっぱと下品な音を立てている。

「あっ……♥　……あっ……♥　……やっ♥　だめっ、うしろ……っ♥　だめっ♥　あぁん、やだぁ、いっしょはだめです♥　あんっ♥」

柔らかくもへこたれない徹達の舌の先端が、前後同時にうねうねとクレスタの股間で蠢き暴れる。

（……やだ♥　……こんなの♥　あたま……とけちゃう♥）

――ちゅぷちゅぷちゅぷ、くちゃくちゃくちゃ、にゅっこにゅっこ、ぬっこぬっこ
「んぁぁぁぁ♥　あぁぁぁぁぁぁぁん♥　立って……られな……♥」

内股で上品に喘いでいたクレスタの膝が快感で開いてしまう。今から来る快楽の痙攣を受け取るために、体が準備を行うのだ。ガニ股になり、足が踏ん張られ、今から彼女は、人生で初めての、アナルとオマ○コを舐め舐めずぽずぽされて、イってしまうのだ。そんな初めての快楽の中で、クレスタは今、徹の舌に合わせて腰をガクガクさせながら、懸命にバランスを取っている。

「……ふっ♥　……あっ♥　ぁ……っ♥　んんぅ……っ♥　だめ♥　……だめ♥　……お♥　……おぉ♥」

クレスタが思わずバランスを崩して両手が前の徹の頭を抱え込む。思わず修道女にあるまじき下品な嬌声が出かかってしまう。

「辛いかな、それじゃあこうだ!!」

そう言って後ろの徹がクレスタの後ろから両足を抱え上げ、おしっこのポーズで持ち上げる。

「ああん……やだぁ……はずかしぃ♥　あ……っ♥　……あ……あ、それ♥　だめっ♥」

脚をM字に広げられて、支えている手がクレスタの内ももを伝い、股間の柔肉を左右ににちゃぁと広げる。

「あぁ……いやぁあああああ♥」

　赤裸々に広げられた股間で、今度は前側の徹の指がクレスタのクリトリスをこしゅこしゅと擦り、そしてもう一方の指で穴の入口をこねこねと掻き回す。

「やだぁ♥　ああああああ♥　……やあああああああんっ♥」

　最後に徹の舌が丹念にクレスタのアナルの皺を解きほぐす。

「あはぁ♥　…………………ひぁ♥　……………………あっ♥あ♥　……ひゃ♥　……ん♥　……ほぁ♥」

「クレスタちゃん、前と後ろ、どっちがきもちい？」

「……あうう♥　……わかん……ないです……よ、もう…………あ……お♥」

「そっかー、それじゃあ確かめないとね？」

　股間に吸い付いていた徹は立ち上がると、クレスタの股間に指を当て、ぬぷぷ、と挿入し、

　——ぐちゅ、ぐちゅ、とクレスタの下腹が掻き混ぜられる。

「……ぁ♥　だめ♥　これ、だめぇ♥」

　これから何が起きてしまうか察したクレスタが体を強ばらせるが、後ろから抱えている徹がしっかりと彼女の体を固定していた。

　——ちゃくちゃくちゃくちゃくちゃくちゃくちゃ
「ぁぁぁぁぁぁ♥　——ぁぁぁぁぁぁ♥　——いやぁぁぁぁぁぁぁぁ♥」

　徹の指が高速でクレスタのあそこを掻き混ぜ前後する。

「んぁぁぁぁぁ♥　いっちゃうぅ♥　——いってるぅぅぅ♥」

　ぷしゃぷしゃと、クレスタの股間から飛沫が飛び、びゅっびゅと、股間から愛液が迸る。

「ほらぁぁ、クレスタちゃん、きもちいでしょ？」

「やぁぁ、動かさないでぇ……♥　——いってるの♥　——またいってるの♥　——もうイってるのぉ♥　——あ♥　——ふっ♥　イク……♥　い……ぐぅううう♥」

　——ぷしゃぁと、一際大きい痙攣と共にクレスタの股間が潮を吹く。

「んあああっ♥　——ああああん♥!!　……あ♥　……はぁ♥」

　完全に脱力し、しなだれるクレスタ。

　——しかし、

「――ほいパス」

「ほいほい」

と、後ろの徹から前の徹へとクレスタの体が移される。

今度は駅弁のような形で抱えられ、そのまま対面座位に変えてから、ゆっくりと、徹は後ろへと体を倒す。上には余韻にひたるクレスタが、徹の体に覆いかぶさるように横たわる。

「……はぁん♥」

クレスタの巨乳が徹の胸板に擦れ、潰されてぐにゃりと変形する。

そんな彼女の下半身が不意に持ち上げられ、

「ふふーんふーん」

鼻歌交じりの徹が指でクレスタのアナルをゆっくりとほじり出す。

「……ひ♥　……あっ♥　……いやぁ♥」

先ほどとは打って変わって緩やかな快感の波がクレスタの心と思考を溶かしていく。

「……あ♥　……もう♥　……わかんない♥　……ふぁぁ……きもちいです♥　……きもちいの♥　すごいの♥」

ぴくん、ぴくんと震えるクレスタの唇がついに自発的に仰向けの徹へと吸い付いた。


「――ん――ふぁ……とーるさん♥　……とーるさん♥」

涎を垂らしながら、子犬のように徹の唇を舐めるクレスタ。

試しに徹が舌を伸ばすと。自ら舌を伸ばし、ちろちろと舌を搦めた。

「……あむ♥　んむ♥　……ふぁ♥　……とーるさぁん♥」

甘く切ない快感に蕩ける中、クレスタのアナルから徹の指がゆっくりと引き抜かれる。

「………あはぁ、きもちい♥　……すきぃ♥」

四つん這いで、徹の舌にぺろぺろとしゃぶり付きながら、クレスタはアナルのゆったりとした快感に体を震わせ失禁した。

「……ふぁぁ♥　……こんなの……はじめてぇ……いくっ、いきますっいっくぅ♥」

ぶるぶるとお尻を振って、クレスタは貪欲に快感を貪り続けた。

その数時間後。

向かい合うクレスタと徹。クレスタはかっちりと元の修道服を着こみ、正座をしている。同じく徹もクレスタの目の前で正座をしている。

「……クレスタちゃん、痛いです」

徹の右頬と左頬がクレスタに抓られ、みょいーんと引き伸ばされていた。

「はい、痛くしていますから。他には？　何か言うことはありませんか？」

「……クレスタちゃんえっちだったね!!　どうせまだハルマ来ないし、ちゅっちゅしようぜ？」

そう言った徹の両頬が、クレスタに一点の曇りもない笑顔が浮かぶと共にさらにギリギリと引き絞られる。

「──はーい？　わ・た・し・に他に何か言うことはないですかぁ？」

「ええぇ？　……ええと、うーん？　ごめんなさい？」

疑問形の徹の答えにぱっとクレスタの両手が漸く離される。

「……はぁ……もう、自己嫌悪です。……なんでこんなことになってしまったんでしょうかぁ」

深い溜息と共にクレスタはどんよりと沈み込む。

「そりゃぁ……」

「──私がえっちだからとか言ったら、酷いことしますよ？」

「えぇー……」

「だいたいトールさんは私をえっちな目で見すぎです!!　その、無理やり最後までしなかったことは評価してあげますけど、わ、私のっ……む、胸で……っ」

「えーと挟んで三回、乳首に擦り付けて二回、あーあれ分身したから四回カウント？　クレスタちゃん両方の乳首こりっこりにしちゃってエロかったねぇ……。後はクレスタちゃんが寄せ上げて扱いてもくれたし、ああそうだ、俺の下半身に抱きついてぬるぬるしてくれたよね、あれ、すっごくきもちよくて盛大にぶっかけ………あだだだだ、クレスタちゃんいたいっ……いたいって」

再び徹のほっぺたが摘み上げられる。

「お陰ですごい臭いです……、もう、どうするんですか、どうするんですかぁ!!」

「いたいいたい、大丈夫だって、ハルマまだこないでしょ……」

「違います、シーリスさんとステラさんになんて説明すれば、ああ……もう、トールさん、えっちすぎなんですぅ……」

どうせ二人共ぶっかけぐらいはやられてると思うから大丈夫なんじゃないかな、とかは死んでも言える雰囲気ではないので、徹はパチンと指を鳴らす。ダンジョンの構造が

変化し、二人の目の前に見事なお風呂が作られた。なみなみと温かい湯が張られた湯船がいとも容易くそこに現れて、

「――わかったクレスタちゃん、責任を取ろうじゃないか」

「……とーるさんの力、ホントにわけわからないです。……でもまあいいです。覗かないでくださ……、……ってなんで私の胸を揉んでいるんですかぁ？」

「えー、だってさ、いくらでも洗い落とせるし時間もあるんだから今度は顔にぶっか……ってはい、じょーだんです。うん、じょーだんだって」

思わず殺気を感じ、飛び退く徹。

しかし――、

「…………クレスタちゃん？」

クレスタの中で一つの思考が浮かんでしまう。

どうせこれが最後なら、そう、これっきりなら、と。

体が、疼くのだ。

こんなの初めてなのだ。

もしかしたら、――最初で最後かもしれないのだ。

無言のまま、クレスタは徹へ近付き、そして――

「……ん♥　……ちゅ♥　…………ちゅ♥　……はぁ♥……トールさん♥」

徹に体を密着させ、クレスタはぺろぺろと徹の唇に吸い付いて舌を絡ませる。クレスタは考えてしまっていた。そう、これで最後なら、もうちょっと。後少し。例えば彼女の胸の中で何度も果て熱い粘液を吐き出したあの硬い肉棒、その肉棒から発射された熱くて、臭くて、生臭くて、そしてものすごく興奮する液体を。体じゃなくて、顔に、もしかしたら口にも、どろりとかけられる。

――シーリス達にばれないなら。

――ハルマにばれないなら。

もう一回、もう一回だけ、人生の中でいけないことをしても、いいのではないかと。

「――ないしょですよ？　ハルマさんと、みんなに内緒にしてくれるんでしたら、いっぱい私の胸で擦ってあげますから♥　………ほら、いっぱいかけても、いいんですよ？」

■■■

徹一号と徹二号が、それぞれシーリスとクレスタにいろいろといたずらをしかけている頃、徹三号は何気にステラ攻略に苦戦していた。

「……何か変なの。よくわからないけど、ものすごく、変」

「んー？　変ってなにさー」

先ほどから何回も徹とステラの間で繰り返されるこの会話。

「……わからない、だけど、何か変。……すごく嫌な予感がする」

ある程度の変化はあるものの、ステラのこの一言で会話が終わる。

彼女は警戒を怠っておらず、媚薬ガスも早々に気づき魔法で薄い膜を張って防御していた。よって何かにつけて徹がセクハラしようとしても不自然になってしまう。

「……トール、シーリスやクレスタ達は、……本当に無事？」

「んー、無事だよ。クレスタの道にはガスはないし、シーリスは少し吸い込んだみたいだけど治療中ってさっきから言ってるじゃん」

「うん……なら、いいけど……」

ステラの様子に徹は首を傾げる。

(俺の言葉を無条件に信じるように設定した論理封印《ロジック・シール》の効きが甘いのかなぁ……)

徹は右手に支配者の剣《マスターソード》を呼び寄せる。

「……トール、その剣は何？」

「んー？　俺の武器だよー、ほら、杖と剣、——いつも、持っていただろ？」

「………そう、そうね。なんで忘れていたんだろう、私」

徹がおもむろにステラへと近付く。

だがしかし、彼女はトールが近付いたのと同じだけの距離を後ずさる。

「——ステラちゃん？」

「——そう……持ってた。黄金の……武器。……だけど……違う、……剣じゃない、はるまが持っていたのは……杖でもない」

「ハルマじゃないよ——、俺はトールだよ、ステラちゃん」

「——違う」

徹の言葉に、ステラはうつむき、そして徹を見る。

五芒星を象った彼女の杖、その先が徹へと向けられていた。

「ちょ、ステラちゃん、落ち着こうよ——ほら、思い出して？　俺だって、一緒に旅を——」

その徹の言葉を遮るようにステラの周りにヴン、と映像が映し出された。そこにはハルマ、シーリス、クレスタ、ステラが映っている。それは旅の記録。彼女が小まめに水晶に保存した、ハルマ達の旅の記録である。

「……わかってる、こうして確認してみるまで信じられなかった。……いえ、――今でも信じられない。トール、貴方の鮮明な記憶が今の私の中にあるのに」

――何故、貴方は私達の過去のどこにもいないの？

――と。

「――ふうん」

徹が感心したように声をあげ、そしてステラは当然の如く警戒を強める。

「一応最後まで聞いてあげるよ、ステラちゃん。俺が君の記憶の中にいるトールじゃなかったら、――誰なのさ？」

右手には黄金の剣、左手には黄金の錫杖。つい先ほどまで頼れる仲間だった徹の存在が、ステラの認識からバラバラと剥がれ落ちていく。

「……トール、……トールね。なんで私は、私達は……こんな簡単なことを認識できなかったの……」

ステラが構える杖の周りに赤い火がぽつぽつと灯る。

「……貴方の名前はトール。そして私達が打倒しようとしていた魔王の名前もトール。……今でも信じられない。こんな、こんな、簡単なことすら認識をさせられないなんて……！」

徹の口元がニヤリと邪悪に歪む。

ステラの魔法発動は、それと同時だった。


杖にまとわりついていた赤い光が放たれ、徹の周囲に浮遊し――、

「――光天炎弾反縛鎖《リフレクト・レイ》!!」

徹の周囲の光点、そのすべてが熱線を生み出す火点となり、他の光点へ向かって放たれる。光点に到達した熱線は熱量を補給し、さらに別の光点へ。超高熱の熱線の乱反射が徹の腹を貫き、腕をねじ切る。

数十にも及ぶ光点に注がれる魔力が失われない限り、熱線の反射がやむことはない。局地、対人において最高レベルの破壊をもたらす魔法が徹の体を蹂躙した。

生臭い油の匂い。火の魔法で生物を倒した時にいつもステラが嗅いでいる匂いがダンジョンへ充満する。熱線が乱反射したその場所はマグマのように鈍く赤い光を湛えている。

「ステラちゃん――、それは冗談きついなぁ」

だがそんな破壊の跡も、ステラの前に立ちはだかるこのおぞましい光景に比べれば、納涼代を払ってもお釣りが来る。頭は熱線に貫かれ、炭化している。両腕は肘下からねじ切られ、肩口は完全に真っ黒だ。右足などは跡形もなく、腹には大穴が空いている。何故太ももを抉られて皮一枚で立っていられるのかなど、ステラにはわかるはずもない。

――ただ一言。

「……化物」

ステラは呟いた。体の震えが伝って、杖の先が細かく震えている。ステラは思う。まだ無傷で凌がれる方がマシだったと。防がれるということは防がなければならなかったということだ。それならばまだ光明は見えた。だが目の前に居るこの化物はそれすらもしなかったのだ。

次元が違う、とステラは心の中で歯を食いしばりながら思考を続ける。ハルマだって、きっとこんな真似はできない。今目の前に居る魔王は自分達など歯牙にもかけない位置に居るのだと。

「――なんだ、この程度で驚いてる所を見ると、ハルマ君もまだまだだなぁ、それともまだ見せてないだけなのかねぇ。ステラちゃん？」

半分炭化した徹の頭部で辛うじて無事な口だけが動いた。

「……そう、はるま!! ねぇ……はるまは、無事なの？」

ステラはハルマの名を呼ばれ、一つの希望を見る。万が一徹を打倒する可能性があるとしたらハルマだけである。だから彼女は徹に問う。彼が無事なら、まだなんとかなると信じて。

「ハルマ君ねー、今彼はこんな感じだねぇ」

ステラの前に遠視投影が映し出される。そこには未だ健在のハルマがいた。いや、いるにはいたのだが。ハルマの周りには無数のモンスターが徘徊している。だが、ある一定の距離を保ち、ウロウロと周囲をうろつくだけである。そしてもっと不自然なのはハルマ自身である。彼は戦闘態勢に入っているものの、まるで人形のように微動だにしていない。呼吸のための僅かな動きすらもない。そもそも重心がおかしい。あの姿勢では人は長く静止できない。

「……なんではるまは動いていないの」

「――そりゃあ、止めてるからね」

徹の何気ない物言いにステラは絶望する。

「……なに……それ、そんなの、……そんなの」

空間固定か時間停止か、どちらも伝説級のその魔法を行使するのにいったいどれだけの魔力が必要なのか。

「――何、難しいことじゃない。そんなのあの場所ではそういうことにしちゃえばいいだけじゃないか」

徹の言葉はまったくステラの予想したものではなかった。魔法ですらないその物言い。目の前の化物は自分達とはまったく異なる法則でやすやすとあの事象をやってのけたと言うのだ。それを理解しステラの手からカランと杖が取り落とされる。

「ものわかりがいい子は好きだよ、ステラちゃん……」

みりみりと肉が盛り上がり、徹の体が再生する。ものの数秒で傷一つない状態へと回帰した。

「……けて」

ステラが呟く。

「……ステラちゃん？」

前髪に隠れた、その奥に光る、強い意志。

「……助けて」

徹の口元が歪み。

「……私はどうなってもいい。……だからはるまは助けて」

彼の股間に熱い血が滾《たぎ》る。

「……陵辱でも、魔物の餌にでも好きにして……、でもお願い、はるまだけは助けて、はるまは私の恩人なの……」

徹の脳髄からだくだくと、欲望のアドレナリンが溢れ出る。

それはシンシア、ローラ以来に徹の心に響いた原初の感覚。

――ああ、この――綺麗で美しい心と体を、

「……うん、……そ、それで？」

――ぐちゃぐちゃに犯したい《支配したい》。

その反応に、ステラはなにか危うさを感じた。

そう、まるで子供が大好きな玩具を見つけた時のような。

しかし、

「…………何でも、――する」

「――するって言ったよね？　――言ったよね？」

その声は、ステラの後ろから聞こえた。

「……ひっ」

それと同時にステラの体をおぞましい感覚が駆け抜ける。

脇から手を差し込まれ、もみもみと、胸を揉みしだかれ、ステラの意志ではコントロールできない感覚がぞぞぞと伝達される。

「……く……ぁ」

「ステラちゃん、結構着痩せするねぇ、クレスタちゃんほどはないけど、うん、柔らかくていいおっぱいだ」

「……すきにすれば、いい……ぁっ」

再びステラの体が小さく跳ねる。

下を見れば、右足と左足それぞれに新たな徹がまとわりついていて。

「太ももいい感じだねぇ、うはーやーらかーい、おぱんつ何色かな～？」

「シマシマかー、いいねー、こういうのは全世界共通なんだねぇ」

ローブの中に手を挿れて内ももを撫でたり、捲り上げてあらわになった柔らかいステラの肌にちゅ、と吸い付いたり。

「…………ぁ……、……いやぁ……、あっ」

「俺様五人目参上!! よう俺、おっぱい独占してないで一つ俺にくれよぅ」

「おう、俺。すっげーここちいいぞー、ほれ」

「……ぁ…………ぁぅぅ……」

両手でステラの胸を揉み込んでいた徹が、右に回り、そして左側に五人目の徹が付く。

「おー、ぽよぽよだねぇ、ね、ステラちゃん、どういう揉み方してほしい？」

一つの胸に二つの手。ステラの両胸が左右合計二十本の指で嬲られ始める。

「……そんなの……好きにすれば……いいじゃない」

そんなステラの強がりに。

「んー？ いいのかなー？ ハルマ君助けなくてもいいのー？」

目の前でじっくりとこの場を鑑賞している徹がステラに問いかける。

ステラの目の中で、絶望と、諦め、そして羞恥と屈辱が混ざり合う。

「……く………で」

「聞こえないよ、ステラちゃん？」

ステラの目から大粒の涙が落ちる。

「……自分で慰める時は、ゆっくり……揉む……わ」

「——だそうだ、俺達よ」

「イエッサー俺!!」

「丹念に行くぜ俺!!」

左右の胸担当の徹がびしっと敬礼し、まずはステラの左胸を掬い上げるように五本の指がむにい、と食い込む。そしてもう片方の指は上から親指でステラの左胸の根元を軽く掴み、左右にゆさ、ゆさと揺らしていく。

「……ぁ………ぁ……ん……」

右胸は両手でステラの胸を挟み込むようにやわやわとゆっくり揉みしだき、時折親指で乳首の辺りを優しく撫で上げる。

「ぁっ………ぁ………ぁっ」

ステラの下半身では相変わらず二人の徹がローブの中に頭を突っ込み、太ももの感触を楽しんでいた。時折指でつんつんとステラの股間を突く度に、ステラの体がビクンと震える。

「ゃ……ぁぁっ……いゃぁ……」

「ステラちゃん、乳首こりこりしてきたねぇ……」

ローブ越しにぷっくりと、ステラの乳首が存在の主張を始めた。

胸担当の徹二人が、両側からゆっくりとステラの胸を揉みしだきながら、人差し指でくい、くい、と彼女の乳首の頭を撫でた。

「……ぁぅぅ……ゃぁ……」

「よーし、それじゃあ、レッスンだ、ステラちゃん!!」

痴態を眺めていた徹が近付くのを見ながら、淡い快感に耐える。

ステラの顎をくいっと、持ち上げる。

「「「「れっすんわーん!! らぶちゅっちゅー!!」」」」

周囲の徹四人が揃えて声をあげた。

そして、目の前で徹の舌がステラへと差し出される。

「さあステラちゃん!!」

「俺の舌先をぺろぺろした後に!!」

「ちゅっと吸い付くんだ!!」

「そしたら、今度はステラちゃんが舌をだーす!!」

そんな煽りにステラは泣きそうな顔を一瞬するが、諦めたように徹へと向き直り、自らその舌先を伸ばして、慣れない仕草でてろん、てろん、と、徹の舌先を舐めた。お互いの吐息が混ざり合う。

ステラの舌先がくい、くいと動く度に徹の舌先もステラの舌先をちろちろと舐った。くちゃん、ぬちゃんと舌先が動けば動くほど、お互いの唾液が絡まり、周囲に水音を弾き出す。本来なら好きな人と行われるはずの行為を残酷にも強要されていく。

「……はぁん……………ん………ぁ……」

胸をゆさゆさと揉まれ、太ももや尻肉を摘まれ、気持ちは入ってなくても、次第に鈍い快感がステラの体に徐々に蓄積する。

(ああ……はるまと、……キスしたかったな)

そんな思いに苛まれながら、ステラは徹の舌先を優しく口先に含み、

――ちゅぱ……ちゅぱ……と、吸った。

「よくできました。ステラちゃん、中々気持ち良かったよ？　それじゃあご褒美に俺からもしてあげる。舌出して？」

それは一時的な思考停止状態、ステラは徹に言われるがままに、舌を伸ばす。

先ほどの繰り返し、ちろちろ、ちろちろと舌先の愛撫が二人の間で行われる。

それは、傍目にはいったいどのように映るのであろうか。

例えば音声がなく、映像だけだったら？　一人の女の子が悪い男達に囲まれて。

——まさぐられているのに、

——いじられているのに、

——自らキスをせがんでいるように見えなくもなかろうか？


——なあ？　ハルマ君。君にはどう見えてるのかなぁ!!

体が止まってはいるが意識は止まっていないハルマへ、徹は遠視投影越しに視線で訴えかける。アングルを変えて、上から見下ろすような映像の中で見上げる徹。ちゅぱちゅぱと絡まり合う舌と唇の横で、ステラの乳首がこりこりにしこり、徹に摘まれている映像も流される。

唐突に音声がＯＮになる。

くぐもったステラの喘ぎ声と徹の声がハルマの耳に届いた。

『……あ……んっ……んむ、ぷは……ちゅぱ、ちゅむ……んっ……あっ』

『ほうら、俺のキスでステラちゃんの乳首はカチコチだぞぉー』

『……や、強くしないで……はぁ……ぁ……あっ』

『強くしてないよ？　ステラちゃんの乳首がしこってるから気持ち良すぎちゃうんだよ？』

『……………ぁ……だめ♥　……ぁ♥　……ぁ♥』

——ちゅぱちゅぱちゅく、ちゅむちゅむちゅぱ、くちゃくちゃ
嬌声の間に水音が割り込む。

緩んだステラの口を徹の舌が掻き回している音だ。

だが、それだけではこんな音は出ない。ステラの舌も徹の舌とお互いの口内で確実に絡まっている。

そして彼女の口は彼の口に完全に塞がれ、

『……ん……んむ……んっ……ふっ……んんっ……』

リズミカルに胸を揉まれる中、ステラの口内が徹の舌と唇に完全に蹂躙された。数分後、漸く離れた徹とステラの口の間に唾液の橋ができる。ステラは口を開けて徹の唾液を受け入れていた。

そして、ステラがまた自分から舌を出したところでブツンと映像が切れる。

同時にすべての概念干渉が解け、ハルマの自由が戻った。

「……ふざけるな」

周囲のモンスターがハルマに襲い掛かるが、一瞬にして彼のカードにて調伏される。

「……認めないぞ、認められないぞ。こんな展開はぁあああああああ!!」

ハルマは知らない。ステラがハルマを助けるためにこの行為に及んでいることを。

彼の終着はまだ先である。彼のゴールは残り二人の状況を見届け、さらにそれを超えた所にあるのだから。

■■■

二体のグレータデーモンがカードに無残にも貫かれ、音もなく塵と化す。だがしかし、いくらモンスターを倒そうと、いくら迷宮の壁を壊そうと一向に出口にも王都にも出る気配がない。

ハルマはカードをコンパスに見立て、魔力を通す。

――指し示す進路は北。

彼は間違いなく北へ向かっている。カードが指し示す方角も間違っていない。だが知る由もない。このダンジョンは全方位が北という徹による不思議空間になっていることを。

「クソッ……どうなってるんだここは……」

そんなハルマの懊悩《おうのう》をあざ笑うが如く、目の前に遠視投影が現れる。

画面の中には全裸の徹が股間のイチモツを立たせながらこれみよがしにハルマを煽っていた。

『やあ!!　ハルマ君。どーしたどーした。早くこないとかわいい君の女の子達が大変なことになっちゃうぞー？』

そんな徹をハルマは恨めしそうに見やる。

「ずいぶんと余裕じゃないか……トール」

『わはは、実際余裕だからねー。君は何年マスターやってたクチだい？　その様子だとずいぶん長いんだろう？』

「……そんなことを聞いてどうする」

『んや、特に意味はないんだけど、正直拍子抜けなんだよね。――その外見だ。君はこっちで一から育ったんだろう？　支配者の符《マスターカード》に選ばれたのはいつなんだい？』

「……そんなことはお前に答える義理も義務もないな」

徹の問いかけにハルマはそう吐き捨てた。明らかな憎悪。

普段の彼からは考えられない気性の荒さである。

『つれないなぁハルマ君、シーリスちゃん達は俺が捕らえているのは理解しているよね？』

「……ああ、知っているさ」

ニヤりとハルマが笑い、そしてその手がぶれる。それは、圧倒的なスピードの概念行使。彼の手が動くやいなや、徹が張っている遠視投影の四隅にカードが張り付く。

「――だから、あんたが間抜け面してこうして現れるのを待っていたんだよ!!」

ぎ、という空間が歪む音。

「――クロススプレッド、支配者要求――空間連結《ヴィア・コネクト》!!」

ハルマの叫びと共に遠視投影にハルマの概念が浸透、――ばきんと権限の書換えが強引に行われ、ハルマはショートカットと化した遠視投影を通じて徹の目の前に躍り出た。

「はっ、拍子抜けはこっちの方だ。僕は十五年間この支配者の符《マスターカード》を使いこなしてきたんだぞ。――この状況にお前はどう対応できるんだ？　さあ、精々足掻いてみろ。陣だけが取り柄の杖が局地戦で万能の符に勝てると思うならな!!」

ハルマの周囲にざあっと、カードが舞い上がる。その数は十枚。当然ながら今まで彼が繰り出した中で最高の概念行使である。

「……もちろん、許しはしないけどね。――ダブルスタースプレッド!!」

ハルマの言葉と共に、十枚のカードが十個の頂点を象り、二つの星を形成する。

「さあ、彼女達を解放するんだ、今ならい――」

「――命だけは助けてやるって？　ぶはは、それはないなぁ、ハルマ君？」

――ばきん

唐突に権限書換の音が鳴る。

「――支配者要求《ルーラーリクエスト》」

――それは、ただ、一つの動作だった。

徹は杖でトン、と地面を突いただけ。

「も　ど　れ　」

たったそれだけ、

そう、たったそれだけのことで、

――ハルマのカードも、

――彼が施した超速空間連結も、

――そして対峙していた二人の位置関係すらも、

すべてが巻き戻される。なのに二人の記憶だけはそのままで。

「――は？」

ハルマは周囲を見た。

すべてはことの起こりの前に。

遠視投影は目の前に浮き、使用した符すらも元通り。

もちろん繋がった空間も切り離されている。

『――杖《ロッド》は陣の中では何でもあり。最初に言ったでしょ？』

「……ば、ばかな、だからって、僕の符《カード》にまで何故干渉できる‼」

狼狽えるハルマ。無理もない、支配者の符《マスターカード》はきっと彼がこの世界で生き抜く上で培われた一つの精神的な柱なのだ。

これがあれば何でもできるという自負。

なんでも――そう、なんでも。

――たとえ同じ概念武器でも。

――ここでハルマは自分と徹の決定的な差を自覚してしまった。

ローラと徹の勝負の明暗を分けたのは単純な経験の差。

――だがハルマと徹の差は使い手の意識の差である。彼が頂点だと思っていた所がただの山の峰という現実。自分が十五年間ぬるま湯で満足できていたという事実。概念神器という絶対の武器の上に胡座をかいて、一番大事なことを怠ってしまった結果。

それは他の誰かを、何かを支配したいという、人が持つ根源的で動物的な本能。そう、ハルマはこの十五年間。もっと力に対して、もしくは彼が渇望する何かに、この世界で支配したい何かに没頭するべきだったのだ。

結果その差は歴然である。ハルマの渾身の一手が相手にとってシングルアクションで打ち消されるという絶望的な差。今目の前に居る男が、自分と次元が違う場所に居るのだと自覚させられてしまったのだ。

ぐうの音も出ないのか、ハルマの顔が引きつり、震える。

『……その顔が、見たかった――』

くっくっくと、徹から含み笑いが込み上げる。

『いや、実は結構羨ましくてさ。俺が地下でスライム相手に腰を振っていた時に、君等がこの世界を謳歌していたのがさ』

徹の唇が悪魔のように吊り上がる。

『なあ、ハルマ君。本来なら、君のカードを取り上げて、彼女達でエッチ三昧といきたい所なんだけど、君が存外にいい反応を見せてくれたから、俺ちょっと満足しちゃったんだよね』

そんな徹の言葉に、少しの光明を見出したのか、ハルマは顔を上げるが、

『――選ばせてあげるよ、彼女達か、カードか』

徹から吐き出されたその言葉によって彼は絶望へと落とされる。

「……だめだ、そ、……そんなのだめだ。選べるわけが……ない」

絞り出されたハルマの声はガクガクと震えていた。

支配者の符《マスターカード》は彼のこの世界での拠り所である。『ハルマ』本来の価値など、それ抜きで語ることはできない。それほど彼はカードに依存した人生を送ってきたのだ。一方、シーリス、クレスタ、ステラの三人は、その彼の人生の中でおそらくカード抜きに好意を寄せてくれた数少ない娘達だ。彼女達はカードがなくともきっとハルマに対する思いを変えることはないだろう。しかし、カードがなければその彼女達を守る自信が、彼にはないのだ。——そもそもカードがなければ彼女達との関係を構築することだってできなかった。カードがなければ今後にこの上ない不安が残り、彼女達が居ないこの世界も考えられないのだ。つまりは今の地位を築くのに使っていた道具を捨てるか、今を捨てるかの究極の選択である。

「うぐ、ぐううう……」

唸るようにして、ハルマは蹲る。

その様子を一瞥すると、徹は踵を返した。

『好きなだけ考えていいよ、そうそう、念じればシーリスちゃん達の様子が壁に映されるようにしておいてあげよう。——んじゃ、またね』

「——ま、待ってくれ。シーリスは、クレスタは、ステラは無事なのか？」

『はっはっは、彼女達はいい娘だよねー。俺がえっちさせてって言ってもハルマ君一筋で最後までさせてくれないぞー。催淫ガスとか論理封印《ロジック・シール》とかいろいろ使ったんだけどねー。でもほらー、俺も役得したいし、符《カード》よりも彼女達を選ぶなら俺のチンコにメロメロになっちゃう前にちゃっちゃと決めてね？　んじゃまた。ごきげんようハルマ君』

「——お、おい待て、それはどういうことだ、——待ってくれ!!」

ハルマの叫びが終わる前に目の前の遠視投影が霧散する。たった一人迷宮に残されたハルマの脳裏に、徹が残した言葉がねちっこくまとわりついてくる。

——念じれば、
だが、ハルマの本能がそれを拒む。先ほど見せられたステラの痴態が、いやあれくらいならまだ彼は我慢できるだろう。だがしかし、それ以上の光景が繰り広げられていたら、果たして自分は彼女達を選べるのだろうか、と——。

そんな彼の懊悩などお構いなしに、徹は改めて己の趣味に没頭するのであった。

■■■

「おーい、シーリスちゃん、新しいパンツ持ってきたよー。もうぐちゃぐちゃで気持ち悪いよね？　ささ、足広げてー」

と、シーリスのスカートの中に頭を突っ込もうとした徹の顔面に彼女の足裏がゲシッと見舞われた。周囲の催淫ガスはすっかり引いてしまい、正気を取り戻した彼女は当然今までの痴態を思い出してどうしたものかと悩んでいた。

「ねぇ、トール。ずいぶんと好き勝手やってくれたわねぇ？」

ぐりぐりと徹の顔面にシーリスの踵が食い込む。

「えー……、シーリスちゃんだってあんなにノリノリだったのにー」

「う、うっさい!!　わ、私だってあんな格好で、あんなこととか、あーもう忘れたいなかったことにしたいー!!　ハルマにどんな顔してあったらいいのよーもうー!!」

ゲシゲシと、徹の顔の上で地団駄を踏むシーリス。

「そんなこと言ってもねー、あのガスは一回吸い込んだら体外放出しないと気が狂っちゃうし、現にあれだけシーリスちゃんが股間からびゅーびゅー潮を吹かせたから、今正気に戻れている――」

「わーわー!!　言うなー!!　違うもん!!　気持ち良かったけど違うもん!!」

シーリスはトールの手から新しい下着をもぎ取り、そそくさと穿き直す。

「あー、そうそう。ハルマだけどまだしばらくかかりそうだってさ、帰り道見てきたんだけど、構造変わって閉じ込められているみたいだから、ここでキャンプね？」

「えー、てかまたエロいガスとか出てきそうだから早くここ離れたいんだけどなー」

「んー、それはちょっと難しいかなー、ほらこれ見て？」

「……見たけど、それで？」

徹が指差すその先、ガッチガチに硬まったチンコが股間からそびえ立っていた。

「さっきのガス、今頃俺にも効いてきちゃったみたい。このままじゃ俺の気が狂っちゃうからシーリスちゃん。えっちしようぜ？」

「却下、私はすっきりしてるし、そんな気分じゃないし。私の好きな人はハルマだしー」

そう言って、ぷいっとそっぽを向くシーリス。

「……えー、でもこのままだとさー、我慢できなくってきっと俺シーリスちゃん襲っちゃうぜー、そうなったらさー、シーリスちゃん泣いちゃうじゃん、俺シーリスちゃん泣かすなら気持ちいいことで鳴かせたいなぁ!!」

「いーやー。外に出せばいいなら自分で擦って出せばいいじゃない」

「それは生殺しだよー、シーリスちゃん。俺のチンコはシーリスちゃんのえっちな所いっぱい見てギンギンになったんだぜー?」

「ねぇ、トール?」

「なに? シーリスちゃん」

「……顔、近いんだけど?」

「…………むふふ」

静寂な迷宮内に、ちゅぱ、ちゅぽと、唇を吸い合う音が響く。

そして、吸っては吸われての繰り返しから、徹の舌がシーリスの口内に入ろうとしたことで、彼女は唇を閉じる。

「――シーリスちゃん?」

徹が問いかけると、シーリスの口が吐息と共に徐々に開けられていく。すかさず徹は舌を滑り込ませ舌を吸い出し、そしてれろれろと弄ぶ。

「……トール……ずるい」

見れば徹の右手が、シーリスのミニスカートの中をもぞもぞと弄っていた。ぐにゅぐにゅと徹の右手が彼女の股間を弄る度に口元が蕩け緩んでいく。

「ぁ……ぁっ――だめ……おねがい……ぁ♥ ……トール……ぁ……また、濡れちゃう……、また……イッちゃう――」

――くちゃくちゃくちゃ
「どう? シーリスちゃん。そんな気分になってきた?」

――くちゅくちゅ、くちゅり
「……なら……ない……ぁ……ならないっ♥ あ、そこ……ふぁ……あっ……あん♥」

そして、徹の左手が、既に服の上からでも硬くしこっている乳首を、かりかり、と指でくすぐり、同時に右手でシーリスの肉芽をすりすりと撫で上げる。

「……あはぁ♥ ……だめぇ……♥」

「……気分、なってきた?」

「……ならない、でもきもちい……」

そしてシーリスと徹はゆっくりと横たわる。舌と舌がれろれろと絡み合い、首筋を伝い、念入りに乳首をしゃぶり尽くした後彼女の脚はとうとう大きく開かれ、そして徹の舌はシーリスのクリトリスへと到達する。

「ふぁ……ふあん♥　はぅ……♥」

「シーリスちゃん、気持ちいい？」

「……あ♥　……うん♥　……あん♥」

「それじゃ……俺も気持ち良くして？」

そう言うと徹は、蕩けるシーリスの横に回り、肉棒をシーリスの口元へと持っていく。

「え……これ、こんなおっきいのを？　え？　舌で？」

戸惑うシーリスに徹はニコニコと頷き、ね、お願い。とウインクをして両手を合わせて行為をねだる。

「でも、ハルマにもこんなことしたことないし……」

そうは言いつつも彼女は目の前にある異性の性器に対して、興味津々であった。がちがちに勃起した徹のチンコを恐る恐る手で掴む。

「おぅ」

びくん、徹のことをトールとして、身近な仲間として偽りの記憶を植え付けられている彼女は、震える熱くて硬くて素直なそれを、好ましく思ってしまう。あの頼りにしている仲間《トール》にこんな弱点があったなんて、とかいう都合の良い解釈と思考。それが、まるで甘美な毒のように、彼女を侵食していき。

「……す、少し、だけだからね」

シーリスの舌先が躊躇いがちに徹の亀頭へと伸び、ぺろぺろと舐め始める、同時に徹は舌の動きに合わせて乳首をスリスリと撫でる。

「あん……こらぁ。ふぁ……ん、んっ……、や♥　やぁ♥……気持ち良くなっちゃうよぉ」

そう言いつつもシーリスは舌の動きを止めない。舌と舌を搦め合う時のように、ちろちろと連続的に徹の先っちょを刺激する。徹はまたその動きに合わせるように股間と乳首の手で捏ねていく。

「はぁ……、はぁ……、とーる、あのね？」

「なんだい？　シーリスちゃん」

「――ごめん、私もやっぱえっちだった」

「……しってた」

「……ばか」

「……でもね、やっぱりハルマが好きなの」

「……しってる」

「……ハルマには知られたくないの」

「……大丈夫だよ、ハルマは来ない」

「……うん」

そう頷いてシーリスはポニーテールを留めていた髪留めを外した。髪がぱさりと落ちて、普段の快活な彼女の印象ががらりと変わる。まるで今は普段の彼女ではないというう言い訳のような行動。そして今まで舌で舐めるだけであった徹の肉棒を、ぱくりと咥え込み口の中の舌でやわやわと転がし始めた。

「ぷは……、ね、きもちい？」

そう首を傾げるシーリスに、

「こんなん我慢できるかー!!　気持ちいいし、かわいいわー!!」

「き、きゃあん」

シーリスの股間を右手で掻き回す。じゅくじゅくとリズミカルに水音が跳ねる。

「……ぁ……ぁ♥　……あんっ……んむう、んんん♥　んんっ♥　……ん!!　……んんッ♥」

「吸って!!　シーリスちゃん、いっぱい吸って!!　噛んでもいいから!!」

徹は右手でシーリスの股間をイかせながら左手で彼女の頭を押さえ、腰をぐいぐいと前後させて頬肉や口内に亀頭を押し付ける。シーリスは股間から沸き上がる快感に酔いしれながら、口の中で暴れる徹の肉棒を本能的にちゅうちゅうと吸い込む。そして、

「あああぁ!!　出すぞおおお!!」

「──んーっ、んむぅッ♥」

クリトリスを連続的に引っ掻かれ、彼女が都合四回目の絶頂を迎えた瞬間、徹の肉棒からびゅるびゅると精子が発射される。射精に暴れる肉棒はシーリスの口の拘束から外れ、シーリスの整った口元からおでこまで、びゅるびゅると汚していく。

「ふぁぁぁ♥　──はぁっ、──はぁっ、──はぁん♥」

「ああ──、ひっさしぶりにいっぱい出たなぁ……」

シーリスの顔面にぶっかけた徹は実に満足気な表情でぶるるると体を震わす。

「ねぇ……トール……」

「なぁに？　シーリスちゃん？」

「まだ、硬いんだけど……？」

そんなシーリスの問いかけに、徹は彼女の乳首をきゅ、と摘むことで応える。徹の精子のストックはまだまだ尽きないのだ。明るく、正義感が強くて、ちょっと男勝りでそれでもかわいい所が君らしいよ、とハルマは彼女のことを言っていた。そんな彼女が誰かの股間に喜んで吸い付いている。口を窄めて、ちゅうちゅうと吸い出している。そんなことをハルマ自身はまだ知る由もない。

■■■

「んーと、今連絡入ったけど、ハルマはまだまだかかりそうだねぇ。どうするクレスタちゃん？」

　自分が出現させた浴槽に浸かりながら、徹はクレスタに問いかける。ちなみにクレスタを挟むようにして分裂した二人の徹が左右を固めている形だ。まるでワンプレイ後のお風呂である。

「……ハルマさんはどれぐらいかかりそうって言っていましたか？」

「さー？　あの様子じゃ確実に二日以上かかるんじゃないかなぁ……」

　すすっと、徹達がクレスタへと擦り寄る。

「ね、クレスタちゃん。もういいでしょ、エッチしようぜ？」

「……それだけはだめです。……ぁ……んっ……」

　ちゅくちゅくと、クレスタの耳腔を二人の徹が左右から舌先で愛撫する。ゾクゾクとクレスタの背筋にこそばゆい快感が走り、彼女の肩が窄まった。

「そんなこと言ってもさー、あれだけ俺達におっぱいちゅーちゅーされてさー」

「そうそう、あそこもお尻もいっぱい舌でほじったし、クレスタちゃんも気持ち良かったでしょ？」

　徹達の手がクレスタの胸元に伸びる。

「ほら、乳首きもちいでしょ……？」

「……ぁっ……んっ♥」

　たわわなクレスタのおっぱいの先が徹達の指によって左右からくにゅくにゅと捏ねられる。指の間でころころと転がされるだけで、クレスタの乳首は簡単にしこり、硬く勃起する。ここ数時間で彼女の防壁は随分と侵食されてしまった。男嫌いのはずの彼女が、仲間とはいえ裸で一緒の風呂に入るなど。

「――ほら、ほらほらっ。クレスタちゃんのだらしない先っちょもえっちしたいって‼」

　徹達が彼女の乳首をねっとりと指で弄ぶ。

「……ふぁぁ♥　……いやぁ♥　……あんっ……あんあん♥」

　びくびくとクレスタの体が震え、ぱしゃぱしゃとお湯が波打つ。それほど彼女にとって男二人による同時の愛撫は衝撃的で、甘美なモノだったのだ。今もこうして胸を二人に触られる度に、股間と尻穴が疼いてしまう。

「ねぇクレスタちゃん、気持ちがいいの好きでしょ、俺達もきもちよくしてよ？」

「あっ……あんっ……んぁぁぁ……、だ……め♥　……ぐにぐにしないで、……あんっ、もどかしくて……、つらいです……あっ♥」

クレスタは乳首を摘まれたままでお湯の中で両胸をぷるぷると揺すられ続ける。淫靡な先っぽから生まれた快感の蓄積が胸全体へと広がり彼女の頭を蕩けさせていく。

「ね？　えっちしよ？　そしたらいっぱい揉んであげる。胸だってお尻だってこの手で好きなだけ触ってあげるよ？」

「……ふぁぁ♥　……だめぇ……♥　……それはハルマさんのものです、だめぇ……♥」

「——でも気持ちいいんでしょ？　クレスタちゃん」

ぐにゅん、と徹がクレスタの右胸を揉み込む。

「あはぁ……♥」

「——いっぱいしてほしいんでしょ？」

むにゅん、ともう一人の徹がクレスタの左胸に指を沈める。

「んん……っ♥」

「ほら、ほらほらほら」」

ぐにゅぐにゅと、左右の徹がクレスタの胸を揉みしだく。

「あっ……あっ……いいっ……、ふぁぁぁぁ♥　……あん……んはぁ……♥　……や♥　……あぁぁん……♥」

乳首と乳房を揉みくちゃにされながら、クレスタはだらしなく口元を乱した。

「クレスタちゃん、ほら手をかして」

「んっ……あっ……♥」

徹はクレスタの柔肉にぐにぐにと指を沈み込ませながらクレスタの左手を右手で掴み、そしてもう一人の徹の左手は彼女の右手を掴む。彼女は両手を塞がれた状態で徹に為す術なく胸を蹂躙される形になる。

「……あっ……んっ……あっ……あっ♥」

そして徹の指の動きがまた変わる。揉み込む動きから指先で乳首をくすぐる動きに。

「……やぁ♥　……んぁぁ♥　……それだめぇ……♥」

指の腹でクレスタの乳首が摘まれスリスリと擦られる度にビクンビクンとクレスタの体は揺れ、そして下半身を焦れったそうに捻る。優しく触れてしまうと、彼女は直ぐにエロくなってしまうのだ。

そんな、彼女の左右から、おもむろに立ち上がった徹の肉棒がずずいと差し出された。徹達の指は、未だ乳首を焦れったく弄くり回している。クレスタの両手は徹達のもう一方の手によってしっかりとホールドされていた。

そんな状態で徹達は立ち上がり、クレスタの口元に肉棒を差し出し、ふりふりと振っている。そこまでお膳立てをされれば流石のクレスタも意味を察する。舐めて舐めて、舐めて咥えて、咥えて吸って、と二人の徹がアピールをしていることに。

「…………ぁ」

捏ねられていた徹の指が止まり、クレスタの胸へ与えられていた快感がピタリと止まる。

「……トールさん、こんなの、いじわるです……」

クレスタは目を潤ませて徹を見上げる。

「頼むよ、クレスタちゃん」

再び徹達の指がクレスタの乳首をこしょこしょと弄ぶ。

「……あっ……やぁ」

クレスタの目の前にあるヌラヌラとした肉棒。つい先ほどクレスタの胸でびゅるびゅると熱い汁を出して果てていた男性器。クレスタはぐ、と泣きそうな顔で徹を見つめ。諦めたように溜息をつくと、そのあどけない口を開き、左側の徹の肉棒をちゅぱんと咥えた。

「……んふ……ん、――ん!!」

すると、左側の徹の手がぐにぐにとクレスタの胸を揉み込み始める。

「――ふぁ♥　――あぁん♥」

ぷは、と思わず口を離すクレスタ。

「……ぁ……はぁ……」

再び徹の指が乳首をちょんちょんとするだけの軽い愛撫に戻り。

クレスタは今度は右側の肉棒に吸い付く。

「んん――ん♥　――んっ♥　――んっ♥」

それはまるでクレスタのお口に対応したお胸愛撫マシーンである。

「……ああきもちいなぁ、クレスタちゃん。ほらもっとちゅうちゅうして？」

「んっ……んふ……ちゅ……ちゅる……ちゅぱ……ちゅぽん……はぁはぁ♥　……んっ」

だんだんと、だんだんと、クレスタは徹の肉棒に積極的に吸い付いていく。

それに対応するように、徹のクレスタに対する胸への愛撫は加速していく。

「んふ♥　……んっ……んっ――ん♥　――ぷは♥」

ただ咥えるだけだったクレスタの動きが、徹に促されるように次第に亀頭を吸い付く動作を覚え、教育されていく。乳首と胸をほぐされるのを条件としてお口が経験を積まされる。

「じゅる、――じゅぽ……んむ♥」

そしてついにはねっとりと竿に絡みつくような動きに調教されていく。徹が求める舌使いをクレスタが掘り当てる度に、彼女の胸に快感が与えられ、淫靡な愛撫となって繰り返されていく。なんたることであろう。ついさっきまでキスも躊躇っていた淑女が、今や両手に竿を二本も持ちながら、じゅっぽじゅっぽとお口のピストン運動を教え込まれているのだ。

「ふぁ……♥　……はぁ……♥　――ぷは……んむぅ♥」

左右から出された亀頭を同時に舌先でちろちろと弄び、徹の指先もクレスタのこちこちの乳首をピンピンと弾く、肉体言語。

「ふぁ……♥　と一るさん……、　きもちいです……♥　……もう……♥　……もう♥」

――我慢できない。

クレスタは視線で懇願する。

「――うん、俺も我慢できない、先にイカセて？　たっぷりしてあげるからさ」

そして徹達はクレスタの手を離し、

「――ひゃぁ♥」

たわわな胸の間に剛直をビタンと挟む。

「あああ、クレスタちゃん、やわらけぇ……」

徹の両手により寄せられた胸の中でマグマのように熱く膨らんだ肉棒が力任せに擦られる。

「――あっ――あっ――やっ――あんっ♥」

すぱん、すぱん、とまるで玩具相手のようにクレスタの胸に徹の肉棒が突き込まれた。

「――あんっ――あんっ――ふぁん♥」

彼女は必死で徹の腰の動きを胸で受け止めるだけだ。自分で擦ることもなく。乱暴に寄せられて、できた隙間をぬっぽぬっぽ、ぬぱんぬぱんと好き勝手に使われて犯されている。それでも。彼女はその行為を拒んでいなかった。

「あーやーらけー、クレスタちゃん、きもちい？　クレスタちゃんのおっぱい、俺のチンコでめちゃくちゃに犯されちゃってるよ？」

男嫌いの裏に隠れた軽い被虐趣味。彼女に隠されていた変態性が引き出されてしまう。

「――やぁん――、いわないで、いわないでぇ――あっ♥――あっ♥　――あんっ♥」

「はは、ハルマ君の手とチンコじゃこうはいかないぞお、おらおら、口、口開けてっクレスタちゃん‼」

――ぱんぱんぱん、と徹の腰のスピードが上がる。

そうなのだ。ハルマの体格ではこうも自分の胸を乱暴に犯せない。彼女はそんな徹の言葉に心の中で同意してしまう。熱くて硬くてこんなに長くて太いゴツゴツした肉棒。ただでさえ持て余している自分の胸肉の谷間を軽々と越えて我慢汁を垂らしまくる頼もしい存在。何度もぐいぐいと胸の芯まで掻き回す耐久力を持ったこれを超えるアレを、ハルマが持っているとは思えない。

「やだぁ……♥　……あぁん!!　――やだやだぁ……♥」

胸を挟んでいた徹の手がクレスタの乳首を指間に挟み込んでがっしと鷲掴みにする。じんじんと、クレスタの快感中枢が刺激され、だらしなく口が開き、涎が口から糸を引き垂れる。彼女の中で牝が目覚める。意識してもいないのに、受け止めなくては、とかわいらしいお口が開いてしまう。

「ああ――!!　でる!!　でるでる!!　う、うおらあああ――――!!」

「だめぇ――だめぇっ♥」

――ばびゅびゅ
と徹の亀頭から大量の白濁液がクレスタの顔と口にかかり、どぷどぷとクレスタの顔と胸を容赦なく汚していく。

「あああ――クレスタちゃん最高だぁ」

「はぁ――っ、はぁ――っ、はぁ――♥　だめって、いったのにぃ……あっ♥」

ぴん、と尖った乳首に亀頭を擦り付け、ぐにぐにと残りの精子を塗りたくる徹。

――そして、

「――んむぅ!!」

クレスタの口内にもう一人の徹の肉棒が差し込まれ。

「――んっ――んっ――んっ――んむぅっ♥」

じゅぽん、じゅぽん、口内を掻き混ぜる。

「はぁ……、クレスタちゃんのお口も最高だぁ……」

「んむぅ!!　んん――――んっ♥」

突然の蹂躙に咽ぶクレスタであったが、突如彼女の中に甘い快感が生まれていた。そう、強引なパイズリでイッたもう一人の徹のお返しが始まったのである。今までお預けを食らっていた股間の肉が、にゅるり、侵入してきた徹の舌を歓迎してしまう。

「おほ、クレスタちゃん、ぎゅうぎゅう吸い込むよ、すごいエッチになっちゃったねぇ」

じゅるじゅると徹の舌を吞み込むクレスタのあそこを逆にちゅうちゅうとバキュームする。相反するするベクトルにクレスタの股間は歓喜の涎を垂れ流す。

「んんんん♥　——んんんっ♥　んあああぁ、イクイク、イキます、イっちゃう、ふぁああぁあんっ♥　——ハルマさんっ——クレスタ、ハルマさん以外でまたいっちゃう!!　今度こそ本気でいっちゃうぅ、本気で出しちゃうのっ♥　——あはあぁあっ♥」

胸を汚され、口を汚され、快感を受け入れたクレスタの夜はまだまだ長い。上の口ではちゅうちゅうと徹の肉棒から精液を吸い取りながら。もう一人の徹の頭を抱え込み、腰をカクカクと震わせながら。失禁後、彼女が正気に戻ったのは一時間後のことである。

■■■

「——さて、ステラちゃん、他の二人はこんな感じなんだけど？」

跪いたステラの前に、五人の徹がその肉棒を突き出す。他の二人と違い、ステラは論理封印《ロジック・シール》も記憶改竄《メモリー・リライト》も解けている。彼女はシーリスとクレスタの恥態を見せられている間、ずっと体を弄られながら徹のセクハラインタビューを受けていた。

そう、ハルマの安全を引き換えにして。

「ステラちゃん、右乳首と左乳首どっちが感じる？」

左右の胸の担当の徹達がステラの耳元でいやらしく囁く。ステラの長いローブは胸の上まで捲り上げられ、あらわになったその両胸の乳首をねちっこく責め立てられていた。ステラの左乳房は、肩口から下ろされた右手でゆさゆさと揺らされ、左手で乳首を摘まれたり、五本の指でわしゃわしゃと、弾かれている。カチコチに主張したその先端が徹の指で躍らされる度に、ステラの体は震えて抑えきれない快感の吐息が漏れていく。

右の乳房は長い間しゃぶられっぱなしである。口内の温かく柔らかな圧迫の中、吸引と舌先によってどこまでも硬くしこっていくステラの乳首が、彼女の意志に反してふるふると快感の喜びに震えていた。

「ほら、答えて？　ちゅぱちゅぱ吸われるのとくにくに噛まれるのどっちが気持ちいい？」

「ふぁ……いや……、いや……っ」

「だめだよ？　正直に言わないとハルマ君ヤっちゃうよ？」

「……こんな……うぁあ、……はぅう……はるまぁ……はるまぁ——」

「ほらほら、どっち？　……どっち？」

「……みぎぃ、……吸われるの……いい——やぁんっ♥」

「あっ——あっ——あんっ♥　……だめ……だめだめ……舌だめッ……あっ、あっ、あっ♥」

　ステラの上半身が若干前方に倒され、たゆんと実った乳房の先端に左右の徹がむしゃぶりつく。

　——じゅぱっ、——じゅぽっ、という吸引音、ちゅぱちゅぱ、ぴちぴちという水音が容赦なく周囲に響き渡る。乳首の先端から断続的に体を駆け上がる快感のパルスを抑えきれずにステラの腰がカクカクと震え、膝がガクンと落ちる。

　だがしかし、両足担当の徹達がそれを許さない。

「ステラちゃん、アナルは指でつんつん派？　それとも舌でじゅぱじゅぱ派？」

　ステラが倒れないように支えながら両足の徹が彼女に問いかける。小気味良く突出された臀部の肉が二十本の指に掻き分けられ、最早ぐちゃぐちゃになった秘部から愛液をローション代わりに塗りたくられ、パクパクとひくつく肛門が先ほどから指と舌による執拗な愛撫によって責められていた。

「……う……ぅううう、舌ぁ、舌がいい……ひぃぃぃぃっ」

　熱く火照ったステラのお尻が徹の舌でとろとろに溶かされる。ぶじゅぶじゅ、にゅるるると音を立てる未体験の感覚。空気が入るほどアナルをほぐされないと、こうもいやらしい音は中々出ない。

「……おしり熱い……うああ……やあああ……」

　ステラの口から涎がだらしなく落ちる。尻穴愛撫で踏ん張れないのだ。口が開いてしまうのだ。悔しくても、惨めでも、お尻の皺をほぐされてしまうとどうにもならないのである。

「ステラちゃん舐められるのが好きなんだねぇ、それじゃ俺は前をぺろぺろしちゃう」

　両乳首と肛門、そして四人目の徹がステラの股間へと頭をうずめる。

「うぁん——♥　……ッ、あ、うああ……、んあああああああっ♥」

　——ちゅぱちゅぱちゅぱ
　——ぺちゃぺちゃぺちゃ
　——ちゅるちゅるちゅる
　——じゅぽじゅぽじゅぽ
「んあああああ♥　——あはああああああ——♥」

　こうして、彼女が高ぶらされるのは、最早何回目であろうか。

――摘むのがいい？　擦るのがいい？

――生身がいい？　玩具がいい？

――着たままがいい？　裸がいい？

質問は終わらない。

そして、

「そっかー、ステラちゃんはお口の愛撫の方が好きなんだねぇ、ということは、ステラちゃんはお口の中で擦られながら、服は着たまま生で交尾するのが好き、と」

　そんな自分勝手な徹の呟きに対してステラは抗議の視線を送るが、彼女の前に差し出された五人目の徹の一物を前にして、ステラは絶望する。徹がこれから自分に何をさせようというのかわかってしまったからだ。

「それじゃ正直なステラちゃんにご褒美をあげる、シーリスちゃんとクレスタちゃんがやってたから、やり方はわかるよね？」

　ステラの両目に涙が溢れる。また一つ体を犯されてしまうと。どちらに転んでも卑猥な選択を迫られ、そしていいように体を弄ばれ、この上性器をしゃぶらされることで、プライドまでも奪われるこの現状に、打破できない今を招いてしまった自分の不甲斐なさに、ステラは心中でに悶え、悔しさを噛みしめる。

（――でも、はるまを、はるまを助けるためだったら!!）

　自分はどうなってもいい。何をされたっていい。ハルマにどう思われてもいい。自分はさっきそのように誓ったではないかと。強い意志と共にステラは徹をキッと睨みつけた。

　そして確固たる意志を持って、ステラは徹の肉棒にしゃぶりつく。この口の中にある熱い塊も、胸と股間を掻き混ぜる舌も、全部ハルマのためだと言い聞かせて、ちゅぱちゅぱとしゃぶっていく。じゅぽじゅぽと吸い付いたりも厭わない、そんなステラを見つつ、徹は心の中で叫ぶ。

（ああ、いいよ、いいよぉ、ステラちゃん。君はこれくらいじゃ折れない、もっと、もっと君のその自己犠牲の精神を高めてあげないと。クックックッ、たっぷり育てて、ぽっきり折って、君を全部犯《しはい》してあげるからね……!!）

　ステラは知らない。

――今、自ら徹のチンポをしゃぶるその姿も、

――これから顔面騎乗で自ら何度も絶頂する痴態も、

――「徹様に見られてイっちゃう」とか言いながらオナニーする姿も、

――ローブを口で咥えながらガニ股開きで手マンをされ

て、勢いよく潮を吹く姿も、

――まんぐり返しをしながら、アナルを指でほじられ、放尿しながら愛撫をねだる様子も、

――ローターをクリと乳首に貼っつけ、徹のチンコを頬張り、「……お尻にお浣腸ください」と言わされながら自らの両手で尻肉を広げる瞬間もすべて記録されてしまうことに。

（ああ、楽しみだなぁ……）

好き放題ステラにいたずらをする情景を思い浮かべながら、彼女の口内に白濁液を放つ。

「んふ、んむうううぅ――♥」

「ああー、気持ちいよー、ステラちゃん」

徹はドクドクと快感を吐き出しながら腰を前後に揺すり、ステラの口内を蹂躙し――。

■■■

一方そのころ、ローターやらバイブやらで何度も果てさせられたシーリスは徹の声を聞く。

「論理封印解除《シール・アウト》」

「……え」

唐突に徹の存在が正常に処理され、今までの行為が正しい自意識に連結され――

「――君は何も、見なかった」

正しくすべてを把握する前に、彼女の視界は暗転する。

■■■

お風呂の縁に腰をかけてM字開脚で放尿していたクレスタの耳元で、そっと徹が論理封印《ロジック・シール》を解除する。

「ふぁぁ、きもちいです、きもちいですぅ♥」

放尿中にクリを擦られて、絶頂するまどろみの中、彼女に刹那の違和感があったが、

「――クレスタちゃん、君は何も、覚えていない」

■■■

「それじゃ行こうか、――ステラちゃん」

いろんな液体でどろどろになった彼女を抱き上げ、徹はニヤリと笑うのであった。

「……負けない、負けないんだから……あっ、あぅう、お願い、お尻やめて、お尻でイくのもう覚えたくない……、

あっ……あっ……またぁ。もうやだ、……あはぁ♥」

■■■

徹がハルマの目の前から去って、どれくらいの時間が経ったのかはわからない。ただ一つ確実なことは、ハルマは心の中でカードと彼女達を天秤にかけ、未だその結論を出すことはできていなかった。その間にも、シーリス、クレスタ、ステラの三人の体には徹により淫靡な経験値が刻み込まれてしまっている。最早、元に戻れないくらいに。

どんな物語にも結末はある。

ハルマ達の物語もまた一つの終局へと落ちていく。逃げ場のない、彼にとっての最悪の結末に。そして、終局への第一歩は突然の地鳴りから始まった。懊悩する彼の周囲のダンジョン構造体が、ガコン、ガコンと組み替えられ始める。そして、ハルマを呑み込むよう暗い穴が開き、地面が傾いて文字通り転がり落ちていった。終局へと落とされていくハルマを待っていたのは、異様な空間であった。

カッ、とハルマを照らす、薄暗く狭いダンジョン内とは思えぬ強烈な光。それが人工的な照明ということに気づく前に、大きな怒号と叫びが彼の耳に届く。

——おおおおおおおおおおおお!!

——うおおおおおおおおおおお!!

ふと見れば、そこには人、人、人の海。魔都と化したヴィンランドルにこれほどの多くの人間が居たのかと思うほどの人の群れ。彼らはハルマの登場に沸き立ち、踊り、どんどんと足を踏み鳴らす。

「——んんんッ——レッディース、えーんど、ジェントルメーン!!」

唐突にマイクからの聞き覚えのある能天気な声。

そう彼の憎き敵であり、先ほど完全敗北した相手の声である。

「あ、ごめん。男しか居なかったね、お前ら。——ジェントルメーン、えーんどジェントルメーン!!」

——おおおお!! トール様、トール様ああああああああああああああ!!

見れば、照明が集中する、設えられた舞台の中央で浅黒全裸マッチョの徹がマイクを握り、腰をカクカクと前後させ、パフォーマンスをしていた。

「はっはー!! 今夜のショータイムへようこそ、クズ共!! お前らに相応しいスペシャルなゲストを紹介してやるぞー!! 生まれながらにしての天才カード使い、三人のかわいこちゃんを引き連れて、世の中を縦横無尽と謳歌している、勇者ハルマきゅんだ!!」

それは異様な空気である。征服されて、蹂躙されたはずの王都の住民が熱狂的に徹を讃えているという光景。

「おい……、なんだよ。なんだよこれ……、お前ら、苦しんでたんじゃないの？　あの魔王に好き勝手やられていたんじゃないのかよ……!!」

そんなハルマの呟きを徹のマイクが遮っていく。

「やだなぁ、ハルマ君。君は勘違いしているぞー？　俺の国のかわいくて、綺麗なおねーさんは全部俺のものだけど、それ以外の娯楽と福利厚生はどこの国にも負けてないんだぜ？　この俺がかわいがった後で仲良く幸せに暮らしたい人達には快適な環境を用意して、ちゃあんと国民として大事にしてるんだぜ？」

――徹様万歳!!

――魔王トール様万歳!!

地響きのような歓声がその言葉を証明する。

「――そんなの馬鹿げてる!!」

「いーや馬鹿げてないんだよ、ハルマ君。よく考えてみるんだ、俺が一から十までおにゃの娘を独占していたら、不倫プレイもできないし、人妻の情事ごっこもできやしない、若くてかわいい奥様と娘の親子丼とかが楽しめないじゃないか!!　ああ、もちろんお気に入りのおにゃの娘は別だけどね？」

「意味が……わからない」

「わからなくていいんだよ、ハルマ君。女の子には快楽を、この俺には快感を、男共にはそれ以外のすべてを。ここはそんなクズ達だけが残り、集まり、濃縮されたイカれた国なんだ。知ってる？　うちの国の産業、投影水晶《アダルトビデオ》と大人の玩具《オナホとバイブ》。闇市場で大人気よ？」

どわあと、叫ぶ住人達を改めて見回す。見れば彼らの血色は良く、痩せている者は皆無。むしろガタイがいい者が目立つ。

「……でだ、改めて紹介しよう。彼がそんな俺らの国に来ちゃった勇者ハルマくんでーす!!」

――うおおおおおおおおおおおおおお!!

カッ、とスポットライトがハルマに重なり、会場の住人達の視線が集中する。その絡みつくような眼差しに背筋がゾワリと騒ぐ。彼らがハルマを見る視線が、尋常ではない何かを湛えていた。ねっとりと、舐め回すような気味の悪い視線。その瞳の向こう側に得も言われぬ情景が広がっているような、不安を煽る視線である。実際は性転換したらどうなるのかなーとかの紳士な想像だったりするのだが。

そんな住人達の視線に気圧されているハルマを他所に、徹は再びマイクを取る。

「それじゃあ、待たせたな‼　おまいら‼　今日のメイン可愛い子ちゃん達の——登‼　——場‼　——です‼」

その徹の掛け声と共に住人の視線がハルマから外れ正面の舞台へと向く。舞台は迫り上がったT字型をしている。下の先端にハルマ、縦と横が交わる場所に徹が居て、住人達は縦の線の両脇、一段下がった所でひしめいていた。舞台と観客の間は概念空間で遮られていて、出入りはできないようである。そんなことをハルマが思いつつ見据えたその先に、ぺかりとスポットライトが当てられた。そこには両腕を縛られ、天井からの縄で拘束されている見覚えのある少女の姿。

「バスト八十二‼　ウエスト五十三‼　ヒップ八十五‼　爽やかポニーテールミニスカ剣士の、シーリスちゃーん‼　はーい、ローアングルから見える太ももがエロいですねー、そそりますねー、はーいカメラさん、ぐぐっとよってー‼」

「え？　——何これ、やっ、ちょ、こらぁ、撮るな、撮るなってばっ——」

足は地についているものの、両手を縛られて身じろぎしかできないシーリスの周りをカメラ係の徹が際どい角度をつけながらぐるりぐるり、と回っていく。シーリスの健康的な太ももが会場のスクリーンに映し出され、時折チラリと、下着が見える度に会場が沸き立った。

「ちょっとハルマ、ぼおっとしてないで助けてよ‼　あぁんもう撮るなぁ‼」

「はい、かわいいですね、鳴かせたいですねー‼　では二人目‼　バスト九十三‼　ウエスト五十五‼　ヒップ八十七‼　清楚な顔して、たゆゆんぼでーのクレスタちゃんでーす‼」

徹が叫ぶと同じく両手を縛られ拘束されたクレスタが現れる。

「……ふえ？　ふぇえええええ？　なんですか、これなんなんですかぁっ……」

突如、飛び込んできたその光景にクレスタは酷く狼狽え、取り乱す。

「クレスタちゃんの特徴は、なんといってもこの柔らかおっぱいですねー、しゃぶりたいですねー、吸い付きたいですねーぇ、清楚な修道服を盛り上げる、このけしからんおっぱい、もうたまりませんねぇこれ」

カメラがより、たわわな胸をこれでもかとドアップに映し出す。クレスタが身を捩る度にゆさっと大きく揺れる双丘に再び会場が沸いた。

「あぅぅ、ハルマさん助けて、助けてくださいぃぃ……」

「ぷるぷる揺れてますねー、気持ち良さそうですねー、それじゃあラストのおにゃの娘は、バスト八十六‼　ウエスト五十四‼　ヒップ八十六‼　ぶかぶかローブの下にはエッチな体、寡黙な魔女っ娘ステラちゃんだー‼」

同様に両手を拘束され現れるステラ。

「ああ、………はるま、無事で良かった」

五体満足なハルマの姿を見て安心するステラだがそのローブの裾がすすっと摘まれる。幼い魔法少女を思わせる外見だが、ローブを捲られあらわになった太ももにはしっかりと色気が宿っている。

「と、いうわけで勇者ハルマ君ご一行様は、エロくてわるーい大魔王にとーらーわーれーてーしーまーったーの」

つかつかと、ハルマと三人を遮るように徹は立ち位置を変更し、

「――です」

徹のマイクが黄金の錫杖に変わり、どん、と地面を打つ。

――刹那の舞台暗転。

――一瞬にして静まる観衆達。

――見ればハルマは小さな四方の立方体に閉じ込められ。

――その壁面で夥しいほどの刃物が内を向いていた。

――暗闇の中、スポットライトが徹、ハルマ、シーリス、クレスタ、ステラにそれぞれ当たる。

「トール‼　約束が違う‼　はるまは……、はるまは助けてくれるって――」

「助けるさ、ステラちゃん、俺は女の子とした約束は絶対に守るんだ、でもいいのかい？　助かるのは本当にハルマ君だけでいいのかい？　……ステラちゃん」

声を荒らげるステラを徹は優しく窘《たしな》め、そしてシーリスと、クレスタを見た。ステラがハッと二人を見やり、そして、目を伏せる。そのやり取りを見たシーリスとクレスタは悟る。今までハルマは何度もこんな窮地を脱してきた。そんな中で、一番戦闘面で参謀役として貢献してきたのは何を隠そうステラである。その彼女が既に心折れているということの現実。

――今この現状は、愛するハルマの本当の窮地である。シーリスとクレスタは即座に理解した。そしてシーリスから、諦めたような溜息が漏れる。『もう、しょうがないわね』なんて、優しい呟きと共に。

「クレスタを助けて、代わりにわたしを好きにすればいいわ」

「――シーリスさん⁉」

シーリスの言葉にクレスタが驚きと非難の目を向ける。

「いいのよ、クレスタ。貴女にはハルマが必要だわ、でも私は――」

きっと三番目だもの、そんな言葉が続きそうな諦めの雰囲気。

「やめろ‼　やめてくれ‼」

そんなシーリスの淡々とした呟きをハルマの叫びが遮る。

「……いいんだ、僕こそ、どうなってもいいんだ、だから――」

「おやぁ？」

――その声は。

――決して自分は今の言葉を口にしてはいけなかったのだと。

――酷く、誰かに咎められた気がした。

――そして思い当たる。思い出してしまう。

――自分が、どんな約束をこの悪魔から持ちかけられたかということを。

「――はーるまくぅん」

「決断してたんなら早く言ってくれればいいのに」

徹の言葉がゆっくりとハルマの脳内で響き渡った。

――カードか、彼女達か、どちらかを差し出せ。

そんな条件を提案されなかったかと。そして思い知らされなかったか、彼に完膚なきまでに敗北した事実を。

「あ、あああ、あああああああ……‼」

「……はるま？」

「ハルマ？」

「――ハルマさん？」

ハルマは思う。カードを渡す。きっと、それだけで、助かるだろう。自分も、シーリスも、クレスタも、ステラも。

だが、その後はどうだ？　支配者の符なしで僕に何ができるのか、そんな僕に彼女達はついてきてくれるのか、いや問題はそんなことじゃない。支配者の符なしで僕は彼女達と今までの地位を、社会的立場を、立ち位置を、維持できるのか、積み上げてきた功績を、名誉を――。それならいっそ、誰もしらない所で一から――いや彼女達との関係はそんな軽いものじゃない、思い描いた彼女達との理想の生活のために今まで――嫌だけど――ぅぅうう。ハルマの精神が葛藤で焼き切れる。そして、

「うがあああああああああああああああ‼」

どちらも選んでやるものかよ、とハルマの黄金の符が展開し、三つの六芒星を象る、それは他に支配されまいというハルマの最後の矜持。

「ぶちぬけえええええ‼」

三つの六芒星がハルマの前方に重なり光輝く、それは発動すれば徹の概念障壁をも凌駕《りょうが》する一撃。きっと障壁ごと徹の体を打ち抜き、ダンジョン構造体を打ち抜き、どこまでも伸びていく希望の閃光を示す概念魔法――、万能の符の力を一点に集中させた彼の究極奥義。

――そう、発動すれば。

六芒星が切り裂かれている。ただの一振り。なるほど符は万能である。カードを並べて、象徴を作り、どんな効果でもどんな威力でも発現する。だがしかし、近接戦闘でそんなのんびりした行為を、徹が許すはずもなく――。

支配者の剣《マスターソード》の一閃が、ハルマの術式をただそれだけで破壊した。

「――で？」

「はひぃっ」

徹の問いかけに、ハルマは尻餅をつき、そしてカードを抱えてへたり込む。勇者というにはあまりにも惨めで、見たことのない彼の姿。その顛末を見て、クレスタは呟いた。

「――ハルマさんの記憶を、消してください。その代わり私を好きにしていいです」

徹は振り向く、そこには三人それぞれの深い愛情と、揺るぎない信愛があった。

「……ばかねクレスタ、せっかく貴女にチャンスをあげたのに」

そう呟くシーリスの顔は少し笑っていた。

「いいんです。私の一番は、ハルマさんの幸せですから。少し名残惜しいですけど」

なんともしんみりした空気が流れる中、空気を読まない徹の声が周囲に響く。

「いやぁ、やっぱり土壇場になると女の子は強いなぁ、うんうん、俺感動で我慢汁出ちゃう」

「……ねぇ、そうするとわたしのお願い枠ってどうなるの？」

ステラはハルマを助ける代わりに、シーリスはクレスタを助ける代わりに、だが当のクレスタはハルマの記憶を消すことを願った。

「うーん、別に聞いてあげる義理はないけどシーリスちゃんかわいいから聞いてあげちゃう、何がいい？」

「全部終わったらでいいの、私達の記憶も消してほしい」

「……シーリスちゃん優しいねぇ、嫌いじゃないよ、その考え方」

この期に及んでまだ他の二人を気遣う彼女に徹はニンマリと笑う。

そしてパチン、と徹が指を鳴らすと、シーリス達三人の拘束が解けた。

「契約成立」

おいでおいでをして、徹は三人を呼び寄せる。

そして、ハルマを捕らえている立方体の前にどかっと座り込み両手を広げてシーリス達に向き直り、

「それじゃあ誓いのちゅーだ!!」

「は、ハルマさんの前でですか……?」

逡巡するクレスタ。

彼女を庇うようにステラは前に出る。

「……従わないと」

「ハルマが殺されちゃうってことね、上等じゃない」

そのステラを追い越し、シーリスは徹の前に立つ。

「お、威勢がいいねぇシーリスちゃん。それじゃおいで?」

座る徹の前に膝をつきながらシーリスは徹に顔を近付ける。

「……言っとくけど、初めてのキスは、ハルマにあげたんだから」

そんなちょっとした彼女の強がりが、徹の嗜虐性を実によく刺激してしまった。そしてシーリスと徹の唇が触れるやいなやの所で、

「だめだよ、シーリスちゃん、なってないよ、せっかくちゅーするんだから、気分出そうぜぇ?」

と、徹はシーリスの脇に手を差し入れ、ひょい、と持ち上げ、そのままぎゅっと抱き寄せる。いわゆる対面座位、ずばり『抱っこ』の形でシーリスと徹の体が密着する。顔の距離に至っては、もう目の前だ。

「――やっ、ちょっ、みえちゃうっ」

シーリスのミニスカートから白い太ももがまろび出て、下を向けば、下着に覆われた股間が見えていた。

その時である。徹の中指と人差し指がシーリスの股間を下着の上から割れ目に沿ってくにくにとなぞりあげ、クリトリスをくにゃりと指の腹で押し込んだ。

「はぁん♥」

思ってもみない甘い声をあげてしまい、シーリスは動揺する。そう、記憶が失われても体の経験値は決して消えない。快楽の経験は積み重なっている。体は正直だ。押せば

きちんと反応を返してしまう。記憶はなくとも今まで散々徹の舌と指で弄ばれたシーリスの体は正直に反応してしまう。彼女の意に反して、覚悟を決めた凛々しい眉が八の字へと歪み、背筋を駆け上がった快感の電流が脳内を蕩けさせ、紅潮した頬に熱い吐息を吐き出させる。

「え、なんで……なんでこんなに……ひゃ……あはぁ♥」

シーリスの手足は本能の赴くままに抱っこされている徹へとしがみついてしまう、ぎゅっと抱きしめてしまう。なぜなら体は覚えているから。ぎゅっと思いっきりくっつくと、擦れて気持ちがいいことを、既に彼女の体は覚え込まされている。故に、徹の肩口からハルマを覗く彼女の顔は少女から牝の顔へと変化している。そんな彼女の表情をハルマは一部始終、見てしまった。あの快活で元気で健康的な柔らかそうな唇が、今や半開きになり、

「やだ、ハルマ、見ないで……」

徹の舌が、シーリスの唇にぬらりと接触する。

「ほら、シーリスちゃん、舌を出して、そう、いい子だぁ」

てろてろと、高速でシーリスの舌が弄ばれる。

当然のことながら、舌を愛撫されている以上口を閉じることはできない。

──吐息が混じり、

──時が過ぎただけ安全領域が侵される。

柔らかくかわいらしい舌が引っ込んだら今度は唇である。ぷにぷにとしたシーリスの唇がぬろぬろと舐められ、ちゅるりと吸われ、たぷたぷと弄ばれていく。快感とも、嫌悪とも判断がつかない唇の刺激から逃げようと口を閉じると、股間を優しく捏ね回す徹の指がクリトリスを摘んで捏ねる。

「あっ……あっ……なんでっ、だめなの、それ、だめなのっ────んむぅ♥」

股間の刺激に喘いで口を開けてしまえば、徹の舌がシーリスの口内にまで入り込んで舌を搦め捕られ、そして吸い出される。気づけば、自ら舌先をちろちろと、動かしている。ハッと気づき躊躇いがちに顎を引くと、お仕置きとばかりに股間をくちゃくちゃと弄られる。

「いやぁ、掻き混ぜ……ないでぇ♥」

彼女は何故自分の体がここまで反応してしまうのか戸惑う。自分で一人慰める時だって、ここまでどうにもならないような強い快感はなかった。もっともそれは徹が催淫ガスで丸一日かけて散々開発したせいなのだが。

そんなシーリスの痴態を見ながらステラは思う。彼女も同じように嬲られていたのでその気持ち良さの程度を思い出してしまう。体のどこかを弄られながら口を犯されると、

どんどん徹との距離感が縮まってきてしまうのだ。乳首を、クリトリスを、菊穴を、舐られながら舌を弄ばれるあの感覚。気持ちの良い多幸感と錯覚してしまうような、あの感覚。ステラは思う、きっと今シーリスは軽い絶頂を何度も繰り返しながら、口から快感ともいい難い自堕落な解放感を、緩やかに唾液と共に垂れ流しているのだ。

「ステラさん、……大丈夫ですか？」

クレスタの声に、ステラはハッと正気に戻る。

「……大丈夫、ありがとうクレスタ」

今自分は何を考えていたのだろうかとステラは正気に戻る。

（……これはハルマを助けるためにしていること。溺れてはいけない、そう、溺れては――）

そう戒めていたステラの思考にシーリスの喘ぎ声が割り込んでくる。

「……あっあっあっ、……やっ、……だめ、それ、きちゃう、離して、お願いきちゃう、あっ……あっ」

抱っこのポーズから足だけを絡ませたまま、シーリスは手を後ろについている。当然キスなどできる距離ではない。股間を捏ねる徹の右手、あの動きはステラもやられた。クリトリスを皮ごとむにむにと絶妙な力加減で揉まれているのだ。おねだりを受け入れてもらえない時に、決まって徹はあのような焦らし責めを好んできた。

「あっ、あっあっあっ、だめ、だめ――、……ぇ？　あん……っ、またぁ、やだぁ……」

後少しでイけそうだったシーリスは、再び腰をくねらせ始める。

「ほら、シーリスちゃん、覚悟決めなよ、別に大したことじゃないでしょ？」

これこれね、と股間を弄り続ける徹にシーリスは諦めたように体を起こす。シーリスがハルマへ送る視線に含まれるのは諦めでも屈辱でもなく、期待。そう、これからされることへの期待が。

「ごめん……ごめんね、ハルマ」

口でそう言っても体は雄弁である。彼女はゆっくりと徹の体に覆いかぶさり、仰向けに倒れた徹に顔を近付けて、

「んっ……んむ、……ちゅ、……ぷは、……んー、……ちゅぱ♥」

あろうことか、ハルマの目の前でシーリスは徹に向けてキスを自ら行い始めた。男にのしかかり、抱きつき、体をすり寄せながら。てろてろ、てろてろてろと、仰向けの徹が伸ばした舌先を舐り、ちゅぱ、ちゅぱっと、小鳥のよう

に啄み、そして、熱く湿った股間には、徹の勃起チンポが下着越しにコッコツと当たって、

「……あっ……んむ、——ふぁ、——あぁん♥」

だらしなく喘ぎ、唾液の橋がシーリスと徹の舌を結んだ。今、彼女の口は完全に犯された。ハルマの目の前で、完膚なきまでに蹂躙されたのだ。

「ああん♥ きもちい、これ、きもちい♥ 知らないけど好き、好きなの、感じちゃうの……♥」

「……し、シーリス？」

そんな絞り出したようなハルマの声に、シーリスはぱっと蕩けた顔を上げる。一瞬彼女の瞳に正気の光が戻るが、直ぐにばつが悪そうな表情で、

「……ごめんねハルマ、……ぁっ……なんだかわからないけど……ちょっと私のからだ、……どうしようもないの……んっ♥」

「言ってることがわからないよ、シーリス!!」

「——弄られ続けるとイッちゃうってことだよハルマ君!!」

ハルマにとって絶望の声はシーリスの後ろから聞こえた。

「——あああん!!」

そして彼女の体が強引に抱き起こされ、概念障壁に両手をつく形になる。徹の位置は彼女の股間の下である。顔面騎乗、魅力的な太ももが開いてミニスカートからにゅっと伸びた官能的で健康的な色気を湛えた太ももの間で、ハルマの知らない空間で。くっちゃくっちゃくっちゃくっちゃと、容赦ない水音が鳴り響いた。ふるふると揺れる臀部、震えるシーリスの体、快感に歪む口元、込み上げる快楽に戸惑う視線。肝心な所はスカートでハルマから決して見えないのに、その卑猥さを伝える部分は山ほど視界に入ってきてしまう。

「ああああああ……、いやぁあああああああ……、あっあっ……あっ……あっ……あ!! ……はあん!!」

捩られる彼女の体。嫌でも彼女がイっていて、尚も股間をぺろぺろされ続けているのがわかってしまう。見せつけるように足を開かされたその股間に。彼女の腿を抱き込むように徹の手が伸びていき。

——ぬちぬち、ぬちぬちぬちぬち

ハルマからはひらひらした彼女のミニスカートの中は見えない。だがふるふると揺れる柔らかい布の中で何が行われているかわからないほど彼は野暮ではない。徹の腕の動きとシーリスの腰のくねりが雄弁に語っている。カチコチに勃起したクリトリスの頭が何度も指の腹でぐりぐりと押

し込まれて、じゅんと溢れた花弁の入口がぐにぐにと掻き混ぜられるのだ。

「ふあぁぁ……あんっ、だめ♥　――だめっ、――きちゃう、きてるぅっ……♥」

「シーリスちゃん、イく時は、ちゃんと言うんだ」

優しく囁かれる徹の声。

そして、ハルマではない男の声に促されて、彼女は嬌声をあげてしまう。

「あああああん♥　いく、いくいく♥　いっちゃう――あんっ……あんっ!!」

――ちゃくちゃくちゃく、ちゃくちゃくちゃくちゃく
水音は止まらない。つまり股間の下の動きも止まっていない。もう彼女はイっているのに。気持ち良くなっているのに。あの憎らしき男の顔の上でかっくんかっくんと腰を振ってよがっている。

「あん……っ!!　いっ――、……あっ♥　んあああああ……っ――いくぅ、いくぅ……♥」

ついに大きく痙攣したシーリス。力なく倒れようとする彼女を、股間から抜け出した徹は後ろから抱きかかえ、そして腰砕けになってへたり込んだその体を受け止めた。

「はぁー……、んっ……はぁー……あっんっあっ、はぁ……はぁ……♥」

「シーリスちゃん、気持ち良かった？」

「知らない……ん♥　こんなの知らないんだからぁ……♥」

「ほら、舌出して？」

「んむう♥　ふぁ……、ちゅ、……んむ……れろ……ちゅむ♥　……ひん、もうだめぇ♥」

それは見せつけるような接吻。

「なんで。ハルマ君が食い入るようにシーリスちゃんのあそこ、見てるよ？　ほら、いこ？　もう一回いこ？　そーら、自分で足持って、そう、開いて、いい子だシーリスちゃん、ご褒美だぞー？」

自らM字に開いたシーリスの股間の上と下、それぞれ徹の両手が下着の中に潜り込む。合計十本の指が、彼女の股間に滑り込みうねうねと動き出す。

「はうぅ♥　――いっちゃう♥　――いっちゃう♥　……はるまぁ♥　……いく、いくいくまたいっちゃう♥」

ぷしゃっ、ぷしゃっと小気味いい音がシーリスの股間から周囲に広がる。無理やりイかされてしまった。玩具のように簡単に、快楽のスイッチをぽちっと押すように、彼女はイかされてしまったのだ。

「はぁう♥　はぁうぅ……♥　ハルマぁ、わたし、ハルマでイきたかったよぅ♥　ハルマの指で弄ってほしかったよぅ……あはぁ♥」

くてっと徹に体を預けながら、シーリスはびくん、びくん、と余韻に浸る。顔を歪めながらシーリスを見るハルマに魅せつけるように、徹はべろんと伸ばした舌から彼女の口元に唾液を垂らし、そしてシーリスはそれを無意識に嚥下する。

「いやあ、ハルマ君、君もご存知の通り、シーリスちゃんは実に感じやすい体を持ってるねぇ」

徹がパチン、と指を鳴らすとシーリスが寝転がっている場所にソファが現れ、彼女をそのままもたれ掛からせる。

「それじゃあ、次は……、……クレスタちゃんかぁ」

既に徹の前にクレスタが一歩進み出ていた。

「やめろ……、もうやめてくれ……、クレスタ、僕は、僕はぁ……っ」

シーリスの痴態を前にへたり込んでいたハルマが力なく呟く。

だがしかし、そんなハルマを見てもクレスタは凛とした態度でハルマに声をかける。

「ハルマさん、私、ハルマさんにとても感謝しています。教会で助けていただいたあの時も、そして今までの冒険でも。今でもその気持ちは変わりません。だから、……だからハルマさんに何か隠し事があったって、私は気にしません。願わくは記憶がなくなった後、また出会えたらいいですね。ううん、きっと出会えます。……だってハルマさんは、この広い世界で私を見つけてくださったんだもの」

そして、クレスタは徹へと向き直る。

「では、私は貴方に何をすればいいですか？　シーリスのようにキスでもして後はお任せしてもいいですか？」

「うーん、そうだねぇ、クレスタちゃんにもキスの気持ち良さをしっかりと教えてあげたいから、それは外せないなぁ」

「では座ってください、貴方に抱きつけばいいのですね？　うふふ、ハルマさん、体は許しても私の心はハルマさんのものです。頑張りますから、ちゃんと見ててくださいね」

そう言って、クレスタは徹の膝元へ座ろうとするが、

「ストップ、その前にやることがあるんだよ、クレスタちゃん」

その徹の一言が、ハルマにとってとても不幸な結果のきっかけとなる。

三十分後、ハルマの目には早くも心の砦が崩されかけて

しまったクレスタが映っていた。

「こんなっ――こんなことで……っ、んあああ♥　ハルマさぁん、私、――わたしぃ♥」

それは徹の、

「捲って？」

の一言。

クレスタは一瞬逡巡するものの、ロングタイトになっている修道服をおずおずと、腰まで捲り上げる。

「はーい、それじゃあ四つん這いね、はい、そう。うっふっふ、いくよぉ？　クレスタちゃん‼」

下着を膝までずり下げられ、動物のように下半身を突き出すクレスタ。ひやりと、冷たいものが肛門に当てられたかと思うと、ぬぽん、とその感覚が体内に滑り込んだ。

「ふぁ♥」

――何故、自分がそんなに甘い声を出してしまうのか。

――何故、自分の肛門がそんなものをすんなりと受け入れてしまうのか。

そんな思いも一瞬にして二個目のアナルパールの肛門通過により塗り潰される。

「いや、いやぁ……、なんで、なんでぇ……ふぁぁ♥　なんでぇ……♥」

なんでと言われると、徹が分身総出でクレスタのアナルをお風呂場でほじったからである。もちろんクレスタ自身の記憶はないが、体はいやというほど覚え込まされてしまっている。

「はーい四個目ー」

「うぁん♥」

「五個目ー」

「……あはぁ♥」

「六個目ー」

「こんなの、あんまりです、あんまりです♥　――あぁんっ♥」

「お、それじゃ抜く？　ほーらずるずるー」

クレスタの懇願を受け入れ、徹はアナルパールの紐を引っ張る。

ぬぽぽん、となめらかな音が立つほど肛門からスムーズに球体がまろび出た。

「あはああぁ……あぅううう♥　だめ、だめだめだめぇ♥　あああぁん♥」

悲鳴にも近い嬌声。だがクレスタの乳首とクリトリスは硬くしこり、その快感に打ち震えていた。

「はーい、また五個目からねー？」

「――はあう、あうう♥」

それは先ほどの決意など吹き飛んでしまうほど下品で酷い性行為。あの悲壮な覚悟と誓いはいったいどこへ行ってしまったというのか。合計八個のアナルパールがクレスタに収まり、そして肛門からは一本の紐が伸びていた。

「はぁ……はぁ……ん……んはぁ……♥」

「よく頑張ったね、ご褒美あげる、クレスタちゃん」

「ふあ♥」

そう言って徹はクレスタを仰向けにさせると、股間に頭を突っ込みクリトリスにちゅるりと吸い付いた。記憶にはないが体は慣れ親しんだ徹のクリ責めにクレスタのクリトリスは瞬く間にカチカチに勃起する。

「やあんっ……なんでぇ……すごぃぃ、やんっ……あん……あんっ♥」

そして、そのしこったクリを徹は素早くきゅっと皮ごとクリクリップで挟み込む。

「――あんっ!! な、何を……?」

クレスタがことを把握する前に彼女の視界に悪辣な意図が示される。

アナルパールとクリクリップから伸びる二つの紐、

「クレスタちゃん、捲って?」

その徹の言葉に、だまってクレスタは従うしかなかったのだ。下着を改めて穿かせられ、そして捲った修道服を下ろされた。だが彼女の修道服の中では淫靡なギミックが蠢いている。

アナルパールの先端の紐は右乳首に、クリクリップの先端の紐は左乳首に。そんな状態で、クレスタは徹に吸い付かれている。両胸を揉まれる度に、お尻と股間へ刺激が伝わり、体を捩ればその反動で乳首が引っ張られる。最早クレスタの頭の中は真っ白であった。

つまりは、徹にされるがままである。

そんなクレスタの胸を徹は徹底的に揉み込んだ。

仰向けで揉み込み乳首を摘み上げ、
後ろからゆさゆさと揺らし、
四つん這いで垂れ下がった乳の先端を指でくすぐり、
対面座位ではゆっくりと揉みしだきながら、唾液を存分に嚥下させる。

「んあああぁ……♥ だめ♥ ハルマさぁん♥ きもちい、きもちいの……クレスタこんなの初めてなの♥」

「んふふ、かわいいクレスタちゃん、もう何回イってるの？」

クレスタの胸が激しく揉まれたり、ぷるぷると揺すられると、繋がった紐でアナルとクリがくいくいと刺激されてしまう。その度にクレスタの肛門と膣が窄まって、ぎゅうぎゅうと快感を吐き出してしまう。

「わからないぃ♥　お尻もくりも、いっぱいきもちいです——、ふぁあん♥　あっいくっいくっ♥」

「よーし、ゆっくり揉んであげるよ？　ほら、もう一回イキな？　ほら、ほらほらっハルマ君も見てるよ？」

その瞬間、呆けていたクレスタの意識が一瞬戻る。

「は、はるまさん……、わたし、わたし……」

だが彼女に襲い来る快感の波は止まらない。

「——ふっ♥　——あっ♥　——あぅ♥」

徹がクレスタの胸を揉み上げる度にアナルパールとクリクリップからの刺激が供給され、体がビクンビクン跳ねる。

そしてハルマの目の前で、徹は立ち止まり、びりりと、クレスタの修道服の裾が破かれた。むわっと牝の匂いが立ち込めた。いったいどれだけの絶頂がここであったのか想像もできない。

「はぁ……はぁ……はぁ♥　……んっ……はぁ♥」

「それじゃあクレスタちゃん、仕上げだよ？」

完全に徹に体を預けたクレスタはその徹の耳打ちにいやいやと頭を振った。彼女には何が起こるかわかっているからだ。その目は快楽に溺れながらもそれだけは嫌だと、訴えている。だがしかし、

「どうせ記憶なくなるんだし、いいじゃん。それともこの記憶、残しておきたいの？」

その徹の言葉に、クレスタは力なく頷く。

「あああぁ……はるまさぁん、みないでください、お願い、私をみないでぇ……」

ハルマの目の前に、おしっこポーズで抱えられたクレスタが居て、その肛門から、アナルパールがにゅるん、にゅるん、とひり出されている。ひくひくと明らかに震えるクレスタの穴が物語っている。もうおそらく限界なのだと。

「——ふうううう♥　——あはぁああああ♥」

クレスタの大きなお尻から無遠慮に出されるアナルパール。抱えられた彼女の股間には徹の手が伸び、まるでギターでも弾くかのようにクレスタの花弁を掻き混ぜていた。アナルパールを排出する度にクレスタは気を遣っているようで、股間から潮が吹き出し、ハルマに降りかかる。そんな絶望的な光景の中、ハルマは確かに見た。見てしまった。両手で顔を隠したクレスタの口が、淫靡に、吊り上がっている事実を。

「んぃいいいいい♥　——いぐ、いっくぅうううううう

う♥!!」

その瞬間、クレスタは確かに能動的に快楽を楽しんでいた、ぽこんごろん、とイキむたびに排出されるアナルパールが、ごりごりと彼女の理性を削っていく。

「ふぅうぅう♥　うふぅうぅうぅうっ♥　き、きもちいいですぅ♥」

びゅぽぷ、というハルマにとってわけのわからない尻穴の囀りと共に。ごろん、と最後のアナルパールが地面に落ちた。

同時にクレスタの黄金のシャワーが、概念障壁を透過してハルマに降り注いだ。

「あぁぁぁぁ♥　はるまさん……はるまさぁん。おしりきもちぃいいい、きもちぃいいいですぅ♥」

今までのクレスタからは考えられない痴態に、ハルマの精神がガクガクと揺らぐ。

「あは、あははは、ははははははは…………なんだよ、これ、なんなんだよこれ……」

「いやぁ、ハルマ君、クレスタちゃんも修道女の癖にエッチだねぇ。だけどアナルが弱い所なんか中々奥深いと思わない？」

「……それを僕に聞いてどうするってんだよ」

「いーや、ただの嫌味さ、ねー、ステラちゃん!!」

ハルマを見下ろし、徹は最後の一人であるステラを呼ぶ。

「……はるま、私、貴方に言っておくことがある」

つかつかと、徹の側を通り過ぎ、ハルマの前へ彼女は立つ。

「……はるま」

「いいよステラ、もう沢山だ、どうせ好きだのなんだの言って挙句の果てには汚物のシャワーだ、シーリスもクレスタもとんだ女だった、もう沢山だ、沢山なんだ!!　どうしてこうなった、どこからおかしくなった、畜生――!!」

「……聞いてはるま」

「うるさい、うるさい、うるさい!!」

ハルマはそう言い捨て、そっぽを向き、座り込んだ。

「――もう何も見たくないし、失いたくないんだ、放っておいてくれ」

「――ステラちゃん？」

徹は彼女がハルマに伝えようとする内容がなんとなくわかっていた。それはいじらしいまでの真っ直ぐな気持ちである。それを汲んだ上で、徹は呼びかけた。

――原因の俺が言えた義理じゃないけど、やめときなよ。

――これ以上は君が傷つくよ、と。

だが、彼女は首を横に振り、そしてローブを脱ぎ捨てた。体には沢山の徹に付けられたキスマーク、そして愛撫の跡がある。

彼女はそれを隠すことなくハルマに向き合った。

「……見て、はるま」

衣擦れの音に釣られ、ハルマは振り返る。

初めて見るステラの裸体が、そこにあった。

「私の体は、……既に、トールに陵辱されてる。……処女はまだだけど、口も犯された、胸も弄ばれた、お尻の穴は指と舌を入れられてて、アソコだって彼の舌と指が這ってない場所なんてない。……何度もイかされたし、……いっぱいしゃぶらされた。お尻の穴を自分で開いて、おねだりだってさせられた。嘘は言わない。気持ち良かった。ゴツゴツした指をお尻で出し入れされて、おしっこだって漏らした」

彼女の言葉には説得力があった。体に付けられた徹の愛撫の跡がそれを裏付けている。

「……だから、どうしたってのさ」

そんな、気だるそうなハルマに涙ぐみながら、ステラは精一杯の勇気を出して、問いかけた。

「……こんなになった今でも、私ははるまが好き、愛してる。……はるまは、はるまは、こんなわたしでも、一緒にいてくれる？　恋人じゃなくていいの、側にいることを許してほしい」

それはこの小さな少女の魂の叫びであった。いくらインチキな力を持っていようと、その力で好き勝手な人生を歩んだとしても、自分がしてもらったことは決して変わらないと。そして、願わくばと小さな望みを抱いて。

徹は確信していた。ステラは、この強靭な意志を持った少女は、論理封印《ロジック・シール》も記憶改竄《メモリー・リライト》も自力で破ったこの少女は、きっとすべてが終わった後の記憶操作からも、必ず元の記憶に辿り着くだろうと。だから彼女は今ハルマに真実を告白したのだ。すべてが終わった後でまた、巡りあった時に、再び仲間としての関係を築けるように――。そんな彼女の鋼鉄のように硬く、そして何者にも染まらない意志があるからこそ、彼女を支配したいと徹は望んだのだ。

「……寝言は寝てから言えよ――この売女」

――だがしかし、徹の操作に抗い、そして一瞬の迷いもなくハルマの安全を願ったステラ。彼女は、彼女だけはどんな陵辱を徹から受けようとも、彼を愛し続けることができた唯一の存在であろう。彼女とハルマの未来にはもしかしたら幸せな未来があったかもしれない。そんな蜘蛛の糸を、彼はあろうことか自ら撥ね退けてしまった。

「……か」

ハルマは最早そんなステラを見ようともしない。

「……はるまのばか」

大粒の涙が一つ落ち、ステラは振り返り、ローブを着直して徹のもとへ向かう。ただ、彼が幸せな姿を側で見たかった。見続けたかった。我が身を犠牲にしても迷いなくそれだけを願った。——しかし、叶わなかった。

ハルマは去りゆくステラの背中に、何か取り返しがつかないものを僅かに感じたが、その先の徹を見て、また激しい情事が繰り返されるのかとの気持ちが勝り、それに二度と気づくことはなかった。

「……なんか疲れた、できれば優しくしてほしい、いろいろ忘れたい気分」

ステラは肩を落として徹に話しかける。

「うーん、なんか俺が悪いみたいじゃん？　この流れ」

「……みたいじゃなくて貴方が全部悪い……、でもいい。とりあえずこの虚しさの責任取って」

げしっと、ステラのつま先が徹の向こう脛を思いっきり蹴り飛ばす。

「しょーがないなぁもう」

徹はひょいっとステラの小柄な体を持ち上げて、対面座位の体位に移行する。

「うん、やっぱ基本はこれだよねぇ、これ、じゃあステラちゃん。ハルマ君に見せつけてやろうぜ？」

徹に促されてステラの口元が僅かに開く、それを合図に二人の舌が絡まり、ぴちゃぴちゃと淫靡な音を立てていく。その二人の行為は最早手慣れたものであった。

「ん、……ちゅ……はぁ……ちゅ、——ぷは、……ちゅる、……ちゅむ、んむ、あんっ♥」

シーリスやクレスタと異なり正気で犯されたステラは戸惑うことはない。

「……相変わらず手癖悪い、舌絡ませてる時にクリ転がさないで、……噛んじゃう」

「……噛んでいいよ。ほら、ほーら、こりこりこりっと」

まるでカップルのような相互行為。

「……んんっ♥　んふぁ……、あっ……あっ……あっ、そこっ♥　——あんっ、ふぁんっ♥」

「きもちい？　ステラちゃん？」

「……んっ♥　……あ……あ、…………ぁ、あうぅ……ばかぁ、いきなり、……ゆびいれるなぁ♥」

ぽかぽかと、力なくトールを叩くステラ。だが、体は拒否していない。そう、彼女のお尻はその行為が気持ちいいことを知っているからだ。ステラの肛門に徹の節くれだった中指が根元まで挿入される。こしょこしょと直腸をくすぐられる度に、ぎゅうぎゅうと、ステラの肛門が徹の指に噛み付いた。

「……あぁん♥　……ばかぁ、あっ♥　あっ♥　あんっ♥」

徹は右手の中指をステラの肛門に埋めたまま、親指を這わせてステラのクリトリスをくにくにと弄ぶ。

「……やあぁん♥」

ぴくん、とステラの腰が痙攣し、軽い絶頂が彼女の体を駆け抜ける。ぴくぴくと震えるその体に合わせて徹はステラのアナルに挿さった中指をゆっくりと前後に動かし始める。

「……あっ……んっ……あっ……あふ♥」

「ステラちゃん、ほら、自分で足開いて？」

ステラはローブを捲り上げ口で咥える。

そして仰向けに倒れ、蛙のように脚を広げ、徹を迎える。

……ぬちゃ、……ぬちゃ、とゆっくりとステラのアナルで前後する右手はそのままに、徹の舌と左手がステラの無防備な股間へと、近付き。

「……はぁん♥」

ステラの花弁が舌で掻き回され、愛液がずぞぞ、と啜られる。

「……やあだ、もぅ♥」

じゅぱ、じゅるる、じゅぱっと淫靡な音がする度にステラの姿勢が仰向けから横になり、逃れるようにうつ伏せになり、お尻を突き出す格好で愛撫を受ける形になる。

「ね、ステラちゃん、動かして、ね？」

「……え？」

小声で囁いた徹の意図をステラは一瞬理解できない。だが、アナルに突き立った指をこしょこしょと動かされることで、徹がどうしようもないことを考えていることを看破してしまったのである。それはとても羞恥心を煽る、いやらしい行為。だが、ステラは失恋の投げやりな気持ちと前後の動きだけでなく、指先でアナルを優しく弄ばれることによる快楽の供給に、意志が流されてしまう。

「……ん♥　……あっ♥　あはっ♥　……ん♥　すごい……、これ、すごい……きもちい♥」

徹がお尻を貫いている指の位置を固定し、犬のようにステラが腰を振る。直腸の気持ちがいい場所を自分で探し当て、徹にこしょこしょをお願いする羞恥心、手足を踏ん張り、快楽のために腰をカクカク振る被虐感。彼女はここに来てまた新しい性欲の扉を開いてしまった。徹が指を立てると、ステラは脚をガニ股に開き、屈伸運動の要領で、指の出し入れを受け入れる。

「あん♥　やん♥　あん♥　とーる、そこ、そこ♥　こしょこしょしてぇ♥　ああんっ♥」

「ははっ、見なよステラちゃん。ハルマ君、あんなことステラちゃんに言ったのに、ステラちゃんのお尻をガン見してるよ」

　概念障壁の向こう側、見ればハルマが手をつきこちらを食い入るように見ていた。ステラはだぶついたローブを着たままなので、前からでは徹の指がどこに入っているのかは見ることができない。ただ、後ろから手を突っ込まれて、ずんずんやられているのが見えるだけである。

「……あは、ハルマに見られてる♥　きもちいこと見られちゃってる♥　あはぁ……♥」

「よーし、ステラちゃん、そろそろイかしてあげるね？」

　右手の指の抽送速度が速まり、そしてもう一方の手で花弁が掻き混ぜられ、クリも弾かれる。

「あっ……あっ……あっ……やっ、あぁぁん……♥　ふぁぁん……♥　いくいく、わたしおしりでいっちゃう。はるまのまえで、おしりのあなをこしゅこしゅされて、いっちゃうよ？　あはぁ♥　いく、いくううう……♥」

　びくん、と大きくステラの体が痙攣し、そして前へと倒れ込んだ。ガクンと腰が折れ曲がり、尻を天に突き出しびゅーびゅーと股間から快楽の証を撒き散らす。

「んはぁあああああ!!　だめ、だめだめぇ、イッてる時に掻き混ぜちゃだめぇ♥　――ああん♥」

　ちゅくちゅくと五本の指で煽るように、次々と指が連続して股間を責めていく。もっと吐き出せと、全部吐き出してしまえと。ステラのクリを掠め、縦筋をなぞり、膣の周囲を刺激し続ける。

「……イくの、まえもうしろもイッてるの、もうイッてるの♥　だめ……だめなの♥　でちゃう、でちゃうぅ……♥」

だめぇ、という嬌声と同時に、ステラの股間から地面まで放尿のアーチがかかる。

「……あはぁあああ♥　きもちぃ……♥」

　しゃあああと、止めどなく流れ出る尿と一緒に、プライドや羞恥心なども一緒に流れ出ていってしまうような危うさを感じながら、ステラは未だねちっこく突き出した股間を舐ってくる徹の手の感触を無条件で楽しむのであった。

「はるまぁ……みてる？　えへへ、えっちなわたしをみて、じぶんでしちゃっても、いいんだよ♥　あっ♥　あっ♥

あっ♥」

　股間をしとどに濡らし、横たわる三人の少女と、項垂れるハルマ。その様子を見て、ニンマリ笑うと、まだ元気マンマンの徹はマスターロッドを振りかざす。会場の照明がフル稼働し、まるで時間が止まったように静かであった観客達の怒号が復活する。

「よーし、それじゃあ、お祭りの本番いっくぞおおおおおおおおおお!!」

　心を犯す時間が終わり、肉体が思う存分犯される時間が始まる。

　そう、ここからはなんでもありの祭りの始まりである。

【第三回トール様感謝祭】

　そんな巨大遠視投影が映し出され、屋内だというのに、どぱぱんと花火が打ち上げられた。

■■■

「――チ・ン・ポ!!　あそーれ　――チ・ン・ポ!!」

　会場の声が一つになり大合唱を開始する。視線の先には大きなルーレットが回っており、既に、

【おっぱい責め】

【フェラ】

などの部分に【済】のマークが押されている。舞台の上ではシーリス、クレスタ、ステラが全裸で、それぞれ分身した三人の徹の股間に顔を埋めていた。

「……んっ……んっ……んっ」

　ポニーテールを解かれ、髪を掻き上げながらちゅるちゅると徹の股間に吸い付くシーリス。息継ぎで顔を上げる度、唾液と先走り汁が舌からつーっと肉棒に垂れていく。

「んふ……、んん……んっ……ん♥」

　クレスタは仰向けで徹に馬乗りになられながらゆっくりと口に肉棒を出し入れされている。既に何回か出されているようで彼女の整った顔には白濁液が降りかかっている。まるで口で性欲処理するためだけに存在する体位。のしかかられて、突っ込まれて、撫でられて揉まれて、掻き回されて。だが彼女はそれを受け入れてしまっている。

　――ぴちゃぴちゃぴちゃ、と連続的な水音を響かせているのはステラの口元である。まるで子犬のように仰向けになった徹の一物の先端を舐め回し、時折口に含んでは味わっていた。

　三人が三人共現状を諦め、行為に没頭していた。どうせ消える記憶と必ず助かる命。ならば気持ち良くなるだけな

ってしまおう。そんな諦めだってもちろんある。だが、三人の心の中には、既にしっかりと淫蕩の明かりが煌々と灯ってしまっている。

次々と入れ替わる分身徹への奉仕的なフェラ。まるで動物の餌やりのようなローテーションでチンコを口に突っ込まれようと彼女達は動きを止めやしない。

クレスタは胸まで使って徹の肉棒を扱いているし、ステラの舐め方といったらお口だけで懇切丁寧に徹のチンコを吸い上げる始末だ。一番乗り気なのは意外にもシーリスで、何度もしゃぶりながら、股間を弄ってと目で懇願し、一人だけおしゃぶりしながら何度も果てていた。

ハルマはそんな光景を目の前で繰り広げられながら、ただカードを手に懊悩していた。いつも元気でハルマと楽しい掛け合いをしていたシーリスの口がちゅうちゅうと、肉棒に吸い付いている。乳首を転がされ、亀頭をしゃぶり、きゅっとクリや乳首を潰されれば、かわいらしい鈴声をあげて、舌先でちろちろと亀頭を舐りおねだりをする。そんな淫靡なコミュニケーションをいつの間に彼女は仕込まれてしまったのだろうか。

包容力に富み、いつもハルマを支えていたクレスタ。あんなに男嫌いだった彼女がなんでコンプレックスのある胸まで使ってハルマ以外の精液を搾り出しているのだろうか。たぽたぽと反響するあの馬鹿みたいな間の抜けた音はいったいなんだろうか。まるで玩具のように胸が弄ばれているにもかかわらずクレスタの口と舌は徹の肉棒を追い続けている。

そしてどんな時も一途に献身的に尽くしてきたステラ。今や彼女の献身は徹の肉棒へと注がれている。シックスナインの体位でぺろぺろと、玉から竿まで丹念に舌を這わせ、徹にご褒美をねだるその眼中には、最早ハルマは居ないのだろうか。いや、眼中にはある。いつも感情を表さない彼女が、滅多に見ない愛らしい子猫のような甘えた表情で、今もこうしてハルマの顔を見ながら、『ご褒美』として股間の愛撫を堪能しながら、

「――はるまぁ、きもちぃ!!」

と叫んでいた。

再び会場が暗転する。

「――チ・ン・ポ!! ――チ・ン・ポ!!」

同時に会場の掛け声共に、ルーレットが回る。

【手マン】

止まった瞬間舞台からベンチがせり上がり、三人がM字開脚の状態で一列に載せられる。

そして直ぐ様、彼女達の股間に分身した徹達の指が添えられて――

「ああああぁ……あっ……あっあっ……あんっ♥」

「ふああ♥　……あっ、くりだめ、くりだめぇ♥」

「……んっ――あっ、いく、もういっちゃう、いっちゃう、ゆびきもちいぃよぅ♥」

くちゃくちゃくちゃくちゃと、響き渡る三者三様の股間の水音。ぷしゅっと一番に勢い良くステラの股間から潮が吹き出る。

「んはああああ――♥　いってる、いってるから、ああんっ♥　ふあぁ、でちゃう、でちゃうぅ、きゃん♥　あんっ♥」

お次は花弁を大きく広げられ、中指でクリトリスをこりこりされていたシーリスが嬌声をあげた。

「やだぁ、恥ずかしい……、広げちゃいやぁ、ハルマが、ハルマがみてるの、お願いぃ……あああぁ、くりだめ♥　くりくりだめぇ♥　……イ……くっ――イくぅ♥」

そんな横で尿道の周りをしつこく弄られていたクレスタがしゃあああ、と我慢できずお漏らしをお披露目した。

「…………んっ!!　またでたぁ、でましたぁ♥　…………あっ!!　ふあああ……、いやああああ……、はるまさぁん……、すごいの、……私のあそこがもうすごいのぉ♥」

「はーい、一番最初にイッちゃった娘には罰ゲームだよー？」

ぐったりしているステラの体を抱え起こし、とろんとした彼女の口へ徹は乱暴に肉棒を突っ込み、カクカク腰を乱暴に揺すり出す。お口を玩具扱いされるのもステラは嫌がらない。

「――んむうっ、――んむうっ――んっ♥　――んっ♥――んんっ♥」

息苦しそうに顔を歪めるステラだが、途中からクレスタとシーリスについていた徹の分身がステラの体にまとわりつき、胸と、股間を弄り始めてから声色が変わる。

「んむぅ♥　――んむうううっ♥」

イラマチオが続けられている間にステラの股間から再び潮が吹く。

後ろから揉まれていた乳房が潰され、乳首がぎゅっと摘まれる。

「ほら、出すよ？　しっかり飲んで、ステラちゃん!!」

「――んむうん♥」

それは彼女の頷きか、それとも二度目の絶頂の喘ぎ声か、ステラは体を震わせながら、口を細らせて、ちゅるちゅると、白濁液を嚥下した。肉棒から舌先が離れ、吐息が漏れる、ふと、ハルマと合ったステラの目線は今まで彼が見たこともないような淫蕩な雰囲気を湛えていた。ちゅばっ、ちゅばっ、と促されずとも、自ら徹のチンポに吸い付きお掃除フェラをするステラ。そんな彼女の口がそっと開き、

「――えへへ、はるま。……ちんちん、おいしいよ♥ ずぽずぽも、ぺろぺろも、全部大好き♥ んっ♥」

虚ろな彼女の笑顔。その口元に溜まった白濁をおいしそうに舐め取り、再び徹のチンコにしゃぶりついて行為にふける。そんな光景が、またハルマの理性を一つ壊していく。快楽に溺れる彼女の様子を羨ましそうに見ているクレスタとシーリスの二人には気づかずに。

同時に、会場に怒号が沸き起こった。

「――チンポおおおおおおおおおおおおおおおおおおおおおおおおおおおお!!」

会場のルーレットが見事に、

【チンポ】

で止まっていた。

舞台が組み上がる。丸裸に剥かれていたシーリス達三人が暗闇へと吸い込まれ、そしてハルマの目の前に瞬時に現れた。

――そう、このダンジョンに乗り込む前の服装で。

凛々しいポニーテールに軽装の胸当てミニスカートとロングブーツのシーリス。

ロングタイトの清楚な修道服に身を包んだクレスタ。

フード付きの大きめなローブでも体の線を隠しきれていないステラ。

それぞれ三人はハルマが閉じ込められている概念障壁に、並ばされて両手をつかされている。そして、三人に分身した徹が舞台下から登場しこちらに歩いてきて、

――まず、シーリスの突き出されたお尻を徹がねっとりと撫で回し、ミニスカートを捲り上げ、ショーツを膝までずり下げる。

「は、ハルマぁ……あっ――んっ♥」

声が途切れたのは、徹がチンポをシーリスのアソコにくちゃくちゃと擦り付けているからである。

「やめろ……やめてくれ」

ハルマのその呟きは、いったい誰に対してのものか。

徹の手がシーリスの腰を掴み――

「ハルマ、ごめんね、私、――私、ハルマは迷惑だと思うけど、――んっ……初めては、ハルマと――――あぅううぅうぅう♥!!」

づぷり、と徹の肉棒がシーリスの膣内に入り込み、膣壁を押し広げていく。極太カリ高、硬度は折り紙つきの徹チンポに処女膜などあってないようなものである。破瓜の痛みなど異物の侵入による膣の伸縮の違和感により打ち消されてしまう。つまり。太すぎてもうわけがわかんない。そんな感覚が彼女の頭を真っ白に染め上げ、

「――か、――ふ――、あ、あついぃ……ふとぃいいい」

圧迫感と、異物を迎え入れる違和感に耐えるシーリス。

「あぁ……きっつい、温かくて気持ちいいぜぇ、シーリスちゃん……?」

シーリスはお腹の中を熱い何かに無理やり伸ばされ、広げられていく感覚に、ついに自分のすべてが犯されてしまったことを自覚する。

「シーリスちゃん、わかる？　今、お腹のここらへんに俺のチンポがいるんだよ?」

ぷにぷにと下腹部を押す徹。

そして下腹部を撫でる徹の指が、結合部のクリトリスまで移動し、

「……いやぁ、はるまぁ、いやぁ……」

それが何を意味するのか本能的にシーリスは察し、声をあげるが、

「シーリス、シーリ――」

そんなハルマの声も最早遅く。

「ああああ、やだぁああああぁ」

くにくにくにと徹の指が動き出す。シーリスのクリトリスを扱き上げ揉み上げる。

シーリスの体が震える。

何度も覚え込まされたクリの味。

甘美な刺激が体を溶かし、心を溶かす。

体中からいやらしい体液が染み出される。

それは、汗であり、唾液であり、愛液である。

滴る汗が、胸当ての中で硬くなり始めている乳首をなぞる。

締まりのなくなったお口から糸が垂れそうになる。

「シーリスちゃん、お腹、ぎゅうぎゅういってるよ？　クリちゃん気持ちいいんだねぇ、かわいいよっ」

そんな事実を実況されて、辛うじて緊張を保っていた彼女の膣内が、潤ってしまう。

シーリスはせめてもの抵抗として顔を伏せる。だが視線の先に飛び込んできたのは、自分の股の間でせわしなくクリを弄り続ける徹の右腕と、ゆっくりと、本当にゆっくりと腰を引く徹の下半身。両手は概念領域に張り付いて離れ

ない。こうなるともうシーリスには待つことしかできない。

挿入の刺激と引き換えに広がるクリトリスの甘美な快感。くにくにくにくにと、捏ねられるともうどうしようもない。

――彼女はそんな体にされてしまったのだ。

そんな彼女の顎先を徹の左腕がくいっと持ち上げ、シーリスの緩んだ口元に舌を伸ばす。

それと同時にトン、とお腹の奥で軽い衝突。

「――――あ、…………ああっ♥」

シーリスは悟る。今はまだ中を擦れられることに強い快感はない。だが無視できないこの波は、きっともう――、戻ってこれない予感がしたのだ。

「おいおい、ハルマ君。シーリスちゃんばっかり食い入るように見ちゃって、クレスタちゃんが可哀想じゃないか」

徹はクレスタの後ろから覆いかぶさり、両の手で彼女のおっぱいを修道服の上から揉みしだいていた。徹の亀頭はクレスタの縦筋を往復し、てらてらといやらしく光っている。

「ハルマさぁん……、ハルマさぁん……」

「クレスタぁ!!」

「大丈夫です。ハルマさん。……私、耐えてみせますっ……、だからハルマさんも――、ひ、あああああうぅ……♥」

ぬぷ、ぬぷりと、クレスタの膣が征服されていく。ぷつん、と大した抵抗もなく処女膜はちぎれ飛び、出血する間も許さず徹の肉棒が彼女の隙間を埋めていく。

「ひ――あ――、あ、――んっ。……だ、大丈夫です。これくらい、どうってこと――あうっ」

そう強がった瞬間、クレスタのお腹の中でさらに奥へと徹の肉棒が侵入する。

「はるまくーん？　シーリスちゃんのアソコはすごいよぉ？　シーリスちゃんで八割しか入らなかったのに、ぜーんぶはいっちゃった。柔らかくて深くて温かくて最高だぁ!!」

「……く、クレスタ？」

ハルマが声をかけたのはクレスタが急に顔を伏せたからだ。それは彼女の膣の奥の奥。アソコの入口できゅっと締まり、蠕動運動の果てに行き着くクレスタの子宮口一歩手前。一番敏感な膣の奥をちゅっちゅと、徹の亀頭がキスをしている。まるでお腹の中を啄まれるような感覚がクレスタの脳内を支配する。

「……は、ハルマ……さぁん♥」

辛うじて絞り出したクレスタのか細い声。たった一突き。

たった一突きでクレスタの覚悟はぐずぐずに崩されてしまった。

「挿れただけでこれなんて、クレスタちゃんと俺相性いいのかもねぇ。大サービスだ、こりこりタイムで気持よくしてあげる。俺のチンコを締めれば締めるほど擦ってあげるからね？」

そして徹はロングタイトの修道服を、前に垂れ下がっていた部分までしっかりと腰まで巻き上げる。ハルマの視界に絶望的な光景が飛び込んでくる。

手をついているクレスタの腰から下。彼女の足が二本あり、そしてその後ろに徹の足が二本ある。だが、中心に一本。白く濁ったクレスタの粘っこい愛液がとろとろと垂れ続けている。彼女の股間から溢れ出た本気汁が地面に伝うまでに分泌されていたのだ。

「……あっ、……ふっ……あふっ♥　は……るまさぁ……ん♥」

「く、くれすたぁ……」

「……だ、い丈夫……です……、わ、わたしは大丈夫……、ですか――ひゃあああ♥」

――ぱんぱんぱんぱん!!

クレスタの言葉を遮るように徹が乱暴に腰を動かす。

「んあああああ♥　――はるまさぁん、お腹へんなの、ちゅって、すいつくの♥　おくできゅぽん、ってはなれるのっ♥　あっあっあっ♥」

「ああー、クレスタちゃんのオマ〇コは絶品だぁ――、なぁハルマ君、慣らさないで全部受け入れてくれる肉便器ってのは中々いないもんなんだ、ああー、すげっ、クレスタちゃんいっぱい一緒にイこうねぇ？」

「んあん♥　やぁあん♥　ぁあああ――っ!!　おかしくなっちゃう、おかしくなっちゃうぅぅう♥」

傍目にもわかる。クレスタは自ら腰を振り出している。息を合わせて、ずぽずぽと穴に突っ込まれる肉棒とコミュニケーションしながら、牝犬のように盛っている。

「……あぁあ、クレスタぁ、クレスタぁ!!」

そんな悲痛なハルマの叫びの横で、ステラが呟く。

「……はるま、……んっ……かわいそうな、……はるま……あっ♥」

先ほど悪態をついたことが後ろめたいのか、ぎこちない表情をステラに向けるハルマ。だがしかし、ステラと視線が合うやいなや、ハルマは顔をしかめた。

「……ス……テラ？」

彼女は笑顔だった。ローブを捲り上げられ、先ほどから徹がにゅっちゃ、にゅっちゃと先っぽで股間を掻き混ぜているにもかかわらずだ。それは以前と変わらぬハルマへの信愛を感じさせる表情であったが、彼女の口から出る言葉はまったく正反対のものであった。

「……んっ、んふふ、……。はるま、もう無理だよ？　見て？　クレスタはもうあんなだし、シーリスだってもう、戻れない。……あん♥　ほら見て、必死で顔を伏せて耐えてるけど、もうお腹の中はきっととろとろだよ？　……トールの腰の動きが少し速くなってるでしょ？　あれはね、きゅっとシーリスがおなかを締めてあげてるの。こすってこすってっておねだりしているの。うふふトールはどうしようもないけど、女の子には正直……。あれだけ動いてくれているってことはね……もうきゅんきゅんにおなかの中のちんちんを締め付けてあげているんだよ、はるま。こんなふうに……♥　あはぁ……ああ、きもちい、きもちいよぅ♥」

そう言われてハルマはシーリスの方を向く。

……ぱん、……ぱん、と徹の腰がリズミカルにシーリスを突き込んでいた。

「……あっ、はぁはぁ…………んぅっ♥　はぁ……う……ぅあんっ♥」

それに合わせるようにシーリスの口から吐息が漏れていた。先ほどまで極太チンコを突っ込まれて、力みで突っ張っていた彼女はもう居ない。お腹の中をずるずるに擦られて、物欲しそうな眼差しで蕩けるただの女である。そんな彼女を見るハルマにステラは言葉を続ける。

「……はるまのばか、はるまのばか。一言、言ってくれれば良かったのに、好きじゃなくても、一緒にいてもいいって言ってくれれば、——心だけは絶対に渡さなかったのに!!」

「そんな今更——。ステラ……」

「……うん、今更なの、はるま。……だってもう私のあそこはトールのペニスをほしがっているもの。……ねぇわかる？　さっきからトールのあそこが私のま○この入口を掻き回してるの。……もう、我慢できないの♥」

ふりふり、と徹に対して腰を左右に振るステラ。その眼の奥には快感への欲求が渦巻いている。

「ステラちゃん、かわいくなったなぁ、——ほら、いっぱいオマ○コ擦り上げてあげるから、ちゃぁんと、ハルマ君の前でおねだりするんだぞぉ？」

「……や、やめろ、もう、これ以上は——」

「……うん♥　ねぇトール。ステラのアソコいっぱい広げて、クリをこりこりしながら、いっぱい掻き混ぜて？　わたしのあそこを優しく擦ってほしいの♥　わたしも、わたしも頑張って擦るから……♥　ふああああああ、すごいっ、はるまぁっ、ちんちんはいってきたよ？　……これ、おっきいよう♥　もう、絶対忘れられないっ……。あああっ、ふといぃいい、全部ぐりぐりされちゃううう♥」

　にゅるにゅると、半分ほどまで抽送した所で徹は一物の根元を掴みグニグニと掻き回す。

「んはあああぁぁ♥　トールのちんちんきもちい……♥……奥までいれてぇ♥」

「そらっいくぞぉ!!」

　ずぷぷ、とステラの腰に徹の肉棒が埋没して、

「——はあぅ!!　は、はるま。すごいの、お腹いっぱいなの、ひゃあああ、あうっ♥　あうっ♥」

　そして、徹の肉棒を受け入れきった所で、ステラは顔を上げた。ハルマに向けたその笑顔には一筋の涙と、

「ばいばい、ばかはるま。わたし女にされちゃったよ。でも、……いまでもすきだよ？」

　それは彼女からハルマへの最後のメッセージ。

　ずっぽ、ずっぽと、徹のピストン運動が始まる。

　そして、本当に心の底からの笑顔で。

「この……、このちんちんの次にだいすき……♥　えへ、えへへ♥　このおちんちんのつぎにだいすきだよ、はるまぁ♥　ずっとすきぃっ♥　あぁ、すごい……、えっちってこんなにきもちが良かったんだね……ばかはるまぁ♥　……あぁん♥」

　ステラへの挿入をきっかけに、三人の徹が腰を動かすスピードを上げる。それは三匹の牝犬が囀り出す合図となる。ハルマの目の前には、かつての仲間達が、恋人達が、概念障壁の向こう側で壁に手をつき、それぞれケツを突き出し、下半身を捲られ——ぱんぱん、ぱんぱんと小気味いいリズムで犯されている。

　三人の喘ぎ声が混ざり合い、

「んっ♥　あっあっあっ、そこ、そこすごぃ♥」

「あああん♥　いっしょだめ、いっしょにこちょこちょだめなのぉ♥」

「ふああ♥　いく、いくぅ♥」

「あん♥　ね、おくちさみしい、ちゅーして……んぅぅ♥」

「あああっ、いきますいきます、ひゃぁぁぁぁ♥」

「はぁぁう、まだ……出すの？　うん、ゆっくりしぼってあげる……あっあっ♥」

「あん、掻き回すのやだぁ♥　突いて、思いっきり突いて

ぇえええ!!　壊れてもいいからぁ、やん♥　ん♥　んぅうう っ♥」

ハルマの目の前で響き渡る。

「そうそう、シーリスちゃん、いいよ、ほら、自分で腰振ると気持ちいだろ?」

「……やだぁ♥　……そんなのわかんないぃ♥」

「こんなに濡らしてなに言ってんの?　ほらこんなにぐちょぐちょにして!!」

「いやぁ、またいっちゃ、いやぁ……あっ……あっ♥　あ、やだぁ、ハルマみないでぇ!!」

「おほっ、締まるぅうう、よーし、ほら、ほらほらほらほら!!」

「──あはぁっ♥　いいぃ♥」

見ないでと言いつつシーリスの腰の動きは止まらない。

思わず目を背けたハルマが見たのは目隠しをされてさらに激しく突かれているクレスタである。

「んー、どお?　クレスタちゃん。これならハルマ君気にならないでしょ?」

「──あっあっあっあ♥　わかりません、そんなの、……あっはっ、──ああん、やあん♥」

「うん、わかんなくていいよ、よしこの際だ、胸の上まで捲り上げちゃおう」

「──あっ──あっ、きゃっ……はぁん♥」

「ほーら乳搾りだぞ!!　クレスタちゃんは、恥ずかしい発情牝牛だ!!　おらおらおら!!」

「──あっ──あうっ、乳首いい♥　──ぎゅっとしてぇ♥」

そしてステラに至っては、既に何回か本気の絶頂を迎えているようで腰砕けでへたり込みかけている。

「あ~ステラちゃんのま○こいいなぁ、きゅんきゅん、しっぱなしだぁ、感じやすいんだねぇ?」

「……んっ♥　……あっ♥　だめぇ♥　とーる……もう休ませてぇ、あううう♥」

「だーめ、ほら、ハルマ君が見てるぞ、ガニ股でアヘってるステラちゃんを魅せつけてやる!!」

「ほらぁ、ほらほらほらほらほらほら──!!　出してやる、ステラちゃん、いっぱい出すぞぉおお!!」

「んあああああ、──いくううううう♥　──またいぐうううううううう♥!!」

ほぼ自力で立ちバックの姿勢を維持することが困難なステラは下から突き上げられる格好で、激しく揺さぶられ──、ぬぽん、と、徹の肉棒が抜けたと同時に壁の手はそのままに、地面にへたり込む。

「あはぁ……♥　はるまぁ、また中に出されちゃったよぉ……♥」

和式便所に屈むような形でビクンビクン、と絶頂の余韻に浸るステラはハルマへと股間を魅せつける。ハルマの視界にとろとろと大量の精液を垂らすステラの秘所が映った。

「おらぁっ、クレスタちゃん、しっかり受け止めるんだよ!!」

ずん、と最奥まで勢い良く突き込まれたチンポがびゅくびゅくと射精をプレゼントする。

「――あはぁ♥　熱いですぅ♥」

クレスタと徹は互いに絶頂を迎えながら密着して睦言を漏らす。

「……きもちよかった？　クレスタちゃん」

「……ふぁい♥　すてきですぅ♥」

「……ね、こりこりしてあげるからまた、オマ○コ締めて？もう一回大きくしてよ」

「……あはぁ♥　もうだめぇ♥」

そして、シーリスは、

「シーリスちゃん、もう、俺出てるんだけど腰止めなくていいの？　中出しだよ？　ハルマじゃない男の精子中に出ちゃってるよ？」

「……だってっ……だってぇ♥　トールのアソコ硬いままなんだもん、こんなの気持よくて止まんないよっ……あんっ♥　……あんっ♥」

「だってさ、ハルマ君、ごめんねぇ、シーリスちゃんたっての希望なんだ、もう一回出すねぇ？」

「あぁあんっ♥　……あっ♥　……あっ♥　……あっ♥やあ、また激しい、こんなのすぐイッちゃう、あんあんあん♥」

そんなハルマにとっての悪夢がどれだけ続いたのか。すっかりと、イキ疲れて倒れ込む三人達。何回も徹に射精されたお陰でそれぞれの股間からは白濁液がどろどろと流れ出している。

「……これで、お前は満足なのか？」

ハルマは徹へと問いかける。

徹はそんなハルマに対して、フッと不敵に笑いかけ――

「そんなわけねーだろばーか」

徹がハルマに向けて中指を立てたと同時に、ルーレットが回る。そのルーレットには、

【正常位】

【騎乗位】

何もない空間からローラが黄金色の剣を右手に出現する。

「ハルマ君の記憶操作よろぴく」

「……あら、徹様はどうされるのです？」

「もちろんステラちゃん達を犯すよ!!」

そう、戯ける徹にやれやれと困った微笑みを向けながら、

「――その後のことですの」

「――うん？　そうだねぇ」

少し思案の後、徹はいつもと変わらない調子で――

「まあ、なるようになるでしょ――」

徹の宴は続いていく。

――いつかどこかで、彼が誰かに支配されるまで。

再び世界は動き出す。

「――ああん♥　イクっ――いくぅっ♥」

今夜の宴もまだまだ続きそうである。


【二穴】

【三穴】

【玩具】

【浣腸】

などの文字が躍る。

「さあ、どうするハルマ君、これから正常位で俺とラブラブするクレスタちゃんを見ていくかい？　それかガニ股で自分から俺の腰に跨ってチンコをじゅぽじゅぽするシーリスちゃんを楽しんでいくかい？　ああ、前後からサンドイッチにされてヒイヒイ言わされるステラちゃんを思い出にしていくのもいいかな？　それとも誰のお尻から噴き出る浣腸液が遠くまで飛ぶか俺と賭けでもするかい？」

そんな狂気に満ちた徹をハルマは見やると。

「……はは、付き合ってられるかよ」

言い捨ておもむろに出したカードでハルマは自らの首を、

――掻き切る寸前で世界が止まった。

徹以外の何もかも。

「――ここまでか、まあまあ楽しめた方かな」

うーん、と伸びをして、ゴキ、ゴキと体を鳴らす。

「――ローラちゃん」

「――はい、徹様」

番外編　ハルマ君の疑心暗鬼な隠居生活

　アルバの勇者ハルマ。魔都ヴィンランドルへ攻め込むも打倒できず。そんな知らせが世界中に広まったのは、魔都出現からしばらくしてのことだ。各国の姫君をゲリラレイプされたり、アナル開発されてしまったりした人類勢力は、その出来事に着々と準備をしていた報復活動を一時的に停滞させる。

　簡単にいなされてはしまったが、勇者ハルマ＝ウィングステンは一人で対軍能力を持つそこそこの化物として世界に知られていたのだ。その勇者が倒せない魔王トール。彼らは作戦の立て直しをはからざるを得ないのである。

　この大陸にはかつて四つの王国と二つの勢力があった。東側の肥沃な大地と高人口を勢力圏とするブラッセア統一連合王国。魔法研究が盛んで学術都市を多く持つ聖アルバ王国、教会の中心もここにある。資源と森の異種族国家エルマニア、沢山の亜人種が集まり引きこもっている国。最後に北方。今や魔王に侵され魔都となってしまった資源国家ヴィンランドル王国。そして、国をまたいで流れる大河を拠点としたゲネッセン商工同盟。最大宗教派閥の正十字教会がある。彼らは領土こそ持たないものの、それぞれ軍権を持ち、王国内に治外法権的な土地を有している。そしてこの大陸はこの合計六つの勢力により、それなりにバランスを保たれていたのだ。

　その矢先である。大陸四大国家の内、西側三分の一を占めるヴィンランドル王国が、魔王トールというわけのわからない存在に征服され、首都がまるごと【女性以外侵入不可】という謎のダンジョン構造体に覆われてしまったのである。当然世界は大いに混乱した。ヴィンランドルと隣接するアルバやエルマニアなどは直ぐ様軍を差し向けた。だが結果は惨憺たるものだったのだ。この魔王とやらのおふざけじみた力は、正攻法で攻略できるものではない。このまま攻め続けていいものかと、そう各国が思い始めていた矢先である。

　アルバの勇者、ハルマ＝ウィングステン。齢三歳の頃からその才能を遺憾なく発揮し、アルバ内部に蔓延る不正や汚職を瞬く間に解決してきた、今回現れた魔王とやらと同じくらいに異質な存在。そんな彼が今まで不可侵であったヴィンランドルのダンジョン構造体を魔法で吹き飛ばして侵入した。その事実は世界中に広がり話題になった。

　そして一週間後、ハルマとその仲間達は無事に魔王城より脱出しアルバへと帰還した。結果は痛み分け――。彼らは魔都へ侵入し、魔王と対峙こそすれ、打倒は叶わなかった。それでも人類側は情報という成果を得ることができた。魔王の実在、中の住人の安否、王族の行方など。もちろんそれは徹にとって都合がよく改変された情報であるのだが。

　これらの情報と、各国へのさらなる連続姫君アナル開発という酷い被害により各国は団結を余儀なくされる。三王国はそれぞれ不可侵と軍事同盟を結び、商工同盟と教会もこれを支援した。そしてハルマとその仲間達一行は、魔王へ打撃を与えて生還した貴重な人材として、アルバ国内でそれなりの地位と財産を与えられ、アルバ王立魔法学院の講師として後進の育成を担当することになる。その活動によって十年後に、とある二人の概念魔法使いを生み出すことに成功し、人類は魔王に対して初めてアドバンテージを得ることになるのであるが、それはまた別の話である。

　というわけで勇者ハルマはアルバ王国で一定の功績をあげ、隠居生活に入ることになった。もちろん都合の悪い記憶は記憶書換《メモリー・リライト》で操作され、魔王と対峙した上で生還し情報を持ち帰ったという体で都合良く改竄されていた。

　そう、あの悪夢のような輪姦祭りなどなかったことのように。時は今より少しだけ遡る。それは彼と彼女達のすべてが終わり、始まった日である。

■■■

「あっ♥　あんっ♥　いく、いくいくいくぅ♥」

「こすってぇ♥　そ、そこぉ。ごしごしこすってくださぁい♥　きゃあああん♥」

「あっあっ……また出てる。はあ……もう絶対これ癖になる。人生観変えられちゃう……あうう♥」

　ハルマが意識を手放した後も行われ続けている悪夢のフィナーレ。シーリス、クレスタ、ステラの三人は円になって犯されていた。まるで花びらのように互いの頭を中心に向けて、足を外側に向けておっぴろげて、前から後ろから、表から裏から。最早論理封印《ロジック・シール》も記憶書換《メモリー・リライト》も関係ない。最早彼女達三人は正気のままに徹達に侵されている。

「はぁはぁ……♥　ね、ねぇ……その、あのトール、さん？」

と、シーリスがおずおずと徹に語りかける。

「お、なんだい？　トールでいいよ!!」

長い髪を掻き上げて、シーリスが徹に話しかける。

「今更だめかもしれないんだけど……あ、あん♥」

ぬぷり、と徹の肉棒が何の抵抗もなくシーリスのオマ◯

コへと挿入されてしまい、ゆっさゆっさと体が揺らされる。

「あっ、あっ、もうっ♥　……話してる最中に動かないでぇ……ああん♥」

ぱちゅぱちゅと、最早お馴染みの音が股間で鳴り出した。

「うっ♥　あっ♥　もう……話を聞いて…ってば、ま、真面目なはなし……なのっ……あん♥」

彼女のお願いに、徹はぬくぬくと動かしている腰を止める。

「なぁに？　痛かった？」

「そうじゃない……。その、……あのね、私の記憶のことなんだけど」

そして彼女は、意を決したように徹に伝える。思い人の前で、散々犯されて、しゃぶらされて、噴かされて、中出しされて、そして今も徹の極太チンコをその股ぐらで味わいながら、シーリスはこの悪夢と狂気の間で一つの答えを出してしまう。

「……記憶を消さないでほしいの」

——と。

シーリスのその言葉が聞こえたのか、側で犯され続けていたクレスタとステラもこちらに注目する。

「別にいいけど、いいの？」

辛くないのん？　そう徹はシーリスへ問いかける。

「……だって」

彼女は続けた。その瞳に虚ろな光を灯して。

「——こんなに気持ちがいいの、忘れたくない」

決して大きな声ではなかったけれど。確かに本心から出てしまった本音。同時に彼女の股間が、咥え込んだままの徹の肉棒をきゅっと締め付けた。ぷるると震える肉体には既に、貪欲な快楽への渇望が宿っている。体中を弄ばれて、口にも尻にもオマ○コを丁寧にぶち込まれて、献身的に何度も何度も擦られて。いつの間にか彼女の中での優先順位が変化してしまった。

ハルマという現在進行形の大事な存在が、過去形の大事だった存在に入れ替わってしまった。言うなれば、ちょっと横に置いておいても構わない存在へと。

徹がどうしたものかと思案していると、意外な所から、その声はあがった。

「……シ、シーリスさんだけずるいです」

それは、先ほどまでバックでアナルをガシガシと小突かれていたクレスタであった。

「わ、私だって、こんな……こんなことされて……忘れられるわけないじゃないですかぁ♥　はうぅぅ♥」

そう言って彼女は焦れったそうに腰を振る。アナルピストンを止められたのがどうも不満らしい。

「わはは、もちろんオッケー。みんなかわいいなあ!!」

徹の返事に二人の顔が輝く。

そんな中ステラがボソリと、同意代わりに呟いた。

「……はるまの前で犯されるの、ちょっと癖になるよね」

途端に未だ概念空間の中で停止しているハルマへと三人の視線が集中した。ごくんと、喉を鳴らしたのはいったい誰であろうか。じゅん、とそれぞれの股間が潤いを増していく。彼女達の膣肉が奥まで挿さっている徹の肉棒に早く動いてときゅうきゅう吸い付いて、おねだりをし始める。

再び嬌声が満ち始める。シーリスは駅弁ファックで抱えられながら、クレスタはバックでアナルをほじられて、ステラは手繋ぎ騎乗位で自ら腰を振り出す。ハルマ＝ウィングステンに見られながらのどうしようもなく気持ちがいいセックスを想像して――

「ねーねー、じゃあ今度さー」

という徹のお気楽な声と共に、また碌でもない計画が紡がれてしまったのであった。

■■■

「アルバ王立魔法学院の白派魔法院《ヴィリエスタ》の長官が？　この家に？　なんでさ？」

その日、アルバの勇者、ハルマ＝ウィングステンは城下にある自宅ですっとんきょうな声をあげた。彼の魔王討伐遠征から一月後、あの難攻不落のヴィンランドルダンジョン構造体を一部とはいえ破壊せしめ、魔都へ初めて侵入し情報を持ち帰った功績を称えられた。

ハルマ達一行はアルバ首都城下に土地と家を与えられ、人類連合側から多大な支援を受けることになっている。そう、人類はハルマが持ち帰った、強大すぎる魔王トールの情報と特性に、全面戦争を一時諦め、戦力の増強と後進の育成を選択したのである。そんな中、アルバ出身者がパーティーの中に多いハルマご一行は、この度既存魔法と概念魔法の研究機関並びに教育機関に進化を遂げたアルバ王立魔法学院の教師陣として招かれることとなったのだ。

「だからなんでよりにもよって、白の人がきちゃうのさ」

アルバで魔法の実力を示すのは色である。端的に言うと行使する魔力の色が濃くなるほど強い。使える系統の魔力色が多ければ多いほど黒に近くなり、そして一つの魔法系統が強くなれば強くなるほど色がだんだん暗くなる。ちなみにステラの魔力色はほぼ黒である。

　だが、腕利きの実力者である黒色魔法使いでも例外が居る。ある一点を突破した魔法使いの魔力色は白く光り輝くのだ。百人の内一人居れば良いという白色魔力を持てる才能を囲っている勢力が白派魔法院、通称ヴィリエスタである。王立魔法学院のすべての人事権を持ち、スポンサーでもある大派閥である。長官とはもちろんそのトップだ。権威だけでいえば、いくらハルマが功績のある勇者といえどこんなレベルの家にやって来る人物ではない。

「はるま、これはチャンスなの。教師枠を教授枠に格上げしてもらうの。国のお金で研究し放題なの……」

　ステラが目を輝かせてハルマの袖を引っ張った。その瞳の中にはご立派なお金マークを宿らせている。

「あー……白派かー……。ごめんハルマ。これ受けてもらわないと実家案件だわ、ごめん、おねがいっ」

　いつもは上級貴族なんたるものぞなシーリスが両手を合わせて拝んでいる。彼女の実家はアルバの中級貴族である。当然白派様という権力と実力が伴ったスーパーお貴族様には頭が上がらない。

「あの……あのあの。ハルマさん。ヴィリエスタは教会の最大寄付元ですぅ……、あれがないと、教会運営が成り立たなくなっちゃいます……」

　クレスタは正十字教会に属しているので教師登用はされないが、その代わりにこの城下町で小さな教会を開いている。そのおりに少なくない寄付《お気持ち》を貰ったはずだ。

「うーんそういうことなら仕様が無いね……」

　三者三様のお願いに押され、それでも腑に落ちない何かを感じながら、渋々とハルマは長官の訪問を承諾した。

「やった、はるま大好き」

「ありがと。ごめんね？」

「ありがとうございます、ハルマさん」

　だがしかし、ハルマ当人はそんな彼女らの瞳の奥に昏く宿っている快楽への期待など知る由もないのだ。

■■■

　それから数日間アルバ城下にあるハルマの自宅では、割とせわしなくことが運ぶことになる。

「はるま……先行してお供の人がきてる……紹介するね」

　そうステラが紹介するのは冒険者風の女の子二人組だ。

「やあやあ、キミがハルマ君ね。ボクはアルテ。今回長官様の護衛を仰せつかった冒険者だよ。こっちはカレン、役目は同じだね。護衛の職務上、ここを事前にいろいろ見せてもらうことになるけど大丈夫かな」

「はぁい、カレンよ。あら、いい男じゃない。しばらくご厄介になるわ、よろしくね？」

二人はハルマへと挨拶をする。

「あ、ああ。ゆっくりしていくといい」

対するハルマは一瞬たじろぐ。二人共滅多に見ない美人であった。カレンはクレスタに負けないボディラインをしているし、アルテは中性的で小柄ながらも、実に整った造形をしていた。

だが、彼が衝撃を受けたことはそういった外見だけの要素ではなかった。彼女達の雰囲気が、佇《たたず》まいが、ちょっとした仕草が、どうしようもなく女っぽいのだ。ただ水を飲むアルテの仕草が、唇に付いた水分を拭う舌のその動きが、なんともいえない行為をハルマに想起させてしまう。カレンが短いスカートからにゅっと伸びた悩殺的な太ももをじっと見つめてしまったハルマを咎めもせずに、すました顔でサービスとばかりに組み替えるカレンの視線にゴクリと唾を飲む。

「す、すまない。僕は少し失礼するよ。シーリス、後は頼んでもいいかい？」

「いいけど、どうしたの？」

「う、うん。ちょっと仕事がね……。食事までには戻るよ」

そう言ってハルマは足早に席を立ってしまう。そんな様子を見て、アルテは向かいに座るシーリス達に話しかけた。

「彼、溜まってるの？」

「ん……。はるま、まだ経験ないから」

ぽん、とステラの人差し指から魔方陣が出て、ソファの周りをぐるりと覆う。簡易的に防音を施す魔法である。

「……防音結界完成。はい、ぶっちゃけ話、どうぞなの」

と、ステラが言い終わるやいなやである。大きな溜息と共に、アルテが文句を吐き出し始めた。

「あーあー……まーた徹様の肉便器が増えちゃったよ。しかもみーんな美人揃い。またボク達の出番が減っちゃうなぁ」

「何がボク達よアル、アンタ昨日の夜に散々犯されてたじゃない。普段はしない女の子の格好させられて、ふりふりのリボンつけて目隠しされて、人前であんあん鳴きまくってたじゃないの」

と、毒づくカレンはアルテのほっぺを人差し指でうりうりする。

「アレはご褒美だもん。わざわざ白派の内部に潜入して長官に徹様の魔法をマーキングするの大変だったんだからね、一ヵ月仕事だよまったく。後十回ぐらいかわいがってもらってもなんら問題ないですー」

「はぁ、どーせなら私も混じりたかったわー。最近アルとしてないし」

「いつでもいいのに。ボクとカレンの仲でしょ、……ね？」

ぬったりとした視線からキスへ。流れるような会話からの百合めいた雰囲気に流石に横やりが入った。

「あー、おほんおほん。お二人さん？」

カレンとアルテの突如展開される下ネタ話からのなし崩し的なセックスの雰囲気に、思わずシーリスは待ったを入れる。

「ええと、ごめん。止める気はないんだけど、えーとトール、来るのよね？」

「ええ、来るわよ。白派魔法院長官《サー・ヴィリエスタ》様って皮を被って、えーと。なんだろ。シタウケノチューショーキギョーシャチョウがモトウケノケッサイシャニアタマガアガラナイプレイを是非やりたいって言ってた」

「な、なんですかぁ、それ」

クレスタの疑問はもっともである。この世界の人間には何のことだかわかるまい。


「いやぁ、ボクもカレンもぜんっぜん意味わからないんだけどさ、キミ達だったらわかるでしょ？」

そう言ってアルテは過去を思い出し、きゅっと体を捻る。

「……きっとボク達、今回もめちゃくちゃにされちゃうよ？」

その瞬間、この場の全員に起きるフラッシュバック。アルテは強化オークにサンドイッチでずんずん突かれた過去を思い出し、カレンはやめてやめてと言いながら何度もバックで高みに連れていかれた時を振り返る。シーリスはあの徹の屈強な体にしがみついて舌を絡めながら中イキすることを期待し、クレスタは複数人で責められて、アナルをほじられる展開を夢見た。そして、ステラはまたハルマの前で、理性が飛ぶほどイかされ続ける未来を確信し——。

「さて、盛り上がってきた所で、改めて自己紹介しようか、貴女達はどんな感じで徹様に犯られちゃったの？」

カレンはニヤニヤとしながら少し下品な指の形を見せて新参組に問いかけた。横でアルテがやめなさいとチョップするも彼女も興味はありそうだ。何も知らないハルマを他所に、肉便器達の女子会は夜遅くまで続いていく。

「えー、オークに変身とかマジで？　それで？　きゃー♥」とか、

「うっそ、なにその玩具、うっわ、動きえっぐーい。え、これをクレスタが？　まぢでお尻に？」

とか、

「わたしは、五人以上のトールに犯されたことがあるの……、よって私の勝ちなの」

などなど、犯《肉便器》された者同士で大いに盛り上がったのは別の話である。そして、

「ああ、そうそう。明日はもう二人くるわ。徹様の超お気に入り二人がね。強敵よー？」

というカレンの言葉に皆、

(自分は最低三回はイかせてもらおう)

という碌でもない決意をして、眠りについたのであった。

■■■

　そして次の日ハルマの家に豪華な馬車が乗り付けられた。お偉い様が来るとあって周囲には戒厳令が敷かれ、ハルマの家には関係者以外アリの子一匹入ることはできやしない警戒態勢が敷かれた。そして馬車の中から浅黒い肌の男が現れ、その両脇に金髪の美女が二人付く。

　一人は妙齢。といっても傍目二十歳前後の女性である。清楚な雰囲気を纏《まと》いながらも、非常に男好きをする体をしている。修道服を纏っている所を見ると教会関係者であることが見て取れる。その体にぴったりとまとわりついた布のせいで、本来男の欲情を避ける目的もある服がまったく逆の効果を発揮してしまっている。周囲の警護の兵士もチラチラと視線を向けざるを得ない妖艶さだ。

　もう一人は、小柄でまだ少女のように見えた。しかしその体から滲み出る雰囲気と、その体躯《たいく》に似つかわしくない、強烈に大人びた表情が非常に艶めかしい。踏まれたいとか、ぶたれたいとか、ピンヒールでアナルに蹴りをかましてほしいとかそんな輩も出かねないロイヤルオーラがびんびんと迸っている。体つきこそ年相応であるが、その表情は大人顔負けに整っていた。そのアンバランスさに何かに目覚めてしまう者も居るかもしれない。

　そして彼女らを付き従えるローブを纏った真ん中の褐色男。その男こそ、この国の魔法学派の頂点。

白派魔法院長官《サー・ヴィリエスタ》。

「わははは一い、ハルマ君。元気してるぅ一？」

に成り代わった徹である。ちなみに本物はよぼよぼのおじいちゃんで自宅で記憶を改竄されて眠っている。

ぶわっさと両手を広げ、風にたなびくローブ。そして現

れる黄金の杖と剣に見覚えのあるカード、さらに嫌というほど見知った女達の秘所にぶち込まれた歪でカリ高の肉棒が彼の前に出現する。全裸ローブという紳士のマナーをひっさげて。我らの魔王様、徹改め魔王トールが再びアルバの勇者の前に現れた。

「お、お前は……お前は……あああああああ‼」

ハルマの中で悪夢めいたあのトラウマが覚醒しかけるが、一瞬にして複数のカードがハルマ邸のすべてを囲む。その頂点が魔力で結ばれた瞬間、この場所は支配者の杖《マスターロッド》の影響下に瞬時に置かれ、

【支配者要求：権限書換《オーバー・リライト》】

【支配者要求：論理封印《ロジック・シール》】

ばきん、という音と共に空間内のあらゆる法則が捻じ曲げられて書き換えられていき、

「……あああ……あ？　あれ？　ええと、はい。ああ、申し訳ありません。いらっしゃいませ長官……様？」

「わはは、ハルマ君くるしゅーないぞ」

既に支配者の符《マスターカード》を奪われているハルマには概念魔法の耐性はない。この世界の住人と同じく、概念神器の影響をそのまま受けてしまう。そう、最早彼は転生者という特権を手放してしまったただの住人なのだ。ハルマの頭の中が徹の都合の良いように改竄されていく。目の前の不可解なお供も、全裸ローブも、自分が持つ常識や慣習まで――

そんな矢先に徹の肉棒がぶるんと震える。先っちょには我慢汁が溢れており今にもこぼれそうである。

「あら、貴重な魔力が溢れてしまいます」

そう言ってお供の一人、シンシアは徹の前に跪き、手慣れた手つきで彼の股間へ吸い付いた。ちゅるる、じゅるる。という吸引音がしたと思えば、あっという間にじゅっぽじゅっぽという下品なピストン運動に早変わり。清楚な修道女のはずがハルマから見た彼女の後ろ姿のなんと艶めかしいことか。肌など露出している箇所の方が少ないのに、揺れる尻のラインや、ぬぽぬぽとやっている動作は淫欲そのものである。

「ん♥　……んむぅっ……んぐ♥　……んんっ♥」

だがハルマはそんな行為を、異常だと認識できない。

（ああ、白派長官の精子《魔力》ともなれば、貴重だしその摂取は何よりも優先されるんだろうな）

だから、目の前の美しい修道女、シンシアの頭が乱暴に掴まれ、まるで性欲のはけ口といわんばかりにがっぽがっぽと、揺さぶられていることも、彼女が三つ指ついてまるで小鳥のようにお情け頂戴と、その可憐な口をされるがまま

に差し出していることも何の疑いも持てない。ただ心の奥底で意味不明な疑心暗鬼を膨らませるだけである。

「はぁ……、いくよ、イくよ、シンシアちゃんっ」

「んっ♥ んっ♥ んんん♥ んぶ、んむうううう♥」

今もどくんどくんと聞こえてきそうな気がするほどの徹の腰の痙攣。シンシアの頭は押さえつけられ、可哀想にも力いっぱいにチンコを喉奥に突き込まれているのがわかる。あの綺麗で整った彼女のお口にどうやったらあの凶悪な一物が入るのかは検討もつかない。そしてそんなハルマの疑問も。

「あ〜ぎんもぢ〜。お、お、シンシアちゃん、そこそこいいよぉ？」

――ごくん、という咀嚼音。そしてじゅるるるる、という下劣なお掃除音と共に上書きされてしまう。これは彼らにとって至って日常のことであるのだろうと。

吸引の完了と共にちゅぽんとシンシアの口から徹の肉棒が跳ね上がった。そのままびたん、と彼女の顔にひっついた肉棒を、シンシアは愛おしそうに舌先で愛し始める。チラリと、ハルマ達を見やりながら。まるで見せつけるように、ねぶり、ねぶりと、ゆっくり弄んで、大切に唾液でコーティングする。誰が見てもわかる、それは欲望と、愛情が高次元で絡み合った深い情欲である。圧倒的な奉仕行為《オーラ》である。まるで誰が一番上かを順位付けし、見せつける行為だ。いったい何のために、そんな疑問も封殺する支配的な行為であった。

徹以外の場に居る全員が全員、一瞬その行為に見とれてしまったことに気づく。彼女は納得したように微笑むと、その整ったお口を大きく開いた。今一度とシンシアは徹の肉棒を咥えようとした所で、

「てーいですの♥」

「きゃん」

隣に控えていた少女、ローラに両手で優しくぺいっと突き飛ばされた。少女には珍しく、あどけないその容姿に似つかわしくない青筋が立っている。

「……ローラ様、いったい何を」

「貴女って人は、普段大人しいくせにここぞとばかりに……、本当に油断なりませんわ……」

おでこに手を当ててローラは大きく溜息をついて、頭を振る。

「あのローラさん？ 私なんのことだかわからないのですがー」

というシンシアの弁解も、

「貴女の場合天然でそれをやっているから問題なんですの、流石最古参にして最初の徹様の女ですわ……ぐぬぬ」

「あ、最古参って古いって思われちゃうからその呼び方はちょっと嫌」

めっ、とシンシアは口元を拭いながら立ち上がり、ローラへ軽いチョップを下した。こうしてみると仲の良い姉妹のように見えるが話の内容は一夫多妻制の妻のそれだ。

「むきぃいいいい、違いますわ、違いますわ!! そーいうことじゃないですわ。もう、見なさいこのありさまを!!」

そうローラに促されてシンシアが周囲を見れば、出迎えたハルマの後ろに先発のカレンやアルテ、そして初顔合わせとなる、シーリス、クレスタ、ステラの面々が揃って面食らっていた。

「まあ、いつものことね」

「シンシアさん流石だなぁ、こういう所あの人譲らないよねぇ」

そう言ってカレンとアルテは新入り組に視線をやるとそこには圧倒された表情の三人が居た。

『明日くる二人はトール様のお気に入り』

そのお気に入りの一人が、今まさに行為をもって示したのだ。私がご主人様の第一の女です。新参女共は指を咥えてすっこんでいろと。シンシアの愛欲と情操溢れる奉仕行為は、新たな女達にそう思わせてしまうほど、蠱惑的で独善的であった。そして何より年中勃起しているはずの徹のチンコを一発で半勃ち状態にしてしまうというその偉業が、出した後に連続してお口をがぽがぽされない、経験に裏打ちされたその技術が、シーリス達をたじろがせるには十分なインパクトを持っていたのである。そして――

「あ」

「あ」

揃って声をあげたのはカレンとアルテ。シーリス達三人が彼女達を見ればその表情はしまった、と悔しさに溢れている。何事かと彼女達が思案していると、

「『混ざりそこねた』」

その呟きで新参組に衝撃が走る。まるで首振り人形のようにカレン達からローラやシンシアへと視線を返せば、

「うふふ、ローラさん? そんなことないわ、ローラさんは私がとっても羨むほどかわいらしいもの、ね? 徹様」

「然り然り、ローラちゃんはかわいさの極地だねぇ」

ぷんすこと憤慨するローラの両手をシンシアが優しく掴む。いや拘束すると言った方が正しいかもしれない。ふりふりのミニスカート越しに、いつの間にかローラの後ろに

移動した徹が、復活した肉棒を彼女の股間にあてがって、

「え？　あ、ちょ、まっ……」

待ってくださいまし、そんな言葉をローラの口が紡ぐまでもなく、ずぷり、と徹の肉棒が、ローラの股間に突っ込まれる。

「ひ……あ……、やぁ♥　そ、そんな、い、いきなり、いきなりぃ♥」

傍から見れば異様な光景だ。可憐で美しい少女が、これまた肉欲的で美しい女に手を笑顔で掴まれて、かわいらしいお尻をぱんぱんと突かれている。しかも人の家の庭先で、その家の持ち主の目の前で。

「あ……あっ……あっ……あん♥　こすっちゃ、だめぇ、お尻、お尻の穴は、ゆるしてぇ♥　まだ弱いの、あぁあ……漏れちゃう、こんなのすぐいっちゃう、あっあっ♥」

しかも尻の穴《アナル》かよ、と全員の心の中でツッコミがこだまする。散々かまととぶっておいて、いざ本番となったら愛撫なしアナル一発挿入という、名人芸を事も無げに披露するローラに、シーリス達は改めてこの戦いでの勝利の難しさを知り、そして『お気に入り』の意味を深く噛みしめるのであった。

「あ、あのー？」

ハルマのそんな声も、ぱんぱんぱん、という徹のピストン運動と、ぬっちぬっちという少女らしからぬアナルの鳴き声に掻き消される。

「あっ♥　あっ♥　あっ♥　はぁぁぁ、はぁん♥　いく、いぐ……いっちゃうぅぅううう♥　ひゃぁ♥　ふああああああん♥」

ローラはシンシアにいいこいいこされながら、バックで突かれてこの訪問初めてのお漏らし《マーキング》を盛大に行ってしまう。

尚、この痴態の顛末は、カレンとアルテの、人様のお家の前で粗相しちゃだめでしょう、という非常に常識的なツッコミで事なきを得た。

■■■

場所は変わってハルマ邸のリビングに、徹達は向かい合って座っていた。徹の両脇にはちゃっかりとシンシアとローラが陣取る辺り、力関係の誇示は無意味ではなかったようである。もっとも、徹の肉便器《おんな》達の間に互いに羨みこそあれ、醜い嫉妬や嫌悪などあり得ないのであるが。

「えー、……というわけで。今日は王立魔法学院の講師陣として実力があるか見に来ましたー？　で、いいんだっけ

ローラちゃん」

「はい、その通りですわ、ええとハルマ様？　そういったわけで七日間ぐらい滞在させていただきますわね、あ、お部屋や設備などはご心配なく、既に増築は済ませてありますから――」

　そう、ローラが喋り終えた瞬間に空間が錬成される。がしゃん、がしゃんと物理法則を無視した魔力行使が行われ、元々四人で住んでいるのでそこそこ広いはずのハルマ邸が十人以上がゆったり暮らせて、設備も充実した大豪邸へと姿を変えた。

「う、うそだろ」

　明らかに既存の魔法を超越したその所業にハルマは狼狽する。そうこれではまるで〇〇と同じではないかと心の中で一瞬思うが、核心をつく何かにはきっちり蓋が閉まって思い出せない。この力に昔とんでもない目に遭わされた気がしないでもないが、うまく言語化できないのだ。

「それぞれみっちり力を見たいから一日中付き合ってもらうよ、でも人数が多いから、効率的にいこうか」

　そう言って徹は右手の黄金の杖を掲げた。その瞬間、彼の姿がぶれて、七人のまったく同じ徹《分身》が現れる。同時に女達の子宮がきゅんと疼いた。そうなのだ、これが前述した、徹の女の間に酷い諍いが起きない最大の理由である。彼の性欲《あい》の供給は無限なのだ。それぞれの女が希望するだけ煩悩が供給され、そこに明確な差別は一切ない。最低三回どころではない、きっと七日間全部、自分達は思う存分嬲られてしまう。文字通り前から後ろからいろんなことをされてしまうだろう。そんな期待感に胸を震わせながら彼女達はうっとりとした眼差しでそれぞれのご主人様《徹》に期待の眼差しを向けるのであった。

　一方ハルマの脳内は困惑と動揺に満ちていた。ここは自宅のリビングのはずである。大きな戦いも終わり、功績の報酬として地位も得て、恋人三人達と毎日を幸せにくつろぐ憩いの空間だったはずだ。それがどういうことだろうか、異様な光景がハルマの目の前に広がっていた。

　じゅっぽじゅっぽという不協和音。一つだけならまだ耐えられたかもしれない。だが、現状はそれが七つ。いったいどういう魔法か知らないが、七人に分裂してソファに腰掛けた男の股間に、顔を埋めて頭を前後している。ハルマの耳に、舌を這わせてぺろぺろと何かを舐める音が聞こえてしまう。じゅぽっじゅぽっと唇で何かを搾り擦る音が聞こえてしまう。がぽ、がぽっというハルマが想像できない何かをしている音が、七人七通りに。明らかに異常である。

だがしかし――

「そうだ、白派の長官の魔力ともなれば、貴重な魔力の源泉。一滴たりとも無駄にできないのは当然じゃないか」

という歪んだ論理がすっとハルマの心根に落ちてしまう。だから彼は疑えない。このろくでなしな空間が、異常であるということさえも。

「シーリスちゃん、俺のチンポおいしい？」

「……おいしいって言ったら、またいっぱい……してくれる？」

普段の彼女らしくない、しおらしい答え。ぺろぺろと徹の先っちょを丹念に味わう姿はまるで、子供のおねだりだ。

「もちろん、いやっていうほどおっぱいをしゃぶり尽くして、体中を舐めて、シーリスちゃんが知らないことも全部してあげる」

その徹の言葉にシーリスはゴクリと喉を鳴らし、そして、ハルマをチラリと見た。ハルマとシーリスの視線が合う。ハルマは食い入るように彼女を見やるが、シーリスは彼から逃げるようにその視線を徹の肉棒へと移して、

「……うん。トールのちんちんおいしいよ、もっとちょうだい？」

と控えめだった口をあーんと開けて、シーリスは徹の肉棒を口に含んだ。

「あー……きもち、シーリスちゃん、お口そのままね、ちょっと動かすよぉ？」

ふぁい、と肉棒をしゃぶりながら返事をするシーリスの頭が固定される。ギシギシとソファが揺れ出し、じゅく、じゅくと彼女の口にピストン運動が見舞われる。柔らかいソファの反動を利用したイラマチオ。まるでオナホールでぐちぐちするように、シーリスの口が犯されていく。

「おっ、おっ。おっ」

「んんんっ……んぐぅんんむううう♥」

お世辞にも上品とはいえない徹の声がハルマには耳障りに聞こえるが、ハルマはこれも仕方ないことだと強制的に意識に割り込まれて、割り切らされる。そうこれぐらい、なんともない。たかが口で魔力摂取しているだけじゃないかと。そうこれくらいなら、

(そうさ、これくらいなら僕だって、……僕だ……って？)

そんなハルマの思考は、

「ああああっ出る、でるよっシーリスちゃんっ。おあああああっ!!」

という徹の声に打ち消され、はっとハルマはシーリスを見れば、涙が出るほど喉の奥まであの太い歪な肉棒をぶち

込まれているというのに、

――じゅく、ちゅるる、じゅるるるるるる
彼女は下品な吸引音を立てながら、徹の肉棒の根元から搾り取るように唇を締め付けて、

――じゅ、ぽん。ごくん
それはとても重厚感ある、そして卑猥な音。濃密で貴重な甘露を飲み尽くすが如くの嚥下。ハルマは自分が見知っているこの明朗快活な少女はいつどこでこんな技術を習得していたのかと衝撃を受ける。だがそれだけでは終わらない。彼女の唇がまだ徹の肉棒から離れないのだ。ぺろぺろとてろてろと、ゆっくりねっぷりと自発的に舐め回す。それはまるで、もっとちょうだい、と言っているかのような、こなれた舌業でおねだりしている。彼女の要望に応えるように、徹は再びシーリスの口内へと肉棒を突き入れる。だが今回は少し勝手が違う。

「んぅ♥　……ん♥　……んぅぅ♥」

徹はシーリスの頭や頬を優しく撫でながら、シーリスは、その手にとろんとした表情で頭を預けながら、お互いどこが気持ちが良いか、どうすれば気持ちが良いかを確かめ合うように。恋人同士のいちゃつきすら超えた、愛人同士の濃厚な絡みを思わせるそれを、ハルマはなんだか無性に見たくなくて、顔を背ければ、

「はぁ、はぁ……あ、あああっ　あはぁぁ♥」

と聞き覚えがあるが聞いたことがないだらしのない声をクレスタがあげていた。

「相変わらずエッチな体してるねぇ、クレスタちゃん」

背中のボタンが開き、修道服の中からたわわな両胸がいつの間にか露出している。だがハルマが衝撃を受けたのはその点ではない。いつもは自分に押し付けられている胸だ。もちろん谷間だって見たことはあるし感触も知っている。だが、その胸の真ん中からそびえ立っている、あの歪な陰茎はなんであろうか。自分以外の男を受け付けないはずのクレスタが何故、その豊満な胸で他人の男の肉棒を擦るという行為を行っているのか。いやそれだけではない。

「きゃん♥」

びしゃっと徹の肉棒からクレスタの顔面にぶっかけられる。満足そうに徹の白濁を受け止めるクレスタ。ハルマはそこまでは百万歩ぐらい譲って、なんとか納得することはできた。しかし、そこからクレスタがご褒美をくださいとばかりに、徹の股の間でくるりと後ろを向き、真っ白い臀部を突き出すことが理解できない。

「はい、クレスタちゃんいい子いい子。ちゃぁんと俺をイ

かせられたから、またご褒美あげるねぇ？」

と、徹はクレスタの臀部、正確には尻の穴に中指をずぶぶと挿入していく。

「あはぁ♥　き、きもちいですぅ♥　ん♥　ん♥　んぅうう♥」

ハルマは、先ほどのクレスタのだらしない喘ぎ声はこれかぁと心中で思い、ぶんぶんと頭を振る。その間にもクレスタの尻穴はちゅっちゅくっちゅっちゅくとリズミカルに中指を受け入れ、尻穴にあるまじき水音を派手に立ててよがっている。

「あはは、クレスタちゃんも素直になったねぇ、いい子だねぇ」

「はぃぃ♥　トールさん、クレスタのはしたないお尻、ぐりぐりいじめてくださぁい、あっすき♥　それぇ♥　あはぁ♥　抜かれるの、すきぃ……ぁ♥　……おっ♥」

クレスタの唇が弛緩の横広がりから緊張の縦へずっぷずっぷとクレスタの肛門で上下していた徹の中指がゆっくりと抜かれていき。

「あはぁぁぁ……だめぇ……いく、クレスタまたお尻だけでいっちゃうぅううう。あああああぅううう♥」

まるで犬のように四つん這いでお尻を突き出してぷるぷる震えるクレスタ。そんな様子を見ながら、ハルマは彼女の言葉を思い出す。クレスタは確かに〝また〟と言った。見れば彼女の美しい黒髪にはどろりと徹の白濁液がこびりつき、顔も、胸元もどろどろである。誰が見てもわかる。この娘はご褒美として尻に指を突っ込まれて、尻だけで三回は気を遣っているのだと。そして、嫌でも想像がついてしまう。もしかしてこんな行為は序の口で、そのいやらしい尻穴はあの凶悪な肉棒でさえも、ごりごりと受け入れて扱き上げてしまう経験値を蓄えてしまっているのではないかと――。

「あら勇者様、お顔の色が悪いですよ？　少しお休みになってはいかがですか？」

透き通るようなその声にハルマは我に返る。まるでクレスタの尻穴絶頂など悪い夢だったかのように、その声によって歪んだ正気に戻された。目の前にはどこかで見覚えのある少女が居た。そうまるで遥か昔のことのように、どこかで見たことがあるが思い出せない。

「ああ、失礼。何かとんでもない違和感があるような気がして……、すまない、長官の魔力は希少で強力だ。僕のことを気にせず続けてほしい……」

とハルマは答えた。そして声の主ローラは、

「うふふ、それでは失礼いたしまして」

美しい金髪を掻き上げて、当然のように徹の肉棒へキスをすると、にゅぷ、にゅぷりと、外見に似つかわしくないバキューム音を立て始める。

「んっ♥　んっ♥　……んっ♥　ふぁぁぁ♥　んふふ、びくびくしてます♥」

ハルマを横目に肉棒を頬張るローラ。その小さな口の中で舌が縦横無尽に動いているのだろう。その行為はしゃぶるというよりも味わうといった方が正しい。

「おっおっ。ローラちゃんいつのまにそんな、お、おほっほぅー」

ちゅぐじゅばじゅくじゅく、べちゃべちゃじゅぞぞ。あどけない彼女のどこにそのような卑猥な技術を習得する余地があるのか。ローラの小さなお口は艶めかしく徹の亀頭を蹂躙し、舐っていく。

「んっ、ぷは、や、やん♥　だめ、……だーめーでーすーの♥　きゃん、もう♥」

ハルマが視線を移せば徹の両手がローラの服へと潜り込みぐりぐりと乱暴にその中身を捏ねていた。徹の股の間で、体をハルマの方に向けながら、首を横にしてのおしゃぶり行為。当然その行為はハルマに丸見えである。

「あぁ、はぁぁぁ♥」

ローラの胸元へ突っ込まれた手が、そこにあるであろう二つの突起を無造作に摘んでいるのがハルマには手に取るようにわかる。柔らかそうな布地である服の上に指の形がはっきり見て取れるからだ。キツく摘まれたり、優しく撫でられたりする度に、肉棒をしゃぶしゃぶしているローラの口元がだらしなく緩んでいくのが、嫌でもハルマに見せつけられてしまう。まるでどこかのお姫様が悪い男に仕込まれているような感覚に、彼はめまいを覚えるが、

「へっへっへっ、ローラちゃんのすけべぇな所、まだハルマ君に見せてなかったよねぇ？」

という意地悪い男の声と共に。ローラは抱き起こされて、そして、

「ふぇ、……きゃ……や……そんな急に……や、あ……あっあっあっ、あぁぁぁ……♥」

不意に立たされ、股間を弄られるローラ。そこからじゅっじゅっじゅっと空気を含んだ音が垂れ流された。

「あっ♥　……あっ♥　あっ♥」

今居る女達の中で一番幼そうなのに、一級品のはしたなさ。後ろからの激しい手マンにより、お尻のお肉がぱんぱん、と小気味良く打ち鳴らされるほどの指ピストン。

「あ、ああああああ、あああああああぁぅうううう♥」

じゅぐじゅぐじゅぐ、じゅぐじゅぐじゅぐじゅぐ、それは端整で美しく純粋な何かが汚されるような、背徳の儀式。とても苦しそうなのに、まるで股間が別の生き物みたいに鳴いているのに、当の本人の膝が、ガニ股に開いてその行為を精一杯受け入れている。

「ぁぁぁぁあん♥　んぁぁぁぁ♥　いくぅ……いくぅ……いきますぅ……あっ♥　く、くるぅ♥　きちゃうっ♥」

ぶしっ、と見るからに高貴な少女は盛大にそのお股から、お汁を噴射してしまう。

「やぁぁっまだぁぁぁぁ♥　いってます、わたくし、ぃってま、やぁぁぁぁっ♥　あうっ♥　あぅううう♥」

それは立ちっぱなしの連続絶頂。少女の華奢な体とその下半身はがくんがくんと揺れて震えるが、その快楽を一粒たりとも取り逃しはしていなかった。

「あっ…あはっ♥　あは♥　はぁ……ぅ。ふー、ふぅ……♥　はぁ♥　はぁ……♥」

と最後まで意識を手放さなかったローラに徹はちゅっとキスをすると、

「どうだいみたかハルマ君。これがローラちゃんだ、エロいだろぅ……ぅあだ、だ、だだだだあだだだだ!!」

徹の台詞はローラに最後まで言わせてもらえなかった。息も絶え絶えの彼女に徹（分身）が思いっきりほっぺを抓られてお仕置きされている。

「あだ、びだいっローラちゃんっ、なんでっ、なんでー？」

対するローラは無言でそのまま徹をぽかぽかと叩く。

「……あ、あれきもちよさそう……ねぇ、徹様ぁ。ボクにもしてくれないかなぁ」

まるで甘えるような少女の声にハルマが視線を移せば、そこには最早見慣れた光景。発言者であるアルテは、皆と同じく徹の股間に顔を埋め、じゅぽじゅぽと肉棒をしゃぶっている。だがハルマを驚愕させたのは、その彼女の下半身である。

「アルテちゃん、そんなこと言っても割と限界近くない？二本刺し久しぶりでしょう？」

そう、アルテの下半身、もとい股間から生えている玩具にハルマは見覚えがある。それは彼が何度も元世界で見た大人の玩具。ぐいんぐいんと震えてうねる電動チンコ。バイブである。それが、アルテの股間に挿入されている。尻と膣。二本の突起がうぃんうぃんと、小さな円を描いて、アルテの股間で暴れていた。

「えへへ、わかっちゃいます？　はぁ♥　徹様のアソコもすごくおいしい、今日はボクもカレンもかわいがってくれるんでしょ？　はぁ♥　あぁんひびくよぅ♥」

　きゅ、と彼女が震えた瞬間、尻穴のバイブがきゅぽん、と跳ね上がり、自然と抜けてしまう。

「あうう♥　はぅぅぅううん♥」

　アルテは思わずしゃぶりついていた股間から口を離し、縋るように徹の下半身に抱きついた。

「おー、アルテちゃんかわいいなぁ、ね、今度はイク瞬間に出してあげるから、もう一回頑張ろ？」

「ふ、ふぁい……♥」

　徹がそう言うと、アルテは蕩けた顔でもぞもぞと彼の股間を再び弄り、かぷりと、肉棒にしゃぶりつく。じゅぽっじゅぽっと再び淫靡な演奏が始まる。そんな様子をしばらくハルマがぼーっと見ていると。アルテのフェラを楽しんでいる徹がハルマへちょいちょいとおいでおいでをし、その手で、びしっとアルテの肛門を指差した。

「ハルマくーん、俺さ見ての通り立て込んでるから、ちょっと拾って挿し直してくんないかにゃーん？」

　そんな無慈悲な命令がハルマの心を激しく揺さぶる。アルバの勇者である自分がいったい誰に何を挿し直すというのか、そんな激しい憤り。そのハルマの感情は論理封印《ロジック・シール》を軽々と突き破り、彼が正気に戻るきっかけを作りかけるが、

「ほら、クレスタちゃんも愛用しているし、別に変なもんじゃないんだからさー」

　という徹の一声に上書きをされ、ハルマがクレスタを見やれば、

「あはぁ……抜いちゃだめぇ……わたしのおしり、またかゆくなっちゃぅぅううう♥」

　中指尻穴ピストンご褒美がいつの間にかアナルバイブピストンに変わってしまっているクレスタの痴態が、またハルマの思考に隙を与え、論理封印《ロジック・シール》で思考論理を上書きされてしまう。

「わ、わかり、ました」

　ハルマのテンションは納得半分、興味半分である。それはそうだ。疑いと怒りを打ち消されてしまえば、最早そこには青少年の情欲と興味しか残らない。しかも彼は転生者である。元世界でかわいい女の子に、アナルバイブをぬこぬこずぷずぷしたことなど、一度もないのだ。

　ハルマは恐る恐る落ちているアナルバイブを拾い、徹の股間でご奉仕を続けているアルテの臀部へとあてがおうとする。ここに居る女の子達の中では決してスタイルや女らしさでは一番とはいえないアルテの臀部。だが、ハルマは

思う。アルテの小さなお尻に息づくピンクの尻穴が、パクパクとアピールするその様子がなんと卑猥なことかと。

このアルテという娘は、この体にして尻穴にこんなブツを挿し入れることをよしとしているのだと。しかも股間にも同じような玩具を挿したままだ。ごくん、とここでハルマは初めて情欲の唾液を呑み込んだ。困惑と戸惑いのこの空間で初めて、

――じゅぶぶ
「あ、……あはぁ♥」

そして、アルテの尻穴は、ハルマにとってとても卑猥すぎる音でバイブを出迎えてしまう。挿入の瞬間、ハルマは思いの外その手にあまる反動に恐怖し、思わず手を離してしまう。

「あぅ♥　あぅうう♥　あぅうううううん♥」

まるで犬のようなアルテの喘ぎ声。

「あーあー、だめだよハルマ君、アルテちゃんは入口付近が一番弱いんだから――、こう一気に挿れてあげないと」

くいっと、徹が指をあげると、アナルバイブが浮き上がり、そのままにゅぽん、とアルテの尻穴に収まり、またづいぃと振動を開始する。

「ふぁぁぁぁぁん♥　んっ♥　んッ♥　んぶぅ、んんぅ♥」

その悲鳴に近いアルテの快感の雄叫びを、ハルマはただそのまま見ていることしかできず。

「と、徹様ぁ。いく、ボクもう、あっ♥　あっ♥　出して、出してくださいっ、もう抜いていいから、出してくださ、はむっ、んぐぅ――♥」

そんな懇願と共に、アルテの尻穴から再びアナルバイブがずる～ぅりとゆっくり抜け落ち。

「あ、あはぁぁぁ……♥　す、すごぃいい♥」

ぶるぶると絶頂に震えるアルテの顔にどろりびゅっびゅと徹の白濁液がまぶされた。

「……アル。貴女初日から飛ばすわねぇ、まだ七日間ぐらいあるんでしょ、今回」

とカレンは呆れた声でアルテに呟く。確かあのクレスタに負けないぐらいのスタイルをしていた魔道士がカレンといったかと、ハルマは声の主を確かめる。そしてもう飽き飽きするほど見てきた光景がそこにあった。あの大きな彼女の胸が玩具のように弄ばれている。クレスタのように胸を使った奉仕ではない。これは胸を犯すといった表現の方が正しいだろうと、ハルマは思う。

ソファに座っている徹、股間で辱めを受けているのがカレン。それは間違っていない。だが、彼女の胸は鷲掴みに

寄せて上げられ、歪んだ谷間をにゅぷにゅぷと激しく擦られている。ハルマはふと、これは先ほどシーリスが頭を掴まれてがぽがぽと口を犯されていた行為に似ていると思うが、それだけだ。彼には最早見守ることしかできない。

「だ、だってさ、ボク、すごい久しぶりなんだよ、いっぱいご褒美貰わなきゃ、割にあわない……あ、あうう♥ か、カレンこそ、もう何回目だよ。もうやっぱりおっぱいが大きいって得だよねぇ……あん♥」

「そんなことないですよねー、徹さ……きゃん♥ あっ♥ あっ♥ や、またでちゃうの？ 今度はお口で？ もう、仕様が無いなぁ♥」

「へへ、今度はちょっと体位を変えよう。カレンちゃんのおっぱい柔らかくてとまんないよ、後五発は出すからねぇ」

そう言ってカレンは床に押し倒され、

「あ……♥」

徹の肉棒の先がカレンの右乳房にぐにゅんと擦り付けられる。

「ふぁぁ♥ やぁ、乳首きもちい……♥」

乳首に押し付けられた徹の肉棒を、カレンは優しく手で撫でながらこしょこしょと愛撫する。

「おほ、おっほぉ」

突然どぷりと、徹が白濁をぶちまける。が、間髪入れず続いて、左乳房に萎えぬ肉棒を擦り付けた。

「あはは、徹様甘えんぼだぁ……うりうり♥」

「あああ……やーらかー、きもちえー、すっげぇ子供に返る気分、おふぅ」

再びどぷぷと、カレンの左胸が汚される。

「徹様、ほら、いらっしゃーい……♥」

生臭く汚された両胸をカレンは両手を添えて持ち上げる。そこの谷間にビタンと、徹の肉棒が置かれて、ぎゅぅと挟まれる。

——にゅぷ、にゅぷっと。今度は谷間を犯す作業が始まった。谷間の出口では、カレンの舌がてろてろちろと、徹の亀頭を迎えており、その舌が上下に動く度に大量の我慢汁がカレンの舌と唇にまぶされた。

「あ〜カレンちゃん、すごい、もう柔らかくてあっつくて出そう。ごめんね、いっぱい汚しちゃうけどごめんね？」

にゅぷにゅぷという摩擦音がじゅくじゅくと水気を帯びる。

「あっ♥ あっ♥ 徹様♥ 出して♥ いっぱい出してぇ♥ 汚されていいから、全部ちょうだいっ、びゅっびゅちょうだいっ♥」

「あ、出る出る、出るぞうぅ、おおう、おほぉぅ、あああああっ!!」

それはなんとも言えない光景、押し倒されて胸を犯されるカレン。だが絶頂だというのに犯している徹の腰は止まらず、その肉棒の先端からは白濁液をびゅるびゅると出し続けているのに、一向にピストン運動が衰えない。

「あああん♥　でたぁ♥　ふぁぁ♥　んむうう♥　あは、すごいすごい♥　ふあぁぁぁ、匂いだけでイっちゃいそう♥　きゃん♥　ぷは♥　あぁぁあん……♥　んっ♥　んっ♥　いいよ、出して、全部出して、あ、乳首摘んじゃ……♥　ふぁぁぁぁぁ♥　すりすり、だめぇ……♥　んぶぅ♥」

徹は我慢汁と精子でぐじゃぐじゃになったカレンの胸を揉み込み、乳首をきゅうきゅう捻る。そしてラストとばかりにカレンの頭を抱え込むと、彼女の口内に肉棒を挿し入れガクガクと腰を振り続けた。

「んぐっ……んぶ、んっ……んぼぅ　……んぶぅ♥」

「はぁぁぁ、で、出るぅぅうっ」

「んんっ……♥　んぐ、んぐぅ♥　ぷは、んちゅ♥　ふぁぁぁ♥」

飲み干した。傍目からもそう見えるカレンの行為。玩具のように、人形のように弄ばれながらも、彼女はどこか幸せそうだった。そうハルマには見えた。――見えたのだ。

そして自分の幸せはいったいどういうことだったのか、そんな思いが心に蘇る。

「そうだ、僕は、この世界で幸せになりたくて……みんなと幸せに……」

そして顔を上げたハルマは自然とある少女を探し始めた。そう記憶は定かではないが、自分の窮地で、すべてをなげうっても自分を思ってくれた女の子が居たのではないかと、そんな気がして、ハルマはこの狂った空間の中、ステラを探して――、彼は目撃してしまう。都合四人の徹（分身）に囲まれて、四本の肉棒相手に楽しそうに戯れる彼女の姿を。

「お、ハルマ君。ステラちゃんに興味津々？　いやぁステラちゃんの体は中々いいぞう、特にフェラは愛がある。どうよ、ハルマ君もそう感じないかい？」

「んぶ♥　あは♥　きもちい？　ねぇとーる、わたしのお口とお手々、きもちぃ？」

ハルマの視線の先にはかの男の肉棒をおいしそうに味わうその姿。てろてろ、てろん、ちゅっちゅ、ちゅぱぱ。その音は他の女達が奏でる卑猥な演奏と比べるにはあまりにも細やかでかわいらしい音であった。だがしかし跪く彼女の口元に存在する二本のぶっとい肉棒が、それを交互にちゅむちゅむとおいしそうに咥えるステラの唇が、すべてを台無しにしている。愛ある多人数フェラという矛盾した行為が、ハルマに根源的なショックを与えてしまった。そんな行為に及んでいるにもかかわらず、彼女の両手はなぜしゅっしゅっと二人分の竿を扱き続けているのだろうか。そんな必要がどこにあるのかハルマにはまったく理解できない。

ハルマが運命を感じた少女が、いつの間にかに得体の知れないヤバい何かに染められてしまったという、おぞましい恐怖がハルマの背筋を駆け上る。

「へいへーい、ステラちゃん、こっちのおチンポもしゃぶってくれよ〜」

「まって……、まだだめ。だってまだ、このこ一回もわたしのお口で出してくれてない……」

そう言ってステラはそのあどけないお口から舌を伸ばし、亀頭の先端をちろちろてろてろと舐め回す。それが一本だけなら、愛情行為といっても差し支えない、かわいらしくて奉仕的なおしゃぶりであった。だが周りにある残り三本の肉棒がその行為を凶悪な酷いことにしている。ハルマだって元世界のアダルトビデオでしかこんな行為は見たことがない。いやそもそも、多人数にチンコを差し出されて、おいしそうにしゃぶりつくという行為をするその姿が、ステラという少女の姿形はそのままでも、中身はまったく別物なのかと疑うほどだ。

「ステラちゃん我慢させてごめんね、なんかもったいなくってさー、ほら出すよ？」

「……うん♥　んぐ♥　んっ、んっ、んん♥　ぷはぁ、おいしい♥　えへ、おそうじしてあげるの……♥　んんっじゅ、ちゅるるる♥」

当然のようにしゃぶって、飲んで、吸い出して。だがそれだけでは終わらない。そう、だって彼女を囲むチンコは後三本もあるのだ。

「いいよ♥　とーるのお汁、えんりょなくだして♥　んっんっ♥　んぐぅ♥」

まるで小鳥の雛のように差し出される徹の肉棒に次々としゃぶりつくステラ。舐め終わっても、しゃぶり終わっても、飲み終わっても、次から次へと回復したチンポが彼女のお口を犯して汚していく。まるで餌付けされたペットのような懐きよう。あれほど自分に懐いていた女の子が他人にここまで許しているという現実にハルマは打ちのめされ、思わず立ちくらみを感じ、ソファにどかっともたれ掛かることしかできなかった。

「あら、ハルマ様。どうやらお疲れのようですわね。私達もそろそろ自分達のお部屋へ引っ込むこととしましょうか、ね徹様♥」

ぽん、と両手を合わせて場を仕切るシンシア。徹(分身)の手をちゃっかりと引いて客間の方へと歩いていく。どーみても、これからお部屋で一発ハッスルするであろうその雰囲気に、女一同に緊張が走る。

「あ、ボクもボクも、あ、ハルマ君客間借りるねー？」

「アルー？　私も一緒に行くわ、いいでしょ？」

間髪入れず呼応する二人。流れるように二人の分身を引き連れて客間へ引っ込む。

そして、

「うふふ、それでは私も。お夕食の頃にはこちらへ戻りますから、貴女達も良いお時間をお過ごしなさって？」

あっという間にリビングに取り残されるシーリス達三人とハルマ。先輩肉便器達のなんとも貪欲で欲望に忠実な行動に多少あっけにとられながら、

「あ、そうです。お食事の下ごしらえしなくっちゃです」

「わぁクレスタちゃんのエプロン姿かー、いいねぇいいねぇ。俺もついってちゃおぅ。あ、ハルマ君キッチンでファックするけど構わないよねー？」

クレスタが呟き、当然のように徹（分身）の手を取って台所へ向かう。

「私はお風呂の用意するね……」

「ねぇねぇシーリスちゃん。せっかくだから……に挑戦してみない？」

「……えぇ？　別にいいけど」

呟くようにお風呂へ向かうシーリスは徹と仲良く手繋ぎをして廊下へ消えていく。

「わたしは……どうしようかな……ああ、そうなの。庭のテレスの実……採ってくるの……」

「え、俺ら全員？　ハルマくーん、ちょっと俺ら外でヤってくるねー？」

ステラはチラリとハルマを見やり、そう言って四人の分身達を連れて外へと出ていく。三人が三人共行き先を呟いて、ハルマの前から居なくなった。

しばらくハルマは何もする気が起きなかった。なぜだかわからないが頭に強い靄がかかっていて、思考が鈍っているのもあるが、どうにも現実に理解が追いつかないのだ。果たして今繰り広げられた光景はいったい何がどうなって起きたことなのか。ただの常識的なやり取りに感じられる反面、強烈な違和感がどうしても拭えない、そんなわだか

まりがハルマの心中に渦巻いていた。

一時間はただ座っていただろうか。小腹が空いてきたこともあり、ハルマは漸く動き出す。そう、キッチンには食事の準備のためにクレスタが居るはずである。

■■■

「あっ♥　あっ♥　トールさんっ、刃物使っている時は……危ないです……よぅ♥　あぅう♥」

「だって、料理しているクレスタちゃんかわいいじゃん？　お尻ふりふりしているじゃん？　俺のチンコ勃っちゃうじゃん？　そしたら挿れるじゃん!!」

「あぁう、やぁ、そ、そこぉ♥　ふぁぁ、あっ、あっ、あっ♥　だめぇ、お鍋こげちゃいますぅ♥」

ハルマがキッチンの物陰から見たのは、エプソン姿で後ろから激しく突かれているクレスタの姿である。包丁を持ったままの交尾は危ないとか、食事の用意中に不衛生だとか、火を使っている最中に気を抜くなとかいろいろとハルマの頭の中に浮かぶのだが、そんなことは、素肌にエプロンしかつけていないクレスタの姿を見たら消し飛んでしまった。

まるで食事の用意は二の次で、セックスが一番のプライオリティだというのを証明するような格好。スタイルの良い彼女の胸や腰は当然エプロン一枚で隠しきれるものではなく、徹にずぱんずぱんと、腰を打ち付けられる度に、だらしなく布の外へまろびでていた。

「あ〜クレスタちゃんの体はおいしいなぁ、ぬへへ、べろんべろんしちゃう。べろんべろん」

「ひん♥　ふぁぁぁ♥　あっ♥　あっ♥　も、もう、トールさんてばぁ♥　ふぁぁぁ♥」

エプロン一枚で丸出しの背中を徹の舌がぬろぬろと這い回る。

「お、おほぉ、クレスタちゃんの新しい性感帯はっけーん!!　今ぎゅうっとオマ○コ締まったよ？　ほら、ほらまたっ、ぐへへぇ」

「だ、だって、こんなに激しく擦られているのに、そんなに優しく舐められたらぁ、あああん♥」

「舐められたら？　なぁに、クレスタちゃん？」

ぱんぱんぱん、ぱんぱんぱん
徹の質問にクレスタは黙るが、下のお口は雄弁である。ばじゅばじゅと潤い、もっと擦ってもっと舐めてと高らかに鳴いている。

ばちゅばちゅばちゅ、ばちゅばちゅばちゅばちゅ
クレスタの股間に愛液が潤い出す。思いっきりびゅーびゅーされて、びしゅびしゅ噴きたいと、股間が準備をしているのだ。

「う、うぁぁぁん♥ もうだめぇ、だめぇ♥ イかせて、トールさぁん、クレスタをめちゃめちゃにイかせてぇっ♥」

そして、とうとう彼女は我慢ができなくなり、包丁を手放してキッチンに手をついて腰を差し出した。交尾に集中できる体勢で一心不乱にその大きなお尻を前後に振り出す。男嫌いであった彼女はどこへやら。体を固定し、ぶるんぶるんと大きな胸と肉付きの良い腰を揺らして震える様は、立派な娼婦である。

「へへ、正直なクレスタちゃんにはご褒美をあげよう、おらおら、おらぁっ」

ぱんぱんぱん、ぱんぱんぱんと。まるでキャベツの千切りを作るような小気味良いリズム。だがそれは徹の極太チンポがクレスタの穴を抉り、下半身が尻肉を叩く音である。

「い、いいっ♥ きもちい、きもちいです、うぁぁあ♥ トールさんハルマさん、クレスタいく、いっちゃいます、あっ♥ あっ♥ あっ♥ あうううう♥」

「お、ハルマ君来たねっ。お先にクレスタちゃんの料理をいただいちゃってるぜぇ……あああああっ、ほんといいオマ○コしているなぁ。こう根元までずっぽり咥え込める娘は中々いないよ、ハルマ君!!」

じゅっじゅっというピストン音がどちゅ、どじゅという重い水音に変化する。そう、クレスタはこのピストンが続く中、既に噴いてしまっているのだ。

「あっ♥ あうっ♥ あうっ♥ い、いってます、あイ、いく、またいく、またいきます♥ はぁぁぁ♥ きもちい、きもちいっ、うぁぁあん♥ クレスタ、まだイけます、まだイってるの、ふぁあああ♥ あぅっ♥ あんッ♥ あんっ♥ ……あんっ♥」

止まらないピストンによがるクレスタ。腰を押さえていた徹の手が、へ、クレスタの胸へと移動し、ぐにぐにと彼女の豊満な胸を揉みしだきながらも、尚もこのピストン運動は止まらない。そして、後背位から横位になり、片足を上げたまま、クレスタは何度もクリを摘まれ、絶頂に至る。絡みつく彼らは、自然と対面でお互いに抱え合い、とうとう座り込み、クレスタは徹に抱きつき、自ら腰を動かしぬちぬちと股間を鳴らし続ける。

その時ちょうど抱きつく徹の肩越しに、とろんとしたクレスタの視線とハルマの視線が合う。

「あ、はるまさぁん……♥　お食事、ちょっと待っていてくださいね♥　後、もうちょっとイったらご用意いたしますから、うふふ、うふふふ♥」

　そう、彼女は言って、脚をゆっくりと徹の強靭な腰に絡みつかせる。小猿が親猿に抱きつくように、体全体を使ってしがみつきながら、くいっくいっと小気味良く腰を振り続ける。

「クレスタちゃん、キスしよ？　アナルほじってあげるから、いっぱい腰を動かすんだよ？」

「ふぁい♥　ん……ふぁぁぁ♥　おしりこちょこちょすきい♥　んむぅ♥」

　それはまるで仲の良い夫婦のように、クレスタは尻の穴をほじられて幸せそうな声をあげて、その口から決して少なくない涎をどろりと溢れさせた。

「あ、ああ。食事、待っているね……」

「おーい？　ハルマ君混ざってかないのーん……？」

「いや、その、僕はいい……」

「えー。せっかくお尻くちゅくちゅにしておいたのにー」

　ハルマは陰鬱な気持ちと共に、彼女が幸せならそれで何も悪いことはないじゃないかと自分を納得させて、リビングを後にする。

■■■

リビングを後にしたハルマは、考え事をしながらふらふらと廊下を歩いていた。自分は食事の下ごしらえをしているクレスタの様子を見に行った。ただそれだけである。そこで彼女が男と裸エプロンで生ハメセックスしていようが、アナルをほじられて嬉し涙を流して涎を垂れ流していようが、自分には関係ない。頭のどこかで何かが叫んでいるが、別に当面怪しいことは何もない。

「あ、はるまだ……。はぁはぁ♥　……あん♥」

　聞き覚えのある声に振り返れば、ハルマは廊下の窓越しにステラの姿を見つけた。そういえばテレスの実を取りに行くと言っていたと思い出す。ハルマは彼女に声を掛けようと窓を開ける。その木にもたれ掛かるようにしながら、ステラの体が揺れている。

「あっ♥　んっ♥　あはぁ♥　あっ♥　あ、ぐりぐりっ♥　だめなの、またイくのっ、あううっ!!」

　蛙のように脚を開き、ゆっさゆっさと徹に駅弁ファックで犯されていた。

「ほら、ステラちゃん、オマ○コ締めて、ほら、ちゅーするから、ちゅーしてる最中に出してあげるから」

「う、うん。が、がんばる。あは♥　そ、そこ、すごいぃ♥　はぁ、はぁはぁ……んっ、はむぅ、んっんっんっ♥　ぷは……　ねぇ、きもちぃ？　きもちぃ？　あぁあん♥　もう、優しく擦るんだからぁ、あっ、ひっ♥」

抱え上げられて不自由な格好だというのに、ステラは徹の首筋に手を伸ばし小器用にくねくねと腰を動かしている。小柄な彼女の体がまるで玩具のように上下する度に、ずちゅ、ずちゅ、とステラの股間から汁が溢れ出している。

「わはは、ステラちゃんのオマ○コ、ずいぶんほぐれてきたねぇ」

「あっ♥　はっ♥　だ、だってとーるが、い、いっぱいするから、……あはぁ♥」

尻肉をぎゅっと掴まれたステラの股間に徹の肉棒が奥まで突き込まれる。ステラの脚がV字にぴーんとつま先まで伸びて、腰がガクガクと揺れ出す。

「はぁっ♥　だめっ、イってる時に奥突かないで♥　あ♥だ、……めっ♥　いいっ♥」

「へへ、はーいステラちゃん、しーしーしようねぇ？　ほら、木の養分にもなるしー？」

徹はくるりとステラの体を表向きに回転させると、再び下からずちずちとステラを突き回す。

「あ、ばか、ばかばか、とーるのばかぁ。ばかなの？　とうへんぼくなの？　あぁあんっ　だめなの♥　だめなの♥　あぁあんもうやだぁ、じゅくじゅくやだぁ♥　あっあんっ♥　いやぁ……はるま、みちゃやだめぇ♥」

まるで小さな子が親におしっこをさせてもらっているポーズでずっちゃずっちゃと犯されているステラの視線とハルマの視線が思わず合ってしまう。ステラの裾の短いローブは捲り上げられ、下着はなく、あらわになった彼女の股間には凶悪な徹の肉棒が出入りを繰り返している。だが、その顔を紅潮させつつも、そのえげつないピストンを受け入れているのはどういうことであろうか。そんなステラの右手が、股間のクリトリスにそっと伸びて、

「ふぅ……ふぅ♥　ああ♥　でる、でる、でちゃうぅぅう、あぁん、きもちー♥」

左手の小指を甘噛みしながら、押っ広げられた脚を閉じもせずに、くにくにこりこりと肉目を指先で揉み込んだ。

「あっ、あっ♥　ふぁぁぁ、でる、でるぅ♥　あっ、あっ、すごいの、すごいのぉ♥　ひゃぁぁあ♥」

「お、あ、締まる。すっげ。……ああ。出すよ出すよステラちゃん!!」

ステラの体が仰け反り、ぷしゃぁ、と股間から綺麗な弧を描いて愛液とは異なるさらさらした液体がテレスの木へと降りかかる。その間もステラの膣肉は徹の肉棒にごりごりと擦られていて。

「ふぅぅぅ。お、ハルマ君じゃないか。どうだい、ステラちゃんのイキ顔かわいいだろう。ステラちゃんはねぇ、イっている時にずんずん腰を振り続けてやると、口で指を甘噛みしながら脚をV字にぴーんとしちゃうんだ。ほらもう一回見せてあげる、ほらほら、ほらほらほらほらっ」

「ああんっ♥　止まらないぃ、やだぁ、出してるのにずんずんするのだめぇ♥　ばかぁ♥　あっ、あっ♥」

文字通りV字に股を開いたステラの脚が再び伸びる。同時に股間からシャワーのような潮がびゅーびゅーと分泌された。ひくひくとひくつくステラの股間から尿に押し出されるようにぬぽんと徹のチンコが抜け出る。その彼女の股間からぼとぼとと白い何かがこぼれ出た。何回中に出されればこのようなことになるのかハルマには見当もつかないだろう。

「ふっ、あっ♥　……はるまにイくとこ見られちゃったの……えへへ♥」

そんな放心状態のステラに、どこから出てきたか二人の徹が現れて群がっていく。

「ねぇねぇステラちゃん、そこにハルマ君いるけど一緒にしなくていいの？」

「いい、今は太くてかたいのでごりごりしてほしい……」

「あ、じゃあ、俺お口〜」

「それじゃ俺はお尻かなー？」

ステラのローブがあっという間に脱がされて、口へ、お尻へ、そしてオマ〇コへと挿入されていき、当然のようににゅぷにゅぷ、ぬっくぬっく、がっぽがっぽと流れるように行為が始まる。男の海に沈むそんな彼女を見ていられず、ハルマはその場を後にした。

■■■

そしてハルマは、風呂場へと足を運んだ。ステラとクレスタの痴態を見て尚シーリスの所に行こうとするのは何故なのか、ハルマは自分ではよくわからなかった。彼女達は白派長官より、貴重な魔力を注いでもらいそれを受け止めるだけの器があるかどうか試しているだけなのだ。何もやましいことはない。そんな理論が先ほどから繰り返し繰り返しハルマの脳に上書きをされていく。

だがそれでも何かが間違っている。決定的な何かが間違っている。ハルマはそんな気持ちがどこかしら拭えない。最後にシーリスの安否を確かめに行こうという行為は、そのなんともいい難いわだかまりがもしかしたら解けるかもしれないと思ったからかもしれない。

「シーリス、ちょっといいかい？」

風呂場とはいえ、彼女は下準備をしに来ただけである。服を脱いでいるはずはないと、ハルマは脱衣場をスルーし、風呂場へのドアをノックして、手をかける。

「きゃ、ちょっと待ってハルマ!!　今、私まだ服着てないの!!」

どこか慌てたような、そして恥ずかしがるようなシーリスの声。ハルマは驚いたものの、それが、ステラやクレスタがあげていた、淫靡で淫らな溜息交じりの声でないことに気づき、安堵を得る。

「あ、ごめんごめん、もしかして入ってた？　いやぁちょっと確認したいことがあっただけなんだ」

「ごめんね、お掃除してたら濡れちゃって……、それでなになに？」

風呂場のドアからひょっこりと首だけを出して、シーリスはハルマに対面する。

「あ、いや。ほんと別になんでもないんだ。シーリスが無事なら――」

と、ハルマはその言葉を口に出したことで強烈な違和感が沸き上がってくる。そう、いったい誰が無事だというのか。そもそも無事うんぬんの前に、いったい誰が危険だというのか。誰に危険が迫っているというのか。

「ふーん。変なハルマ。私は大丈夫よ、それより、ほら。長官様のお相手してなさいな。ほーらいったいった。それとも私に風邪ひかせるつもり？」

小生意気な面もあるが、ハルマを気遣うその様子はハルマが知るいつものシーリスそのものであった。

「あ、ごめんごめん。それじゃ僕はもういくよ」

と、ハルマが背を向けた時である。

「……あはぁ♥」

それまでの根拠を台無しにする溜息をシーリスが口から漏らしてしまう。そしてシーリスは、ドアの向こうへ首を引っ込めると、

「ちょちょっと……だめだってばぁ、あっあっ♥　話している時に、それ、だめ、あ、やだぁ♥　にゅるにゅるだめぇ、あはぁ♥」

「……シーリス？」

ハルマが振り返ると、先ほどまでと打って変わった表情のシーリスが、ドアから首を出しているその姿勢は変わらないものの、まるで下半身の力が入らないかのように縋り付いている。

「は、はるま、なんでもないの。なんでもないから、は、はやくいって、お願い……きゃぁ、あ……あ……、そんな、もうお注射、だめ、なの。入らないの♥」

そのドアの向こう、壁の向こうに隠れたシーリスの体にいったい何が入らないというのか、〝もう〟ということは既に〝何回〟かは入ってしまっているということなのか。そんなハルマの脳内に一瞬にして都合の悪いキーワードが連鎖していく。そんな中からーん、からから、という何か筒のようなものが風呂場に転がる音がハルマに届く。転がるということは筒である。からんからから、という軽い音は中身に何かが入っていて——なんて。

「やぁ、またぁ……♥ うっ、あっ、はっ♥ 指だめぇ、ぐちぐち掻き混ぜないで♥ お願い、もう出させてぇ……はぁはぁ……ああ、また挿れたぁ、ああん♥」

そして、ハルマの耳に、彼の想像を決定付ける声が届いてしまう。

「だってシーリスちゃん!! 俺のチンコぶっといから、本気でアナルファックするなら、お浣腸で慣らさないと!! 大丈夫俺の魔法で汚くないから、気持ちがいいだけだから!!」

徹の声を背景に、ハルマとシーリスの目が合ってしまう。

「だめ、みないで、みないでぇ♥ わたし、恥ずかしい……♥ あ……あ……、ふぁぁぁぁぁあああ♥」

「し、シーリス……?」

シーリスの表情が緊張から解放へ、張り詰めていた何かが途切れて口元がだらしなく歪み、びくんびくんと、震え出す。その背後でみゅるみゅると何かゼリー状の液体が噴き出す音が響いた。

「あはぁぁぁぁ♥ すごいぃぃ♥ クレスタも……、こんなに気持ち良かったの……? こ、こんなの覚えちゃったら、私のおしりおかしくなっちゃうよぉぉぉ……♥」

彼女の変貌に狼狽えるハルマの耳に、にゅぶり、という何か柔らかいものが何かに埋没するような音が聞こえ、ぬっぷぬっぷと、断続的にそれらが擦れる音が響いてくる。

「あっはぁ……♥ かったぁい……♥ あっ、やっ、ごりごり、くるっ♥ あはぁ……やだぁ、これきいちゃう、わたしにきいちゃうよぅ♥」

ハルマから見えるシーリスの首が項垂れ、ばさりと彼女のポニーテールが解かれた。女らしさを取り戻した視線が、乱れる髪越しにハルマの揺れる心にトドメを刺す。

「あっあっごめんねハルマ♥　あとでイクから、またね♥　ひ、ひぐぅ♥　そ、それきくぅ♥　……あぁん、ずるずる抜かれるのもすきぃ♥　もっとずぽずぽしてぇ♥」

　そんな彼女の言葉に呆然としていると、その後ろからひょっこり徹が顔を出して、

「おっおっ、やあハルマ君じゃないか。いやぁシーリスちゃんのアナルは中々奥が深い。恥じらいと締め付けが両立して、なんというかな。うん、とても開発しがいのある貞淑なケツの穴だよぉ……あ、もう貞淑じゃないか。まあ、君も後で味わってみるといい。こうしてさ、嫌々言ってても割と大好きだから、この娘」

「い、いぐぅ。いくいぐぅ。あぁぁぁぁ♥　あぁぁぁぁぅ♥」

　その声を最後に、ハルマは考えることを放棄した。

■■■

　魔力テストという茶番も過ぎ、和気藹々とした楽しい食事も終わる。ハルマ邸で行われている徹主催の淫猥なお祭りも、一日目にしてクライマックスを迎えていた。といっても、その食事風景さえも楽しい団らん風景ではなく。それぞれの女が徹の上に座り、股を濡らしたままでいちゃつきながら食べるというぶっ飛んだものだったのであるが。

　そして今、キングサイズのベッドの上で徹の新旧の肉便器達は新参古参関係なく交じり合って、ご奉仕活動に勤しんでいた。もちろん全員全裸だ。衣服などとうの昔に青臭い精液漬けである。質が良い王族のドレスも、お貴族様の騎士装束も、清廉潔白な修道服も、冒険者の使い込まれた装備も、等しく白濁液の餌食となっていた。先ほどからカレンとクレスタはその大きい胸で、左右から徹の肉棒をにゅっぷにゅっぷと扱き上げている。

「徹様、気持ちいいですか？　ああ凄いかったぁい♥　ごりごりしてる、ふふふ♥」

「あっあっ熱くて硬いの大好きですぅ、トールさんっ、私のお胸もぐりぐりしてくださぁい♥」

　徹は二人の乳首をこしょこしょとしながら、ぬこぬことたわわな胸肉に向けてピストンを繰り返す。

「よぉーし、ほら二人共お口開けてー？　いっぱいちゅるちゅるしてくれた方に、先に挿れてあげちゃうぞぅ」

　揃って胸を寄せて徹の肉棒を挟んでいた二人が待ってい

ましたとばかりに口を開けた。

「ああっ、でるぞぉ、しっかり受け止めてっ、あああぁっ」

二人の胸の間で徹の肉棒がむくむくと膨れ上がり、先っちょから噴水のようにびゅーびゅー精子が噴き出し、カレンとクレスタの顔に降り注いだ。

「ほーら、クレスタ。徹様の射精はびくびく暴れちゃうからしっかり挟むのよ」

「ふぁ、ふぁい、ああ、お胸もお口も熱いですぅ」

まるで湧き水のように先端から溢れ続ける精液が二人の胸の間に滴り溜まる。そのままカレンは徹の竿を咥え込み、クレスタは肉棒に頬ずりしながらその精液を舐め取った。

二人の視線は、挿れて、挿れてと、期待の眼差しを徹に送っている。

「う、あぁぁぁぁ♥　だ、だめだぁ♥　ボクいく、またいくいっちゃうぅうう♥　あぁぅうう♥　徹様ぁ♥」

「あっあっ、だめぇ♥　まだ慣れてないのにぃ、そんなに擦っちゃおしり壊れちゃうぅぅ♥」

ベッドの端に手をつきながら後背位で揃って尻を犯されているのはアルテとシーリスだ。二人の尻穴は最早素人とはいえないほどまぐされて淫靡に開発されていた。上のお口はいやいや言いながらも、二人はへこへこと腰をベストポイントに固定することに余念がない。

「あは、シーリスさん。そのうちボク達みたいに魔法でもっとすごいことされちゃうよ、今のうちにいっぱい徹様に吐き出してもらわないと発情オークのチンポなんてこの比じゃないから。ふっ、んっ♥」

「あっあっ♥　え、そんな、は、入るの……？　入れちゃうの、入っちゃうの……？」

「もちろんよーく慣らしてからだけどさぁ、くせになるよぉ？　ふぁぁぁぁ♥」

突然のアルテの嬌声にシーリスが彼女の接合部に視線をやると、ピストン運動からゆっくりアナルを引き抜かれ、カリ高の先っちょで、肛門の入口をきゅっぽんきゅっぽんいじめている徹がいて。

「ふあぁ♥　あはぁ♥　そ、それぇ♥　すごいぃ♥　おかしくなる、わたしおがじぐなりゅぅううう♥　うぁぁぁぁ……きゅぽきゅぽだめぇ、だめぇ♥　あはぁぁ♥」

シーリスはそのあまりにものアルテの痴態に、ゴクリと唾を飲んだ。だが彼女が浮かべた表情は、未知の行為に対する恐怖よりも、尻穴がむず痒く震える歓喜が明らかに勝っていて。

「ほーら、シーリスちゃんも、きゅっぽんきゅっぽん」

そんな能天気な徹の声と共に、シーリスの尻穴がどうしようもなく開発されていく。

「あはぁっ♥　やだぁ♥　なにこれぇ♥　ほんとにお尻むずむずして、やだぁ、ほんとにいろいろだめになっちゃいそうになるぅ♥　あは、あはぁ♥」

理知的で頭の回転が速い二人同士気が合うのか、揃ってアナルを責められて犬のようによがっている。

「あぁぁぁぁいくぅ♥」

「いくっい……っぐぅ♥」

歯を食いしばって肛門の快楽を受け入れるその姿に、最早従来の彼女の面影を知るものは絶句してしまうだろう。それほどまでにその姿は下品で、下劣で、だがとても単純勝つ明快な快楽の証明であったからだ。

そしてベッドの上では、対面座位でゆっさゆっさとシンシア、ローラ、ステラの三人が揺すられている。三人が三人共目が虚ろである。いったいどれだけ下腹を擦られて、中に出されたのか。余裕があるのはシンシアくらいなもので、ちゅぱちゅぱと徹と舌を絡めている。だがしかし、その彼女も、

「ふぁ♥　あっ♥　と、徹様。も、もう、休みましょ、ね？　あはぁ、だめ、突いちゃだめぇ♥」

と、限界が近いようである。ローラとステラに至っては最早人形のように緩んだお口からは涎が垂れっぱなしで、ピストンに耐えている。可哀想に徹の体にしがみつき、ピストンに耐えている。

「あっ、あっ、すごい、こんなの、久しぶりですの……♥」

ふあぁぁ、また出してるの、すごいのぉ♥　やだぁ、乳首……弄りながら、イかせるの、およしになって、あっまた……いく……すぐイっちゃう。ふあぁぁぁぁ♥」

「……あっ♥　ん♥　だめなの……、と一る、だめなの。もう何回もイってるの。これ以上擦られたら、わたし壊れちゃう。あたまばかになる……。ちんぽしか考えられなくなっちゃう……おねがい、一回休ませて……お口でも、お尻でも使っていいから ぁ。あ、あぁぁ……♥　これ、また、またきちゃう。またわたしがしらないのきちゃう……♥

んんっ、んいいい♥」

ローラとステラの体が強ばり、彼女達の爪が徹の体に食い込み震える。こうなったきっかけは、ほんの些細なこと。ローラがいつも通りシンシアにライバル心を持ち出して、やいのやいのやっていた所に、ステラが混ざったのだ。

「……わたしが今日から一番なの」

と、言う彼女の台詞が、

「じゃあ、一番俺を気持ち良くした子に大サービスだぁい」

という徹のやる気を引き出した始末がこれである。無限に突き上げられるピストン地獄。自分が動かなくても突き上げられるし、密着すれば徹の硬い筋肉に乳首が擦れて気持ちが良くなり、かといって距離をとれば舌や指で、これでもかというぐらいにしつこく弄られてしまう。

「あぁぁ……また♥　イく、いくぅ♥」

「はうぅ、だめですの♥　イってますの♥　イってますのぉ……♥」

「あ……♥　そこ、こすって、すき、だいすき♥　ふあぁぁぁ♥」

それはこの世の淫靡さが詰まった狂気の空間であった。七人すべての女が平等に犯し尽くされている。そんな中、ハルマはその光景でついに思い出す。目の前の悪夢が過去にもあったことに。そして、

（はるまのばか、はるまのばか）

もう決して戻ることのできない選択を自分がしてしまったことも。それはいつかの決別の言葉。

（寝言は寝てから言えよ――この売女）

ひっくり返らない過去。もう戻せない不可逆のミス。まだすべてははっきり思い出せないけどわかる。彼女達を変えてしまった原因の一つが、自分にあることを。

「あは♥　はるま、ねぇねぇ、ちんちんきもちいよ♥　かたくてすごいよ、はるまぁ♥」

徹の肩越しから見せる、その人なつっこいステラの笑顔から、ハルマは察する。ああ、なんてことだろうと。

ステラは変わりつつも変わっていないのだと。きっと彼女は自分のことを思いながらも、あの男のチンコをこうしてずぽずぽ受け入れることも同様に好きになってしまったのだ。あのヴィンランドルの極限状況で愛情と肉欲の乖離が起きて、再構築されてしまった結果がこれなのだ。彼女だけではない。きっとシーリスも、クレスタも似たようなものだろう。

ハルマの胸元に、きゅううんとそれは耐え難い苦しみが起きて、ほろ苦い痛恨の感情が湧き出てきた。慚愧と後悔の波が寄せては引いて、だが決して消えることなく彼の心に溜まり続ける。だがしかし、ハルマには不思議と怒りは湧いてこなかった。そう、形が変わっただけで、彼女達は幸せなのだから――と。

自分が好きだった女の子達は、今幸せなのだから――、後は僕が幸せと思う形に変わればいいじゃないか、と。

「は、あはは、ステラ、そうか、気持ちがいいかい？　たんと味わうんだ。貴重な白派様の魔力だからなっ」

ハルマは、何か憑きものが落ちたようにそう言った。彼はついにこの理不尽に屈服したのだ。肉欲は奪われてしまったが、愛情はまだ奪われていない。傾いているかもしれないけど、まだ自分にも向けられている。ならば、ならばだ。それでいいと納得した。最早これでいいと、これ以上は望まないと。そう思えば彼女達は幸せだし、僕も幸せになれる。ハルマはそう考えたことで、端的にいえば彼のハーレム嗜好は、巡り巡ってハーレム寝取られに歪み、そういう趣向に目覚めてしまったのだ。

そうと決まれば、この場は最早ハルマにとって天国である。きっと今夜から数日間にかけて、各部屋から響き渡る彼女達の痴態をオカズに、自家発電がこの上なく捗ることだろう。

「ねぇとーる。はるまがなんかちょっとおかしい。また何かしたの？」

とステラが少し心配そうな声をあげるが。

「うんにゃ、まったく覚えなし」

と、徹は返事をする。

「ふーん、でもなんかハルマ幸せそう……」

そうステラが呟くと、アナルを掘られていたシーリスも、胸を犯されていたクレスタもハルマを見る。胸と股間を押さえながらも、ふりふりと手を振るハルマを見て、精液にまみれた顔で微笑みを返す。それは確かにこの砕でもない魔王に歪まされる前の彼と彼女達の信頼の証であった。

しかし――

「よぉおおし、フィニッシュだ‼　支配者要求《ルーラーリクエスト》――」

全員の位置関係が一瞬にして変更されて、感覚、意識さえも巻き戻される。今までの経験値はそのままに、体力だけリフレッシュされた女達が一列に四つん這いで並ばされて――

ずぶりと、それはまるで牧場に並ぶ家畜のように。後ろから徹に挿入されて――

ぱんぱんぱんと続く狂気のフィナーレ。七人の女達の尻肉のリズムに乗ってそれぞれの喘ぎ声が七重奏となって空間を満たし始める。

「あぁあん、やだぁ、すごぃい♥」

貴族の娘、シーリス。

「おく、おく♥　あぁぁ、だめぇだめぇ♥」

男装の冒険者、アルテ。

「だめぇ、乳首搾らないでぇ、あ、あぁぁぁあ、響いちゃうぅ♥」

そのパートナー、カレン。

「ひっ♥　うっ。やぁぁあ、私だけなんでおしりなんですかぁ、でもきもちぃ♥　あぁあん♥」

修道士のクレスタ。

「……あぁん、いっちゃう、こんなのすぐいっちゃうの、ひきょうなの♥　すごいの……♥」

魔道士のステラ。

「あっあっ♥　あっあっ♥　こ、こ、これだめなやつですわ、また、わたくし、出ちゃうやつです、あぁあん、おまめつぶさないでぇ♥　だめなのぉ」

亡国の王女、ローラ。

そして七人目。

「はぁはぁ……、んっ。徹様。気持ちいいですか、いっぱいかわいい子が増えて良かったですね、うふふ。それでも、ずうっと愛しておりますよ♥　あ、あああん♥」

きっとこれからもこの不幸だが満たされた女達は増えていくだろう。シンシアは股間から湧き出る快感に酔いしれながら確信していた。そう、こんな逞しくて硬くて熱く持続力もあり、どろどろの精子も無限大の肉棒を突っ込まれたらどんな娘だって普通ではいられないと。

「わはは、俺も好きだよ、シンシアちゃん‼　今度はアルバの学校かー、若いおにゃの娘との制服エッチは萌えるぞぅ。あ、シンシアちゃんも若返りエッチしてみる？　してみる？」

横でローラが、そ、それは私の専売ですの、などと言っているが、このご主人様は本当に飽きさせてくれないなと。シンシアは微笑み。

「うふふ、楽しみにしていますね」

と、膣をきゅっと締める。

――そう、魔王トールのこの世界への侵食はまだこれからが本番なのである。だってまだこの世界のほとんどのかわいい女の子は、この凶悪な肉棒をぶち込まれていないのだから。

あとがき

　はじめまして、笠丸修司《かさまるしゅうじ》と申します。この度は本作をご購入いただきまことにありがとうございました。このお話は実は僕にとって二作目のオリジナル作品でして、とにかくシンプルにエロく実用性のあるお話を書きたいと強く願って生まれ出た作品です。そのためか実にご都合主義な魔法と本能に忠実な主人公が生まれてしまいました。

　メインのエロは相当ねちっこくというか、これでもかというくらい煩悩を詰め込んだつもりです。Ｗｅｂ上の感想で読むのが疲れてしまうと言われるくらいに、濃い愛撫描写と女の子の心理描写を重視いたしました。是非一度と言わず、何度かに分けて使っていただければ作者冥利に尽きる次第でございます。だってエロ小説（七割エロ）だもの!!　こんな芸風ですが皆様のご趣味に合えば幸いです。

　ちなみにＷｅｂ版は違う挿絵やエピソードがありますので、よろしければそちらもご覧ください。最後に本作を商品として見事に整えてくださったＫＴＣ編集部様とご担当者様、そして素晴らしい挿絵を描いていただいた帝恩《ディーン》様に御礼を申しあげます。

異世界の女は俺のもの！
～最強無敵マスター☆ロッド～

2018年2月28日　初版発行

【小説】
笠丸修司

【イラスト】
帝恩

【発行人】
岡田英健

【編集】
藤本佳正

【装丁】
マイクロハウス

【印刷所】
図書印刷株式会社

【発行】
株式会社キルタイムコミュニケーション
〒104-0041　東京都中央区新富1-3-7ヨドコウビル
編集部　TEL03-3551-6147／FAX03-3551-6146
販売部　TEL03-3555-3431／FAX03-3551-1208

禁無断転載　ISBN978-4-7992-1115-1　C0093

本書は Web サイト（http://xnovel.jp/illustration.html）に掲載されていたものを、加筆の上書籍化したものです。